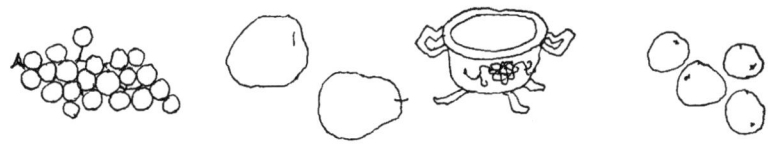

료마가 간다 6
차례

희망 … 11
삼도왕래 … 52
비밀동맹 … 117
데라다야 사건 … 167
기리시마 산 … 214
푸른 바다 … 239
해전 … 271
이쓰쿠 섬 … 315
사나이들 … 338

희망

 배가 나가사키 항내로 들어갔을 때 료마는 뛰는 가슴을 억제하지 못할 정도로 들떴다.
 "나가사키는 나의 희망이다."
 무쓰에게 말했다.
 "머지않아 나가사키는 일본 회천(回天)의 발판이 된다."
 료마의 회사는 이미 사쓰마 번을 대주주로 만드는 데 성공했다. 이제 앞으로 조슈 번을 끌어들이고 싶다.
 "개와 원숭이 사인데요?"
 무쓰는 놀랐다.
 "큰 돈을 벌 수 있다면 사쓰마도 조슈도 손을 잡겠지."
 료마는 정치 문제가 어려우면 우선 경제로 그 이득을 설득할 생각이었다. 요컨대 정치적으로는 사쓰마와 조슈를 동맹시켜서 막부 타도로 시세를 전환시킴과 동시에, '토막회사(討幕會社)'로서 나가사키에서 사쓰마와 조슈 양번의 합자회사를 만들어 크게 군자금을 벌어들이는 한편, 외국제의 총포를 양 번에 보유하게 하여 막부를 쓰러뜨리고 만다. 새 정부가 수립되면 이것을 국책회사(國策會社)로 만들어 세계 무역을 시작한다.

"큰 보자기군요(허풍이 세다는 뜻)."

무쓰는 웃었다.

"보자기는 클수록 편리하지."

"하지만 지금은 돌멩이 하나 쌀 게 없지 않습니까?"

"옳은 말이야."

료마는 웃었으나 머지않아 나가사키 땅에 내려서면 집이 손에 들어오고 곧이어 배를 입수할 수 있게 될 것이다. 료마의 공상의 큰 보자기에 우선 물건이 두 가지 들어오는 셈이다.

상륙하자, 사쓰마 번사가 료마 일행을 위해 여관을 준비해 놓고 있었다.

여기에 대해서는 사쓰마 으뜸가는 사무가인 중신 고마쓰 다데와키가 있으니만큼, 그는 이미 파발을 보내 나가사키 주재의 번사에게 연락하여 일체의 준비를 시켜 놓았다. 그러므로 일은 신속하게 진행된다.

"그런데, 여러분의 임시 숙소에 대해서입니다만……."

여관에 들어가자 나가사키의 사쓰마 번사가 료마에게 말했다.

"나가사키는 토지가 좁아 적당한 집을 좀체 구할 수 없습니다. 그래서 저기 저 언덕에"

장지문을 열고 항구의 남쪽에 펑퍼짐하게 펼쳐 있는 거북 등 같은 언덕을 가리키며 말했다.

"하나 봐 놓기는 했습니다만."
"허, 저 고장 이름을 뭐라고 합니까?"
"가메야마(龜山)라고 합니다."
해가 지기까지는 아직 시간이 있을 것 같아 료마는 곧 확인하러 갔다.

여담이지만, 필자도 몇 해 전 봄에 그곳에 가보았다. 데라 거리(寺町)의 뒤쪽은 가메야마의 경사지로 온통 묘지뿐이다.

산포오 사(三寶寺) 언덕이라는, 성묘를 위한 긴 돌층계가 있고, 약 2백 계단쯤 올라간 곳에 료마 등이 숙영하던 건평 2, 30평 가량의 가옥이 있었다. 사적(史蹟)으로 지정되어 있지 않았기 때문에, 마침 필자가 찾아갔을 때는 목수가 거의 허물다시피 하고 있었다.

료마는 이 집이 마음에 들어 자기들의 단체명을 우선 '가메야마 동문(龜山同門)'이라고 이름지었다.

이 언덕에서 나가사키 항이 한눈에 내려다보였다.
이튿날, 료마는 그 산포오 사 언덕을 데라 거리 쪽으로 내려오면서, 뒤따라오는 무쓰에게 말을 하다 말고 입을 다물었다.
"나가사키는……."
이나사 산(稻佐山)으로 해가 넘어가기 시작하여 항내에 정박 중인 서양 배와 재래 선박의 그림자가 짙어졌다.
"아름다운 항구군요."
무쓰는 한숨을 쉬듯 말했다. 료마가 "나가사키는" 하고 말한 것이 그 의미일 것이라고 생각한 것이다.
료마는 팔짱을 끼고 돌층계를 한 계단씩 내려간다.
"나가사키는 당분간 자네들에게 맡기겠다. 부탁한다."
"허어."

등 뒤에서 듣고 있던 스가노 가쿠베에는 기가 찼다. 곤도 조지로(近藤長次郞), 시라미네 슌메(白峰駿馬), 그리고 도베 등이 료마의 곁으로 다가왔다.

"당신은 어떻게 하시겠소?"

스가노가 물었다.

"달리 생각이 있다."

"그렇게 되면 곤란한데."

"곤란할 건 없다. 가메야마 동문의 일은 당분간, 세키(關)군!"

료마는 지난날 자기와 함께 산을 넘어 도사를 탈번했던 동지 사와무라 소노조(澤村惣之丞), 지금은 탈번의 신분을 숨기기 위해 가명 세키 유노스케(關雄之助)로 행세하고 있는 자의 이름을 불렀다.

"자네가 대행해 주게. 그리고 회계도 부탁한다. 해무(海務)는 스가노 가쿠베에, 서기는 무쓰 요노스케가 맡아서 해 주기 바란다."

눈 아래 산포오 사의 큰 지붕이 보인다. 그 너머로 영국 배가 지금 출항하려 하고 있었다.

"사쓰마 번 고마쓰 다데와키님과 교섭, 와일 웨프 호의 구입, 숙소의 정비 등 여러 가지로 할 일이 많을 것이다. 그 일을 여러분에게 부탁한다."

그들은 료마의 속셈을 알 수가 없었다.

"그리고 또 한 가지 일이 있다. 나가사키의 오우라 해안(大浦海岸)."

료마는 발아래 펼쳐져 있는 항구의 한쪽을 손으로 가리켰다. 그곳에는 이층 삼층의 양관이 즐비하게 늘어서 있다. 막부와의 통상 조약 체결 이래 상해나 홍콩 등지에서 진출해 온 구미 각국의 상관(商館)이다.

"저들과 접근해서 친분을 맺어놓기 바란다."

"말이 통해야지요."
"손짓으로 하면 돼."
료마는 말했다.
"상대는 돈을 벌러 온 사람들이다. 돈벌이에 관한 것이니까 저쪽에서도 알아들으려고 노력할 거다. 말은 일체 도사 말로 하면 된다. 시라미네는 에치젠 말씨, 무쓰는 기슈 말씨를 써라."
"그런데, 당신은 뭘 하려고 그러시오?"
"막부를 타도하고 오겠다."
료마는 간단히 물건이라도 사러 가는 듯한 말투로 대꾸했다.
"그 준비를 하러 가는 거야. 이대로 가다가는 일본은 망하고 만다. 나라가 망하면 모처럼 세계 무역을 하려는 가메야마 동문의 운영이 잘 될 것 같은가?"
"그건 그렇지만……."
"내일 떠난다. 도베, 알았지?"
료마는 뒤돌아보았다. 너는 따라와 하는 뜻이다.

―조슈로 가자.
료마는 결심하고 밤을 낮삼아 걸었다. 날을 거듭할수록 료마의 발걸음은 더욱더 빨라졌다.
'말 같구나.'
도베는 속으로 놀랐다. 날이 저문 다음에도 걷다가 밤이 깊어서야 여인숙을 찾아들면 첫새벽에 벌써 길을 떠나는 것이다. 마치 파발꾼 같은 여행이다.
"나리, 대관절 어찌된 일입니까?"
"이상한가?"
료마 역시 자기 자신이 생각해도 우스운지 킥킥 웃었다.

"말하면 도베는 웃겠지."
"웃지 않습니다."
"사실은 말이다. 내 걸음이 반나절 빠르면 그만큼 일본을 속히 구할 수 있다는 생각이 드는구나. 이 넓은 일본 천지에 나만이 이 소란을 진압시킬 수 있다는 생각이 든단 말야."
"그렇구말굽쇼."
료마에 심취되어 있는 도베는 진지하게 고개를 끄떡이며 말했다.
"그렇지 않다면야 제가 도둑질을 그만두고 나리의 꽁무니에 따라붙을 리가 있겠습니까?"
"도베."
료마는 구루메(久留米)의 거리를 지날 무렵에 말했다.
"이건 마치 신들린 사람 같구나."
천하를 나 혼자서 구한다는, 마치 신들린 사람 같은 기백이 없다면 사쓰마와 조슈는 연합할 수 없다는 뜻이다. 똑같은 말을 해도 상대를 감동시키는 박력이 다른 것이다.
"이런 일은 자주 있어서는 곤란하지만 이따금은 필요하다."
구루메에서 60리 남짓한 지쿠젠 후츠카이치(二日市)라는 온천장에 다다른 것은 밤이었다.
거기서 조금 더 가면 진수부(鎭守府)가 있다.
갑자기 조슈로 가는 것보다 진수부에 들러서 공작을 하려는 것이 료마의 복안이었다.
진수부에는 오경(五卿)이 있다.
산조 사네토미, 산조니시 스에토모, 히가시구제 미치도미, 미부모토나가, 시조 다카우타 등 조슈계의 공경들은 시세의 격류에 밀려 전전하다가 마침내 지금은 진수부에서 시대의 변천을 바라보고 있는 것이다.

유랑의 공경들이라고는 하나, 천하의 양이 지사들의 은밀한 동경을 받고 있으며, 특히 조슈계 지사에 대한 오경의 발언은 때로 번주 이상이라고 할 수 있다.

'우선 오경을 설득하여, 오경도 그렇게 말하고 있다는 것으로 조슈인들을 설득한다.'

이것이 료마의 계책이었다.

그날 밤 료마는 후츠카이치 온천 여관에서 하룻밤 묵고, 근처 진수부에 거주하는 오경의 동정을 살폈다.

"공경님이면서도 매일 승마와 격검도 하신다는 말이 있습니다."

여관 주인이 알려 주었다.

이튿날 아침 료마는 후츠카이치의 온천장에서 동북쪽으로 진수부 가도를 걸어갔다. 연도는 이미 완연히 여름 경치로 바뀌었으며 삿갓 끈이 축축히 땅에 젖을 정도로 더웠다.

"진수부는 옛날엔 매우 번창했었지."

도베에게 가르쳐 주었다. 옛날엔 해외 교섭의 근거지로서 이곳에 도성을 쌓고, 중앙에서 도독(都督)이 와서 주재하였으며, 거리에는 중국식으로 본을 따서 단청으로 채색된 도부루(都府樓)가 우뚝 솟아 있었다.

그러나 지금은 초석만 남고 모두 허물어져, 넓은 전원과 언덕의 풍경이 한눈 아래 펼쳐져 있다. 다만 진수부 덴마 궁(天滿宮)이라는 것이 전국의 천신 신앙(天神信仰)의 중심으로서 번영하고 있다.

신사였으나 실은 절이었다. 불교식으로는 안라쿠 사(安樂寺)라고 한다. 뒷날 신불 분리(神佛分離) 정책으로 신사가 되었으나, 료마가 갔을 무렵에는 다카쓰지 신겐(高辻信嚴)이라는 승려가 수많은 승려들을 거느리고 봉사하고 있었다.

그 덴마 궁의 부강(富強)은 서부 지방에서 으뜸이라고 할 수 있었다. 막부로부터 신령(神領) 1천 석을 기부받았고, 지쿠젠 구로다 가문에서 2천 석, 지쿠고 구루메의 아리마(有馬) 가문으로부터 250석, 같은 지쿠고의 야나가와(柳川)에 있는 다치바나(立花) 가문에선 50석을 기부받았다.

"과연, 이 정도면 굉장한데요."

도베가 감탄한 것은 그 덴마 궁 문전 거리의 번화함을 보고 그랬던 것이다.

"너무 두리번거리지 마라."

료마는 경내로 들어갔다.

산조 사네토미가 엔주오 원(延壽王院)이라는 별채의 절간에 살고 있다는 것을 료마는 알고 있었다.

그리로 돌아갔다. 흰 담벽을 두르고 사각문(四脚門)이 있는 당당한 저택이다.

문 앞에 붉은 칼집의 대도 소도를 찬 호위 무사가 있다.

"여, 나다!"

료마는 문 앞에 다가서며 삿갓을 쳐들었다.

"앗, 사카모토님."

호위 무사는 놀랐다. 도사 탈번인으로 야마모토 가네마(山本兼馬)라는 사람이다.

오경들에 대해서는, 이른바 칠경 망명(七卿亡命) 이후 도사 낭사들이 자신의 보물처럼 호위하고 신변을 돌봐 주고 있다.

이 야마모토 가네마.

나이는 스물네 살. 얼굴이 검푸르다. 도사 군 히샤쿠다 마을(杓田村)의 향사로서 분큐 2년에 탈번하고 교토로 올라왔다. 그 무렵부터 몸이 쇠약해져서 기침이 고질병이 되었다. 여담이지만, 료마와 이 문 앞에서 재회한 다음해, 의사에게 결국 불치의 병이라는 선고를 듣고 동지 일동과 작별의 술잔을 나눈 뒤 배를 갈라 죽었다.
―뜻을 품고 탈번까지 했는데 편안히 방안에서 죽다니 안 될 말이다. 그는 이 말을 하고 죽은 것이다.
이밖에 시마무라 사덴지(島村左傳次)와 난부 미카오(南部甕男), 기요오카 한시로(淸岡半四郞) 등이 있었다.
도사 군 진센지 마을(秦泉寺村)의 향사 히지가다 구스자에몬이 두령급이 되어 이들을 거느리고 있었으나 지금은 교토로 잠행 중이라 그곳에 없었다.
"산조 경을 뵈러 왔다."
료마는 말했다.
료마는 곧 객실에 안내되었다. 차를 날라 온 사람은 은근히 료마가 기대했던 대로 다즈 아가씨였다.
"기어코 오셨군요."
다즈는 찻잔을 료마의 무릎 앞에 조용히 놓으며 말했다.
"고베에선."
료마는 머리를 숙였다. 다즈 아가씨가 모처럼 찾아와 주셨는데 만나 뵙지 못해 실례가 많았다는 뜻이다.
"그때 데라다야의 오료님도 우연히 찾아와 있더군요."
다즈는 비꼬듯 미소 지으며 료마를 힐끔 쳐다보았다.
"그랬다더군요. 이쿠지마네의 하녀에게서 들었습니다."
"참 아름다운 분이더군요."
"그렇습니다."
료마는 진지하게 고개를 끄덕였다. 다즈는 그것이 비위에 거슬렸던 모양인지 조그맣게 쏘아붙였다.
"나쁜 사람."
료마는 놀랐다.

"나쁜 사람이라고요?"
"남의 집 처녀를 그처럼 미치게 만들어 놓고 장본인은 태연히 쓰쿠시(筑紫) 길을 거닐고 있으니 말입니다."
"그러고 보니 과연 나쁜 사람이군요."
료마는 그 말이 몹시 마음에 들었는지 킬킬 웃었다.
"만일 착한 사람이라면 지금쯤 교토에서 오료와 조그만 셋집이라도 얻어서"
"얻어서?"
"허리의 칼을 버리고"
"어머나."
"포목 장사라도 시작했을 겁니다."
"그렇군요."
나쁜 사람이라도 할 수 없다고 다즈는 생각했다.
잠시 뒤 기요오카 한시로, 야마모토 가네마, 시마무라 사덴지, 난부 미카오 등이 들어와서 좌담에 끼었다.
고향을 떠나 천하로 뿔뿔이 흩어진 도사 낭사는 대부분 풍운 속에서 죽어 갔으나, 그 생존자는 지금 집단으로 나뉘어 있다.
하나는 료마의 가메야마 동문, 하나는 나카오카 신타로를 우두머리로 하는 조슈 충용대(忠勇隊).
하나는 히지가다 구스사에몬을 두령으로 하는 이 산조 사네토미 호위대.
지방은 나가사키, 조슈, 지쿠젠의 진수부로 갈라져 있었고, 기능은 해군과 육군, 그리고 망명 중인 공경들을 옹호하는 정치 결사 등 각기 특색이 있었다. 이들이 한 가지 목적을 위해 기능적으로 움직인다면 막부 타도 활동은 안성맞춤이라 할 수 있었다.
"내가 진수부로 온 용건은 실은 이렇다."

료마가 사쓰마 조슈 연합의 비밀을 털어 놓자 모두 무릎을 치며 기뻐했다.

"중개 역할 할 사람은 우리 도사인밖에 없다고 나도 생각하는데, 누가 적격일지, 이것도 역시 사람 나름인데."

기요오카가 말했다.

"사카모토가 좋다. 역시 자네라면 사쓰마나 조슈의 고집쟁이들을 달래는 데 적격이고 경우에 따라서는 호통을 치는 데도 아주 적격이네."

여담이지만, 이 게이오 원년은 도쿠가와 막부를 시작한 이에야스의 250회 제삿날에 해당하여, 닛코의 묘소(廟所)며, 우에노의 강에이 사(寬永寺), 시바(芝)의 소조 사(增上寺) 등에서, 지난봄에 각기 50년마다 갖는 추모 법회가 있었다.

자연 막부 각료들 사이에 "막부의 위세를 부흥할 때"라는 분발의 기운이 조성된 것은 당연한 일이었을 것이다.

우선 그 무위(武威)를 과시할 만한 상대는 요 몇 년 동안 막부에 대해 반항을 일삼아 온 조슈라고 할 수 있다. 조슈는 한번 항복하여 제1회 정벌군 총독인 도쿠가와 요시가쓰의 주선으로 매우 관대한 처분을 받았다.

이에 대해 에도의 막부 관료들 중의 강경파들은 불만을 품고, 끝까지 조슈 번을 쳐부수어 영토를 몰수하고 목줄을 끊는 것으로 막부의 위세를 과시하라고 주장했다.

이 강경론에는 막부측의 요인들 속에서도 반대자가 많았고, 각 번에서도 냉담한 태도로 나왔다. 더구나 제1회 정벌 때 그토록 열의를 보였던 사쓰마 번이 "제2차 정벌을 한다면 그것은 막부의 사투(私鬪)에 지나지 않는다" 하고 적극적으로 반대했다.

사쓰마를 위시하여 각번의 반대론의 근거는 극히 경제적인 것이었다. 모든 일에 물자가 필요한 이때, 단지 막부의 위세를 과시하기 위해 전쟁을 일으켜 군비를 부담하게 된다는 것은 당치도 않다는 것이었다.

드문 예외는 히고 구마모토에 있는 호소카와 번 정도로서, 무슨 까닭인지

"그때는 꼭 선봉을 맡고 싶습니다" 하고 막부에 신청했다. 이러한 요청에 각로(閣老)들마저 놀랐으나 이것은 호소카와 번의 극단적인 막부파 사람들이 영주의 이름을 팔고 멋대로 한 짓이었다.

막부는 어디까지나 강경했다.

그 강경한 배경에는 프랑스 공사 롯쉬가 있다.

"꼭 이긴다. 군비도 병기도 군제 개혁(軍制改革)도 프랑스에 맡겨 주시도록" 하는 롯쉬의 말이 막부 관료들의 자신(自信)의 기초가 되어 있었으며 "될 수만 있다면 조슈뿐 아니라, 일을 벌인 김에 사쓰마, 도사, 오와리, 에치젠, 이나바(因幡) 등의 큰 번들을 퇴치하고, 나아가서는 군현 제도(郡縣制度)로 바꾸어 강력한 중앙 집권 체제를 이룩한다"는 구상을 숨기고 있었다.

조슈 정벌은 그 시작인 것이다.

그러다면 이것은 전쟁이 아니고 막부로서는 막부 중심의 국가 개조의 시작이라 할 수 있는 것이다.

막부가 조슈 재정벌의 의향을 중외(中外)에 선언한 것은 지난 3월 말이었으며, 다시 이번에는 장군의 친정(親征)이라는 것으로 결정했다.

한편 조슈에는 이미 다카스기 신사쿠의 혁명 정부가 확립되어 있어, 양의인 무라다 조로쿠(오무라 마스지로)를 발탁하여 군사의 양식화를 서두르고 있다.

료마가 사쓰마 조슈의 연합을 구상하고 진수부로 찾아간 것은 마침 그러한 시기였다.

산조 사네토미는 료마를 인견하여 그 비책을 듣자 춤이라도 출 듯이 기뻐했다.

"그것이 성공만 한다면……."

사네토미는 검은 비단의 문복(紋服)을 입고 있어, 이미 공경의 차림새를 버리고 무사의 모습을 하고 있었다.

료마와 산조 사네토미의 대면은 하카다(博多)의 니와카(仁輪加) 희극처럼 진풍경이었던 것 같다.

"우선 지구가 어떻게 돌아가고 있는가 하면."

료마가 이렇게 세계 정세부터 말을 시작하여 마치 유럽의 정세를 직접 보고 온 듯이 설명했다.

그리고 구미 열강에 침략당하고 있는 청국의 참상을 말하였다.

"일본도 이쯤에서 크게 바뀌지 않으면 청국과 똑같은 비운에 빠지게 될 것입니다."

료마가 이야기를 이어가는 사이 우스운 이야기로 예를 드는 바람에, 산조 사네토미 경은 배를 움켜쥐고 웃다가 나중에는 그만 다다미 위를 뒹굴 정도의 소란을 피웠다. 배석하고 있던 야마모토 가네마 등 도사 낭사들도 그 광경이 너무 우스워 얼굴을 붉히고 웃음을 참느라고 필사적이었다.

"이런 때에 사쓰마와 조슈는 서로 사사로운 원한으로 불구대천의 원수니 어쩌니 하며 기회만 있으면 싸우려 하고 있습니다. 우리 일본인으로서 이 이상 괴로울 데가 없습니다."

'일본인?'

산조 경은 웃으면서도 머릿속 한쪽 구석으로 이 생소한 말에 아련

한 신선함을 느꼈다. 료마는 이야기 중에 이따금씩 일본인이라는 말을 썼다. 당시의 무사들은 일본 열도에 거주하는 자기 민족을 가리키는 말로서 흔히 '천하의 중생'이라든가 '위는 당상에서 아래는 백성에 이르기까지', 또는 '천하의 사, 농, 공, 상'이라든가 '세상의 사민(士民)', 그리고 근왕의 지사들은 '황국의 백성'이라는 말을 썼으나 쉽사리 '일본인'이라는 단어를 쓰는 자는 없었다.

'과연 편리한 말이다.'

산조 경은 생각했을 것이다. 료마의 평등사상의 근거가 이 용어 속에 담겨 있는 것이나 산조는 거기까지 눈치채지는 못했다.

어쨌든 그 용어에 신선한 어감을 느꼈다.

"사카모토, 다른 공경들에게 소개시켜 주겠다."

급히 사환을 보내어 다른 네 공경들을 불러들였다.

오경이 한 자리에 모였다.

"사카모토, 한 번 더 얘기해 보아라."

산조가 말하므로 료마는 하는 수 없이 침투성이가 된 입술을 문지르고 다시 되풀이했다.

이번에는 한층 더 재미있었다. 모두들 큰 소리로 웃었다.

이 자리에 있는 어느 공경이나 배석한 무사도 이처럼 유쾌한 천하국가론을 들어본 적이 없다.

"어쨌든 사카모토, 사쓰마와 조슈는 연합해야 한다, 이 말이겠지?"

산조의 반문에 료마는 얼떨결에 '응' 하고 고개를 끄덕이며 말했다.

"조슈인들은 모리 공의 말씀보다 공경님들의 말씀을 더 중하게 여깁니다. 이에 찬성해 주신다면 저는 곧 조슈로 가서 그들을 설득할 작정입니다."

"물론 찬성이다."

고개를 끄덕이는 산조의 얼굴에 아직 웃음이 남아 있다.

그날 밤 산조는 일기에다가 이렇게 썼다.

―사카모토 료마 오다. 매우 기설가(奇說家)이고 위인임.

운이 좋았다. 료마가 오경(五卿)과 회담한 저녁나절 조슈 번에서 두 번사가 진수부로 찾아왔다.

료마에게는 행운이었다 해도 과언이 아니다.

진수부에 온 두 조슈 번사는 번명에 의한 공무를 띠고 왔다.

'오경 문안'이라는 것이 목적인데 물론 막부의 눈을 피해 번명도 허위로 대고 이름도 가명을 썼다.

한 사람은 오다무라 모도타로(小田村素太郎)라고 하며, 그는 요시다 쇼인의 친구로서 번 외에까지도 이름이 알려져 있었다. 쇼인의 누이동생을 아내로 맞이하였으며 일찍부터 근왕 운동에 참가하여, 유신 후에는 가도리 모도히코(揖取素彦)라고 개명하고 원로원 의관, 궁중 고문관 등을 역임한 뒤, 남작으로서 다이쇼(大正) 원년에 세상을 떠났다.

또 한 사람은 도키다 쇼스케(時田少輔)라고 한다.

'관혼상제(冠婚喪祭)에 잘 어울릴 사람들이로군.'

료마가 이렇게 생각할 만큼 두 사람이 다 특별한 재기는 없고, 다만 지나칠 정도로 중후하고 예의발랐으며 행동거지가 점잖았다. 그야말로 오경의 문안에는 안성맞춤의 사신들이었다.

료마가 그들 두 사람에게 사쓰마 조슈의 연합건을 상의하자 한결같이 놀라며 이렇게 말했다.

"그런 말을 고향의 동지들이 듣는다면 격노하여 걷잡을 수 없이 날뛸 것이오."

"그렇겠지요."

료마는 상대가 상대니만큼 반박하지 않고 말했다.
"다만 두 분께서는 사전에 귀띔해 주는 사자가 되어 주면 됩니다. 도사의 사카모토 료마가 이러이러한 용건으로 간다는 것만 요로의 분들에게 전해 주면 됩니다."
"하지만 말만 들어도 다카스기 같은 사람은 노할 것입니다."
"그렇소. 그러니 다카스기 같은 사람의 귀에는 들어가지 않게 하는 것이 좋을 겁니다. 가쓰라 고고로는 요즘 망명에서 돌아와 있다는 소문이 있는데 사실입니까?"
"가쓰라군은 막부의 죄인이라 번 외 사람에겐 숨기고 있습니다. 그러나 다름 아닌 사카모토님이라 말하겠소만 그 소문은 사실이오."
"잘 알았습니다. 그럼 그 가쓰라군의 귀에만 전달해 주십시오. 가쓰라군 외의 사람에겐 말씀 않도록 합시다."
"어디까지나 전달만 하겠습니다."
오다무라나 도키다가 이렇게 못을 박은 것은 이런 운동에 잘못 말려들게 되면 '두 사람은 사쓰마의 앞잡이가 됐는가?' 하고 동지들의 칼날에 목이 달아날 우려가 있기 때문이다. 조슈 번은 다카스기에 의한 새 정권이 막 수립된 직후라 이색분자의 숙청에 살기를 띠고 있다.
"그렇소. 전언 외에는 부탁하지 않겠소. 내가 조슈로 들어가기 이전에 가쓰라군이 나의 용건을 알고 거기에 대해 생각해 주는 것이 바람직한 일이기 때문이오."
"알겠소."
"참고로 말씀드리는데 이것은 어디까지나 조슈 번을 위한 것이오. 막부의 제2차 조슈 토벌이 전격적으로 감행되는 날이면 조슈 번은 풍비박산이 될 것이오. 그러니 오다무라님이나 도키다님은 귀번의 구세주가 되는 것이오."
며칠 뒤 료마는 진수부를 떠났다.
수행원은 도베, 그리고 오경이 이 안(案)에 찬성했다는 산 증인으로서 오경의 시종 무사인 아키 모리에(安藝守衞)를 데리고 갔다.
목적지는 바칸(시모노세키)이었다.

뱃길로 조슈령 시모노세키 항에 도착하자 부두에 시모노세키 회의소의 관리가 기다리고 있다가 다가왔다.
"사이다니님이신가요?"
사이다니 우메타로는 료마의 가명이다.
"그렇소."
"언제 도착하실지 몰라서 어제부터 배가 도착할 때마다 이렇게 기다리고 있었습니다."
"이거 참 수고가 많으시오."
료마는 점잖게 고개를 끄덕였으나 조슈 번에서 얼마나 자기에게 기대를 걸고 있는가를 알 수 있어 자신을 얻었다.
'이번 일은 성공하겠는데'
곧 거리로 들어가 번청이 마련해 준 와다야 야헤에(線屋彌兵衞)의 여인숙에 짐을 풀고 아침밥을 먹었다.
식사가 끝났을 때 진수부에서 만났던 도키다 쇼스케가 찾아왔다.
"가쓰라 고고로님에게 그 말씀을 전했더니 즉시 만나 뵙고 싶다면서 내일 야마구치 번청에서 오기로 했습니다."
도키다가 돌아간 뒤 료마의 몸에 이변(異變)이 생겼다. 갑자기 얼굴에서 핏기가 가시고 5월인데도 한겨울처럼 추위를 느꼈다.
술잔을 들고서 와들와들 떨고 있다.
"나리, 왜 그러십니까?"

도베가 당황하여 곧 하녀를 불러 이부자리를 펴게 하고 억지로 료마를 눕혔다.

"학질이다. 걱정할 것 없어."

료마는 그날의 일기에 '지병(持病)을 앓음'이라고 간단히 기입했으나, 얼굴이 불같이 달아오르고 이불을 덮고 누워 있어도 어금니가 딱딱 맞부딪치게 떨렸다.

도베가 급히 회의소 관리에게 알리자 그곳에서도 놀라 학질 전문의사 다하라(多原)를 부르러 보내고, 조용한 별채가 있는 하마무라야 기요조(濱村屋淸藏)의 여관으로 료마를 옮겼다.

도베는 밤을 새워 간호했다.

"나리에게 학질 지병이 있는 줄은 몰랐군요."

"도사에는 학질이 흔하다."

말라리아를 말한다. 도사는 따뜻한 남국이라 이 병을 매개시키는 모기가 많다. 료마는 어릴 때 걸리고 나서부터 쭉 이 병 때문에 고생해 왔다.

"그런데 이제까지 조금도 몰랐는데요?"

"이제까지 가끔 이런 증세가 있었지. 자랑거리가 못되니까 혼자서 떨었지."

이튿날 아침에는 거짓말같이 나았다.

밥을 평소처럼 먹고 2층 난간에 기대서서 멍하니 한길을 내려다보고 있노라니 서쪽 길모퉁이를 돌아 말을 탄 무사가 왔다.

니라야마 삿갓을 쓰고 등솔이 밑에서 갈라진 하오리에 승마 하카마, 납빛 칼집의 대도 소도를 찼는데 온몸에는 뽀얗게 흙먼지를 뒤집어쓰고 있다.

가쓰라 고고로였다.

야마구치에서 2백 리 길을 료마를 만나기 위해 말을 달려 찾아온 것이다.

'밤새 달려왔구나.'

이렇게 느끼자 료마는 이것만 보아도 조슈 새 정권의 수반격인 가쓰라가, 료마의 사쓰마 조슈 연합안에 얼마나 큰 기대를 갖고 있는지를 알 수 있었다.

가쓰라와 작별한 지 벌써 몇 년이 되었을까?

분큐 3년 8월 조슈 번의 세력이 몰락한 이후 가쓰라 고고로라는 사내는 모험에 가득 찬 나날을 보내고 있었다.

특히 겐지 원년 여름의 하마구리 궁문 사건 이래로 이 사내는 살아 있는 것 자체가 모험이었다.

"가쓰라 고고로를 찾아라."

그 사변 직후 막부는 아이즈 번, 신센조, 그리고 순찰대에 명하여 물샐 틈 없는 경비망을 펼치고 샅샅이 가쓰라의 행방을 수색했다. 전사했다는 말도 있었다. 싸움터의 불탄 자리에서 나온 투구에 먹으로 가쓰라 고고로라고 기명된 것이 있었기 때문이다. 아마 번저에 있던 가쓰라의 투구를 누군가 쓰고 싸움터에 나갔다가 전사했던 것이리라.

가쓰라는 가마꾼, 거지, 안마사 등으로 변장하여 산조 큰다리 밑에서 자기도 하고, 오쓰까지 흘러갔다가 다시 교토로 돌아오기도 하면서 막부 계엄령하의 교토를 어떻게든지 탈출하려고 노력했다.

과거에 조슈 번의 우번(友藩)이었던 쓰시마 번의 저택에 출입하던 행상인으로 진스케(甚助)라는 다지마 이즈시(但馬出石)의 사람이 있다. 가쓰라가 마지막 도피처로서 쓰시마 번저에 뛰어들었을 때, 마침 와 있던 진스케가 사정 이야기를 듣자 쾌히 맡고 나섰다.

"좋습니다. 이 진스케에게 목숨을 맡겨 주십시오."

가쓰라는 이미 아무 데도 의탁할 곳이 없었으므로 이 젊은이에게 몸을 의지했다. 진스케는 일종의 기묘한 사람이었다. 발각되면 자기의 목도 날아갈 판에 가쓰라와는 안면도 없으면서 그 위험한 일을 맡고 나섰던 것이다.

학문이나 주의(主義)가 있는 것도 아니다. 그는 오히려 난봉꾼이라 도박을 좋아했으므로 고향의 부친에게서 의절당하다시피 한 사내였다.

진스케는 가쓰라를 상인으로 변장시켜 무사히 각 번의 경계망을 돌파하고 고향인 이즈시로 데리고 갔다. 그리고 동생인 나오조(直藏)에게도 부탁하여 어미 고양이가 새끼들을 숨기듯이 이리저리 가쓰라를 숨겨 주었다.

다지마 지방으로 간 가쓰라는 쇼텐 사(昌念寺)의 머슴도 되어보고, 이즈시 성 아래 거리의 어물 도매집에서 장부도 정리하고 있었다. 그러다가 마침내 진스케의 아버지 기시치(喜七)의 요청으로 그의 딸 스미라는 처녀를 아내로 맞이하여 시치미를 떼고 잡화상을 차렸다. 물론 가쓰라가 어떤 인물이라는 것은 스미도 기시치도 알지 못했다.

그런데 차츰 이즈시 번의 눈이 가쓰라를 주목하기 시작했으므로 진스케는 또다시 가쓰라를 데리고 탈출하여, 그 당시 유지마(湯島)라고 불렸던 지금의 기노사키(城崎) 온천에 있는 온천여관 마쓰모도야(松本屋)에 부탁하여 휴양하러 온 손님으로 둔갑을 시켰다.

마쓰모도야의 현재 이름은 '쓰다야'라고 한다. 당시는 초가지붕의 농가처럼 지은 집으로서 밭농사도 지어가며 여인숙을 경영했다. 마쓰라는 과부가 주인인데 다키라는 외딸이 있었다.

다키가 가쓰라의 시중을 들다가 자연 가까워져서 그녀는 가쓰라의 아기를 임신했으나 곧 유산했다.

그러다가 가쓰라는 진스케를 조슈로 보내 동지인 다카스기 신사쿠 등에게 자기의 소재를 알렸다.

조슈 번에서는 그간 바칸 전투에서 패배를 하고 막부의 정벌로 상처 투성이었다. 게다가 번을 이끌고 나갈 지도적 인재가 없어 고민하던 차에 가쓰라의 건재를 알게 된 다카스기 등은 매우 반가워하여 그를 곧 불러 들였다.

가쓰라는 이러한 경위를 겪고 있다.

료마가 가쓰라 고고로와 만난 것은 게이오 원년 윤5월 초하루였다.

가쓰라는 붉은 끈이 달린 패도(佩刀)를 오른손에 들고 미간에 음산한 정기(精氣)를 깃들이고 료마가 묵고 있는 별채의 장지문을 열었다.

"병을 앓았다고?"

가쓰라는 앉았다.

"학질을 앓았지."

료마는 말하고 가쓰라를 지그시 바라보고 있다. 성급하게 용건을 말하지 않는 조심성은 가쓰라의 습성이었다.

"사가미(相模) 산중에서 처음 만났던 게 그게 안세이 몇 년이더라?"

가쓰라는 이 기연의 도사인과 만나게 되어 과연 반가운 모양이었다.

"그 뒤로 검술은 계속하고 있는가?"

"하고 있지 않아."

료마는 말했다. 과거에 가쓰라는 사이토 야구로(齋藤彌九郞) 도장의 사범이었고 료마는 오케 거리 지바 도장의 사범이었다. 세상이 태평했다면 두 사람이 모두 한낱 검술사로서 평생을 마쳤을지도 모른다.

"사카모토군, 자네에겐 안세이 4년 에도의 가지야 다리 도사 저택에서 있었던 대시합에서 졌었지. 줄곧 그것이 빚이 되어 있네."

"잘도 기억하고 있군."

료마는 놀랐다. 기억력이 좋다기보다 다소 앙심을 품기 쉬운 성품인 모양이다.

"죽도(竹刀)를 버리고 나서 서로 위험한 칼날 속을 헤치고 살아왔으나 나는 그래도 좀 낫다. 가쓰라군, 자네는 정말 목숨이 붙어 있다는 게 기적이네."

"검술을 수업한 덕택일 거야."

가쓰라가 말한 것은 검의 공격성을 말한 것이 아니고, 검술을 수업한 덕으로 도망치는 시기와 기민성을 터득했다는 뜻이다.

"사람을 벤 일이 있나?"

료마가 물었다.

"베지 않았어, 한 사람도."

가쓰라가 대답했다. 이들 두 사람은 사람과 말을 능히 벨 수 있는 기량을 지니고 있으면서도 살인을 하지 않았다는 점에서 일치하고 있다. 두 사람은 모두 사람을 죽일 수 없는 성격의 소유자였던 모양이다.

"참 훌륭한 일입니다."

옆에 있던 도키다가 말했다. 그는 학식이 있었다.

"옛날에 도요토미 히데요시는 사람을 함부로 죽이지 않는 사람이라 해서 노부나가 공의 유신들이 그를 받들어 천하를 장악하게 했다고 합니다. 사카모토, 가쓰라 두 분이야말로 백성을 대신하여 천하의 대사를 결단 지을 분들입니다."

"그런데"

가쓰라가 표정을 굳혔다.

"자네가 말하는 사쓰마 조슈 연합 말인데, 나는 사쓰마가 믿어지지 않는다. 특히 사이고라는 사람을 믿을 수 없다. 그보다도 분명히 말해서 그 사람은 싫다."

무리도 아니다. 여지껏 사쓰마 번의 방침은 현실에 따라 변했으며 그 때문에 어제까지의 우번을 버리고 적으로 돌았다. 조슈 번이 그 최대의 피해자였으며 가쓰라 개인으로서도 교토, 다지마에서의 필사적인 도피 잠복도 모두 사쓰마 번과 그 대표자인 사이고의 배신에서 기인된 것이다.

"원한은 원한이고 현실은 현실이다."

료마가 말했다.

"다카스기의 의향은 염려없나?"

"다카스기는 괜찮아."

가쓰라가 어떻게라도 해석되는 애매한 대답을 한 데는 다소 사정이 있었다. 사실은 지금 다카스기 신사쿠는 번내에 없다.

도망치고 없었다.

다카스기는 묘한 사내이다. 혁명 정권이 새로 수립되었을 때, 원칙적으로 말하자면 그 주모자로서 번의 중책을 맡아야 할 사람이었다.

그러나 이 사내는 동지를 붙잡고 말했다.

"이제 내가 할 일은 끝났다. 사람이라는 것은 모두 곤란할 때는 일치단결하여 함께 노력 할 수 있으나 부귀영화는 함께 나눌 수가 없다. 반드시 의가 상하고 서로 반목하게 된다. 그런 자리에 있고 싶지 않으므로 나는 외국 구경이나 가보았으면 한다."

밀항하겠다는 것이다. 다카스기의 견해는 더욱 참신한 것이었다. 그는 이미 양이주의를 버리고 개국주의자가 되어 있었다. 그의 구상은 "막부에 맞서 시모노세키를 무역항으로 만들어 번의 재정을 풍부히 하는 한편 무기를 계속 사들여서 대막부 전쟁을 유리하게 전개한다"는 것으로 그 비책은 소수의 동지들에게만 밝히고 다른 동지들에게는 누설하지 말라고 당부했다. 그러나 그가 나가사키와 고향 사이를 배회하고 있는 동안에 다른 동지들이 그 비책(秘策)을 눈치 채고 말았다.

다른 동지들은 모두 극단적인 양이론자들이다. 하기야 그들이 양이주의였기 때문에 하마구리 궁문에서 싸웠고 바깥 해협에서 4개국 함대와 싸웠으며, 나아가서는 개국주의인 막부하고 싸워온 것이 아니었던가? 그리고 그 선두에는 언제나 다카스기가 있었다.

그 다카스기가, 4개국 함대 대표자와의 강화 담판 이래 "외국과 전쟁을 하는 것은 어리석기 짝이 없는 것이다"라고 깨닫자 곧 180도의 사상 전환을 하고 말았다.

―다카스기가 변절했다. 그는 양이(洋夷)와 교제를 한다고 한다. 그렇다면 번의 속론당과 마찬가지가 아닌가?

"그렇지 않다."

다카스기가 설혹 변명한다 해도 단순 양이주의(單純攘夷主義)라는 것은 일종의 사상적 광인이라 알아들을 리가 없다. 그러므로 다카스기는 그들과는 일체 토론을 하지 않았다.

"다카스기를 죽이자."

그리고 얼마 뒤에 자신이 쫓기고 있다는 사실을 알고 이에는 다카스기도 어처구니가 없었다.

―그 따위 녀석들에게 죽다니.

하고 번 외로 도망쳐 버린 것이다.

여담이지만 다카스기의 암살을 계획하고 있던 자는 유신 후 오무라 마스지로를 교토에서 죽인 조슈인 가미시로 나오토(神代直人)였다.

'이 오무라 암살은 조슈인 세 사람과 도사인 다섯 사람으로, 소위 존왕 양이 지사 중의 생존자들이었다. 그들은 오무라가 양식 군제를 채택한 것이 비위에 거슬렸던 것이다.'

그러므로 다카스기는 번내에 없다.

료마로서는 다카스기가 어찌 됐든 그것은 어디까지나 조슈 번내의 문제이므로 상관이 없다.

가쓰라에게 사쓰마 조슈 연합 문제를 역설했다. 가쓰라는 지나치게 신중한 성격이었으므로 쉽사리 응하지 않았으나 마침내 료마의 열변에 넘어가서 말했다.

"사쓰마만 좋다면 조슈는 상관없다."

그리고 덧붙였다.

"다만 우리 조슈 번의 사람들은 사쓰마 번을 몹시 미워하고 있으니까 이 일은 비밀리에 진행시켜 주기 바란다."

가쓰라가 돌아간 뒤 뜻밖의 인물이 찾아왔다.

정말 뜻밖이라 할 수밖에 없다.

'세상에는 신이라는 것이 있는 것일까?'

신앙이 없는 료마도 문득 이렇게 생각할 만큼 놀라운 운명이 료마를 찾았다.

사실 료마는, '사쓰마 조슈 연합'이라는 천하의 대음모에 힘쓰고 있는 자는 아무리 천하가 넓다 해도 자기 혼자뿐이라 생각하고 있었다.

그런데 또 한 그룹이 있었다.

그것이 뜻밖에도 동향인 나카오카 신타로와 히지가다 구스자에몬 두 사람이었다.

'나카오카의 힘을 빌리자.'

원래 료마는 가고시마로 출발할 때 이렇게 생각했었다. 나카오카는 탈번한 뒤 조슈에 몸을 의탁하여 조슈인들과 고생을 함께 했고, 지금은 젊지만 빈사(賓師)의 대우를 받고 있다. 그 나카오카를 움직이면 조슈를 설득하기는 쉬울 것이라고 생각했었다.

그런데 나카오카는 히지가다와 함께 교토의 정세를 정찰하기 위해 상경하고 없었다.

'나카오카와는 만나지 못하겠구나.'

료마는 실망하고 하는 수 없이 단신 조슈로 들어가 가쓰라를 설득시킨 것이다.

그런데 기묘한 일이 일어났다.

나카오카는 나카오카대로 교토에 잠복중 "어떻게 해서든지 사쓰마 조슈를 연합시켜야 한다"고 료마와 같은 계획을 구상하고, 교토 잠복 중에는 마침 니시키고지의 사쓰마 번저에 머물렀으므로 동번의 요시이 고스케 등에게 상의했다.

요시이에게만 상의한 게 아니었다. 나카오카는 이와쿠라 도모미(岩倉具視)라는, 그 당시 매우 괴물(怪物)로 지목되었던 공경에게도 손을 뻗쳤다.

그는 교토 북쪽 이와쿠라 마을(岩倉村)에 있는 그의 칩거소(蟄居所)로 찾아가 협조해 주기를 간곡히 청하여 그의 쾌락을 받았다. 그는 여러 가지로 사전 공작을 한 끝에

"요는 조슈의 가쓰라와 사쓰마의 사이고를 설득하면 된다. 그 두 사람이 손을 잡게만 된다면 뒷일은 어떻게든지 해결된다"고 내다보고 동행한 히지가다에게 말했다.

"나는 지금부터 팔방으로 뛰겠다. 그런데 몸이 하나라 안 되겠으니 손을 나누자. 자네는 조슈로 가서 가쓰라에게 우리 뜻을 전해 주게. 나는 사쓰마로 뛰어가 사이고를 설복시켜 그를 조슈까지 데리고 가서 손을 잡게 하겠네."

나카오카의 활약은 이때부터 시작되었다. 그가 교토를 출발한 것은 5월 24일이었다. 그날은 우연히도 멀리 규슈의 진수부에서 료마

가 산조 경에게 나카오카와 같은 비책을 말했던 바로 그날이었다.

나카오카와 히지가다는 뱃길로 서쪽으로 나가 부젠(豊前)의 다노우라 항에서 헤어졌다.

나카오카는 그대로 그 배에 탄 채 가고시마로 떠났으며, 히지가다는 딴 배로 갈아타고 조슈로 향했다.

히지가다가 조슈의 후쿠라 항(福浦港)에 다다른 것은 료마가 조슈에 온 지 이틀 뒤였다. 그러나 그것을 알 리가 없는 히지가다는 조슈 번의 요인 보국대(要人報國隊)의 부관 후쿠하라 가즈마사(福原和勝) 등의 영접을 받고 조후(長府)로 가서 본진에 유숙했다. 그는 그곳에서 많은 조슈인들과 만나 사쓰마와 화해할 뜻은 없는지 슬쩍 속을 떠보았다.

료마가 가쓰라와 만난 이튿날 그 사실을 비로소 알게 된 히지가다는 말을 달려 시모노세키로 료마를 찾아왔다.

웬만한 일에는 끄떡도 하지 않는 료마도 이 이상한 일치에는 놀라움을 금치 못하고 장탄식을 했다고 뒷날 백작 히지가다는 회고하고 있다.

"하늘의 뜻이로구나."

료마의 숙소에 히지가다가 옮겨 오면서부터 국면이 갑자기 활발해졌다.

"히지가다 형, 애썼네."

료마는 두 살 위인 동향의 동지를 칭찬해 주었다. 후일 히지가다 백작은 다이쇼 6년 여든다섯 살 때, 이런 강연을 한 일이 있다.

"메이지 유신의 호걸들 중에서 사카모토 료마, 사이고 다카모리, 다카스기 신사쿠를 영기(英氣) 발랄한 세 호걸로 삼고 싶다. 이들 세 사람이 한 일은 실로 하늘이 시킨 일로 쉽사리 다른 사람이 꾀할 바가 못 된다. 나카오카 신타로군 역시 지성 강직한 장부로서 그 역시 동지들 중에서 매우 뛰어나게 두각을 나타낸 사람이었다. 그 당시의 사카모토군은 서른한 살, 나카오카군은 스물여덟 살이었다. 지금 돌이켜 생각해 보아도 어떻게 그런 대사업을 이룩했는지 참 장한 일이라고 생각하는 바이다."
"그런데 료마."
히지가다는 말했다.
"이번 일의 성패는 사이고가 조슈에 오느냐 안 오느냐에 달려 있다. 나카오카가 과연 그를 끌고 오는 데 성공할까가 문제다."
"걱정할 필요 없어."
료마는 말했다. 나카오카 신타로는 사람을 즐겁게 해 주는 풍부한 인망은 없었으나 대인 교섭에 일종의 특기가 있다. 눈을 똑바로 뜨고 열심히 접근해 오는 이상한 기백과, 상대편을 찌르는 듯한 표현력, 그리고 치밀하기 그지없는 계획성이 있었으므로 이것이 모두 합쳐져서 상대를 논리적으로 설득시키는 데는 그 말고 다른 적격자는 없다고 료마는 생각하고 있었다.
더구나 그 설득당하는 쪽의 사이고는 이미 료마에 의해 납득을 한 뒤였으며 지금쯤 번론(藩論)을 조성하고 있을 참이었다.
"번론이 잘 조정(調整)될까?"
"글쎄 걱정 말게. 이미 내가 가고시마에 있을 때 사이고는 이번 일에 쾌히 승낙했어. 그는 안 되는 일에 고개를 끄덕일 사내가 아니야."
그날 조슈 번으로부터 도키다 쇼스케가 찾아왔다.
"이런 여관에서는 비밀이 새어나갈 우려가 있습니다. 그러므로 두 분께서는 잘 아시는 시라이시 마사이치로(白石正一郎) 집에서 유숙해 주시기 바랍니다."
이래서 그들은 숙소를 옮겼다. 시모노세키의 시라이시 마사이치로는 선박 운송업자이다. 그는 조슈에서 으뜸가는 부호로서 협상(俠商)으로 유명했으며, 조슈 번에 막대한 존왕 자금을 제공하고 있을 뿐 아니라 안세이 이래로 지사들의 뒤치다꺼리를 해 주고 있었다. 그들을 위해 숙소를 마련해 주고 여행 도중 궁핍해 있는 자에게는 여비마저 대주는 것이었다. 료마도 탈번 당시 교토에 올라오기 전에 여기서 하루 묵은 일이 있다.

다음 날 가쓰라 고고로가 찾아왔다. 그는 방에 들어서자마자 몹시 초조한 표정으로 다짐을 했다.

"사카모토군, 염려 없겠지?"

가쓰라는 이미 이 비밀 모의를 번주 부자에게 말했다. 그리고 또한 조슈 재정(再征)을 위해 장군이 에도를 출발하여 슨푸(시즈오카)까지 와 있는 오늘날, 조슈 번으로서 번을 구하는 유일한 길은 료마가 제안하는 사쓰마 조슈 연합 이외엔 없었다.

료마가 히지가다의 대우가 더욱더 융숭해지는 것은 아마 조슈 존망의 열쇠가 이들 도사인 손에 쥐어져 있기 때문이리라.

료마에게서 지금 나카오카가 사이고를 데리러 가 있다는 말을 들은 가쓰라는 희색을 띠었으나 곧 어두운 표정으로 걱정했다.

"성공할까?"

료마는 시모노세키의 시라이시 저택에서 체류하며 나카오카를 기다렸다.

나카오카를 기다렸다기보다는 그가 데리고 올 사이고를 기다렸다.

"이제는 기다릴 수밖에 없다."

료마는 매일같이 히지가다의 넓적한 얼굴만 보며 소일하고 있다.

시모노세키에는 화제가 많았다.

서일본에서 으뜸가는 항구이기 때문에 천하의 정세를 알기에는 이곳보다 편리한 곳은 없다. 조슈 번사들이 시대감각에 민감한 이유의 하나는 해상 교통의 요충(要衝) 지대인 시모노세키를 영내에 갖고 있기 때문이리라.

"혹시 들으셨는지요?"

어느 날 조슈 번사가 찾아와 어깨를 부르르 떨며 말했다. 미도의 다타다 고운사이(武田耕雲齋)의 존왕 양이당이 처참한 형을 당했다는 소식이었다.

료마도 이것을 진수부에 있을 때 잠깐 들은 일이 있으나 자세한 것은 몰랐다.

다케다 고운사이는 초기 존왕 양이의 대본산(大本山)이라고도 할 수 있는 미도 번의 중신이다.

미도 번은 차츰 막부파가 실권을 잡기 시작하여 번내는 두 파로 갈라져서 피비린내 나는 투쟁을 계속하고 있었으나, 급진파인 고운사이는 그 투쟁에서 패하자 마침내 동지를 규합하여 대거 교토로 와서 조정과 히도쓰바시 요시노부에게 호소하려고 했다.

뜻밖에 낭인을 포함한 8백 명이 넘는 사람들이 모여들었고, 이내 그들을 진압하려는 막부군과 각 번의 군사들에게 대항해 가며 전진했다. 그들은 도중 에치젠에서 눈(雪)과 허기에 지쳐 마침내는 참담한 꼴이 되어 전군 가가 번(加賀藩)에 의지하여 투항했다. 인원수는 776명이었다. 막부는 그들의 신병(身柄)을 인수하여 무기를 압수하고 쓰루가(敦賀)에 감금했다.

쓰루가에는 그만한 인원을 대량으로 수용할 감옥의 시설이 없다. 그러나 바닷가에 즐비하게 늘어선 청어 저장 창고가 있었으므로 그곳에 전원을 집어넣었다.

가가 번에서 그들을 맡고 있었을 때는 야코(赤穗) 낭사들의 전례를 따라 무사도로써 대우했었으나, 쓰루가로 옮겨 막부 손에 넘어갔을 때부터는 마치 돼지 같은 취급을 했다.

창고의 들창을 모조리 봉쇄한 다음 좁은 창고에 50명씩이나 몰아넣고, 식사는 하루에 주먹밥 2개밖에 먹이지 않았다.

뿐만 아니라 의복은 물론 앞도 가리지 못하게 하고 집어 처넣었다니 그 참상은 짐작할 만하다. 그러다가 판결이 내려 쓰루가의 변두리에 있는 라이게이 사(來迎寺)의 들판에 세 칸 사방의 큰 구덩이를 다섯 개나 파놓고, 다케다 고운사이 이하 간부급 24명의 목을 쳐서 시체를 그 속에 던져 넣었다. 그리고 134명, 이어서 102명, 76명, 16명 등 총계 352명의 동지들을 모조리 목을 베어 그 구덩이에 처넣었다. 역사상 드문 대학살이라 해도 과언이 아니다.

"그랬었구나."

료마는 그 말을 듣고 난 뒤 하루 종일 식사를 끊고 말도 하지 않았다. 이 잔학하기 짝이 없는 도쿠가와 막부를 그대로 방치해 두어도 된단 말인가?

료마는 여전히 시모노세키의 시라이시 저택에서 나카오카 신타로를 기다리고 있다.

'사쓰마 조슈가 연합하면 천하의 일은 성사된다.'

이러한 기대가 크면 클수록 료마는 이상하게도 초조감을 느꼈다. 더구나 막부군은 지금 보무당당하게 장군을 모시고 날로 서쪽으로 진격해 오고 있다.

히지가다는 진수부에 급한 볼일이 있어 그곳으로 떠나고 지금은 없다.

료마는 혼자 시라이시 저택의 별채에 있다.

'에라, 차라리 오토메 누님에게 편지나 쓰자.'

어느 날 기분을 돌리기 위해 종이와 필묵을 빌려다가 생각나는 대로 근황을 적었다.

'지금 시모노세키에서 무료한 나날을 보내고 있습니다. 내가 고향에 있을 때 농군들이 기도사(祈禱師)를 청해 다가 기우제(祈雨祭)를 지내는 것을 보았는데, 내가 지금 시모노세키에 서서 그 기도 같은 일을 하고 있습니다. 과연 이 유사 이래의 큰 가뭄에 비구름이 몰려와서 굵다란 빗방울이 쏟아질지 의문입니다.'

그는 붓을 멈추고 잠깐 생각하다가 다시 써내려갔다.

'서투른 기도사는 덮어놓고 빕니다. 그러나 능숙한 기도사는 우선 비가 올지 안 올지 그것부터 자세히 조사해 본 다음, 비가 내릴 만한 때를 골라서 향불을 피우고 기우제를 올립니다. 그러면 틀림없이 비가 오게 되지요. 천하의 일도 이 기우제와 같은 것이라 시운(時運)이라는 것이 있으므로 그 시운을 잘 택해야 합니다. 나는 시운을 잘 맞추었다고 생각하고 시모노세키에 나왔으나, 서남쪽 하늘에서 몰려 올 비구름이 아직도 나타나지 않고 있습니다.'

그리고 하루이와 겐 할아범, 오야베에게도 편지를 써서, 마침 시라이시의 주선으로 도사행 배에 부탁해 보내기로 했다.

가쓰라도 어지간히 초조한지 2, 3일에 한 번씩은 찾아와서 물었다.

"아직 사이고군은 안 왔나?"

어느 날은 참다못해 말했다.

"사카모토군, 나는 지금 곤경에 처해 있네. 내 입장을 좀 들어보게. 사이고군과 만나 연합에 관해 회담한다는 것은 번주 부자님께도 이미 말씀드렸고, 번의 일부 사람들에게도 극비로 알려 주었지. 그러나 비밀은 누설되기 쉽단 말이야."

"그래서, 누설됐단 말인가?"

"꽤 알려져 있어. 그 때문에 번청에서는 공공연히 나를 비난하는 자도 있고, 그중에는 나를 암살하려는 자도 있어."

"큰일이군!"

그러나 료마는 그런 일에는 동정하지 않는다.

"가쓰라군, 자네는 시치미를 떼고 있으면 돼. 자네가 자주 야마구치로부터 시모노세키를 왕래하기 때문에 의심을 받고 있는 모양인데, 시모노세키에 좋아하는 기생이 있다고 하면 되네. 나한테 오지 말고 청루에서 지내는 게 어떨까?"

"그런 겐로쿠(元祿) 시대의 오이시 구라노스케(大石內藏助) 같은 흉내는 막부군과 개전을 앞둔 조슈 번에서는 통하지 않아. 오히려 착실치 못하다는 이유로 흥분한 놈들에게 칼침이나 맞게 되지."

첫째 이유는, 교토의 산본기(三本木)에 있던 기녀 이쿠마쓰가 낙적(落籍)되어 오마쓰(愛妻)라는 본명으로 지금 야마구치에 있다. 그 애처(愛妻)의 잔소리가 귀찮은 것이리라.

윤5월 21일, 맑음

료마가 그날 저녁 저녁상을 받고 밥을 먹고 있는데 장지문이 드르륵 열렸다.

부지중 료마는 젓가락을 떨어뜨렸다. 나카오카 신타로가 서 있었다.

"기다리고 있었다."

료마가 말하자 나카오카는 칼을 내던지고는

"실패했어."

고꾸라지듯 털썩 앉았다. 문복(紋服)이 바닷바람과 물보라에 바래어 형편없이 남루해져 있었다.

"나카오카, 용기를 내라. 인간 세상에 실패란 없는 법이야."

료마는 그를 격려하며 일의 자초지종을 자세히 말하게 했다.

나카오카가 배로 가고시마에 도착한 것은 윤5월 초엿새이다. 즉시 사이고의 집을 방문하여 사쓰마 조슈 연합에 관해 이야기를 꺼냈다.

"아, 좋고말고요."

사이고는 술상을 차려 내어 환대했다.

"그것에 대해서는 이미 사카모토님에게 말씀 들었습니다. 언제까지나 사사로운 원한을 품고 있으면 안 된다고 책망도 들었지요."

그러나—하고 사이고는 말하는 것이었다.

"조슈 쪽에서는 어떻게 나올까요?"

사쓰마가 타협을 하더라도 조슈에서 응하지 않을 거라고 그는 염려하는 것이다. 사실 사쓰마인들은 조슈인의 강한 집념에는 어지간히 애를 먹고 있었다. 지금도 세도 내해를 왕래하는 사쓰마 번의 선박 한 척도 조슈의 항구에는 기항할 수가 없다. 기항하면 연안 각지에 주둔하고 있는 조슈 번의 여러 부대가 공격해 올 우려가 있는 것이다.

또한 조슈 번에서는 공문서에까지도 사쓰마 번이라는 말을 쓸 경우, 때때로 '사쓰마 적(賊)'이라고 쓴다.

"그러나 이제 걱정하실 필요는 없습니다. 가쓰라군이 귀하와 만나서 기탄없이 회담하고 싶다면서 야마구치 정청(政廳)에서 시모노세키로 나와 지금 대기하고 있습니다."

"허어, 가쓰라군이 무사히 고향에 돌아가 있습니까? 그거 참 다행입니다."

"그건 그렇고, 저쪽에선 가쓰라군이 그 정도로 성의를 베풀고 있으니까, 물론 이쪽에서도 만나 주시겠지요?"

나카오카의 쾌변은 유명했다. 쓸데없는 말은 하지 않았고 착착 이야기를 진행시키는 것이 나카오카의 쾌변이다.

"만나고말고요."

사이고는 머리를 끄덕이고 곧 번의 기선을 준비시켰다.

16일에 출발했다.

17일은 휴우가 우사기노우라(兎之浦)에서 바람을 피하고, 18일은 분고(豊後) 사가노세키(佐賀關)에 기항했다. 시모노세키는 바로 코앞에 있었다.
그런데 여기까지 와서 사이고가 갑자기 꾸물대기 시작한 것이다.
"나카오카님, 이거 참 미안한 일이 생겨 야단났습니다. 지금 곧 교토로 오라는 편지가 왔으니, 시모노세키엔 못 가겠는데요."
사이고의 표정에는 석연치 않은 점이 있었다. 나카오카가 보아도 거짓말을 하고 있다는 것을 알 수 있었다.

"나카오카, 침착하게 말해."
"침착하다."
나카오카는 창백한 얼굴로 말했다.
"그래서?"
"흠, 배 위에서 나도 맹렬히 사이고에게 대들었다. 시모노세키에 들르지 못할 만큼 화급한 일이란 무어냐고, 그 거한에겐 좀 미안했지만 따지고 들었지."
나카오카의 말에 의하면 사이고는 이렇게 대답했다고 한다.
"조슈 재정(再征)에 관한 일입니다."
사이고는 다시 말했다.
"장군이 교토를 향해 진격하고 있는데 물론 상대는 조슈이므로 이 무모한 출병을 중지시켜야 합니다."
나카오카는 기가 차서 따지고 들었다.
"그러기 때문에 하는 사쓰마 조슈 연합이 아니오?"
사이고는 다시 말했다.
"옳습니다. 그러나 지금 시모노세키에 가서 가쓰라군과 만나는 일보다도 급한 일이 교토에 있습니다."
어찌됐든 장군의 무모한 출병을 중지시킬 세력은 조정밖에 없다.

희망 45

그러나 공경들은 약골이라 막부의 말에 거역하지 못할 것이다. 그러므로 급히 교토로 올라가 니조 간파쿠(二條關白) 이하의 유력한 공경들을 역방(歷訪)하여

"이번의 조슈 재정벌은 대의명분이 서지 않는 출병이라, 사쓰마 번에서는 가담하지 않을 뿐만 아니라 극력 반대한다"라는 취지를 단단히 말해 놓겠다고 사이고는 말하는 것이었다.

"그러나 그 일에 관해서는 오쿠보군이 교토에서 맹렬히 활약하고 있지 않소?"

나카오카가 더욱 공격하였다.

"바로 그 오쿠보에게서 거들어 달라고 소식이 온 것이오."

사이고는 핑계를 댔다.

"그럼 단 한 시간이라도 좋으니 시모노세키에 잠깐 들러서 가쓰라를 만나 주지 않겠소?"

"글쎄, 만나고 싶은 마음은 태산 같으나, 언제고 또 만날 기회가 있겠지요."

사이고는 끝까지 버티었으므로 어지간한 나카오카도 단념하고 말았다.

나카오카는 포기하고 사쓰마 선에서 내려, 어선을 세내어 해협을 건너 시모노세키로 왔다는 것이다.

'사이고가 변심했구나!'

료마는 순간적으로 느꼈으나 곧 생각을 돌렸다.

'이쪽에 무리가 있었다.'

나카오카가 그 칼날 같은 언변으로 몰아세웠으니 사이고도 일어나지 않을 수 없었을 것이다. 말하자면 어거지에 못 이겨 배에 올랐을 것이 틀림없다. 그런데 배 안에서 가만히 생각하는 동안 열이 식어 번의 체면을 존중하게 되었을 것이다.

'뭐, 구태여 우리 사쓰마 번 쪽에서 조슈로 찾아갈 필요는 없다. 찾아가면 이쪽의 약점을 드러내는 격이 된다.'

그리고 도사의 낭사 나카오카 신타로의 말재주에 넘어가서 시모노세키 같은 먼 곳까지 어정거리고 갔다고 하면, 사쓰마를 증오하는 조슈인들이 잔뜩 모여들어 난데없는 창피를 줄지도 모른다.

'틀림없이 그렇게 생각했을 것이다. 그 사내는 아직도 사쓰마밖에 모르는 외고집장이니까.'

료마는 이렇게 생각하며 우선 나카오카를 달래려고 했으나, 나카오카는 뿌리치듯 말했다.

"안 돼, 가쓰라가 화를 낼 걸세."

가쓰라가 화를 낸다면 영원히 사쓰마 조슈 연합은 이루어지지 않을 것이며 일본은 암흑의 심연 속에 빠지게 될 것이라고 나카오카는 말했다.

이때 가쓰라 고고로가 들어왔다.

여담이지만, 도사인은 산악형(山岳型)과 해양형(海洋型)으로 나누어져 있다고 한다.

보통 산악형의 대표적 인물을 나카오카라고 하고 해양형의 대표를 료마로 치고 있다.

착실하고 꼼꼼하며 계획성이 뛰어나지만, 윤곽이 지나치게 뚜렷하고 폭이 좁은 데다 융통성이 없는 게 산악형이다.

나카오카의 태도가 바로 그것이었다.

"가쓰라군, 면목이 없네."

정색을 하며 당장이라도 배를 가를 것 같은 표정이었다.

"사이고군은 오지 않았네."

"뭐라고?"

가쓰라는 엉거주춤 일어섰다. 양손이 노여움으로 부들부들 떨리고 있었다.

나카오카는 자세히 설명했다. 그러나 가쓰라에게 그것이 들릴 리가 없었다.

"이제 와서 그까짓 설명 따위 필요 없어!"

가쓰라는 성난 소리로 쏘아붙였다.

"사이고가 왔나 안 왔나, 그것으로 족해. 그따위 경위 같은 건 듣고 싶지 않아. 나카오카군, 그러기 때문에 처음 자네들의 제안을 들었을 때부터 일의 성공을 의심했던 것이다. 그런데 자네들이 하도 여러 말을 하기 때문에 그만 넘어가 버렸지. 조슈는 굴욕을 당했다."

당한 것은 수치뿐이라고 가쓰라는 노발대발했다.

미인이 있다. 중매쟁이인 료마와 나카오카가, 부탁도 하지 않았는데 조슈라는 신랑감에게 혼담을 꺼내는 바람에 신랑감은 반신반의하면서도 맞선보는 자리에서 기다리고 있었으나 상대편 미인은 끝내 나타나지 않았다.

사내로서의 면목이 이 이상 손상될 수는 없을 것이다.

애당초 아름다운 색시 쪽은 신랑 쪽을 대수롭지 않게 생각하고 있었다.

"면목 없네."

나카오카는 비참한 중매쟁이가 되었다. 그 꼴은 오히려 우스꽝스러웠다.

"면목 없다는 말로 끝날 수 있는 건가?"

가쓰라는 화가 나 싸움 투로 나왔다.

"조슈 번은 나 때문에 공연한 수치를 당한 꼴이 됐다. 뭐라고 형언할 수 없는 이 심정을, 타번 사람인 자네는 모를 걸세."

"알고 있네."

나카오카가 얼굴을 붉혔으나 가쓰라의 노기는 좀처럼 가라앉을 것 같지 않았다.

"나카오카군, 잘 들어 두게. 조슈에서는 처음부터 한 사람도 그 따위 사쓰마의 돼지들과 손을 잡으려는 사람은 없었네. 기병대의 대장들은 사쓰마와 손을 잡을 바에는 양이들의 구두를 머리에 쓰고 다니는 게 낫다고 했을 정도야. 번주님 부자분도 거의 같은 생각을 갖고 계셨지. 그런 것을 내가 필사적으로 설득하여 시모노세키에서 사이고와 만난다는 단계에까지 이끌어 올렸던 거야. 그런데 나는 돌아가서 뭐라고 변명해야 옳단 말인가? 원칙적으로 말한다면 이건 할복감이다."

"내가 할복해도 좋다."

나카오카가 말했다. 그러나 가쓰라가 말했다.

"자네는 도사인이 아닌가? 타번 사람이 배를 갈라 봤자 아무 소용이 없네."

"그 말 잘했어."

료마는 껄껄 웃어젖혔다.

"그만큼 화가 나서 소릴 질렀으면 이제 분통도 좀 가라앉았겠지."

"사카모토군!"

"알았네, 알았어. 내게 묘안이 있네. 조슈 흥망에 관한 거야."

"들어 보겠나?"

료마가 가쓰라에게 말했다.

가쓰라는 고쳐 앉았다. 하고 싶은 말을 다 한 끝이라 이상하게 얼굴이 하얗다.

"듣지."

"분은 가라앉았나?"
"아직 멀었네."
가쓰라는 기운 없는 목소리로 말했다. 그러나 해삼처럼 신축성 있고 종잡을 데가 없는 료마에게는 화풀이를 할 수가 없다.
"그럼, 화가 가라앉거든 말하기로 하지."
료마는 얼굴을 쓰윽 문질렀다. 가쓰라는 애가 탔다. '조슈 흥망에 관한 묘안'이라는 표제까지 붙여 놓고 말하지 않는다는 것은 "비겁하다"고 대들었다.
"화난 사람에게 말해 봤자 소용이 없지 않나."
"아니, 이제 화는 안 내겠네. 기분도 진정되었어."
"조슈 번은 막부와 싸운다. 십중팔구는 조슈가 지네. 그러나 이길 수 있는 방법은 있어. 그것은 군함과 서양식 총포를 사들이는 일이야."
"알고 있어. 하지만 살 수가 없으니 어쩌겠나."
당연한 말이었다. 일본의 공인 정부는 막부이며 잠재 정권은 교토 조정이다. 이 두 곳으로부터 적대시당하고 있는 조슈 번에 외국 상사가 무기를 팔다가는 일본에서 장사를 해먹지 못하게 된다.
"사쓰마 번의 이름으로 사면 돼."
료마는 몹시 비약적인 말을 했다.
"어리석은 소리! 그 사쓰마가 방금 말한 것 같은 태도가 아닌가."
"내가 가쓰라군에게 우리 가메야마 동문의 이야기를 안했던가? 나는 사쓰마로부터 장사를 위임받고 있다네."
"들었어."
"그렇다면 확실한 게 아닌가? 우리 가메야마 동문에서 군함을 사들인다면 결과적으로는 사쓰마 번에서 산거나 마찬가지지. 그걸 그대로 조슈로 돌린다."

"……."

"아메리카 합중국에서는 남북전쟁이 끝났다. 지금 그들은 전쟁 중에 대량으로 생산했던 총포의 처치에 골머리를 앓고, 무기 상인이 상해로 싣고 와서 그걸 계속 항구의 창고에다 쌓아올리고 있는 중이다. 그걸 몰래 조슈가 사들여 막부에 대항한다면 화승포밖에 없는 막부군 따위는 대번에 날려 버릴 수 있다."

"흐음!"

가쓰라는 무릎을 앞으로 내밀었다.

"정말 그렇게 할 수 있는가?"

"할 수 있지. 내가 도사의 무리를 중심으로 가메야마 동문을 만든 것도 그 때문이다. 나의 동문을 중심으로 사쓰마와 조슈가 손을 잡는다. 말하자면 우선 장사 길에서 손을 잡는 거지. 그러다가 서로 마음을 알게 되면 동맹을 맺게 되는 거야."

"흐음!"

가쓰라는 눈을 빛냈다.

료마는 말을 이었다.

"곰곰이 생각해 보면, 이 시모노세키에서 사이고와 자네가 순조롭게 악수하고 대뜸 사쓰마 조슈 연합을 이룩한다는 것은 처음부터 무리였어. 하기야 그 무리를 알면서도 주사위를 던져 보았던 것이지만 역시 뜻했던 것처럼 좋은 수는 나오지 않았다. 세상일에 우연을 기대하면 안 되네. 가쓰라군, 자네도 그렇게 덮어 놓고 화를 내지 않는 게 좋을 걸세."

"부탁하네."

가쓰라는 료마의 손을 잡았다.

삼도왕래

 이럴 경우 삼도(三都)라고 하면 교토, 시모노세키, 나카오카를 가리킨다.
 료마는 시모노세키에서 가쓰라와 약속한 다음부터 마치 부지런한 행상인처럼 활동하기 시작했다.
 우선 시모노세키에서 가쓰라와 헤어진 그는 조슈 번의 파발마를 보내 나카오카의 가메야마 동문의 동지에게 급보를 보냈다.
 '군함을 한 척 사들여라'는 것이었다. 사정도 자세히 썼다. 그리고 나카오카의 사쓰마 번저에 아직 있을 중신 고마쓰 다데와키에게도 편지를 써서 사정을 자세히 설명한 다음 '제반사를 잘 부탁하오'라고 써 보냈다.
 돌아오는 편에, 보냈던 상대로부터 모두 '맡겠다', '노력하겠다'는 다행스런 회신이 왔다.

'됐다!'

료마는 손뼉치며, 곧 체류하고 있던 시라이시 댁에서 말을 얻어 가쓰라가 있는 야마구치를 향해 쏜살같이 달렸다.

나카오카도 말을 채찍질해 료마와 나란히 달렸으나 료마만큼 익숙하지 못했다.

'괴상한 사나이야.'

달리면서 나카오카는 생각했다.

'유신 회천(維新回天)의 사업이란' 하고 나카오카는 생각했다. 동지와 토론을 하거나, 교토에서 막부파에게 칼을 휘두르거나, 공경을 움직이고, 신센조와 싸우고, 덴추조(天誅組)의 의거에 가담하고, 하마구리 궁문에서 막부군과 충돌하는 등, 그런 것만인 줄로 알고 있었다. 실제로 나카오카나 도사의 낭사들은 그러한 피비린내 나는 수라장을 겪어 왔으며 지금도 그 의식 속에 있는 것이다.

'그런데 이 료마의 방법은 틀리는군.'

사쓰마 조슈 연합 하나만 하더라도 주의(主義)로써 손을 잡게 하는 것이 아니라, 실리(實利)를 들어 악수시키려는 것이었다.

이쿠노(生野) 의거나 덴추조 의거와는 전혀 다른 회천(回天)의 방법이었다. 그것은 몹시 현실적이었다.

"옳지! 료마, 알았다."

말머리를 나란히 하며 말했다.

"뭘 말인가?"

"자네의 방법 말이야. 나는 사쓰마 조슈 연합을 구상했을 때, 똑같은 근왕주의의 두 번이 으르렁거리는 것은 이해할 수가 없다, 생각이 같다면 합쳐야 하지 않는가 생각하고, 그 방향에서 손을 잡게 하려고 했네."

관념과 사상으로 파고들었다는 뜻이다.

그러나 료마는 이해 문제로 파고든다. 사쓰마와 조슈의 실정을 잘 파악하여, 견원지간(犬猿之間)이라 해도 어딘가에 이해가 일치하는 곳은 없는 가를 살폈던 것이다. 그것이 병기 구입의 문제이다. 조슈도 좋아하고 사쓰마도 통양(痛癢)을 느끼지 않는다. 그 점에서 우선 선을 닿게 한 것은 나카오카 등이 거쳐 온 지사적 논리로서는 도저히 상상조차 할 수 없는 착상이었다.

"지조만 높다면 장사꾼의 흉내를 내도 상관없다. 오히려 지구를 움직이고 있는 것은 사상이 아니고 경제다."

그런 의미의 말을 료마는 도사 사투리로 역설했다.

얼마 후 야마구치의 번청에 당도하여 가쓰라를 불렀다.

"누구건 안목 있는 사람을 뽑아서 곧 나카오카로 보내 주게."

료마가 말했다.

나카오카에서 군함을 산다고 해도 어떤 군함을 얼마나 주고 사야 하는지 조슈에 있는 료마에게는 짐작도 가지 않았다.

모든 것은 가메야마 동문의 동지들과 사쓰마 번의 중신 고마쓰 다데와키가 적절히 처리해 주리라.

그러나 실제로 사는 것은 조슈 번이다. 당연한 일이지만 조슈 번의 사람이 출장 가지 않으면 안 된다.

"그 인선(人選)인데……."

료마는 야마구치 교외의 유다 온천숙(湯田溫泉宿)에서 가쓰라에게 말했다.

"이론만 내세우는 수재는 곤란한데."

료마는 말했다. 관념주의자가 아닌 사람을 원했다. 근왕 양이만 부르짖는 고지식한 자나, 사쓰마 혐오증으로 머리에 피가 곤두서는 사나이들은 군함이라는 커다란 물건은 살 수 없으며, 또한 그런 사람들이 나카오카로 가 봤자 사쓰마인들과 싸움만 할 뿐이다.

'사물을 볼 줄 아는 사나이'를 원한 것은 바로 그런 이유에서였다.

"마침, 적격자가 있네."

다음날 아침, 가쓰라가 데리고 온 것은 두 젊은이였다.

'조선인이 아닌가?'

료마가 의심했을 정도로 두 사람이 모두 광대뼈가 솟고 눈꼬리가 치켜 올라간 사나이들이었다.

"이쪽이 이노우에 몬타(井上聞多)고, 저 사람이 이토 슌스케(伊藤俊輔)라고 하네."

가쓰라는 그들을 소개했다. 그리고 료마를 가리키며 소개했다.

"이분이 도사의 사카모토 선생이네."

료마는 겸연쩍어했다.

이노우에는 료마와 동갑이다. 유신 후, 이노우에 가오루(井上馨)라고 개명하여 재정통으로 유명했다(다이쇼 4년에 죽음, 후작).

이노우에는 상급 무사 계급의 출신이었으나 이토 슌스케는 하급 무사 계급도 못 된다. 농군 출신으로서 어릴 때 무사 집의 잔심부름을 하고 있다가, 마침 옆집 아들인 요시다 도시마로(吉田稔麿)가 그를 사랑하여 요시다 쇼인에게 데리고 갔다.

"슌스케는 주선(周旋)의 재간이 있다."

죽은 쇼인은 그 점을 칭찬했다. 그가 말하는 주선이란 정치적 절충을 말하는 것이었다.

슌스케가 신분이 낮은 것을 스승인 쇼인은 애석하게 여기고 무사인 구루하라 료조(來原良藏)의 부하로 만들고, 그 구루하라가 죽은 뒤는 가쓰라가 맡아서 명목상의 가신으로 삼았다.

물론 번에서의 발언권을 얻게 하기 위한 것일 뿐 사실상의 가신은 아니다.

갓 지사가 됐을 때만 하더라도 남의 뒤에 붙어다니며 암살이나 외국 상관(商館)의 방화를 거들거나 하며 멋모르고 날뛰었으나, 얼마 후 번의 비밀 유학생으로서 중국 노동자로 변장하여 영국으로 건너갔다. 동행은 이노우에 몬타였다.

그들은 얼마 후에 바칸(馬關) 해전 때문에 귀국하여 조슈 번의 귀중한 해외통(海外通)이 되었다.

"그럼, 두 분에게 부탁할까?"

료마는 가메야마 동문의 동지 일동에게 쓴 소개장과, 나카오카에 체류 중인 사쓰마 번의 중신 고마쓰 다테와키에게 보내는 소개장을 한 통씩 써서 주며 말했다.

"조슈인이라는 것이 발각되면 생명이 위험하네. 나카오카에서는 사쓰마 번저에 잠복하여 사쓰마인으로서 행동하게."

"예."

이토 슌스케는 씩씩하게 대답했다. 이제 갓 스물다섯 살이다. 이 사나이는 후에 이토 히로부미(伊藤博文)라고 개명했고 메이지(明治) 42년에 죽었다. 공작.

나날이 여름철로 다가서고 있다. 조슈 야마구치에서 가쓰라 등과 이야기를 나눈 열흘 후, 료마는 햇볕이 따갑게 내리쬐는 후시미 가도를 따라 교토로 걸음을 재촉하고 있었다.

도베가 짤막한 다리를 종종거리면서 따라온다. 그 뒤에는 나카오카 신타로.

"나리, 교토는 낭인들의 지옥이라고 하더군요."

"그렇다더군."

도중, 여러 개의 관문을 지났다. 아이즈 번, 구와나(桑名) 번, 오가키(大垣) 번, 신센조, 순찰대 등이 막부의 명을 받고 조슈인이나 조슈계 낭사들의 잠입을 경계하고 있었다.

그때마다 료마와 나카오카는 '사쓰마 번저'라고 사칭해 왔다.

어느 관문에서나 두 사람은 안색조차 변하지 않고 말했다.

저쪽에서 뭐라고 물어 와도 거세게 고개를 저으며 빠른 사쓰마 말로 떼를 써서 통과했다.

"몰라! 무슨 말인지 몰라. 고향을 처음 떠나와서 말을 알아들을 수 없소."

사실 번 밖으로 처음 나온 사쓰마 번사 중에는 일반 언어가 통하지 않는 자가 많았다.

"뭐야, 촌놈들이군!"

서로 수군대며 통과시켜 주었다. 그리고 지금 사쓰마는 표면상 막부와 손을 잡으면서 교토 정계를 마음대로 지배하고 있으니만큼, 좀 수상하다는 생각이 들어도 말썽이 날까 두려워 통과시켜 주는 것이었다.

두 사람은 무사히 니시키고지의 사쓰마 번저로 들어갔다. 사이고는 부재중이었다. 아이즈 번과의 회합으로 산본기에 가서 저녁때나 돌아온다는 것이었다.

두 사람은 매우 환대를 받았다. 마치 귀인이라도 맞이하는 듯한 접대였으며, 차시중을 드는 사람이 하나 붙고 목욕탕 준비, 술안주의 마련 등 정성을 다하였다.

교토에서 접대를 맡고 있는 다카사키 사타로(高崎佐太郎)라는 젊은이가 최근의 막부 정세를 알려 주었다.

"두 선생님께서는 듣고 계시리라 생각합니다만 막부는 이런 생각으로 있는 모양입니다."

그의 말에 의하면 막부는 이번에 조슈 재정벌을 함에 있어 조슈를 완전히 멸망시킬 생각이라고 한다.

"멸망시킨 후에는?"

"막부령(領)으로 삼아 그것으로써 해군 비용에 충당하겠다고 합니다. 요즘 막부의 실권을 장악하고 있는 오구리의 안이라고 하더군요."

막부는 이번 조슈 정벌에 홍패를 걸고 있는 모양이었다. 조슈를 멸망시킨 다음에는, 조슈의 근왕당을 위시하여 나카오카 등 조슈로 망명 가 있는 낭사들을 모조리 처형하고, 진수부에 있는 산조 사네토미 경 이하 다섯 명의 망명 공경은 하치조 섬(八丈島)으로 귀양 보내기로 되어 있었다.

"사쓰마 번의 방침은 이미 결정되어 있습니다. 들으셨으리라고 생각합니다만 막부의 조슈 재정벌은 어디까지나 사사로운 싸움이라 보고, 단호히 출병에 응하지 않는다는 태도로 있습니다."

"하찮은 것을 여쭙니다만……."

료마가 입을 열었다.

"사쓰마는 올해 쌀농사가 흉작인 모양이지요?"

"예?"

그의 말대로 사쓰마는 과연 금년에 쌀농사가 흉작이었다. 원래 사쓰마 번은 쌀농사가 잘 되지 않아 감자나 고구마, 피, 좁쌀 등이 주식으로 되어 있다. 상당한 무사 집안에서도 감자나 고구마를 제외하고는 식생활을 할 수 없었다.

그러나 곤란한 일이 있었다. 이 사쓰마 번은 내면으로는 시대의 급변에 대비하고, 표면적으로는 교토를 수호하기 위해 지금 고향에서 상당수의 번병을 교토로 보내 놓고 있다.

'그들은 교토에서도 감자를 먹을까?'

료마는 그것을 생각한 것이다.

'설마 그럴라구?'

이렇게 추측했다. 그러잖아도 여러 번의 무사들로부터 고구마 무사니 하는 비웃음을 사고 있는 그들이었다.

화려한 왕도(王都)에서 고구마를 먹다가는 사쓰마 번의 인기에 지장이 있고, 의젓한 얼굴로 교토 정계의 한 파의 우두머리라고 으스댈 수 없을 것이다.

'쌀밥을 먹을 것이다.'

그 쌀이 없다. 하기야 비싼 돈만 낸다면야 오사카나 오쓰의 미곡상에서 얼마든지 사들일 수 있다.

그러나 재정 관념이 지나치게 발달되어 있다고 해도 좋을 사쓰마 번이, 번연히 손해일 줄 알면서 그런 비싼 쌀을 번병들에게 먹이는 것은 괴로울 것이다.

"실은 값싼 쌀이 있소."

료마가 말했다. 이럴 때는 그가 근왕의 지사인지 중개인(仲介人)인지 분간을 할 수 없다.

"허어, 솔깃한 말이군요."

다카사키 사타로는 반색을 했다. 그는 사쓰마 번에서 으뜸가는 시인(詩人)으로 후에 궁중장악원(掌樂院)의 직원이 되어 메이지 천황의 와카(和歌) 상담역을 맡았다. 그러나 그가 젊었을 때에는 경제에도 다소 흥미가 있었던 것 같았다.

"어느 곳의 쌀입니까?"

"아니, 그것은 아직 모릅니다."

료마는 말을 흐렸다. 자기의 마음속에 있는 것은 조슈의 쌀이었다. 조슈는 쌀의 명산지라, 공식적으로는 36만 9천 석이라고 되어 있지만, 2백 년에 걸친 개간과 간척 사업의 덕분으로 실제 수확고는 1백만 석을 넘을 거라는 중론이었다. 그 쌀을 얼마쯤 사쓰마 번의 교토 주둔군의 군량으로 돌리라고, 료마는 설득할 작정이었다.
—만일 그것이 실현된다면.
료마는 혼자 생각을 해 보았다. 그 쌀은 중대한 의미를 띠게 될 것이다. 아무튼 사쓰마가 대군을 교토에 주둔시키고 있는 최대의 의미는 막부를 견제하고 조슈 재정벌을 중지시키는 데 있다.
조슈에게 이것보다 고마운 일은 없다. 그 사례로 값싼 쌀을 군량으로서 교토로 보내는 것이다.
'쌀을 통해서 조슈인들의 사쓰마에 대한 증오의 감정도 완화되리라.'
이것이 료마의 착상이었다. 이 사나이는 근왕 논의를 하는 것보다 이런 일로써 사쓰마 조슈 연합과 막부 타도의 큰 구상을 착착 진행시키려고 하는 것이었다.
저녁 나절 사이고가 돌아왔다.
"야아, 사카모토님이 오셨군요! 어이구, 나카오카님도……."
사이고는 얼굴의 땀도 씻지 않고 급히 들어와서 말했다.
"시모노세키에 못 가서 죄송합니다. 이렇게 머리 숙여 빕니다. 그래서 중매인이신 두 분이 저희들의 죄를 따지시려고 뒤쫓아 오셨소?"
"그 중매 문제……."
료마는 말했다.
"당분간 쉬기로 했소."

"쉰다구요? 이 사이고를 상대하는 중매 역할은 이제 손떼시겠다는 말씀인가요?"
사이고는 말하면서, 순간 그의 눈이 어린아이같이 수줍음을 띠고 두 볼에 빨갛게 핏기가 올랐다.

사이고란 묘한 사나이였다. 분명히 사이고는 시모노세키에서 가쓰라와 만나겠다고 나카오카와 약속을 했으나, 사가노세키(佐賀關)까지 와서 다른 말을 했다. 그 식언을 료마가 분개해 하고 있다고 생각했다.

'이 사람을 노하게 했다. 틀림없이 내가 나빴다.'

선뜻 그렇게 생각한 모양이었다. 그렇게 생각하자 소년처럼 얼굴을 붉히며 어쩔 줄을 모르고 당황함을 보였다.

'이상한 사나이군.'

료마는 관찰했다.

재미있는 것은 바로 그 사이고가 한쪽에서는 안색 하나 바꾸지 않고 권모술수의 큰 연극을 해치운다는 점이었다. 극단적으로 어른다운 면과 아이처럼 천진한 면이 하나의 인격 속에 함께 들어앉아 있다.

사이고의 매력은, 그 상반되는 것들이 그 사나이의 인격 속에 자연스럽게 동거하면서 간단없이 그 두 개의 얼굴이 들락날락하고, 다시 그것이 번쩍번쩍 선회하는 듯한 광채를 발하는 데 있는 모양이다.

그렇기 때문에, 사쓰마 남부의 건아들이 주군을 위해서라기 보다는, 오히려 사이고를 위해 목숨을 바치고자 하는 기현상이 나타난 모양이다.

"천만에요!"

료마까지도 이 사이고의 지나치게 천진한 태도에 당황했다.

"그런 뜻이 아닙니다. 다만 시기가 너무 빨랐다는 것을 알게 되었습니다. 내가 쉬겠다는 것은, 혼담을 잠시 중단하고 그보다도 쌍방이 무슨 일이 있어도 해로하겠다는 마음이 생기도록 연구를 하겠다는 의미입니다."

"아아, 살았다!"

사이고는 웃으며 옆에 있는 요시이 고스케와 나카오카 한지로를 향해 말했다.

"무언가 술안주는 좀 없는가?"

그들이 번저의 주방 담당자에게 물으니 마른안주라면 있다고 했다. 그것이 부엌에서 날라져 왔다.

"어째서 사가까지 와서 마음이 변했소?"

료마가 묻자, 사이고는 빙긋이 웃으며 그 대답은 않고 다른 말을 했다.

"어느 번에나 보수적이고 완고한 막부파라는 것이 있습니다."

요컨대 사이고는 시마쓰 히사미쓰까지도 포함하여 번의 문벌가들의 양해를 얻지 못했던 모양이다.

막부의 적인 조슈와 손을 잡는다는 것은 상식으로는 상상할 수 없는 일이다. 그런 것을 사이고가 멋대로 혼자서 손을 잡는다면 독주(獨走)가 되고 만다.

"이건 딴 이야기오만"

료마는, 조슈 번이 나카오카에서 사들이는 군함과 총포는 사쓰마 번의 명의로 해 주기를 바란다. 그 일은 나카오카에 출장중인 귀번의 중신 고마쓰 다테와키님에게 부탁해 놓았으며, 이미 조슈에서는 이노우에 몬타와 이토 슌스케라는 자가 구매관으로 출장 나가 있을 것이라고 하여 사후 승낙을 요청했다.

"좋고말고요. 이미 사카모토님의 가메야마 동문에 사쓰마의 명의를 빌려 드리고 있고, 그 이름을 어떤 목적에 쓰시든 사쓰마 번에서는 누구 하나 군소리할 사람이 없습니다."

한편—

조슈 번의 밀사 이노우에 몬타와 이토 슌스케가 조슈의 시모노세키를 출발한 것은 7월 16일이었다.

일본 배를 타고 규슈로 건너갔다. 두 사람은 동지들 사이에서 쌍둥이라는 말을 들을 정도로 어디를 가나 둘이 함께 했으며, 여색을 몹시 좋아한다는 점에서도 의기가 상통했다.

적절히 재치 있는 말을 즐겼으며 적당한 배짱도 있었다. 야지로베에(彌次郞兵衛)와 기다하치(喜多八) 같은 사이인 것이다.

선상에서 이토가 이노우에의 얼굴을 보며 말했다.

"여보게, 몬타!"

"아무리 더워도 삿갓은 벗지 말게나."

"알고 있네."

이노우에 몬타는 대답했다. 그의 얼굴에는 오른쪽 뺨에서 입술에 걸쳐 깊은 상처가 있었다.

그런 얼굴을 드러내고 여행을 하다가는 여인숙 같은 곳에서 의심받을 것이다.

'어떤 놈인가?'

아니, 상처는 얼굴뿐 아니다. 윗도리를 벗어 상반신을 드러내면 온몸에 칼자국투성이였다.

상처의 내력은—

지난해 9월 25일 밤 8시가 넘어 번청에서 나와 야마구치 교외에 있는 자택으로 돌아가려고 소데도키 다리(袖解橋) 앞에 다다랐을 때, 어둠 속에서 수명의 무사가 우르르 나타나 물었다.

—몬타님이시지요?

'그렇소'라고 대답하자 하나가 등 뒤로 달려들어 끌어안고, 다른 몇 명이 칼을 휘둘러 이노우에의 몸을 닥치는 대로 난도질했다.

첫 번 칼은 등 뒤에 맞았으나 다행히도 그의 칼이 등 뒤로 돌아가 있었기 때문에 칼날이 그것에 맞아, 피는 흘러나왔으나 상처는 등뼈에서 불과 일 센티쯤 되는 곳에서 멈췄다.

다시 일어나는데 탁! 뒤통수에 한칼을 맞고 또 얼굴을 맞은 다음, 잇달아 다리를 후려치고 허리도 베어졌으나, 이것도 다행히 품 안에 구리로 만든 회중 거울을 넣고 있었으므로 그것에 칼날이 맞아 치명상을 입지는 않았다.

그 거울은 교토의 마쓰기(松儀)라는 장신구 집에서 제조한 것으로, 두꺼운 고블랑직(織)의 화려한 주머니 속에 들어 있었다.

거울은 이노우에 몬타의 단골 기생이었던 교토 기온(祇園)의 기미오(君尾)라는 기생에게서 정표로 받았던 것으로서, 기적이라고 할 수 있었다.

그 뒤 부근의 농부가 집안으로 업고 들어가 의사를 둘 불러왔으나 손을 댈 도리가 없었다. 그때 마침 찾아온 것이 미노(美濃) 출신의 낭사 도코로 이쿠타로(所郁太郎)로, 그는 그 참상을 보자 자진해서 나서며 말했다.

"잘 될지는 모르지만 내가 꿰매 주지."

네 시간이나 걸려 50바늘쯤 꿰매고 며칠 동안 간호했다. 도코로 이쿠타로는 다음해 게이오 원년 3월, 조슈에서 활약 중 이질에 걸려 죽었는데, 원래 의사 출신의 근왕 지사였다.

하수인들은 번 안의 론당의 패거리들이었으나 끝내 이름은 알 수 없었다.

그 뒤 이번에는 과격 양이파들에게 위협을 받아, 인부로 가장하여 벳푸(別府)로 도망간 다음 그 지방의 나다가메(灘龜)라는 건달 두목에게 몸을 의탁했는데, 그 상처 덕분으로 꽤 인정을 받았다.

"남의 마누라와 밀통을 했기 때문에 이렇게 상처를 입었습니다."

이노우에 자신은 노름꾼이나 건달들에게 이렇게 말했다. 어쨌든 운수 좋은 사나이였던 것이다.

이토와 이노우에는 도중 진수부에서 걸음을 멈추었다.

이들, 말하자면 낙천적인 두 조슈인이 지쿠젠 진수부에 들른 것은 그곳에 도사 낭사들이 있기 때문이었다.

두 사람이 산조 사네토미 경을 배알하고 나카오카행의 비밀을 털어놓자 산조 경도 시종 무사들도 이미 상세히 알고 있었다.

"기다리고 있었다."

"사쓰마의 명의로 조슈 번이 군함과 총포를 사는 일은 사카모토 료마에게서 상세히 들었다."

그들은 이렇게 말하며, 나카오카의 가메야마 동문까지의 안내를 도사인 구스모도 분키치(楠本文吉)가 맡도록 했다.

"조슈인으로 행세했다가는 도중이 위험하다. 사쓰마 번사로 가장해서 가는 편이 좋다."

히지가다가 주선을 해 주어, 진수부에 와 있는 사쓰마 번의 시노사키 히코주로(篠崎彦十郎)와 시부야 히코스케(澁谷彦助)의 양해를 얻어 주었다. 그들은 모두 매우 친절히 두 사람을 격려해 주었다.

19일, 진수부 출발.

21일, 나카오카 잠입.

이것이 유신 전에 있어서 이노우에 가오루와 이토 히로부미의 가장 큰 임무였다.

나카오카에 도착하자마자 즉시 료마의 당(黨)인 가메야다 동문이 본거지를 두고 있는 가메야마로 올라갔다.

돌층계를 오르며 이노우에가 나지막하게 말했다.

"슌스케! 나카오카는 기생들이 예쁘고 싸다더구나. 이거 참 기대가 큰걸."

"자네 상처에 해롭네."

"무슨 소릴. 하고 싶은 일이라면 상처에도 오히려 약이 될 걸세."

"몬타, 작작 좀 해라."

이토가 말했다.

"이번에는 기생과 놀려고 온 게 아냐. 군함을 사러 왔어."

"누가 아니래."

두 사람은 가메야마 동문에 당도했다.

추녀가 기울어진 조그만 셋집이었다.

'이게 도대체……'

두 사람은 빈약한 집을 보고 놀랐다.

'사카모토 료마가 하도 가메야마 동문을 자랑하기에 얼마나 으리으리한 저택인가 했더니 고작 이거였나?'

두 사람은 안으로 들어갔다. 다다미 여섯 장쯤 되는 방에 안내되자 료마의 부하들이 차례차례로 들어와서 인사를 했다. 그 중에 한 사람이 말했다. 보기만 해도 대뜸 눈에 정기가 넘쳐흐르는 수재형이었다.

"저는 도사인 곤도 조지로(近藤長次郎) 올시다."

료마도 평소 '만두집'이라고 부르고 있었다. 만두집은 상당한 난학통(蘭學通)이었다. 영어도 다소 할 줄 알았다. 그것을 료마는 높이 사서 시모노세키에서 보낸 편지에 명령하고 있었다.

"조슈의 군함 매입은 만두집이 맡도록."

"나카오카 체류 중에는 제가 두 분을 안내하게 되었습니다."

만두집은 말했다.

"우선 오늘 저녁부터 유숙하실 곳으로 안내하겠습니다."

"여관은 어디에 있습니까?"

몬타와 슌스케가 물었다.

"사쓰마 번저입니다."

만두집은 엄숙하게 대답했다.

여기서 잠깐 만두집에 관해 이야기하겠다.

고치 성 아래 거리의 료마가 태어난 생가의 뒷길에는 수로가 흐르고 있었다. 그래서 그 일대를 스이도 거리(水道町)라고 불렀다.

그 스이도 거리에 다이코쿠야(大黑屋)라고 하는 만두집이 있다. 곤도 조지로는 바로 그 집의 아들이었다.

그가 소년 시절부터 "만두집 조지로"라고 불리었던 것은, 그 자신이 상자에 만두를 넣어 팔고 다녔기 때문이었다.

오토메 누님은 만두를 몹시 좋아했으므로 그가 외치고 지나갈 때면 부산을 떨며 료마의 유모인 오야베를 내보내는 것이었다.

―아, 조지로가 지나간다!

그 조지로는 만두 장사를 그만두고, 공부를 하기도 하고 그림도 배우기 시작했다.

그림은 가와다 쇼류(河田小龍)에게 배웠으며 한편으로 그에게서 외국 사정도 전수받고, 그 가와다 하숙에서 검술 수업을 마치고 에도에서 돌아온 료마와 사귀기도 했다.

그뒤 상급 무사 유히 이나이(由比猪內)의 부하가 되어 에도로 나와, 한학을 아사카 곤사이(安積艮齋)에게 배우고, 양학은 데즈카 겐카이(手塚玄海), 그리고 포술(砲術)은 다카시마 슈한(高島秋帆)에게 각각 배웠다.

번에서는 그의 재능에 경탄하여 상인의 신분임에도 불구하고 성(姓)을 쓰는 것과 칼 차는 것을 허락, 한평생 두 사람분의 녹봉과 연금 열 냥씩을 주어 공부를 계속시켰다.

도사 번처럼 계급에 시끄러운 번에서 한낱 서생에게, 그의 재능 때문에 무사 대우를 해 주었다는 것은 참으로 드문 일이었다.

료마의 고베학교 시절, 그는 번에서 나와 료마를 의지하고 왔으므로 그를 가쓰의 학생으로 만들어 항해술을 배우게 했다. 그리고 료마와 함께 나카오카로.

이것이 그의 주된 경력이었다. 나카오카에서는 우에스기 소지로(上杉宗次郎)라는 가명을 쓰고 있었기 때문에, 이토 히로부미와 이노우에 가오루 등의 서간집(書簡集)에 나오는 '도사인 우에스기 소지로'는 바로 이 만두집을 가리킨다.

좀처럼 웃지 않는 사나이로서 항상 엄숙한 표정으로 길을 걷는다. 지나칠 만큼 향학열이 높았기 때문에 다소 이기적이어서, 동지들과의 사이는 그다지 원만하지 않았다.

다카스기 신사쿠는 후에 그와 대면했을 때 "첫눈에 몹시 재사같이 보였음"이라고 기록하고 있다.

료마는 료마대로 후에 그의 수첩에 "권모술수가 지나쳐 지성(至誠)이 부족함"이라고 써 놓았다. 그러나 료마는 그에게 악의를 갖고 있지는 않았다. 고향의 오토메 누님에게 나카오카의 가메야마 동문의 일을 보고한 편지에도 조지로에 대하여 매우 만족한 듯이 써 보내고 있다.

우리와 함께 활약하고 있는 동지들 중에서 특별히 열심인 사람은 이가(二街)에 살던 우마노스케(馬之助)와 스이도 거리의 조지로, 그리고 다카마쓰 다로 등이 있습니다. 그런데 모치즈키 가메야타(望月龜彌太)는 이케다야에서 전사했습니다.

바로 그 만두집이 이노우에, 이토 두 사람을 나카오카의 사쓰마 번저로 데리고 가 그곳에 잠복시키고, 때마침 번선 가이몬마루(海門丸)로 귀번하려던 중신 고마쓰 다데와키에게도 소개를 시켰다.

사쓰마측은 환대했다.

그 자리에서 만두집은 재사다운 제안을 했다.

"두 분께서 이렇게 하시면 어떨까요?"

"뭐 말씀입니까?"
이노우에 몬타가 물었다.
"군함과 총포의 매입 정도라면 나 혼자만으로도 염려 없습니다. 그러니 두 분 중의 한 분은 나카오카에 남으시고, 한 분은 고마쓰 다데와키님과 함께 사쓰마로 가 보시면 어떨까요?"
"예? 사쓰마로?"
조슈인이 원수처럼 알고 있는 사쓰마에 번의 허락도 없이 간다는 것은 어떨까.
"그렇게 하십시오. 사쓰마를 직접 보고 사쓰마인을 많이 겪어 보게 되면 자연히 감정도 풀릴 것입니다. 그러기 위해서 사쓰마로 한번 가 보십시오."
만두집은 딱딱한 무사들의 말씨를 좋아했다. 물고 늘어지듯 설득했다.
고마쓰 다데와키도 권했다.
"참 좋은 생각이오. 이번 기회에 꼭 우리 사쓰마를 보아 주십시오."
몬타와 슌스케는 서로 얼굴을 마주 보았다. 슌스케는 재빨리 소리쳤다.
"나는 나카오카에 남겠네. 자네는 사쓰마로 가게."
'아차!'
몬타는 슌스케에게 눈을 흘겼다. 나카오카에는 청루가 있으나 사쓰마에는 그런 것이 없다. 슌스케 혼자서 재미를 볼 작정이리라.
다음날, 그들은 군함을 구입하러 나갔다.
"어디서 사는 것입니까?"

슈스케가 만두집에게 물었다.
"오우라(大浦) 해안입니다."
오우라 해안에는 구미 각국의 무역 상인들의 상관(商館)들이 즐비하게 들어서 있다.
"영국인으로서 글래버라는 자입니다. 오우라 해안에서 제일 큰 상관으로 이미 이야기는 건네 놓았습니다. 오늘 아침에도 동문에서 다카마쓰 다로 등이 나가 있어 우리가 가는 것을 상관에서 기다리고 있습니다."
"이거 참, 매사에 수고를……."
해안에 가 보니 과연 그 한 귀퉁이만은 서양에 온 것 같았다. 즐비하게 이층 삼층의 목조 양관이 늘어서 있고 북쪽은 바로 부두였다.
"이 집은……."
만두집은 지나가는 길에 있는 양관 한 채를 가리켰다.
"할트만 상관이라고 하는데 우리는 이집과도 단골입니다."
이윽고 영국인 토마스 블레이크 글래버의 상관 앞까지 다다르자 동문의 다카마쓰 다로가 나와 서 있다가 그들을 안으로 안내했다.
료마의 큰누이 지즈(千鶴)의 아들이다.
글래버는 그들을 기다리고 있었다. 일동을 안에 있는 거실로 데리고 들어가서 깍듯이 접대했다.
회화는 그다지 불편을 느끼지 않았다. 몬타와 슈스케는 짧은 기간이었으나 런던에 가 있었고, 만두집도 서투른 영어나마 지껄일 수 있었으며 글래버 자신도 약간은 일본 무사들의 말을 이해할 수 있었다.
"내가 맡겠습니다."
글래버는 고개를 끄덕이며 말했다.
"물건을 파는 것은 저의 일이니까요."

상담은 순조롭게 진행되었다.
몬타와 슌스케는 만두집의 능숙한 조언의 도움을 얻어 가며 글래버와의 흥정에서 우선 소총 이야기부터 하기 시작했다.
"한 자루에 다섯 냥입니다."
글래버가 말하자, 만두집은 대뜸 소리치며 말했다.
"노오, 노오!"
"그 따위 싸구려는 못써요! 그것은 게벨 총 아니오?"
게벨 총은 발화 장치가 부싯돌처럼 되어 있다. 방아쇠를 당기면 오늘날의 라이터같이 찰칵 하고 불이 붙으며, 그 작동으로 총미(銃尾)의 화약이 폭발하여 총알이 튀어나가는 것이었다.
게벨 총은 그냥 총구에 총알을 굴려 넣는 식으로서, 장탄에 시간이 걸리며 더구나 명중률이 몹시 낮다. 이 게벨 총이 유럽 육군의 제식총(制式銃)이었다.
일본 막부의 양식 장비군도 주로 이 게벨 총을 사용하고 있었다.
"게벨 총이 한 자루에 다섯 냥이면 싸군요?"
몬타가 만두집에게 속삭이자 그는 손을 저으며 말했다.
"그것은 지금 세계적으로 헐값이 돼 있습니다. 게다가 그따위 게벨 총으로는 조슈가 막부군을 이길 수 없습니다."
만두집은 이미 구미 각국에는 새로 미니에 총이라는 것이 나와 있는 걸 알고 있었다.
이것은 종래의 소총사(小銃史)를 혁명시킨 것으로서 후장총(後裝銃)이었다. 이 미니에 총은 총탄에 직접 화약통이 붙어 있어, 방아쇠만 당기면 격침(擊針)이 진동하여 뇌관(雷管)을 쳐서 그 폭발에 의해 총알이 나아간다.
그 명중률도 대단히 높으며 더구나 조작이 간단해서 게벨 총을 한 발 쏠 시간이면 미니에 총은 열 발을 쏠 수 있는 것이다.

즉, 이것을 장비하게만 된다면 조슈병 한 사람이 막부병 열 명과 맞먹게 된다는 것이다.
"미니에 총은 있소?"
만두집이 글래버에게 물었다.
"있지요. 상해(上海)에서 가져오죠."
"얼마요?"
"열여덟 냥."
글래버는 대답했다. 신식이라 그런지 게벨 총보다 지독하게 비싸다. 그러나 그 값만큼의 쓸모는 있을 것이다.
만두집은 흥정을 하기 시작했으나 몬타와 슌스케는 그를 제지하고 말했다.
"열여덟 냥은 비싸군. 좀 깎읍시다."
"무사가 물건을 사는 데 깎는다는 것은 점잖지 못합니다. 그것이 정당한 가격이라면 그것으로 합시다."
수효는 4천3백 정으로 결정됐다. 7만 7천4백 냥이다.
만두집은 몬타와 슌스케에게 권했다.
"아무튼 값이 싸군요. 게벨 총도 3천 정쯤 사 두시지요."
"게벨 총은 쓸모가 없다고 지금 말씀하시지 않았습니까?"
"아니, 쓰기 나름이지요. 부대가 진격할 때, 선두 부대에 들려서 탕탕 일제 사격을 시키면서 적을 위압해 놓고, 중앙의 미니에 부대가 약진하면서 저격하는 거지요. 요컨대 사용법에 달렸습니다."
만두집은 다카시마 슈한에게 양식 포술을 배웠기 때문에 그런 것에도 조예가 깊었다.
그래서 마침내 게벨 총도 3천 정 사기로 결정하고 상담은 군함으로 옮겨졌다.

"조슈님을 위해 좋은 군함이 있습니다. 보여 드리지요."

글래버는 자리에서 일어나 금고를 열었다.

"그 군함은……."

이토가 서투른 영어로 말했다.

"이 나카오카 항에 있는 게 아니오?"

"상해에 있습니다."

글래버는 일본 말로 대답했다. 이 영국인은 과거에 나카오카 청루 아와지야(淡路屋)의 전속 기녀였던 오쓰루(鶴)를 아내로 삼고 있는 탓인지 발음이 비교적 부드러웠다.

"그렇군요."

이토가 그럴 듯하게 짧은 영어로 응수하며 끄덕였다. 옆에서 이노우에 몬타가 서툰 영어는 쓰지 말라며 소매를 잡아당겼다.

"이겁니다."

글래버는 군함의 사진이 있는 견본책을 책상 위에 펼쳤다.

"우에스기님"

이노우에가 만두집 곤도 조지로를 돌아다보며 눈짓을 했.

'우리는 군함을 도무지 모르니 감정해 보십시오.'

하는 눈짓이었다.

목조 증기선으로 배의 길이가 45미터 정도 되는 과히 크지 않은 군함이었다. 선적(船籍)은 영국이었으며, 선명은 유니언 호라고 한다.

'구식이군.'

만두집은 생각했다. 지난 1, 2년 동안에 구미 열강의 군함은 거의 다 철선으로 바뀌고 목조선은 구식화됐다. 그래서 화포(火砲)를 떼어 내고 팔려고 내놓은 것이리라.

여담이지만, 막부 해군의 군함도 모두 목조선이었다. 철제 군함은 뒤에 막부가 미국에서 사들였으나, 그것을 요코하마로 회항시켰을

삼도왕래 73

때는 이미 막부는 붕괴되어 우에노(上野)의 쇼오기대(彰義隊) 전쟁이 시작되려는 무렵이었다.

그러므로 이 철갑함(鐵甲艦)은 허공에 뜨게 되어 얼마 후 신정부의 소유가 되었다. 그 뒤 아즈마 함이라고 명명되어, 도오후쿠 평정전(東北平定戰)을 수행하는 데 있어 주력함이 되었다. 아즈마 함은 청일전쟁(淸日戰爭) 때까지 일본 해군의 주력함으로 활약했다.

'막부와 싸우려면 이 정도로 충분하다.'

만두집은 생각했다. 어쨌든 막부군은 이미 오사카까지 와 있다. 조슈에게는 무엇보다도 군함다운 군함이 시급히 필요한 것이다.

"진수(進水)해서 몇 년이나 된 군함이오?"

"7년."

글래버가 대답했다. 선령 7년이라면 그 시대의 증기선으로서는 노후했다고 볼 수 있다. 보일러가 고장나기 쉬운 것이다.

"앞으로 2, 3년은 쓸 수 있을 것입니다."

글래버는 정직하게 대답했다. 이노우에와 이토 두 사람이 물었다.

"그것 말고는 적당한 군함이 없소?"

"본국에라면 있습니다."

글래버는 대답했다. 그렇다면 영국에서 이곳까지 회항하는 데 시간이 너무 걸린다. 조슈 번으로서는 오늘 내일로라도 필요한 것이다.

"결정했소!"

그 뒤 가격을 절충하여, 결국 화포를 설치하고 3만 9천 냥 정도로 낙착됐다.

싸다.

이것으로 막부를 이길 수만 있다면 이처럼 싼 물건은 없는 셈이 될 것이다.

대충 상담이 이루어졌다.

다만 현물은 나카오카에는 없다.

소총도 군함도 상해에 있다. 그것을 글래버가 끌고 와서 나카오카에서 무사히 현품을 넘겨줄 때까지 이토만은 이곳에서 기다리기로 했다.

이노우에는 사쓰마 번의 기선으로 사쓰마 견학을 하기로 되어 있다.

그날 밤 이노우에와 이토 그리고 만두집 세 사람은 언덕 위에 있는 글래버의 신축 저택에서 묵게 되었다. 그 신축 저택은 오늘날까지 글래버 저택으로서 나카오카 시청에서 보존하고 있는 양관이다.

어둠이 깔린 후, 세 사람은 글래버의 안내로 오우라 해안의 상관을 소리 없이 나왔다. 도중에서 막부의 관리들에게 의심을 받았을 때를 위하여, 만두집은 사쓰마 번의 초롱을 세 개 준비하여 두 조슈인에게 들고 가게 했다.

세 사람의 장사(壯士), 한 사람의 영국인이 좁고 구불구불한 언덕을 조용히 올라가고 있었다.

'천하가 아무리 넓다 해도 우리 네 사람의 밀계(密計)는 아무도 모르고 있다.'

만두집은 피가 들끓는 듯한 감동에 사로잡혔다. 역사가 자기들 네 사람 손으로 바뀌어지는 것이다.

막부군이 조슈 국경으로 공격해 오면 지금 막 사들인 4천3백 정의 신식총과 3천 정의 게벨 총이 불을 뿜어 그들을 섬멸시키고 말 것이다.

'군사면(軍事面)에서 지면 정부는 쓰러진다.'

료마에게 들은 적이 있었다. 만두집은 천천히 언덕을 올라갔다. 자기가 사극(史劇) 속에 있는 것 같은 생각이 들었다.

"교토에는 더한층"

이토가 조용히 입을 열었다.

"신센조나 순찰대가 발악을 하고 있는 모양이더군. 왕도(王都)도 이제는 막부 타도를 외치는 지사들의 지옥으로 변해 버렸어."

"그렇소!"

만두집이 끄덕였다.

"도사의 낭사들도 무척 많이 죽은 모양입니다. 그러나……."

흔들리는 초롱불을 바라보며 말했다.

"막부는 어리석은 놈들만 모여 있소. 교토에서 아무리 사람을 죽인다 해도 시국은 머지않아 바뀝니다. 그것도 교토에서가 아니라 바로 이곳 나카오카에서 바뀌게 됩니다."

"나카오카에서?"

"그렇소! 우리 네 사람의 손으로 방금 역사는 일변해 버렸소. 두 분도 생각해 보시오. 일본으로서 이날 밤은 영원히 잊지 못할 뜻 깊은 밤이 될 것이오."

만두집은 하늘을 쳐다보았다. 별들이 이나사 산(稻佐山) 위에서 아름답게 반짝이고 있다.

글래버 저택에 도착했다. 이 저택 앞에는 커다란 눈잣나무가 있다. 멀리 시가지에서도 바라다 보이는 한 그루의 소나무로서 시민들은 '눈잣나무의 외인 저택'이라고 부르고 있었다.

저택은 양식으로 된 단층집이었으나 지붕만은 검은 기와의 일본식이었다. 글래버 자신의 설계로 일본인 목수가 건축한 것이라고 한다.

세 사람은 응접실로 안내되었다. 다다미 여덟 장쯤 되어 보이는 넓이였으며 유리창 너머로 항구의 불빛이 보였다.

잠시 뒤 글래버 부인인 오쓰루가 손수 술과 요리를 날라왔다. 하인들을 시키지 않은 것은 은밀한 손님이었기 때문이리라.

오쓰루가 글래버를 부를 때, 나카오카 사투리로

"아부지" 하고 부르는 게 세 사람에게는 우습게 들렸다.

이 상담을 진행시키는 데 있어 만두집 곤도 조지로의 활약은 굉장했다.

이토 등도 고향의 가쓰라 앞으로 여러 번 보고서를 보내고 있었는데 그때마다 곤도의 노고를 들추었다.

"우에스기 소지로(곤도의 가명)님의 노고는 이루 말할 수 없이 큽니다." 편지마다 이렇게 써 보내는 것이었다. 교토에 있는 료마는 또 료마대로 이 상담의 진행에 관해서 가메야마 동문에서 보내오는 보고서를 통해 자세히 알고 있었다.

편지는 세도 내해를 왕래하고 있는 사쓰마 번의 기선에 부탁하는 터라 나카오카 발 교토 도착의 편지는 대략 팔 일쯤 걸려서 입수된다.

'참으로 편리한 세상이 됐구나.'

료마는 기계 문명의 고마움을 깨달았다. 편지뿐 아니라 사람의 왕래도 빠르다. 이처럼 만사의 진행도가 빨라지자,

'시국이 무르익는 것도 빠를지 모른다.'

료마는 이렇게 생각했다. 막부나 각 번의 요인들이 한가하게 도카이도를 걸어서 왕래했던 수년 전의 교통 사정 그대로라면 막부의 수명은 아직도 더 보존될 수 있을 것이다. 그러나 지금은 상황이 달라졌다.

"나는 그렇게 생각하오."

료마는 전에 사이고에게 말한 적이 있었다.

"막부의 수명은 오래 가야 앞으로 2년이오. 그러니 일사천리의 기세로 타도하지 않는다면 오히려 국정이 혼란해지고 뜻하지 않은 외환(外患)을 당하게 됩니다."

사이고는 이러한 료마의 예리한 감각을 흥미롭게 느끼며 말했다.

"당신은 여하튼 보통 사람과는 다른 지사군요."

료마는 나카오카의 만두집이 써 보낸 세 번째의 보고서를 받은 날 저녁에 교토를 떠나 후시미로 갔다.

그가 데라다야에 들어서자 오토세와 오료는 반색을 하고 맞이하며 우선 그것부터 물었다.

"언제까지 묵는 겁니까?"

"한가하게 묵고 있을 수 없어. 내일 배로 오사카로 가서 다시 조슈로 직행해야 해."

늦은 저녁밥을 먹고 술을 서너 잔 마시더니 곧 상을 물리며 말했다.

"졸리군, 이불을 깔아 줘."

오료는 아래층으로 잠깐 내려가고 오토세만 남아 있었다.

"그러죠."

오토세는 일어서다가 문득 생각난 듯 료마의 얼굴을 들여다보며 말했다.

"아 참! 오료에게 좋은 사람이 생긴 모양이에요."

"좋은 사람이라니, 이거 말인가?"

료마는 엄지손가락을 세웠다.

"그래요. 너무 내버려 두니까 그렇게 됐지 뭐예요. 어쨌든 그 애는 너무 지나치게 예뻐서 우리 집 단골손님이나 이 거리의 남자들 사이에서는 굉장한 인기가 있어요."

"그래서 벌레가 붙었군그래."

료마는 빙긋 웃었다. 오토세는 맥이 풀렸다. 료마가 오료를 어느 정도 사랑하는지, 잠깐 속을 떠보았던 것이다.

"사카모토님, 도대체 오료를 어떻게 할 작정이지요?"

"그거야 형편에 달렸지."

"형편에 달렸다니요?"

오토세는 고개를 갸웃하고 다그쳐 물었다. 물어보는 폼이 끈덕지다. 그 점은 교육열이 대단했던 오토메 누님과 비슷했다.

"즉, 형편에 따라서는 색시로 삼겠다는 건가요?"

"말하자면 그렇지."

"원래 사카모토님은 색시를 얻지 않겠다고 했었죠. 그 결심은 어떻게 됐죠?"

"지금도 그 생각엔 변함이 없지. 아내를 데리고 전국을 뛰어다닐 수 있는가?"

"왜 못해요, 하면 되지."

"옳지!"

료마는 밝은 표정이 되었다.

"하긴 그것도 재미있겠는걸."

묘안이라고 생각한 것이다. 아내를 데리고 지사 활동을 하며 전국을 누빈다면 영락없이 막부의 눈을 속일 수 있을 것이다.

"진정으로 말해 보세요."

"진정이라니까. 그건 그렇고, 지금 말한 그 오료의 좋은 사람에 대해 얘기 좀 해 봐."

"역시 마음에 걸리는 모양이군요."

오토세는 웃었다.

"물론이지. 그런 말을 듣고도 아무렇지도 않은 사나이라면 좀 돈 거겠지."

"그건 거짓말이었어요."

"그랬군, 시시하게."

료마는 콧구멍에 새끼손가락을 집어넣었다. 코딱지를 파내어

"오토세, 자, 사카모토 료마의 선물이야."

오토세의 오른손을 끌어다가 얹으려고 했다.
"아이, 싫어요! 더러워!"
오토세는 손을 뿌리치려고 했으나 료마는 꽉 잡고 코딱지를 손바닥에 문지르려고 했다.
부지중에 비벼대는 형태가 됐다.
이때 장지문이 열리는 소리가 났다. 두 사람이 쳐다보니 오료가 서 있다.
"지금 뭐하시는 거죠?"
오료는 그 광경을 이상스럽게 생각한 모양으로 얼굴 표정이 싸늘했다.
오토세는 당황해서 설명을 했다.
"그랬어요?"
오료는 복도에 앉았으나 굳은 표정은 풀리지 않았다. 그렇게 되자 오토세는 본래의 성미로 화가 치솟았다.
"그래서는 안 돼!"
오료를 거꾸로 나무랐다.
"오료, 이 사카모토님의 이런 기묘한 점을 이해하지 못한다면 이처럼 이상한 사람의 아내가 될 수 없어. 이런 나이에도 이분은 아직 열 몇 살밖에 되지 않은 어린아이처럼 철없이 노니까 말야."
"그렇지만……."
"너만 탓할 수도 없지. 이쪽도 오해받게끔 했으니까. 얼핏 보기에는 누가 봐도 이상하게 보였을 거야."
그렇게 말하고, 오토세는 료마 쪽을 돌아보며 말했다.
"아까 이야기 계속하기로 해요."
"무슨 얘기?"
"오료를 언제 아내로 맞이하겠느냐 하는 얘기 말이에요."

"오토세도 참 딱하군."
료마는 엎었던 술잔을 다시 집어 자작으로 술을 따랐다.
"왜요?"
"그런 것을 나 같은 사람에게 물으면 알 게 뭐야?"
"그래도 색시로 삼겠는가 못 삼겠는가 하는 것은 사카모토님이 결정할 문제 아니에요?"
"나는 믿을 수 없단 말야."
"하긴 그렇지만……"
마침내 오토세도 웃음을 터뜨렸다. 오료까지도 웃고 있다.
"참 형편없는 사람이에요. 말하는 것이 언제나 틀리니까."
"옳은 소리."
료마도 맞장구를 치며 싱긋 웃었다. 자기가 생각해도 우스웠던 모양이다.
"우선 난처한 것은 색시를 데려와도 살 집이 없단 말야."
"나카오카의 가메야만가 어디에 집을 얻었다고 하셨잖아요?"
"했지. 그러나 그것은 내 살림집이 아니고 우리 동문의 합숙소야. 단지 세 칸뿐인 좁은 집에 열 몇 명의 장정들이 우글대고 있거든."
"그건 너무하군요."
오토세는 멍청히 료마를 바라보고 있다.
"그 지경이라면 오료를 언제까지나 데리고 있어야 되잖아요. 하기야 양녀니까 평생이라도 함께 있고 싶지요. 그렇지만 처녀들에게는 나이가 있으니까."
"그렇지."
"뭐가 그렇지예요?"

오토세는 료마의 뺨이라도 꼬집어 주고 싶었다.

"나는 말야, 오토세, 지금 어마어마한 일을 하고 있어. 될지 안될지는 몰라. 성공하면 막부가 망하고 실패하면 나라가 망해."

"조슈님과 사쓰마님을 연합시키려는 것이지요?"

"뭐라구?"

이 말에 료마는 흠칫 놀랐다. 어떻게 알고 있느냐는 듯 료마는 눈을 부릅떴다.

"나는 데라다야의 오토셉니다. 그런 것쯤 육감으로 알아채지 못하는 여잔줄 아셨나요?"

그럴지도 모른다고 료마는 생각했다. 사쓰마 조슈 도사의 소위 근왕 지사로서 이 데라다야에 유숙하지 않았던 자는 드물 것이다.

모두들 많건 적건 오토세의 신세를 지고 있다. 아무튼 분큐 2년의 데라다야 사변 때는, 혈투가 벌어진 직후 오토세는 손에 염주(念珠)를 감은 채 묵묵히 집안의 핏자국을 말끔히 닦았다.

오토세는 그런 여자였다. 시국 변천에 매우 육감이 빠른 것도 당연한 일이었다.

"이 큰일에는 적격자가 사카모토님밖에 없습니다. 천 냥짜리 배우예요. 누가 뭐라고 해도 데라다야의 이 오토세가 보증합니다."

"그 일만 성공한다면……."

료마도 연극조로 술잔을 쭉 들이켜고, 오료를 슬쩍 바라보더니 말했다.

"데려갈 테야"

그러나 실패한다면 아내를 맞이하기는커녕 노도처럼 밀려오는, 프랑스식 장비를 갖춘 막부군의 공격 속에서 료마는 시체가 되어 버릴 것이다.

"그럼, 그 사쓰마 조슈 연합을 성공시키면"

오토세가 무릎걸음으로 다가앉자, 료마는 손으로 제지하며 눈살을 찌푸렸다.

"어이 어이, 목소리가 크다. 동네에 들리지 않는가?"

"들리긴 뭐가 들려요. 여기는 이층이고 이웃은 모두 잠들었는데!"

"추녀 밑으로 막부의 염탐꾼이 다니고 있어."

료마는 겁을 주었다. 오토세가 깜짝 놀라며 일어나더니, 창문을 사르르 열고 큰길을 쭈욱 훑어보았다. 북쪽에서 멀리 개 짖는 소리가 들려온다.

"염려 없어요."

오토세는 다시 앉으며 말했다.

"그 사쓰마 조슈 연합이 성공하면 오료를 아내로 맞이할 거죠?"

"그렇다고 해 두지. 그때는 오료 공주도 나카오카로 데리고 가서 내 협력자로 만들어야지."

"저는 나카오카에서 월금(月琴)을 배우고 싶군요."

오료는 갑자기 뚱딴지같은 소리를 했다. 오토세는 눈살을 찌푸렸으나, 료마 자신이 오료의 그 뚱딴지 같은 점을 좋아하고 있으니 하는 수 없다.

"그 사쓰마 조슈 연합은 언제쯤 되나요?"

오료가 물었다.

오토세는 대뜸 나직이 꾸짖으며 말했다.

"안 돼! 그런 말 입 밖에 내는 게 아니야. 혹시 누가 듣는다면 길 건너 행정의 포리들이 와서 오료의 모가지가 그날로 날아간다."

"그까짓 행정청의 포리쯤 무섭지 않아요."

오료는 또 엉뚱한 대답을 했다. 그러나 오료로서는 별로 틀린 대답이 아니었다. 그 말대로 오료에게는 그지없이 강한 배짱이 있었던 것이다.

"그것이 언제가 될지 모르겠군. 그러나 빨리 하지 않으면 오히려 사태는 묘하게 돼. 나에게 청운이 돌아오도록 이 근처의 신사에라도 가서 기도나 해 줘."

"저는 신불을 싫어하는걸요."

"아 참, 그랬지."

료마는 그런 일에 흥미가 없다. 그녀가 꼭 빌어 주길 바라고 한 소리는 아니어서, 아무래도 상관없었다.

"나카오카에서 월금에 관해서 약간 들었지. 마루야마(丸山)의 기생인데 오모토(元)라고 하는 아이가 잘 타는 모양이야. 아주 예쁘게 생겼다더군."

"만나 보셨나요?"

말하면서 오료는 또 눈알에 새파란 불을 켰다. 그녀는 성이 나면 묘하게 눈에 불을 켜는 버릇이 있었다.

"아직 만나 보지 않았지. 그러나 예쁘고 월금을 잘 탄다고 하니까 후시미의 오료를 닮은 것 같아서, 이번에 나카오카로 내려가면 한번 자볼 작정이야."

"뭐라고요!"

오료도 오토세도 어이가 없었다.

"사카모토님, 그러면 못 써요!"

"월금을 듣는 게 말인가?"

"아니죠, 그 잔다는 것 말예요."

"나는 오모토를 방에 불러 누워서 듣자는 거야. 두 사람 다 어처구니없는 상상을 하는 걸 보니 좀 호색가로군."

"그야 사카모토님이 이상한 말씀을 하시니까……."

오토세는 약간 기세가 꺾였으나 다시 한 번 못을 박았다.

"어쨌든 약속은 이제 해 논 거예요. 사쓰마 조슈 연합과 오료의 일은 동시에 되는 거예요."

료마는 다음날 고베로 가서, 효고 앞바다에서 사쓰마 번의 기선 고초마루(胡蝶丸)를 타고 이틀 후 시모노세키 항에 당도했다.

상륙하자 곧 시라이시 저택으로 들어간 그는, 즉시 도베를 야마구치에 있는 가쓰라 고고로에게 심부름을 보냈다.

다음날 가쓰라는 곧 료마를 찾아왔다.

"가쓰라형, 교토에서 사이고를 만났네."

가쓰라는 그 이름을 듣자 금방 눈살을 찌푸렸다. 이 사나이의 사이고를 미워하는 감정도 어지간히 심해진 모양이었다.

그것을 보고 료마는 타이르듯 말했다.

"이젠 사쓰마에 대한 옛날 감정을 버리도록 하게. 그런 우거지상은 곤란하네. 좀더 명랑한 얼굴은 할 수 없는가?"

"이것은 내 성품이 그러니 할 수 없네. 나는 태생이, 불쾌한 감정만은 어떻게 누를 길이 없어."

가쓰라는 대답했다. 료마는 단도직입적으로 말했다.

"사이고도 조슈에 호의를 갖고 있더군. 지난번 시모노세키에 들르지 못했던 이유도 자세히 들었네. 자네는 사이고를 믿어도 좋아."

"아니 나도 대강 알게 했으니까. 자네의 나카오카 가메야마 동문과 사쓰마 번의 덕분으로 총기, 탄약, 군함을 사들일 수 있었네. 이제 조슈도 막부와 맞서서 싸울 수 있을 것이네."

"잘됐군."

료마는 끄덕이고 말했다.
"그것 역시 사쓰마 번의 상당한 호의인 것이네. 그것은 알고 있겠지?"
"알고 있네."
가쓰라는 솔직히 끄덕였다. 료마는 가쓰라의 어깨를 두드리며 말했다.
"사쓰마 번은 형식과 물건으로 호의를 보였네. 조슈도 그에 대한 감사의 마음을 형식과 물건으로 나타내 보이게."
"자네가 교토에서 편지를 보냈던 군량미 문제라면 이미 수배를 해 두었네."
"허어……"
료마는 기뻤다. 사쓰마 군사들이 교토 주둔 중에 먹을 쌀을 조슈가 공급하라고, 료마는 가쓰라에게 편지를 써 보냈던 것이다.
"고맙네. 그 조슈 쌀을 보면 사쓰마인들도 자네들의 호의를 감사히 여길 것일세. 사쓰마와 조슈의 마음이 서로 한걸음씩 다가서게 될 것일세."
사쓰마 번이 대군을 교토에 주둔시키는 이유 중의 하나는, 그 군사력을 배경으로 막부와 조정에 조슈 재정벌을 강력히 반대하기 위해서다.
그러므로 결과적으로 자기들을 위하는 것이니 조슈에서 남아도는 쌀로 사쓰마 군사의 군량쯤 대 주는 것은 당연한 일이다.
"사카모토형, 자네는 기묘한 사나이야."
가쓰라는 탄식하는 듯한 말투로 말했다.
"어쩐지 요술을 보는 것 같네. 쌀이니, 군함이니, 혹은 총이니 하는 요술의 소도구가 눈앞에서 왔다 갔다 하는 동안에 사쓰마를 증오하던 감정이 차츰 풀리기 시작했네."

"그렇다면 조금만 더 나에게 요술을 하도록 내버려 두게. 성심성의껏 일대 기술(奇術)을 연출해 보이겠네."
"부탁하네, 잘해 주게."
"그건 그렇고, 군량은 얼마쯤 내놓을 작정인가?"
"사쓰마가 원하는 대로 내놓겠네."
"쌀값은 얼마로 정했나?"

료마가 묻자, 가쓰라는 "진정(進呈)한다"고 잘라 말했다. 료마는 그 훌륭한 배짱에 손뼉치며 큰 소리고 격찬했다.

"가쓰라형, 자네는 천하를 잡을 수 있겠군."

나카오카의 가메야마 동문도 대활약을 하고 있었다. 여담이지만, 그 당시 일본의 최대 낭인 결사(浪人結社)는 두 개가 있었다.

후에 해원대(海援隊)라고 이름을 바꾼 료마의 가메야마 동문과 교토의 신센조가 바로 그것이다.

가메야마 동문이 해상 운수, 무역, 사설 해군 건설을 목표로 막부 타도를 지향하고 있는데 비해, 교토의 신센조는 어디까지나 칼에 의한 폭력 행위를 주목적으로 하여, 기울어지기 시작한 막부의 위세를 지탱시키려 하고 있다. 기관(奇觀)이라고 해도 과언이 아니다.

가메야마 동문에서도 특히 만두집 곤도 조지로의 활약은 두드러졌다.

아니 두드러졌다기보다, 거의 독주를 하다시피 하며 다른 동지들과는 상의조차 하지 않는 형편이었다. 자연 조지로는 한패들 속에서 따돌림 받기 시작했다.

그간의 소식을 무쓰 요노스케나 다카마쓰 다로 등이 시모노세키, 오사카, 교토에 있는 료마에게 기선 편으로 일일이 보고해 왔다.

"당신이 없기 때문에 조지로가 독주를 해서 곤란합니다."

또는

"조지로는 무언지 모르지만 자기 자신의 야망을 달성하려는 눈치입니다."

그리고 혹은

"조지로는 동지들의 미움을 사고 있습니다. 그는 동지들과 함께 일을 할 수 있는 사나이가 아닙니다."

그들은 이렇게 써 보내기도 했다.

'옳은 말들이다.'

료마는 그렇게 생각했다. 조지로는 재사이긴 했으나, 조직 속에서 협동하여 일을 할 수 있는 감각이 모자라는 것 같았다.

가난한 집의 수재로서 정신없이 세상의 표면으로 뛰쳐나온 자가 갖는 비애라고 할 수 있을 것이다. 자기를 내세우기만 하고 동지들의 감정을 돌아볼 여유가 없었던 것이다.

'그러나 스이도 거리의 만두집 아들이 어느새 성장하여 사쓰마, 조슈 양번을 상대로 큰일을 감당하게 되었으니……'

그렇게 생각하자 료마는 그 만두집의 차갑고 날카로운 수재형의 얼굴이 몹시 사랑스러워 견딜 수 없었다.

"모두 협조해서 잘들 해 보게."

언제나 자리를 비워놓고 동분서주하는 사장격인 료마로서는 이렇게 밖에 타이를 말이 없었다.

"사쓰마 조슈 연합만 무사히 성취시키면 곧 달려가서 해원대 일을 보겠다. 그때까지는 사업 본위로 수완 있는 자를 도와 가며 일해 주기 바란다" 하고 편지를 썼다. 그러나 만두집은 단순히 무역 업무뿐 아니라, 지금에 와서는 욕심이 생겨 마치 료마를 조그맣게 축소한 것 같은 책사(策士)가 되어 가고 있었다.

조슈 번사 이노우에와 이토에 대하여도 오히려 그들을 이용하려고 하기 시작했다. 이노우에에게 사쓰마행을 권한 것도 바로 그것이었다.

그 자체는 '사쓰마와 조슈의 융화를 위하여'라는 대의명분이 있었고 묘안이었는데 "나도 동행하겠다" 하며 사쓰마 번의 중신 고마쓰다에와키와 동행하여, 그 번이 새로 구입한 가이몬마루에 편승하여 이노우에와 함께 사쓰마로 건너갔던 것이다.

뒷일은 가메야마 동문의 사람들에게 맡겼다. 화려하고 이름을 날릴 일은 언제나 만두집 혼자서 독점해 버렸다. 그러니 동지들이 그를 달갑게 여길 리가 없다.

만두집은 사쓰마로 가자, 이노우에를 이리저리 끌고 다니며 동번의 요인들과 만나게 하고 얼마 후 나카오카로 돌아왔다.

그에게는 동지들에게 숨기고 있는 야망(?)이 있었다.

만두집 조지로가 사쓰마 번이 초대해 간 여행에서 나카오카로 돌아왔을 때, 문제의 영국 군함 유니언 호는 상해에서 회항하여 이미 나카오카 항에 계류 중이었다.

총기와 탄약도 도착되었다.

문제는 이 군수 물자를 막부과 여러 번의 눈이 번뜩이는 속에서 어떤 방법으로 조슈에 보내는가 하는 것이었다.

그 요술의 연출 방법을 료마는 이미 시모노세키에서 지령을 내려놓았다.

"마스트에 사쓰마 번기를 계양하라"는 것이었다. 군함의 명의는 어디까지나 사쓰마 번적(藩籍)으로 하고, 군함의 이름도 표면상으로는 사쓰마 번의 것인 듯 사쿠라지마마루(櫻島丸)로 하도록 일렀다.

특히 중요한 한 항목이 있다.

이 군함의 조종, 운영, 수리는 일체 가메야마 동문이 담당한다는 것이었다.

그 일에 관하여 이미 료마는 시모노세키에서 가쓰라 고고로, 다카스기 신사쿠와 회담하여 그들의 양해를 받았던 것이다. 요컨대 실제의 소유주는 조슈, 명의는 사쓰마, 운영은 도사이다. 한 척의 군함에 사쓰마, 조슈, 도사가 얽혀 있다.

료마의 그 지령에 따라, 나카오카에 있는 만두집은 조슈에서 파견 나온 이노우에와 이토에게 이를 설명하고 물었다.

"어떻습니까?"

두 사람 역시 이론(異論)이 있을 리 없어 웃었다.

"묘안이군요."

사쓰마 번의 명의를 빌지 않았다면 군함은 살 수 없었을 것이고, 중가에서 활약한 도사인들의 가메야마 동문이 없었다면 또한 군함을 입수하지 못했을 것이다.

"삼자삼득(三者三得)입니다."

만두집은 득의만면하여 말했다. 가메야마 동문도 이번 일로써, 항해할 수 있는 군함을 공짜로 한 척 손에 넣은 것이 된다. 이것 역시 요술이 아니고 무엇이겠는가?

총기와 탄약을 운반할 배는 그 무렵 이미 오사카에 가 있는 료마가 사쓰마 번에 부탁하여, 동번의 고초마루와 가이몬마루 두 척을 나가사키로 회항시켜 주기로 되어 있었다. 이야기는 모든 것이 순조롭게 진행되었다.

얼마 후 고쬬오, 가이몬 두 척이 나카오카에 입항하자 글래버로부터 사들인 총기와 탄약을 적재하였다.

가메야마 동문의 사람들은 사관으로서 새로 구입한 군함에 올라타고, 사쓰마 번기를 마스트에 휘날리며 세 척의 배가 파도를 헤치고 나카오카를 출항했다. 막부측에서는 끝내 이 괴상한 세 척의 배의 속임수를 알아채지 못했다. 교토의 풍운에만 신경을 쓰고 있었기 때문이리라.

시모노세키에 도착하자 만두집과 이노우에, 이토는 배에서 내리고, 배만은 조슈 번의 군항이라고 할 미다지리로 향했다.

만두집은 시모노세키에 료마가 있기를 기대했으나 료마는 사쓰마 조슈 연합의 공작 때문에 오사카로 떠난 다음이었다. 할 수 없이 만두집은 단독으로 야마구치 번청을 찾아갔다.

번청에서는 만두집을 그야말로 칙사 모시듯이 대접했다. 그도 그럴 것이 막부와의 전쟁용 육해(陸海) 무기를 한꺼번에 매입해 준 공로자인 것이다.

"내일, 영주께서 직접 귀하에게 치하를 하시겠다고 합니다."

조슈 관리가 전했다.

료마가 오사카로부터 요도 강을 거슬러 올라가 후시미 데라다야에 들어갔을 때, 야마구치에 가 있는 만두집의 급보가 먼저 오토세에게 전달되어 있었다.

펼쳐 보니, 만두집은 모리(毛利) 영주 부자와의 알현을 허락받았으며, 고토 유조(後藤祐乘) 작품인 도검(刀劍)의 세 가지 부속 한 벌을 배수(拜受)했다고 써 있었다.

어찌 됐건 도사에서는 심부름꾼 정도로밖에 취급받지 못했던 곤도 조지로가, 모리 영주를 배알한 것만 해도 황감한 일인데, 훌륭한 하사품과 함께 직접 감사의 말을 들었다는 것이다.

'이걸 당장 오토메 누님에게 보고를 해야겠는데.'

료마는 절로 싱글벙글 웃음이 나왔다.

뿐만 아니라 만두집의 편지에 의하면 조슈 번주는 그의 의견을 받아들여 전 번에 하명했다고 한다.

"오늘부터 시모노세키 해협을 통과하는 사쓰마선에 대해서는 그들의 요구가 있을 때 연료, 물, 식량을 즉시 공급하라"

전에는 "바칸 해협은 사쓰마 감자바위들의 삼도내(三途川)인줄 알아라" 하고 욕설을 퍼부으며, 해협을 지나는 사쓰마선에 조슈 포대가 불을 뿜었던 것을 생각해 보면 대단한 변화이다.

'드디어 시기는 무르익었다. 사쓰마 조슈 연합은 이제 꿈이 아니다. 더구나 우리는 운항할 배도 얻었다.'

료마는 더욱 유쾌해져서 그 얼굴의 웃는 품이 예사롭지가 않았다.

"정신이라도 이상해졌나요?"

오토세가 물었을 정도였다.

이때 악기를 좋아하는 오료가 기묘한 악기를 들고 들어왔다. 오료가 좋아하는 청국 악기인 월금도 아니고, 보통 것과도 달랐다.

줄이 한 가닥밖에 없는 것이었다.

실은 오료가 전날 후시미의 후나오카야(船岡屋)라는 고물상에서 발견한 것인데, 그 집 말로는 일현금(一弦琴)이라고 했다.

그때 그 고물상은

— 이것은 도사에만 전해 내려오는 일현금입니다. 줄이 하나밖에 없어서 웬만한 사람은 켤 수가 없지요.

그러나 오료는 료마의 고향인 도사의 것이라는 바람에 그것을 선뜻 샀다.

"아니, 일현금 아냐?"

예상했던 대로 료마는 기뻐했다.

"켤 줄 아세요?"

"고향에선 여자들이 켜는 거야. 그러나 어렸을 때 오토메 누님에게 배워서 조금은 켤 줄 알지."

료마가 대답하자, 오토세와 오료는 꼭 한 곡 들려 달라고 했다.

그렇다면 한 곡 들려줄까, 하고 료마는 일현금을 끌어당겨 '창해(滄海)'라는 옛 곡을 노래와 함께 켜기 시작했다.

    도사의 바다, 그 옛날 그리워라
    쓰라유키(貫之) 어르신네 사시던 시절
    붉고도 참되신 그 님의 일은
    바다 밑에 돋아난 산호이런가
    지금도 찬양하네, 님의 행적을
    우다(宇田)의 솔밭이여 아름다워라
    파도 소리 해맑은 도사의 바다

오료와 오토세는 이 도사의 토속적인 악기의 이상한 음색에 매혹되었다. 아무리 생각해 보아도 단지 한 줄밖에 없는 그 악기에서 이처럼 다양한 음색이 나오는 게 이상했다.

그리고 또 그 곡조가 재미있었다. '창해'라는 것은 어지간히 옛날 곡인 듯한데, 바다의 맑음과 파도 소리를 줄이 한 가닥뿐인 일현금이 잘도 표현하여, 눈을 감고 들으면 바닷바람의 냄새마저 풍겨오는 듯했다.

"더 들려주세요."

오료가 졸랐다.

"또 하라고?"

료마는 무얼 할까 한동안 생각하는 듯 눈을 감고 있다가 말했다.

"그럼 이번에는 어화(漁火)라는 것을 해 보지."

어화라는 것은 도사의 풍물을 노래한 것이 아니고, 이곳 후시미에서 바라다 보이는 우지(宇治)의 풍경을 노래로 엮은 것이다. 아니, 우지의 풍경을 엮었다기보다 불교의 사상을 표현한 것인데, 무명장야(無明長夜) 같은 미망(迷妄)의 인간 세상에는 불법(佛法)의 등불만이 의지될 뿐이라는 뜻을 곡에 담아 놓은 것이다.
"어디 해 볼까."
료마는 왼손으로 줄을 누르고, 오른손으로 통기기 시작했다.

　밤새 출렁이던 야소우지 강(八十氏川)물도
　무사들이 쳐놓은 어살 속에 멎는구나
　동녘 하늘 밝아 오는 야소우지 강변에
　어화(漁火) 치켜든 배들 모일 때
　뵤오도 사(平等寺) 새벽 종소리에
　무명(無明)의 꿈은 깨어나리

다 켜고 나자, 오토세는 잠시 눈을 내리깐 채 잠자코 있다가 얼굴을 들고 말했다.
"참 재미있군요!"
오토세는 그 나름으로 이 가곡을 풀이했다. 무명의 꿈이란 오늘날의 시국일 것이라고 생각한 것이다. 그리고 어화를 높이 치켜들고 밝은 아침을 향해 활약하고 있는 것은 이 료마가 아닌가 생각되었던 것이다.
일현금 소리는 아래층에까지 들렸다.
그뿐 아니라, 길거리에까지 흘러나왔다. '데라다야의 부두'라고 통칭되는 선창의 버드나무 밑에서 한 사나이가 그것을 듣고 있었다.
'이상한 악기 소린걸.'
이런 생각을 하며 이층 장지문에 어른거리는 사람의 그림자를 쳐다보고 있었다. 근래에 와서 데라다야가 수상하다고 점을 찍은, 막부의 독립 경찰인 순찰대는 밤낮을 가리지 않고 밀정(密偵)을 이 집 근처에 풀어 놓고 있었다. 지금 이 사나이도 그들 중의 하나였다.

'무슨 소리일까?'

그는 궁금하던 차에, 때마침 지나가다 역시 발걸음을 멈추고 듣고 있는 장사치 같은 노인의 어깨를 툭 치며 물었다.

"저게 무슨 악기 소립니까?"

그 노인이 들고 있는 초롱에는 후나오카야(船岡屋)라는 이름이 적혀 있다. 바로 그 일현금을 오료에게 판 고물상 주인이었다.

"일현금이지요."

노인은 말하고 고개를 갸웃했다. 그것을 그 처녀는 벌써 저렇게 능숙하게 탈 수 있게 되었단 말인가.

"저 일현금은 도사 사람밖에 탈 줄 모를 텐데요."

"뭐, 도사인?"

밀정의 눈이 번쩍 빛났다. 그는 어느새 어둠 속으로 모습을 감추었다.

순찰대의 그 밀정은 사마귀 산시치(三七)라는 사나이였다. 산시치는 항상 후시미의 호라이 다리(寶來橋) 부근을 돌아다니며, 도착하는 배에서 수상한 낭인이 교토에 잠입하지 않는가 하고 감시하고 있었다.

산시치는 곧 후시미 행정청으로 돌아가 순찰대의 대기소로 들어서서, 목소리를 죽이며 보고했다.

"나리, 암만해도 데라다야가 수상합니다."

대기소에는 언제나 대원이 대여섯 가량 대기하고 있다.

"산시치, 무슨 일이 있었나?"

안에서 큰 칼을 들고 급히 나타난 것은 간부격인 마키노 도조(牧野東藏)였다. 신교도류(心形刀流)의 명수로서 에도의 이바(伊庭)

도장에서는 꽤 이름이 알려진 인물이었다.
　원래 순찰대라는 것이, 그 목적은 신센조와 다를 바 없었으나, 대원들은 원칙적으로 낭사가 아닌 막부 직속 무사들 중 장남이 아닌 사람들로서 충당하게 되어 있었다. 물론 지원제였으나 원하는 자가 전혀 없었으므로 실제로는 형편없는 무리들이 들어가 있었다.
　"예, 도사인이 들어 있는 것 같습니다."
　산시치는 말했다.
　"뭐라는 녀석이냐?"
　"그것은 잘 모릅니다만, 계집들이 그를 부를 때 사카모토님, 사카모토님 하는 것 같더군요. 한번 나가 보시겠습니까?"
　산시치는 별 생각 없이 물었으나 마키노의 안색이 갑자기 변했다.
　"도사의 사카모토라면 사카모토 료마가 아닌가?"
　천하의 호걸이라고 마키노는 듣고 있다. 더구나 호쿠신잇도류(北辰一刀流)의 달인으로서, 에도 시절 그의 호쾌준민(豪快俊敏)한 검은 삼대 도장에서 으뜸이라고 했다는 평도 듣고 있었다. 만일 데라다야에 있는 그 사나이가 사카모토 료마라면 여기 있는 대6 명으로는 어림도 없다.
　"산시치, 좀더 탐색해 봐라."
　마키노는 맥없이 앉으며 손에 든 칼을 놓았다.
　한편 료마는 일현금에도 싫증을 느끼고 그것을 내던지며 말했다.
　"자야겠어."
　이때 도베가 이층으로 올라왔다.
　"나리, 이 근처를 빙빙 돌아다니고 있는 놈이 있습니다."
　"도적이냐?"
　"밀정인 것 같습니다. 나리, 어떻게 하시겠습니까?"
　"어떻게 하다니?"

"이집을 몰래 빠져나가는 것이 좋을 것 같군요."
"도베, 그건 무리야."
"무리라니요?"
"나는 오늘 밤은 졸려 못 견디겠다. 또 짚신을 신고 밤길을 걷는다는 건 질색이다."

료마는 칼을 지팡이삼아 일어나자, 옆방으로 들어가 이불 속으로 들어가 버렸다. 어지간히 피곤했던지, 오료도 밀정도 생각하지 않고 이내 잠이 들었다.

도베는 밤새도록 아래층 봉당에 서서 추녀 밑과 길거리, 그리고 뒤꼍 등을 감시했다.

아무 일 없이 날이 밝았다.

아침이 되자, 료마는 밥도 뜨는 둥 마는 둥 데라다야를 나와 교토로 들어가 니시키고지의 사쓰마 번저에서 여장을 풀었다.

료마가 교토의 사쓰마 번저를 찾아온 것은, 사이고와 가쓰라를 각기 사쓰마와 조슈의 대표로서 비밀리에 교토에서 만나게 하기 위해서였다.

"이번에는 틀림이 없겠지요?"

료마는 사이고에게 다짐을 했다. 또 약속을 어기지 말라는 뜻이다.

사이고는 고개를 끄덕이며 약속했다.

"틀림없습니다."

그러나 료마는 역시 불안했다. 변화무쌍(變化無雙)한 사쓰마 번의 외교는 솔직히 말해서 료마조차도 신용할 수가 없었던 것이다.

"가쓰라는" 료마는 말했다.

"목숨을 걸고 옵니다. 교토나 오사카가 조슈인에게 얼마나 위험한 곳인가는 당신도 아실 겁니다. 가쓰라는 이번 상경에 결사적인 각오를 하고 있습니다. 그것도 오직 당신 한 사람을 만나기 위해서지요. 맞아들이는 당신으로서 만에 하나라도 실수는 없겠지요?"

"없습니다."

사이고는 머리를 숙였다. 료마는 그것을 보자 갑자기 얼굴이 붉어졌다.

"안심했소."

그는 눈물을 글썽이며 다시 말을 계속했다.

"만일 사쓰마 번에서 약속을 어긴다면 가쓰라는 다시 고향으로 돌아가지 못할 겁니다. 그 자리에서 자결하고 말겠지요. 그러나 나는 가쓰라만 죽게 할 수는 없소. 사쓰마 조슈 연합이 성공하지 못하면 이제 앞으로 국사에 전념할 보람도 없으니 그 자리에서 당신도 찌르고 또 가쓰라도 찌르고, 그 칼로 나도 죽겠소."

그 어투에 그만 사이고는 압도당한 모양이었다. 한동안 묵묵히 있더니 얼굴을 들며 웃었다.

"셋이서 죽는다?"

"사카모토, 가쓰라, 그리고 내가 함께 죽으면 일본은 이제 영원한 암흑 속에 빠질 것이오. 나는 당신의 손에 죽지 않게끔 힘껏 노력하여 고향 어른을 설득하도록 하지요."

고향 어른이란, 번의 실권을 쥐고 있는 영주의 아버지 시마쓰 히사미쓰를 가리키는 말이다. 히사미쓰는 기개(氣槪) 있는 인물이지만 성격이나 사상이 골수까지 보수적으로 되어 있다. 더군다나 타번을 싫어하여 무엇이든지 사쓰마 단독으로 하려는 사고방식을 갖고 있는 인물이었다.

"가쓰라의 입경(入京)은 늦어도 12월 하순이 되겠지요. 그 무렵에는 꼭 교토에 있어 주어야겠습니다."

"그렇게 하겠습니다."

사이고는 가볍게 머리를 숙였다.

그날 밤 료마는 그 번저에서 하룻밤을 묵었다. 이튿날 아침 사쓰마 기선 편으로 편지가 대량으로 도착되었다. 그 속에는 만두집이 료마에게 보낸 편지도 들어 있었다.

만두집 편지에는 유니언 호의 문제 때문에 가메야마 동문과 조슈 번의 해운국이 다투고 있다는 것이다.

'어느 번이건 관리란 똑같구나.'

료마는 지긋지긋한 생각이 들었다. 편지에 의하면 조슈 번 해운국 관리들이 "유니언 호를 사들이는 데 있어 우리는 하등의 의논도 받은 일이 없으며 뒷전에 밀려 있었다. 괘씸하다" 하며 토라졌다는 것이다. 이 군함의 매입은 료마와 가쓰라, 사이고, 고마쓰 등이 이른바 요술 비슷한 정치적 방법으로 실현했던 것이므로 해운국 관리들이 알 까닭이 없었다.

더구나 해운국 사람들은 "군함의 운행을 가메야마 동문에 일임한다는 것도 괘씸하다" 하고 격분했던 것이다.

료마는 곧 효고로 나와 오노하마(小野濱)에서 작은 배를 얻어 타고, 앞바다에 정박 중인 사쓰마 번의 기선으로 황급히 뛰어 올랐다.

"곧 닻을 올려 시모노세키로 가 주십시오."

선장에게 말했다.

선장은 소리높여 껄껄 웃어 댔다. 사쓰마 해군의 함선은 모조리 료마의 자가용으로 되어 가고 있다는 뜻이다.

하기야 료마가 사쓰마 번의 군함과 기선을 자유로이 사용할 수 있는 것은 사이고가 그런 지령을 번의 해군에 하달했기 때문이었다.

"번의 용무에 지장이 없는 한, 그를 위해 편리를 도모하라."

사쓰마 조슈 연합에 동분서주하는 료마의 행동을 보다 더 기민하게 하는 것은 사쓰마 번의 의무였다. 료마의 행동이 하루 늦어지면 역사도 하루 늦어진다는 사태에 놓여 있었던 것이다.

얼마 후, 배는 오사카 만을 나와 세도 내해를 서쪽으로 향해 미끄러지듯 달려갔다.

배의 이름은 쇼호마루(翔鳳丸)였다. 겐지 원년 사쓰마 번이 나카오카에서 사들인 영국선으로, 내차륜(內車輪)으로 움직이며 배수량(排水量)은 461톤이었다.

"이 배는 얼마에 사셨지요?"

료마가 선창에서 물었다.

"아마 12만 달러라고 들었습니다."

"비싼 가격이군요."

료마는 주위를 둘러보고 말했다.

"아무래도 진동이 마음에 걸리는데 기관이 몹시 낡은 모양입니다."

일본의 번에서는 달라는 대로 깎지 않고 사므로 나카오카의 외국인들은 터무니없이 비싼 값으로 팔아먹는 것이리라.

이윽고 시모노세키에 도착했다.

시라이시 저택에 가니 만두집 곤도 조지로가 기다리고 있었다.

"어떻게 된 일인가?"

료마는 대뜸 물었다.

요컨대 문제는 유니언 호의 승무 사관이 모두 가메야마 동문의 사람이라는 것이 조슈 해운국의 불만인 것이다.

"조슈 해운국은 조리에 맞지 않는 자들이에요. 내가 나카오카에서 이노우에와 이토 두 사람과 함께 유니언 호 조약이라는 것을 체결했는데, 그들은 그 조약을 무시하려는 겁니다."

그 조약이라는 것은 이러했다.

　제1조 선기(船旗)는 사쓰마 번에서 빌려 쓴다.
　제2조 승무 사관은 다카마쓰 다로, 스가노 가쿠베에, 데라우치 신자에몬(寺內信左衛門), 시라미네 슌메, 마에고치 아이노스케(前河內愛之助), 특히 조슈의 사관은 두 사람까지는 타도 된다.

이런 조약이었으므로 조슈 해군으로 볼 때는 배를 송두리째 가메야마 동문에 뺏긴 것 같은 기분이 들었을 것이다. 그들은 강경하게 이 조약파기를 주장하고 있으나 만두집은 끄떡도 하지 않았다.
"정 그렇다면 다행히도 아직 배의 대금은 미불(未拂)로 되어 있으니 배를 나카오카로 돌려보내겠다."
이렇게까지 조슈측에 말했다. 그 중간에 서서 가쓰라와 다카스기는 몹시 곤란을 겪고 있었다.
료마는 칭찬을 해주며 말했다.
"조지로, 자네는 상당한 일꾼인걸."
"그러나 이제 와서 우리 도사와 조슈의 사이가 나빠져도 곤란하니 이 일은 나에게 맡겨 두게."
료마는 그 조약문을 호주머니에 넣고 야마구치로 떠났다.

료마는 야마구치의 여관에서 처음으로 조슈 번의 가장 중요시되는 인물 다카스기 신사쿠와 만났다.
기략 종횡(奇略縱橫)이라는 점에서 이 두 사람이 막부 말엽의 역사를 장식하게 되는데, 연기자로서의 역할에 다소 차이점이 있다. 다카스기는 처음부터 끝까지 번내가 무대였으나, 료마는 도사 번만이 무대가 아니었다. 그는 일찍이 번외로 나가 천하를 달리고 있었던 것이다.

쌍방의 출신과 차이가 그렇게 만들었던 것이리라. 다카스기는 번의 상급 무사 출신으로서 영주 부자의 신뢰도 두터워 그 권력을 이용하여 조슈 번을 근왕 행동주의 일색으로 바꿔 놓았던 것이다.

료마는 향사의 아들이다. 도사의 번정에 참여할 수 있는 자격 같은 것은 애당초 없었다. 그러므로 자연히 그는 그곳을 뛰쳐나와 사방으로 뛰어다니지 않을 수가 없었다. 그러나 쌍방의 성격과 기략(機略)의 발상법은 어딘가 닮았다. 무엇보다도 직감력이 예민한 점에서 두 사람은 쌍둥이처럼 닮았다.

그들의 대면은 다카스기가 가쓰라의 안내로 료마가 묵고 있는 여관으로 옴으로써 시작된다.

다카스기는 차고 있던 칼을 놓자마자 물었다.

"당신이 사카모토님이십니까?"

약간 높은 날카로운 조슈 사투리로 말하고 료마의 얼굴을 똑바로 바라보았다.

료마는 웃으며 얼굴을 문지르고 나서 도사 사투리로 말했다.

"얼굴이 검지요?"

그러고 보니 다카스기의 얼굴은 하얗다못해 창백했고 표정이 매우 침착했다. 그리고 상투가 없었다. 검은 머리를 짧게 칠부 삼부로 갈라 깨끗하게 머리 기름을 바르고 있었다. 이것은 꼭 양식을 따라가기 위해서 그런 것이 아니고, 어떤 일로 말미암아 영주에게 사과하는 뜻에서 중이 되겠다고 머리를 잘랐다. 빡빡 깎지는 않고 상투만 잘라 산발한 것이다.

"사카모토군."

다카스기는 당시 유행하던 군이라는 말로 불렀다.

"당신 이야기는 안세이 말년부터 가쓰라에게 들었고 조슈에 와 있는 도사의 지사들에게서도 많이 들었소. 그동안 한번 꼭 만나보고 싶었는데 오늘에야 이렇게 상면하게 됐군요. 과연 내가 상상했던 대로 몸집이 대단하신데요."

다카스기는 원래 말수가 적은 사나이였으며 특히 타향 사람이라든가, 처음 보는 사람에게는 매우 무뚝뚝하다는 평판이 있는 사나이였으나 웬일인지 오늘은 그렇지가 않았다.

"오토메 누님의 소문도 들었습니다. 사카모토군보다도 강하다는 평판이더군요."

"발씨름만은 그럴 겁니다."

료마는 씁쓰레 웃었다.

그 자리에서 유니언 호에 대한 분쟁의 해결을 가쓰라, 다카스기, 료마 셋이서 강구했다. 이야기는 오 분 정도로 끝났다.

유니언 호를 조슈 해운국의 규제 밖에 두고 승무 사관은 가메야마 동문의 사람들로 충당한다는 점은 전과 같았으나 다음과 같은 조항을 삽입했다.

"대체적으로 해운국의 뜻에 따를 것"

다카스기는 이날 새로 수입한 권총을 탄환 백 개와 함께 료마에게 선사했다.

콜트식 육연발로 한가운데를 접으면 연근(蓮根) 같은 여섯 개의 구멍이 있어 거기에 탄환 여섯 발을 잴 수 있다.

료마는 가쓰라에게 말했다.

12월 하순에 교토로 올라와서 사이고와 비밀 회담을 하여 일거에 사쓰마 조슈 공수동맹(攻守同盟)을 맺으라는 것이었다.

"내 쪽에서 가야 하는 건가?"

가쓰라는 언짢은 표정을 지었다. 가쓰라에게는 아직도 조슈 번으로서의 체면이 있으므로, 이쪽에서 어정어정 찾아가서 사쓰마 번에 동정을 바라는 것 같은 태도는 취하고 싶지 않다는 것이다.

"가쓰라군, 이게 다 일본을 위해서 하는 일이 아닌가."

료마는 언성을 높였다.

"이 사카모토 료마는 고작 3십 여만 석의 조슈 번을 구하기 위해 일하고 있는 게 아니란 말이야."

"알고 있네."

가쓰라는 씁쓰레한 표정으로 고개를 끄덕였으나 그 역시 조슈 번만을 위해서가 아니라는 말은 할 수가 없었다. 솔직히 말해서 가쓰라는 일본을 위한다는 막연한 추상 개념으로 사물을 생각할 여유가 없었다. 그와 다카스기는 바야흐로 붕괴 직전에 있는 조슈 번을 두 어깨에 짊어지고 있는 것이다. 자연적인 현상으로서 마음이 자기 번 본위로 될 수밖에 없었다.

"어쨌든 교토로 가 줘야겠네."

료마는 웃었다.

"만약 약속을 어기면 나는 당신을 일본의 무용지물로 여겨 베어 버리겠어. 사이고도 베고 물론 나도 죽는다. 이 말은 사이고에게도 해 뒀네."

"사이고가 당신 손에 죽어도 좋다고 말하던가?"

"했지. 그러나 죽지 않기 위해서 사쓰마 조슈 연합은 반드시 이룩하고 말겠다고 하더군."

"그래?"

가쓰라는 웃지 않았다. 씁쓰레한 표정으로, 그렇다면 교토로 올라가서 사이고와 만나겠다고 했다.

"잘 생각했네. 그래야 당신도 사나이지."

"치켜세우지 말게."

가쓰라는 비로소 쓴웃음을 지었다. 원래 가쓰라 고고로라는 인물은 까다로운 성격의 소유자라 성미가 꼼다. 심사숙고하기를 좋아하면서 생각한 것을 흐지부지 행동으로 옮기기 않는 경우가 많았고, 세심하여 울컥 성을 내지 않는 대신 원한을 마음속 깊이 간직하는 수가 많다.

그는 우연히 이 격동하는 조슈 번에서 그를 두고 선두를 달릴 사람이 없었기 때문에 번의 운명을 짊어질 혁명 정치가가 되었지만, 평시였다면 좀더 적당한 직업이 있었을 것이다.

"언제 가겠나?"

"12월 말로 해 두지."

가쓰라는 그제야 겨우 결심을 표명했다.

여담이지만, 가쓰라를 이렇게 대담하게 만든 것은 단지 료마의 힘만은 아니었다.

그때 이미 조슈 번에는 사쓰마의 밀사가 와서 야마구치에 체류하고 있었는데, 그는 구로다 료스케(黑田了介)라는 사람이었다. 사이고가 료마와 상의한 후에 파견한 밀사로서, 조슈 번 안에서도 가장 사쓰마를 미워하는 격렬한 기병대와 기타의 제대(諸隊)를 설득하고 다니며 사쓰마 번의 성의를 알려주고 있었다. 이 구로다 료스케에게 료마는 자기의 부하인 두 사람의 도사인을 딸려 보냈던 것이다. 바로 이케 구라타와 다나카 겐스케(田中顯助)였다.

그들의 설득이 성공하여, 기병대를 위시하여 여러 대의 감정이 차츰 풀리기 시작하고 있었으므로, 가쓰라도 분명히 상경하겠다는 의사를 료마에게 말할 수 있었을 것이다.

료마는 그 뒤 곧 나카오카로 날았다.

거기서 만두집의 노력으로 운영권을 획득한 유니언 호를 처음 보았다.

배는 오우라 선창에 계류되어 있었다. 배 이름은 바뀌어 있다. 조슈 번 해운국의 명명으로 잇추마루(乙丑丸)라는 새로운 이름이 붙어 있었다.

"좋은 배로군."

료마는 줄사다리를 타고 올라가, 갑판에서 기관실까지 샅샅이 돌아보고 마지막으로 조타실에서 키도 빙빙 돌려 보았다.

"여보게 만두집, 이 배는 우리 가메야마 동문의 손으로 무역면에서 크게 활약한 것이네만, 최초의 큰 사업은 무역이 아닐 것 같은 걸."

"그럼 무슨 일입니까?"

"전쟁이지."

료마는 말했다.

"막부군이 머잖아 조슈로 공격해 올 걸세. 조슈를 공격하려면 동으로는 산인(山陰)과 산요(山陽) 두 가도를 통해 육지로 쳐들어 올 것이고, 서쪽은 고쿠라(小倉)로부터 바다를 건너서 쳐들어오겠지. 그렇게 되면 막부해군이 활약을 하게 된다. 그때는 우리가 나가서 그 녀석들을 혼내 주는 거다."

"이 배로 말입니까?"

"아무렴, 훌륭한 대포도 싣고 있으니까 그때는 우리 한바탕 신나게 해보자구."

"나도 출전하는 겁니까?"

"암, 출전해야지."

료마는 그의 어깨를 두들겨 주었다. 만두집은 외교, 상무(常務), 학문 등은 좋아했지만 전쟁은 질색인 모양이었다.

"나는 태생이 장사꾼이라 전쟁은 과히 좋아하지 않습니다."

"어리석은 소리. 그런 말을 자꾸 하니까 아까운 재질을 지니고도 남들에게 멸시당한다. 사나이란 싸움을 할 때는 단호하게 싸우겠다는 용맹심이 있어야지, 아무리 명론탁설(名論卓說)만 입에 담아 봤자 남들은 소재사(小才士)로밖에 보아 주지 않아."
"하지만 싫은 것은 어떻게 합니까?"
"싫어도 해라. 곤도 조지로가 군함을 타고 한바탕 싸웠다고 하면 앞으로 자네의 명론탁설에 천 근의 무게가 붙을 거다. 입만 놀리는 재사가 아니라고 사람들은 인정할 걸세. 남들이 그렇게 인정해 주면 그만큼 사업도 하기 쉽게 된다. 뜻하지 않게 큰 사업을 할 수 있단 말이다."
"하지만 싸움에 져서 군함이 침몰되면 어떻게 되지요?"
"죽는 거지 뭐."
료마는 오히려 만두집의 얼굴을 이상스럽다는 듯 바라보며, 죽는게 당연하잖느냐고 말했다.
"그러나 나는 아직 죽는 게 아깝습니다."
"아까울 만큼 가치가 있는 자기 자신인가, 만두집?"
"그 만두집 소리 제발 그만하십시오."
"그렇다면 조지로, 사나이란 아무리 하찮은 일에라도 죽을 수 있다는 자신이 있어야 비로소 큰일을 성취시킬 수 있는 거다."
료마는 동문의 모든 동지들에게서 미움을 받고 있는 이 재사를 어떻게든지 교육시켜 보려고 애를 썼다.
"그런데 정말로 막부 해군은 출동을 할까요?"
"하고말고, 반드시 출동한다."
이 말을 하고나서 료마는 갑자기 안색이 변했다.
'만약 그 막부 해군의 총독이 가쓰 가이슈 선생이라면 나는 어떻게 해야 옳단 말인가' 하는 생각이 들었기 때문이다.

삼도왕래 107

료마의 나카오카 체류는 며칠밖에 되지 않았으나 몸이 몇 개가 있어도 모자랄 만큼 분주하게 일했다.

가메야마 동문에서는 동지 일동을 모아놓고, 이를테면 일본 최초의 주식회사 사장으로서의 사업 방침의 상의를 했다.

"조슈의 시모노세키에도 지점을 설치했으면 한다."

그는 말했다.

료마가 분주하게 돌아다니다가 안 일이지만 그것은 시모노세키를 경계로 해서 동서의 물가가 현저하게 차이가 있다는 점이다. 그러므로 시모노세키에 지점을 설치하여 조슈 번의 지원을 얻어 시모노세키를 통과하는 배의 짐을 샅샅이 조사하여 그 가격을 물어보고, 오사카와의 가격 차이를 알아본다. 그렇게 하면 지금 어떤 상품을 어떤 가격으로 팔면 되느냐는 것을 확실히 알게 된다. 말하자면 이런 식의 과학적 상황 조사를 토대로 가메야마 동문이 국내 무역을 하면 틀림없이 크게 이익을 올릴 수 있다는 것이었다.

"그렇기 때문에 시모노세키에서는 아미다지(阿彌陀寺)에 있는 이토 스케다유(伊藤助大夫)라는 번의 어용(御用) 운송업자에게 부탁하여, 그자의 저택을 우리의 지점으로 한다는 이야기가 대충 정해졌다. 물론 오사카에도 지점을 둔다. 오사카에는 사쓰마 번의 어용상인으로서 도사보리 이가에 도매상을 갖고 있는 사쓰마야의 점포 일부를 지점으로 빌릴 작정이다. 이토나 사쓰마야는 지금까지 자기네 장사꾼들조차 생각하지 못했던 일이라고 매우 탄복하며 힘껏 협력하겠다고 말하고 있다. 그러므로 이 지점들을 운영하기 위해 누구든 동문의 사람이 시모노세키와 오사카에 상주하지 않으면 안 된다."

동문 사람들은 모두 그의 찬란한 구상에 넋을 잃었다. 료마는 말을 이었다.

"어쨌든 간에 우리 가메야마 동문도 앞으로는 백만 석 정도의 번의 실력을 구비하지 않으면 안 된다. 그런 실력을 가지고 사쓰마 조슈를 주도(主導)해 가며 막부를 타도하고 새로운 국가를 수립해야 한다."
료마는 다시 말을 이었다.
"막부를 타도하고 새 정부가 탄생해도 너희들은 관리는 되지 마라. 한쪽에선 해군을 일으키고 다른 한쪽에선 이 가메야마 동문을 세계 제일가는 상사로 만들겠다는 각오로 해라. 하기야 도막(倒幕) 활동이나 도막 전쟁에서 제군들은 많이 다치거나 죽어 갈 것이다. 중도에서 쓰러져도 상관없다. 그때에는 목표한 방향으로 머리를 돌리고 그 자세로 죽도록 해라."
모두들 감동하여 분발했다.
그런 다음 료마는 오우라 해안으로 나가 글래버 상관 등 외국 상관을 역방(歷訪)했다.
그리고 사쓰마 번저에도 찾아갔다. 사쓰마 번저에 가서는 이렇게 말했다.
"나는 항상 나카오카에 있을 수 없습니다. 당분간 교토, 오사카, 나카오카, 시모노세키를 돌아다녀야 합니다. 내가 없는 동안 가메야마 동문을 잘 부탁하겠습니다."
나카오카의 사쓰마인들도 이 료마가 사쓰마 조슈 연맹이라는 어마어마한 꿈을 안고 동분서주하고 있다는 것을 잘 알고 있다.
"알고 있습니다. 우선 동문이 가메야마에 있어서는 여러 모로 불편할 것이므로 시중에서 마땅한 건물을 구하고 있습니다."
그렇게 말해 주었다.
"그건 그렇고, 사카모토님은 나카오카의 마루야마(丸山)라는 유곽에서 놀아 보신 일이 있습니까?"

사쓰마의 나카오카 수비관(守備官)이 물었다. '없습니다' 하고 료마가 대답하자 '그렇다면 꼭 한 번 모시겠습니다' 하고 그날 밤 황혼이 짙어질 무렵 번저를 나섰다.

그날 밤 료마는 마루야마에서 놀았다.
마루야마는 에도의 요시와라, 교토의 시마바라(島原)와 맞먹는 일본의 삼대 유곽촌으로 손꼽히는 곳이다.
시안 다리(思案橋) 다릿목에 홍등(紅燈)이 흔들거리고, 버드나무 몇 그루가 그 홍등의 불그림자에 선명한 푸른 가지를 늘어뜨리고 있다. 그 다리를 건너면 곧 그곳이 홍등의 거리였다. 길은 나카오카식의 돌로 포장되어 있다. 료마는 그 평평한 돌길을 밟고 지나가며 두리번거렸다.
'이건 대단한데.'
추녀를 맞댄 큰 집과 높은 누각의 불빛은 대낮처럼 눈부시다. 청루에 따라서는 무진등(無盡燈)이라는 램프를 매단 집도 많았다. 요시와라나 시마바라와는 달리 어딘지 이국적인 분위기를 풍기고 있는 점이 역시 나카오카의 유곽다웠다.
머리 위에서 속요(俗謠) 〈봄비〉가 들려온다.
음악을 좋아하는 료마는 그런 생각을 하며 팔짱을 낀 채 걸어간다.
'그것 참 희한한 속요로군.'
그가 안내된 곳은 라이산요 같은 사람도 와서 놀았다는 히키타야(引田屋)라는 청루였다. 마루야마에서 제일가는 기루(妓樓)로 현재는 가게쓰(花月)라는 이름으로 바뀌고, 사적(史蹟)으로 지정되어 료마가 술취한 김에 기둥에 낸 칼자국까지도 보존되어 있다.
방에 안내되어 곧 주연이 벌어졌다.
기생이 여럿 술자리의 시중을 들었는데 그 중의 하나가 샤미센

(三味線)을 집어들며 말했다.

"노래를 부를까요?"

둥그스름한 천진스러운 얼굴이었는데 그 눈만은 몹시 전투적으로 빛나고 있었다. 그 번쩍이는 눈이 처음부터 료마만을 응시하고 있었다.

"너는 이름이 뭐냐?"

료마가 물었다.

"오모토(元)"

이 대답에 료마는 깜짝 놀랐다. 월금을 잘 타는 오모토라는 기생이 있다고 했는데 바로 이 오모토가 아닌가? 그러나 눈앞의 오모토는 월금 대신에 샤미센을 안고 있다.

"나리의 성함은?"

"사카모토"

"이왕이면 이름도."

"료마"

"사카모토 료마님? 좋아요. 저는 나리가 좋아졌어요. 그럼 노래를 부르지요."

오모토는 음을 조절하기 시작했다. 료마는 조금 전에 길거리에서 들은 그 속요를 약간 흉내 내며 그것을 해달라고 부탁했다.

"그건 봄비라는 노래예요."

오모토는 웃었다. 〈봄비〉는 지금 나카오카에서 한창 유행하고 있는 속요로서, 히젠 고지로(小城)의 번사 시바다 하나모리(柴田花守)가 이 히키타야에서 놀다가 작사를 했으며, 곡은 어느 기녀가 붙였다고 한다.

곧 오모토가 샤미센을 타고, 다른 기녀가 노래를 부르기 시작했다.

봄비에 젖은 꾀꼬리의 깃바람이

매화 향기 뿌리니
그 꽃 속에 노닐고자, 작은 새마저
보금자리 찾지 않는 마음은 같네

료마는 점점 취하기 시작했다. 지난 몇 년 간의 피로가 기분 좋게 한꺼번에 쏟아져 나온 것 같았다.
방에서 취한 눈으로 바라보니 추녀 끝에 흔들리는 붉은 각등(角燈)이 몹시 요염하다.
"나카오카에 마루야마라는 곳만 없었던들 교토, 오사카 지방의 금은(金銀)은 무사히 고향으로 돌아갔을 것이다."
사이카쿠(西鶴)가 썼듯이 이곳의 풍정(風情)은 사나이들의 간장을 녹이기에 충분하다.
"잠깐 샤미센을 다오."
료마는 오모토에게서 그것을 받아들고 음도 조절하지 않고 아무렇게나 타기 시작했다.

나는야 꾀꼬리 그대는 매화
언젠가 한 몸이 될 수 있다면
꾀꼬리의 보금자린 매화이로세
두어라, 아무려면 상관이 있나

봄비의 이 절이었다. 오모토는 료마가 음곡을 잘 외는 데 놀라 물었다.
"내가 더 가르쳐 드릴게요. 어슬렁 타령이라는 것 아세요?"
"모르는데."
료마는 잔을 쭈욱 들이켰다. 벌써 한 되는 족히 마셨을 것이다.

오모토는 어슬렁 타령의 설명을 했다. 나카오카 사람들은 원래 착하고 사교적이며 놀기를 좋아한다고 한다. 축제다 행사다 하고 사람들은 모두 거리로 쏟아져 나와서 즐거운 기분들을 서로 나누며 어슬렁거리고 쏘다닌다는 것이다.
"그래서 생긴 노래예요."
오모토는 직접 샤미센을 타면서 나지막하고 차분한 목소리로 노래를 하기 시작했다.

  나카오카 명물은 연 날리기라
  그리고 다음은 우란분(盂蘭盆) 축제
  가을엔 스와(諏訪)의 북소리 따라
  동네 사람 하나둘 어슬렁 슬렁
  어슬렁 어슬렁 놀러 다니네

"재미있는 노래구나."
료마는 눈을 빛냈다. 어쩐지 성미에 맞는 모양이었다.
"좀더 계속해라"
그는 귀를 기울였다.

  오이데 거리(大井手町)의 다리 위에서
  아이들이 연 날리다 싸움을 하면
  역성드는 동네가 대여섯 동네
  이틀이고 사흘이고 어슬렁 슬렁
  어슬렁 어슬렁 놀러 다니네

"거 좋은데."

료마는 기뻐하며 손뼉을 치고, 더 하라고 오모토를 부추겼다.

올해는야 열석 달
히젠님이 당번 교대하는 해
시로 섬(城島) 구경 온 김에
러시아인이 어슬렁 슬렁
어슬렁 어슬렁 놀러 다니네

잠시 뒤 료마는 마당으로 나와 징검돌을 밟고 뒷간으로 갔다. 용변을 보고 나오니 그 근처에 심어져 있는 대나무 그늘에 오모토가 수건을 들고 서 있었다.
"아니 거기 있었나?"
료마는 오모토가 내미는 수건을 받자 대뜸 얼굴을 벅벅 문질렀다. 오모토는 까르르 웃었다. 웃음을 그치자 갑자기 심각한 표정으로 말했다.
"다음엔 또 언제 와 주시겠어요?"
료마는 사흘 뒤면 이곳을 떠나 교토로 향해야 한다.

후두둑 빗방울이 떨어지며 곁에 있는 대나뭇잎을 때렸다.
젖은 댓잎사귀가 마당에 선 붉은 각등에 반사되어 꿈속 같은 아름다움으로 료마의 취기를 더욱 부채질했다.
"다음엔 언제 와 주시겠어요?"
오모토는 대나뭇잎 그늘에서 또 한번 말하고 키 큰 료마를 쳐다보았다.
오모토의 눈이 조그만 야수(野獸)처럼 반짝 빛났다.
이곳 마루야마에선 남자에게 쌀쌀하기로 소문난 기녀이다.

"모르겠어."

료마는 말했다. 그는 교토로 가서, 목숨을 걸고 있는 사쓰마 조슈 연합의 최대 난사를 완수하지 않으면 안 된다. 필경 막부의 포리들은 료마의 교토 입경을 단단히 준비하고 기다리고 있을 것이다.

"너한테 정들었어."

료마는 이렇게 말하고 싶었으나 그럴 수도 없어, 그저 우두커니 비를 맞으며 서 있다.

"언제?"

"모르겠어, 하늘이 나를 살려 준다면 나카오카로 돌아오겠다."

"입 맞춰 주세요!"

오모토가 발돋움을 했다. 그러나 료마는 오모토가 무슨 말을 하는지 알아듣지 못했다.

"오모토, 비에 젖는다."

료마는 그녀를 밀어 내리려고 했으나 오모토는 고개를 흔들며 도리질했다. 같은 일본인이면서도 도사 남자와 나카오카 여자는 마치 이국 사람들같이 말이 잘 통하지 않는다.

"전 부끄러워요."

오모토는 방긋 웃었다. 그러고는, '바보, 당신을 좋아하는데……' 했다. 료마는 영문을 몰라 그저 흠흠 하며 고개만 끄덕였다.

"이젠 놓치지 않을래요, 당신은 이제 내 아오모치야."

'아오모치는 또 뭘까?'

료마는 어리둥절했다. 나중에 아오모치는 연인(戀人)의 뜻이란 걸 알았다. 아오모치란 나카오카 특유의 나물로 만든 떡인데 손에 끈적끈적 붙는다. 그런 점에서 연인의 뜻이 되었던 것 같다.

"교토에는 당신이 좋아하는 사람이 있겠지요?"

"암, 있고말고!"

료마는 능청스럽게 대답했다.
"미워요."
"할 수 없지. 어떻게 된 노릇인지, 나를 좋아하는 사람투성이거든."
"미워요, 미워!"
오모토는 다리에 힘을 주어 료마의 가슴팍을 세차게 밀어붙였다. 료마는 왜 이래, 왜 이래, 하면서 대밭 속으로 밀려들고 말았다. 상투며 어깨에 댓잎에 맺힌 빗방울이 후두둑 떨어졌다.
어느 틈엔가 료마는 오모토를 꼭 껴안고 있었다. 오모토는 입술을 쳐들었다. 료마는 이 나카오카에서는 사랑하는 남녀끼리 입을 맞춘다는 말을 들어서 알고 있었다.
"입 맞춰 주세요……."
오모토는 명령을 했다.
료마는 오모토의 입술에 자기 입술을 포개고 그 따뜻한 이슬을 힘차게 빨아 주었다.

비밀동맹

막부도 어리석지는 않다.

어리석기는커녕 그 첩보 조직은 예민하기 짝이 없어 이미 료마의 교토 잠입을 탐지하고 있었다. 교토 수호직 아이즈 중장 마쓰다이라를 총사령관으로 하는 경찰 조직은 교토 고등정무청, 교토 행정청, 그리고 후시미 행정청, 신센조, 순찰대 등을 동원하여 경계망을 오사카, 효고에까지 펼치고 료마의 잠입에 대비하고 있었다.

어디서 어떻게 정보가 흘러 나갔는지는 모른다.

여하튼 막부 기관에서는 료마가 잠입하는 목적이 사쓰마 조슈 공수 동맹을 위한 것이라고 까지는 알아채지 못했으나 "도사의 사카모토 료마가 조슈인을 함께 데리고 교토에 들어와 무언가 놀라운 큰 일을 꾸밀 모양이다"라는 것은 탐지하고 있었다.

료마의 인상도 "눈썹이 검고 입매가 단정한 거인"이라는 식으로 표현되어 그것이 포리의 말단에게까지 철저하게 알려져 있다.

그의 행로도 막부측의 예상으로는 "기선을 좋아하는 사나이니까 바닷길을 택하여 아마 효고에 상륙할 것이다."

이렇게 추정하고 효고 경비의 오카 번(岡藩)에 엄중한 경계를 명령해 놓았었다.

그리고 또 한편으로는 다른 추측 아래, 료마가 오사카의 덴마 하치겐야(八軒屋)로부터 배를 타고 후시미로 몰래 들어올 것으로 보고, 하치겐야에는 신센조를 파견하기로 했다.

한편 장본인인 료마는 나카오카를 출발하여 육로로 북규슈(北九州)로 와서 바다를 건너 시모노세키로 들어갔다.

그리고 미다지리로 향했다.

미다지리의 시라이시 저택에서는 다카스기, 이노우에, 이토 등이 기다리고 있었다.

여기에서 다카스기로부터 보고를 받았다.

"기도 준이치로(木戸準一郎 : 가쓰라의 가명)는 귀 번의 이케 구라타군과 다나카 겐스케군, 그리고 우리 번의 시나가와 야지로(品川彌二郎) 등 몇 명을 데리고, 그저께 25일 시모노세키를 출발하여 교토로 향했습니다."

이 가쓰라 고고로를 '대사(大使)'로 하는 조슈의 비밀 사절단에는 만반의 시중을 들게 하기 위해 동문의 이케 구라타를 료마가 통행시키기로 했던 것이다.

도사인 이케 구라타는 여러 번 이 이야기 속에 등장한 인물이다. 구라타는 이번의 교토행이 자신의 극적인 지사 생활의 최후를 장식할 것이라고 예감하고, 만일의 경우 한바탕 쏴붙이고 죽을 결심으로 라이플 총 한 자루를 큼직한 보자기에 싸서 가져간 모양이었다.

"사카모토님은 어떻게 하시겠소?"

다카스기가 물었다.

"곧 출발하겠소."

료마는 대답했다. 사쓰마 번의 기선이 료마를 태워다 주기 위해 시모노세키에 와서 수일 전부터 정박 중이었다.

"사카모토님, 귀하의 호위관으로 사쓰마 번의 요청에 의하여 조후 번(長府藩: 조슈의 지번)의 미요시 신조(三吉愼藏)라는 자를 수행하도록 했소. 그는 창(槍)의 명수지요."

"거참, 매우 마음 든든하군요."

"별말씀을. 귀하는 지바 문하에서도 쟁쟁하게 알려진 호쿠신잇도류의 달인이 아니시오. 호위관의 솜씨가 떨어진다는 것은 좀 우습지만 미요시 신조는 재치 있는 사나이라 걸리적거리지는 않을 겁니다."

이렇게 다카스기는 말했으나, 역시 료마들 앞길의 위험을 걱정하는지 안색이 평소보다 더 창백해 보였다.

그런데 그날 밤 폭풍이 불어 닥쳐 시모노세키에 정박중인 사쓰마 기선은 외륜(外輪)이 상했다.

당시 기선의 큰 수리는 나카오카에서만 했었다. 나카오카에는 막부의 관영 조선소가 있어 상해로부터 가져온 선거(船渠)도 있었다. 이 선거는 그 당시 막부가 건설한 조선소의 후신인 미쓰비시 나카오카 조선소(三菱長崎造船所)에서 기계 설비도 그대로 지금까지 나카오카 시의 고스게(小菅)에 보존되어 있다.

료마는 배의 파손된 곳을 자세히 조사해 보고 나서 말했다.

"이건 아무래도 나카오카로 보내야겠는데."

이래서 그 배의 승선을 단념하지 않을 수 없었다.

이런 일로 자연히 료마의 출발이 늦어졌다. 다른 배편을 구해야 했기 때문이다.

그동안 료마는 자기의 가메야마 동문의 시모노세키 지점으로 하고 있는 아미다지의 호상(豪商) 이토 스케다유 집을 숙소로 정하고 있었다.

료마는 이 지점의 이름을 '자연당(自然堂)'이라고 지었다. 료마는 석가(釋迦)도 공자(孔子)도 존경하지 않았으나 옛 철학자 중에서 단 두 사람, 노자(老子)와 장자(莊子)를 존경하고 있었다. 무슨 일이건 자연에 맡기는 게 옳다는 노자와 장자의 사상을 본받아 자연당이라고 지었다.

체재중에 마침 조슈 번의 서도가(書道家)로서 오카 산코(岡三橋)라는 사람이 찾아왔으므로 간판에다 그 세 글자를 써 달라고 했다.

"허허어, 자연당이라······."

오카는 감탄한 듯도 하고 납득이 가지 않는 듯도 한 표정으로 몇 번이나 고개를 갸웃했다. 소위 근왕 운동에 이바지하는 지사가 노자나 장자의 허무 사상을 갖고 있다는 것이 매우 이상했던 모양이다.

집 주인인 이토 스케다유는 료마에게 몹시 심취하고 있는 사람이라, 이 해협에서 으뜸가는 해운업자이면서도 손수 차를 나르고 저녁상에 마주 앉아 술을 같이 들기도 했다.

"스케다유님, 오사카행 배를 주선해 주시오."

료마는 매일 아침 일어날 때마다 부탁을 했다.

"예, 예, 알고 있습니다."

스케다유는 사실 그 일로 골머리를 앓고 있었다. 아무 배라도 무방한 것이 아니었다. 료마를 태우려면 반드시 사쓰마 기선이어야만 한다. 사쓰마 기선만이 막부의 수색에 대해 강력한 치외법권을 갖고 있다.

정월이 되었다.

문앞 소나무 장식을 치울 무렵에야 겨우 번기를 휘날리며 사쓰마 번의 어용선이 시모노세키 항에 들어왔다.

이 배는 정월 초열흘날 시모노세키를 출항했다. 물론 료마와, 조슈 번의 명령을 받고 료마를 수행하는 미요시 신조도 그 배에 타고 있었다.

신조는 과연 조슈인답게 빼어난 용모의 소유자였으며, 다카스기가 추천한 것처럼 첫눈에도 기민한 느낌이 드는 젊은이였다.

료마는 한배에서 이 사나이와 함께 기거하는 동안에 흠뻑 반해 버렸다.

"미요시 군은 자다가 돌아눕는 데도 아주 잽싸더군."

료마는 껄껄 웃었다.

배는 한슈(播州) 앞바다에서 약간의 풍랑을 만났다.

겨울에서 초봄에 걸쳐지는 세도 내해의 바다도 잔잔하지만은 않았다.

파도를 헤치며 아카시 해협(明石海峽)을 통과하여 효고 항에 들어간 것은 게이오 2년의 정월 16일이었다.

료마가 효고에 잠입한 그 무렵, 근왕파는 가장 최악의 단계에 놓여 있었다.

장군 이에모치(家茂)는 이미 오사카 성을 대본영으로 정하고 제2차 조슈 정벌의 전쟁 준비를 갖추는 한편, 온 천하의 친(親) 조슈 분자에게 탄압을 가하는 중이었다.

각 번에서도 그러한 막부의 강경 정책에 동조하여 자기 번내의 근왕 분자들을 색출하여 가차없이 죽였다. 료마의 모번(母藩)인 도사 번뿐만 아니라 안세이 이래로 많은 근왕 지사를 배출한 구마모토 번과 후쿠오카 번도 참담한 형편에 놓여 있었다.

지쿠젠 후쿠오카 번 등은 막부의 제2차 조슈 정벌령이 내리는 것과 동시에 번내에 정변이 일어나 막부파들이 정권을 잡고 차례로 근왕 지사들을 속였다.

살육은 처음에는 평온 속에서 이루어졌다. 지쿠젠에서 유명한 지사 쓰구시 마모루(筑紫衞)는 마침내 탈번을 결심하고 야음을 타서 성 아래거리를 빠져나와 나까 강(梛珂川)의 나루터까지 왔다. 그런데 그는 다음날 대소도(大小刀)와 옷을 목에 맨 채 익사체로 발견되었다.

그것에 분개한 번내의 근왕파 수령 쓰기가타 센조는 정변을 일으킬 것을 결심하고 동지들의 모임을 꾀했다. 이 밀계가 뜻밖에도 번청에 알려져 동지 일동은 모조리 잡혀서 감옥에 갇히게 되었다.

이로 인해 할복을 명령받은 자가 가또 시쇼(加藤司書) 이하 6명.

참수형(斬首刑)은 쓰기가타 센조 이하 24명.

이 후쿠오카의 대량 사형은 사흘간에 걸쳐 행해졌으며, 52만 석의 후쿠시마 번내에는 마침내 근왕 지사들의 씨가 말라 버렸다.

시국은 암담하기 그지없었다.

마지막으로 회천의 가능성은, 앞으로 막부의 무력 제압을 받게 될 조슈 번과 중립을 지키는 사쓰마 번밖에 남지 않았는데, 그 두 번이 각기 고립하고 있어서는 아무런 희망도 가질 수 없다.

그것을 연합시키려는 료마 한 사람의 어깨에 유신 회천의 모든 가능성이 달려 있다고 해도 과언이 아니었다.

효고에 도착한 료마는 작은 진마선을 타고 일단 부두의 흙을 밟았는데 조슈의 호위관 미요시 신조는 해변의 풍경을 바라보며 말했다.

"사카모토님, 이건 불가능합니다."

송림이나 가도의 요소마다 불법 잠입자를 단속하는 검문소나 초소가 세워져 있어 상당수의 무사들이 우글거리고 있다.

"분고(豊後) 오카 번의 사람들이군요."

정문(定紋)을 보며 미요시는 말했다. 분고의 오카 번은 나카가와(中川) 집안 7만 440석의 작은 번이었으며, 이 번도 분큐 3년까지는 근왕 번으로서 알려졌으나 지금은 막부 번이 되어 있다.

"배로 오사카까지 갑시다. 내가 다시 이 전마선을 타고 오사카로 가는 배가 있는가 항구 안을 뒤져 보겠습니다."

"이렇게 폭풍이 부는데."

"그거야 돈에 달렸겠지요. 사카모토님은 이 갈대밭 속에서 기다리십시오."

미요시는 다시 바다로 나갔다.

유능한 사람이다. 그는 잠시 뒤 돌아와서 '있습니다' 하고 료마를 전마선에 태웠다. 미요시는 쉰 냥의 소지금을 털어서 일본 배 한 척을 전세 냈다고 했다.

두 사람은 오사카로 향했다.

두 사람은 오사카의 덴포 산 항구에서 내려 작은 배로 갈아탔다. 그리고 강을 끼고 시가지로 들어갔다.

"여보시오!"

도중 아지 강의 검문소에서 검문을 당했으나 배안에 앉은 료마는 도시락을 먹으면서 대답했다.

"사쓰마 가신 사이다니 우메타로."

이렇게 유유히 가명을 댔으므로 검문소에서도 '가시오' 하고 턱짓을 했다.

"바로 무술의 기합과 같군요."

그곳을 벗어난 뒤 미요시 신조는 나지막하게 속삭였다. 무술의 기합이란 뱀이 개구리를 노리듯 일종의 동물적인 감작(感作)으로 한 순간 상대는 최면 상태가 된다. 그럴 때 뱀은 덮치고 무술에서는 친다. 미요시는 그것을 말하고 있다.

 그러나 료마는 별로 기합술을 쓴 것도 아니었으므로 '그런가' 하고 속으로 생각하며 계속 밥을 먹었다.

 얼마 후 도사보리 강으로 접어들어 그들은 무사히 사쓰마 번저의 뒷문에서 배를 내렸다.

 사쓰마 번저에서는 이미 교토의 사이고로부터 지령이 내려와 있었으므로 료마의 도착을 기다리고 있었다.

 "용케 무사하셨군."

 사쓰마 번의 오사카 수비관 고바 덴나이(木場傳內)가 반색을 하며 그를 맞이했다. 덴나이는 동번의 사이고나 오쿠보의 오랜 동지이며 연장자이기도해서 그들의 존경을 받고 있었다. 유신 후에는 고바 기요후(木場淸生)라고 개명하여 오사카 부(府)의 대참사, 궁내대록(宮內大錄) 등을 역임했다.

 "장군이 오사카 성에 계십니다. 그 때문에 시중은 전에 없는 경비망이 펼쳐져 있답니다. 날이 저물고 나면 거리를 나다니는 것은 개뿐이지요. 아무튼 3만이나 되는 막부군이 주둔하고 있으며 시중은 구역을 나누어 각 번에게 경비를 분담시키고 있습니다. 수상한 자라고 느껴지면 불문곡직하고 즉시 죽여 버립니다. 그것도 한 열흘 전부터는 사카모토님 당신이 바로 탐색의 목적 인물이랍니다."

 "허어, 내가 말이지요······."

 료마는 쓴웃음을 지었다.

 오토메 누님에게 편지를 써야겠다고 그는 생각했다. 막부에서 경찰력을 총동원하여 료마 한 사람을 찾고 있다니 이것이 얼마만큼 출세인가 말이다.

"그러나, 막부는 나의 교토행의 목적은 모르고 있겠지요?"

"글쎄올시다. 설마 그것까지야 탐지했을려고요. 허나 조슈인으로서 아카네 부진(赤根武人)이라는 자가 오사카 잠복 중에 신센조의 손에 체포되었지요. 그 아카네라는 자가 다카스기에게 뭔가 원한을 품고 있었기 때문에 신센조의 고문에 못 이겨 번의 기밀을 누설했다는 말이 있습니다. 그러니 막부에서 전혀 모르고 있다고는 단언할 수 없습니다."

"그렇군요."

"여하튼 오늘 내일은 이 번저에서 숨어 계셔야겠습니다."

"아닙니다. 오늘 밤 외출해야 합니다."

료마의 이 말에 고바는 몹시 놀라며, 그래서는 자기소임을 다할 수 없다고 소리를 질렀다.

"도대체 어딜 가려고 그러시오. 유곽이오?"

"아니, 오사카 성입니다."

료마는 태연히 말했다. 오사카 성이라면 막부 기관의 중추이며 막부군의 대본영인 동시에 모든 적의 소굴이 아닌가.

"무엇하러 가십니까?"

"교토와 오사카의 경계망을 살펴보기 위해서지요. 그것을 모르고는 교토 잠입은 고사하고 길도 다닐 수 없지 않습니까?"

료마는 다시 말했다.

"오사카 성주 대리(代理)를 만나러 갑니다."

오사카 성은 장군이 성주가 되어 있다. 그러므로 성주 대리라면 교토 고등정무관과 함께 막부의 지방관으로서는 최고의 직책이었다.

성주 대리는 오사카 성을 통할하는 한편, 정치적으로는 서부 제후들을 통수(統帥)하고 행정직으로는 오사카의 동서 두 곳의 행정청과 사카이 행정청의 관리자였다. 그러므로 성주 대리는 보통 5, 6만 석의 영주들 중에서 선출되었으며, 그 직책을 완수한 후에는 교토 고등정무관을 거쳐 집정관으로 승격하게 되어 있었다.

현재의 오사카 성주 대리는 막부가 비상 상태에 있으니만큼 일시적인 이례(異例)로서 영주들 중에서 선출된 게 아니고 장군의 직속 무사 중에서 뽑혀 나온 사람이다. 어쨌든 오사카 성주 대리란 근왕 측에서 볼 때는 최대의 적이며 료마를 탐색하고 있는 막부 기관의 최고 책임자의 한 사람인 것만은 틀림없는 것이다.

'이 사람이 혹시 정신 이상이 된 게 아닐까?'

고바 덴나이는 그렇게 생각했다. 적의 소굴로 뛰어들어 그 괴수를 만나 "나를 붙들려는 경계망은 어떻게 되어 있습니까?" 하고 물으려는 것이다.

"오사카 성주 대리를 알고 계시오?"

"그렇습니다."

료마는 자신 있게 대답했다. 실은 스승 가쓰 가이슈의 친구인 오쿠보 이치오가 엣추노카미(越中守)라는 관명으로 지금 오사카 성주 대리이자 장군의 고문을 겸하고 있음을 료마는 잘 알고 있었던 것이다.

"사카모토님, 당신은 지나치게 대담하오."

"뭐, 보통으로 행동하고 있을 뿐입니다."

"안 됩니다. 당신은 지금 막부가 총동원하여 찾고 있는 죄인이란 말이오."

"고바님, 가마를 두 대 준비해 주십시오. 도중의 마귀들을 쫓는 부적 대신으로 시마쓰 가문의 정문(定紋)을 새긴 초롱을 빌려 주시면 더욱 좋구요."

"그것쯤이야 어렵지 않지만."

고바는 계속 만류했으나 료마는 듣지 않았다.

고바는 하는 수 없이 가마를 준비시켰다.

이미 날은 저물었다.

료마는 앞가마에 타고 조슈인 미요시를 뒷가마에 태우고 사쓰마 번저의 문을 위세 좋게 나갔다.

그것을 고바 덴나이는 전송하며, 초롱불이 가물가물 보이지 않을 때까지 문 앞에서 바라보고 서 있다가 외쳤다.

"체스또!"

사쓰마인들은 화가 났을 때나 기합을 지를 때, 또는 분하거나 기쁠 때 이렇게 소리친다. 덴나이는 료마의 대담성에 왠지 모르게 화가 나기도 하고 훌륭하게 여겨지기도 하여 분만(憤懣)과 찬탄(讚歎)을 뒤섞어 부지중에 이렇게 외쳤던 것이리라.

료마는 거리마다 마련된 모든 검문소와 초소를 사쓰마 번의 문장이 새겨진 초롱 덕택에 무사히 통과하여 얼마후에 혼마치 다리(本町橋)를 건넜다. 이 다리를 건너면 막부군의 경계 구역이 된다.

다릿목 초소에서 검문을 당했으나 사쓰마의 사자로서 밀고나가 우치혼마치 거리(內本町)와 다로자에몬 거리(太郎左衛門町)를 지나 무에마치 거리(上町)의 언덕을 올라서니 남쪽이 성주 대리의 저택이었다. 료마는 그 문전에서 가마를 세웠다.

엣추노카미 오쿠보 이치오는 오사카 경비에 관한 행정청과 담당 각 번으로부터 올라온 보고서를 읽고 있었다.

이때 청지기가 보고했다.

"사쓰마 번의 오사카 수비관 고바 덴나이님의 동료라는 분이 찾아오셨습니다."

미닫이 밖에서 전달했으므로 이치오는 보고대장을 덮었다.
"이름은?"
"기모쓰키 우효에(肝付右兵衛)라고 합니다."
청지기가 대답했다. 이치오에게는 기억에 없는 이름이었으나 기모쓰키라는 기성(奇姓)은 사쓰마에밖에 없다. 특히 그 고장에서는 명문의 성이다. 여하튼 사쓰마의 고급 관리라면 면회를 거절할 수도 없어서 짤막하게 명했다.
"서원으로……."
이치오는 서류를 치우기 시작했다. 모든 서류가 한결같이 오사카와 효고의 경비에 관한 것으로 특히 최근에 와서는 보고의 표현이 긴박화되어 있다. 도사의 사카모토 료마가 조슈의 가쓰라 고고로를 데리고 교토에 몰래 숨어들어온다는 정보 아래 만전의 경비망이 펼쳐져 있었다.
두 사람의 인상서(人相書)도 배부되어 있다. 가쓰라는 '얼굴이 가무잡잡함'이라고 되어 있고 료마는 '얼굴이 검은 편'이라고 되어 있다.
'가무잡잡한 것과 검은 편이란 말하자면 어떻게 다르단 말인가?'
오쿠보는 경리(警吏)의 이상한 표현법을 속으로 우스워 했다.
오쿠보는 복도로 나왔다.
'춥다.'
오쿠보는 왼쪽 주먹을 쥐었다. 시신(侍臣)이 촉대를 들고 앞장서 간다.
서원으로 나왔다. 시신이 미닫이를 열었을 때 오쿠보의 발은 그 자리에 못 박히고 말았다.
료마가 앉아 있었다.
'……'

오쿠보는 시신을 돌아보았다. 막부 관료 중 제일가는 수재로 알려진 그는 넓은 이마와 흰 피부를 갖고 있다. 그 피부가 무참할 만큼 땀을 내뿜었다. 이 사람이 이처럼 당황한 일은 일찍이 없었다.

"자네는 복도에 나가 있거라."

시신에게 나직이 명했다.

"부를 때까지 아무도 방에 들여보내지 말도록!"

"알았습니다."

시신도 주인의 이상한 기색에 놀라 이가 마주칠 만큼 떨었다. 추위와 긴장 때문일 것이다.

오쿠보는 방에 들어서 자리에 앉아 묵묵히 화로를 끌어당겼다.

"이러면 곤란하지 않은가?"

장군의 명신(名臣)은 이렇게는 말하지 않았다. 다만 표정에 그것이 나타나 있을 뿐이다.

그러나 장본인인 료마는 그의 그런 난처한 표정에는 전연 신경을 쓰지 않고 시종 싱글벙글 웃고 있었다.

"몹시 추워졌군요."

화로를 끌어안다시피 하며 말을 이었다.

"교토, 오사카가 좋긴 하지만 이 추위만은 질색입니다."

"추우면……."

오쿠보는 울상이 되어 말했다.

"오지 않으면 되지 않는가."

"아니지요. 볼일이 있는데 그럴 수가 있습니까?"

"사카모토군."

오쿠보의 목소리가 떨렸다.

그러나 오쿠보는 그렇게 불러만 놓고 한동안 입을 다문 채 표정을 굳혔다.
"왜 그러십니까?"
료마가 놀라서 물었다.
"아무것도 아니네."
"왜 아무 말씀도 않으십니까?"
"당연하지 않은가."
오쿠보는 못마땅한 표정을 지었다.
"자네는 막부의 죄인이란 말일세. 지금 교토나 오사카는 경비진을 총동원하여 자네가 서부에서 잠입해 오길 기다리고 있네."
"바로 그 일입니다."
료마는 탁 손뼉을 쳤다.
"그러니까 여기 오면 어디가 경비망이 허술하고 어디가 까다로운지 잘 알게 될 거라고 생각하고 왔습니다."
"무, 무슨 어리석은 소리. 나는 모든 기관을 지휘하고 오사카를 경비할 책임을 지고 있어."
"그야, 오사카 성주 대리니까요."
료마는 고개를 깊숙이 끄덕였다.
"뭘 그리 감탄하고 있나. 요컨대 나는 자네를 체포할 포리들의 총지휘관이란 말일세."
"알고 있습니다."
"그런데 왜 왔나?"
오쿠보는 초조해졌다.
"설마 오사카 성주 대리께서 손수 사카모토 료마를 체포하지야 않겠지 하고 왔습지요."
"함께 온 사람은 누군가?"
오쿠보는 미요시를 가리켰다.

"조슈 사람입니다."

뭣이! 하는 표정을 오쿠보는 지었다. 조슈인이라는 것만으로도 조정의 적이며, 막부의 적이므로 즉각 체포해서 죽여도 되는 것이다.

"정말 자네는 곤란한 사람이군. 그런 사람을 데리고 오다니."

"친구인걸요."

료마는 천진스럽게 웃었다.

"어쨌든 한시바삐 오사카에서 벗어나게. 교토로 가는 모양인데 대담한 짓도 정도껏 하게나. 자네 목숨은 백 개가 있어도 모자라겠네."

"그것쯤은 각오하고 있습니다."

료마는 다시 말을 이었다.

"지금 내가 교토로 간다는 말씀을 하셨는데 잘 아시는군요."

"보고가 들어와 있네."

"교토에서 무얼 할 것 같습니까?"

"그, 그런 걸 내가 알 게 뭐야!"

오쿠보는 벌컥 화를 냈다. 누구를 놀리러 왔나 하는 생각이 들었던 것이다.

"그런 보고는 들어오지 않았습니까?"

"들어오지 않았어."

이말에 료마는 안심했다. 바로 그것이 알고 싶었던 것이다. 사쓰마 조슈 연합의 문제가 막부에 새어 나갔다면 이미 모든 것이 끝장이 아니겠는가.

"그럼 물러가겠습니다."

"배웅해 주지."

오사카 성주 대리가 몸소 현관까지 나와서 마루를 내려서는 료마에게 나직이 속삭였다.
 "덴마 하치켄야에 신센조가 출장 나가 일일이 교토로 가는 선객을 조사하고 있네. 물론 가명을 쓰겠지만 만일의 경우에는 나를 잘 안다고 하게. 단 만일의 경우 말일세"

 덴마 하치켄야는 후시미로 올라가는 요도 강 배의 오사카 나루로 되어 있다.
 덴마 다리(天滿橋)와 덴진 다리(天神橋) 사이의 남쪽 기슭에 있는 곳으로서, 강변에는 선숙(船宿)이 즐비하게 늘어서서 교토, 오사카를 오르내리는 선객들로 붐비고 있었다.
 그곳에 교오야(京屋)라는 선숙이 있다.
 교오야는 신센조의 지정 숙소로서 장군의 오사카 체류 중에는 이 집에 1개 소대가 주둔하여 오르내리는 여객들을 조사하고 있었다.
 대장은 도도 헤이스케이다.
 도도는 교오야의 이층 난간에 몸을 기대고 서서 아래를 오고가는 여객들을 내려다보고 있었다.
 '아니 저것은?'
 도도가 눈길을 모은 것은 이날 점심때쯤이다.
 검은 무명의 문복(紋服)을 입은 훤칠한 무사가 교오야의 옆집인 사카이야(堺屋) 선숙에서 나왔다.
 틀림없는 사카모토 료마다. 개피떡 같은 모양의 니라야마 삿갓을 쓰고 있다.
 "도도님, 저자는……."
 옆에 섰던 닛다(新田)라는 대원이 료마와 동행하고 있는 미요시 신조를 손으로 가리켰다.
 "본 적이 있습니다. 혹시 조슈인이 아닐까요? 그리고 저 낚싯대

같은 것을 보자기에 싸들고 있는데 아무래도 단창(短槍) 같은데요."

"글쎄"

도도는 일부러 관심이 없는 듯한 대답을 했다.

"나루터에 나가 있는 패들이 조사하겠지. 그보다도 배가 고픈걸."

도도는 칼을 들고 일어서며 점심이라도 먹으러 가는 듯이 꾸미고 계단을 내려왔다.

도도 헤스케는 지바 도장 시대의 료마 후배이다. 지난날 후시미와 교토 사이의 가도에서 신센조의 대원들과 료마가 싸웠을 때, 도도는 어떻게든지 료마를 도망치게 해 주려고 노력했었다.

'어리석은 사람이야.'

계단을 내려가면서 도도는 슬그머니 화가 났다. 낮배를 타다니 대담해도 분수가 있지. 얼굴을 대낮에 들고 다니다니……

도도는 근래에 와서 사상적으로 흔들리고 있었다. 곤도, 히지가다와 함께 신센조를 결성했던 결당 이래의 고참이었으나, 이케다야의 변 이후 신센조가 양이 결사의 성격을 잃고 순전한 막부의 앞잡이로 둔갑을 한 것에 심한 불만을 느끼고 있다. 뿐만 아니라 피는 물보다 진하다고 한다. 신센조의 핵심적인 간부는 곤도 이사미, 히지가다 도시조, 오키다 소오시, 이노우에 겐사부로 등, 부슈 다마(多摩) 지방의 토착 검법인 덴넨리신류(天然理心流)의 출신이었다. 그들은 암암리에 굳은 단결을 갖고 있다. 같은 창립 이래의 동지라고는 하나 도도는 지바 도장에서 배운 호쿠신잇도류였다. 어딘지 모르게 곤도 등은 자기에게 남 대하듯 한다고 도도는 생각하고 있었다.

특히 지바 도장은 전통적으로 근왕 양이의 사상이 강하여, 사쿠라타 문 밖에서 이이 나오스케를 죽인 미도와 사쓰마 낭사들의 대부분이 지바 도장의 출신이었으며, 아카바네 다리(赤羽橋)에서 죽은 기요카와 하치로(淸河八郞), 그리고 사카모토 료마 등 지바 도장은 그 방면에 많은 지사를 배출했다.

 기질이 틀리다.

 도도는 이미 신센조에 새로 가입해 온 지바 도장 선배인 이토 가시따로(伊東甲子太郞) 등과 함께 탈퇴 분파(脫退分派)할 것을 결의하고 있었다.

 도도 헤이스케는 현관에 뛰어내리자 그길로 뒷길을 향해 빠져나갔다. 뒤는 큰 강이라, 그곳 덴마 선숙의 경우 정확히 말하면 뒤가 정면인 격이며 그곳에서 산주코쿠부네(三十石船 : 쌀 30석을 실을 수 있는 크기의 배. 주로 사람을 실어나르는 데 이용됨)가 출발하거나 도착하고 있었다.

 '좋은 날씨로군.'

 그렇게 말하는 듯이 발돋움을 하고 강 건너를 바라보는 척했다. 강 건너에 들어찬 상가의 지붕에서 아지랑이가 피어오르고 있는 좋은 날씨였다.

 바로 옆이 선숙 사카이야의 나루터이다. 지금 막 낮배가 떠나려 하고 있었다. 발판이 놓이고 기슭과 배에 선객이 복작거리고 있다.

 그 선객 하나하나를 도도의 부하인 신센조 대원 다섯 명이 엄중히 검사하고 있었다.

 료마가 왔다.

 예의 그 단창 같은 것을 짊어진 무사를 동반하고 있다.

 "잠깐!"

 대원들이 긴장했다.

 "우리는 교토 수호직 아이즈 중장 휘하의 신센조 대원이오. 공무상 묻겠는데 소속 번과 성명을 대주시오."

 "사쓰마 번."

조슈인 가쓰라 신조가 대답했다.
"이름은?"
"이분이 기모쓰키 우효에, 나는 기모쓰키 가나에(肝代鼎)."
"그 메고 있는 건 무엇이오?"
대원이 미요시가 메고 있는 것을 손으로 가리켰다.
"이것은……."
'낚싯대요' 하고 미요시가 말하려는 순간 이미 발판에 올라선 료마가 돌아보며 대답했다.
"단창이오."
뜻밖에 사실대로 말하는 바람에 대원들은 술렁거렸다. 대원 중 하나가 공손하게 말했다.
"저기 저 여인숙을 임시 주둔소로 삼고 있는데 동행해 주셔야겠습니다."
"그럴 필요는 없소."
미요시 신조가 대답했다. 신조는 에도에서 태어났기 때문에 에도 말을 쓴다.
"사쓰마인이라고 말했는데, 어째 사투리를 쓰지 않으시오?"
"그야 당연하지요, 이래봬도 에도에서 태어났으니까요."
"아무튼 주둔소로 갑시다."
"그것이 사쓰마 번사에게 대하는 인사요?"
미요시 신조는 시비조로 나왔다.
"아니, 사쓰마 번사 같이 보이지 않소."
그들은 료마를 가리키며 말했다.
"특히 저분은 우리가 찾고 있는 사람과 흡사하오. 아무튼 주둔소로 가서 이야기 합시다."
"그럴 필요 없어!"

비밀동맹 135

료마는 주위에 있는 여객들이 깜짝 놀랄 만큼 크게 소리를 질렀다.
"수상한 점이 있으면 도사보리에 있는 번저의 수비관 고바 덴나이에게 문의하게. 그 외에는 사쓰마 번사의 신병(身柄)을 구속할 수 없네."
번의 수비관이란 오늘날의 영사직(領事職)과 맞먹는 것이다.
"그렇다면 도사보리의 고바님에게 사람을 보낼 테니 그가 돌아올 때까지 주둔소에서 기다려 주시오."
"갈 길이 바쁘오."
이러는데 도도가 왔다.
료마와 눈이 마주쳤다.

시선이 마주쳤을 때 도도는 료마의 시선을 억누르듯 하며 곧 눈길을 돌렸다. 그러나 료마는 모르는 척했다.
도도는 료마를 신문하고 있는 대원을 슬쩍 불러다가 강가를 천천히 거닐며 강을 바라보며 말했다.
"저자들은 사쓰마 번사가 틀림없다."
"그렇게 말하고들 있습니다만 아무래도 가짜인 듯합니다."
"곧 사쓰마 번에 연락하도록 하게."
"그렇게 하겠습니다."
"한데 저 두 사람은 보내 주는 게 좋겠어."
"보내 주란 말입니까?"
대원은 놀랐으나 도도는 이렇게 말했다.
"지금 정치 정세는 위험한 고비에 와 있네."
분큐 3년에는 교토에서 조슈 세력을 몰아내고 막부를 원조했던 사쓰마 번이, 최근에는 효고 개항 반대와 조슈 재정벌 반대 등을 외치며 막부에 떼를 쓰고 있다. 그러니 지금 쓸데없는 자극을 주게 되면 사쓰마는 어느 쪽에 붙을지 모른다고 도도는 말했다.
 대원은 더욱 놀랐다. 도도 헤이스케라고 하면 의협적이고 씩씩한 에도 사람다운 점이 있어 싸움터에 뛰어들 경우에는 용감하고 기민하지만, 평소에 차분하게 정치 정세 따위를 논하는 그런 사람이 아니었다.
"하지만 가짜일지도 모릅니다."
"진짜라면 어떻게 하겠나. 나중에 공연히 큰 소동을 빚게 되네."
"그럼 놓아 주겠습니다. 그러나 만일을 위해 후시미까지 이러이러한 사람이 간다는 것을 알려 두겠습니다. 사카이야의 배니까 데라다야의 나루터에 댑니다."
얼마 후 배가 떠났다.
료마와 미요시 신조는 무사히 후시미를 향해 요도 강을 거슬러 올라가기 시작했다.
"용케 놓아 주었군요."
신조가 한시름 놓고 속삭였다.
"아아, 지바 도장 덕분이지."
"지바 도장 덕분이라뇨?"
"그 나루터에 있던 얼간이들의 대장을 나는 알고 있네. 도도 헤이스케라고 간다의 오다마 가이케에서 수업을 한 사람이지."
"허어, 지바 도장이라고 하면 근왕 양이의 기풍이 센 도장인데 그곳 출신자에도 신센조에 들어가는 자가 있습니까?"
"친구를 잘못 사귀었겠지."
료마는 피식 웃었다.
"아하, 친구를 말이지요……."
"도도는 검술이 뛰어났기 때문에 에도에 있을 때 곤도 이사미의 덴넨리신류 도장에서 빈들빈들하고 있었지. 그는 타류(他流)였으

비밀동맹

나 그 도장에서 사범 대리의 일을 맡고 있었던 모양이야. 곤도는 죽도(竹刀)로 맞서면 과히 강하지 않거든. 타류 시합(他流試合)의 신청이 들어오면 지바나 사이토(齋藤) 같은 큰 도장에 대신 맞서 줄 사람을 청했던 모양이네. 사이토 도장이 있던 가쓰라 고고로나 와타나베 노보루(渡邊昇) 같은 사람들에게는 자주 청탁이 왔던 모양인데, 도도 헤이스케도 그런 일로 곤도의 도장에 드나들다가 마침내는 식객처럼 되어 버렸던 모양이네."
"사람의 운명은 알 수 없는 거군요."
"그게 아닐세. 사람의 운명의 9할은 자신의 어리석음 탓으로 이루어지는 걸세. 여하튼 도도 헤이스케로서는 지금 와서 길을 돌릴 수는 없을 거야."

후시미 데라다야의 나루터에 다다른 것은 새벽 네 시가 조금 지나서였다.

마침 나루터에는 오사카로 내려가는 첫 배가 떠나려 하는 참이라 데라다야의 앞은 매우 혼잡했다.

료마 등 두 사람은 강가에 내렸다. 불과 열 걸음쯤만 걸어가면 그곳이 벌써 데라다야의 현관이다.

'이상한 놈이 뒤따른다.'

료마는 등 뒤에 주의를 기울였다. 밀정인 듯한 그 사나이는 료마의 뒷모습을 지그시 바라보고 있더니 곧 휘파람을 획 불고 어둠 속으로 사라졌다.

"또 신세지러 왔어."

료마는 현관으로 들어갔다.

오토세는 계산대에 있었는데 곧 일어서서 료마 등을 이층으로 안내했다.

"오료는 오늘 아침 비번이에요."

오토세가 말했다. 오토세와 오료는 하루걸러 교대로 첫 새벽에 사무실로 나가 첫 배의 손님을 배웅하는 것이다.

"그럼 오료는 자고 있겠구먼."

"방금 잠이 들었어요. 그 애는 낮배가 나갈 때까지 잡니다. 그 대신 낮배 이후에는 내가 이불 속에 들어가지요."

"선숙의 여주인 노릇도 어렵겠는데."

"헌데 내일 낮배부터는 당분간 문을 닫게 되었으니 그렇게 아세요."

"그게 무슨 소리야?"

료마는 곧이들으려 하지 않았다. 새벽 까마귀가 울지 않는 날은 있어도 후시미의 선숙엔 휴일이 없다는 것이 상식으로 되어 있었던 것이다. 후시미와 오사카 사이의 공적(公的)에 가까운 교통 기관이 아닌가?

그러나 오토세는 커다란 구리 화로의 불을 헤치며 말했다.

"정말이에요."

그녀는 예정되어 있는 손님도 이웃의 미즈로쿠(水六)나 와다야(綿屋)에 부탁하여 그곳에 숙박시키겠다고 했다.

"무슨 일이 있었나?"

"글쎄요 사쓰마님의 부탁을 받아 굉장한 손님을 맡게 됐지 뭡니까?"

"그게 누군데?"

"사카모토 료마"

오토세는 이렇게 말하고 다시 료마의 얼굴을 들여다보며 말했다.

"당신이에요."

"무슨 소리야, 농담마라!"

"정말이라니까요."

오토세는 정색을 했다.

어제 사쓰마 번의 후시미 저택에서 수비관이 찾아와서 말했다는 것이다.

"사카모토씨가 며칠 안에 후시미에 오는데, 막부에서는 악착같이 붙잡을 방침인 것 같다. 후시미 번저에서 유숙시키면 되겠지만 사쓰마 영주님의 아버지 시마쓰 히사미쓰님이 다른 번 사람의 번저 숙박을 엄금하고 계시므로 그럴 수도 없다. 그러니 미안하지만 데라다야에서 맡아주지 않겠는가?"

본래 데라다야는 사쓰마 번의 어용숙(御用宿)으로 되어 있었으므로 이 부탁은 소위 변명인 것이다.

"그럼, 만일의 경우에 대비해서 사카모토님이 오신 그날부터 가게를 닫겠습니다."

오토세는 시원스럽게 대답했던 것이다. 료마가 며칠간 머무를지 모르나, 그동안 손님을 받지 않는 손해도 오토세가 고스란히 감수해야 하는 것이었다. 그러나 이 여자는 조금도 그런 것엔 신경을 쓰지 않았다.

두 사람은 잠자리에 들어갈 준비를 했다.

미요시 신조는 조슈 번의 명령을 받은 호위관답게 매우 조심성이 있었다. 그는 머리맡에 큰칼과 단창을 놓고 옷을 단정히 벗어 놓은 다음 일단 이불 속에 들어가더니, 몇 번이고 검을 잡고 창을 잡는 연습을 했다.

"뭘 그렇게 하고 있나?"

료마는 웃으며 말했다.

"습격을 받았을 때의 준비지요."

"그만두게."

료마는 이불을 젖히고 그 속으로 들어갔다. 자기 방위에 급급하고 있어서야 무슨 큰일을 할 수 있는가 하는 것이 료마의 사고방식이었다.

"사카모토님, 다카스기가 선사한 서양 권총은 어떻게 하셨지요?"
"짐 속에 있겠지."
"머리맡에 놔두시는 게 좋을 겁니다."

신조는 벌떡 일어나 료마의 짐 속에서 권총을 꺼냈다. 총 손잡이에 주먹밥의 밥풀이 잔뜩 붙어 있다.

'형편없군.'

신조는 밥풀을 깨끗이 떼어 내고 찰칵 총을 열어 보았다. 연뿌리 모양의 탄창에 총알이 여섯 발 들어 있다.

"여기 놔두겠습니다."

료마의 머리맡에 그것을 놓았다.

그리고 이번에는 칼을 찾았는데 검객인데도 료마는 칼마저 윗목에 세워 두고 있었다.

"큰칼도 머리맡에 놓을까요?"
"아무거나 하나면 되겠지."

료마는 졸린 듯이 대답했다. 가쓰라와 사이고의 회담이 어느 정도로 진행되고 있는지 그걸 생각하고 있다.

"조심성이 없으시군요."
"사는 것도 죽는 것도 한 표현에 지나지 않네. 일일이 어떻게 그걸 염두에 두고 있을 수 있나. 인간이란 일을 성사시키느냐 못 시키느냐, 그것만을 생각하면 된다고 나는 생각하고 있네."
"그런 분을 호위하는 이 미요시 신조의 고충도 좀 생각해 주셨으면 좋겠군요."

"이 집에 오료라는 처녀가 있다네."
료마는 뚱딴지같은 소리를 했다.
"굉장히 미인이지!"
"미인과 권총이 무슨 관련이 있습니까?"
"없지."
자기가 생각해도 우스운지 료마는 어깨를 들먹이며 웃어 댔다.
"이 선숙은 분큐 3년, 시마쓰 히사미쓰의 상사(上使)와 싸워서 전사한 아리마 신시치(有馬新七) 등 아홉 명의 사쓰마 지사들의 혈전장이었지요?"
"사변 직후 나는 이 선숙에 왔었지. 계단 밑의 벽이며 계산대 앞, 그리고 마룻장 같은 데가 온통 피투성이였어. 그때 저 오토세가 하인들을 지휘하며 청소를 시키고 있더군."
"여걸이로군요."
"묘한 여자지. 우리를 응원해 봤자 한 푼의 이득도 없을 뿐 아니라, 자칫 잘못하면 목이 달아나는 판인데."
"이번에도 사카모토님을 숨겨 드리기 위해 당분간 가게를 닫는다면서요?"
"저런 여자도 다 있으니 일본은 머잖아 반드시 좋아질 거야."
료마는 이불을 뒤집어썼다.
신조는 불을 끄려고 등잔 앞으로 기어갔다. 이불에 스쳐 헝클어진 료마의 살쩍이 눈에 띄었다.

호위관인 미요시 신조가 잠에서 깨어났을 때는 이미 해가 높이 떠오른 뒤였다.
"사카모토님"
옆에 대고 불러보았으나 대답이 없다. 들여다보니 료마의 이불 속은 비어 있었다.

'꽤 일찍 일어나는 편이구나.'

신조는 뜻밖으로 생각되었다.

세수하러 아래층에 내려가 봉당으로 나갔다. 봉당에서 안쪽으로는 교토식의 부엌이었다. 신조는 부엌 안 우물에서 이를 닦고 얼굴을 씻었다.

"미요시 군, 일어났나?"

어디 있는지 료마의 목소리가 들려왔다. 신조는 낡은 수건으로 얼굴을 닦으며 목소리가 나는 안쪽으로 걸어갔다.

안쪽 마루에는 햇살이 들고 있다.

거기서 료마는 머리를 손질하고 있었다. 머리를 빗겨 주고 있는 여자는 아름다운 아가씨이다.

'이 여자가 오료로구나.'

신조는 속으로 생각하며 그 아름다움에 놀랐다. 오료의 등 뒤에는 늙은 매화나무가 있어 두세 송이 흰 꽃이 피어 있었다.

"자네도 머리를 빗지 않겠나?"

료마가 말했다.

"이 아가씨는 서툰 이발사보다 솜씨가 좋다네."

"그래요?"

신조는 그녀의 미모에 부지중 마음이 들떠 버렸으나, 당사자인 그녀는 새침하게 손만 놀리며 신조에게 인사도 하지 않을뿐더러 빗겨 주겠다는 말도 하지 않는다. 도무지 애교라곤 없는 처녀이다.

"괜찮습니다, 나는."

신조는 불쾌한 듯이 입을 다물었다. 료마는 신조의 감정을 눈치 챘는지 소리 없이 웃었다.

"묘한 아가씨야. 개처럼 몹시 낯을 가린단 말일세. 이러고서도 어떻게 선숙의 양녀 노릇을 하는지 몰라."
 오료가 료마의 머리를 확 조였다. 아야! 하고 료마는 얼굴을 찡그렸다.
 "그러나 사귀어보면 과히 나쁜 여자도 아니라네. 아야! 아프다!"
 료마는 짤막하게 외쳤다.
 신조는 우스워서 소리내 웃었다. 새침한 여자지만 그럴 듯한 의사 표시의 방법을 알고 있는 게 재미있었다.
 료마가 끝난 다음 신조가 앉았다.
 오료는 신조의 상투를 풀고 빗에 물을 적셔 가며 싹싹 기분 좋게 빗기기 시작했다. 료마의 말대로 과연 솜씨가 능란했다.
 "이왕이면 면도도 해 주시겠습니까?"
 신조가 말하자, 오료는 뜻밖에도 다소곳이 "네" 하고 상냥하게 대답했다. 사귀어 보면 좋은 처녀일지도 모른다.
 "미요시 군, 길거리에 수상한 놈들이 서성거리고 있군. 낮에는 걸어 다닐 수 없겠는데."
 "그럼 밤에 다녀야겠군요."
 "당분간 이 데라다야를 근거지로 하고 낮에는 자고 밤에 나다니게 될 것 같네."
 료마는 오료에게 부탁하여 교토의 사쓰마 번저로 심부름을 보냈다. 자기가 이미 후시미의 데라다야에 도착해 있다는 것을 사이고와 가쓰라에게 전하기 위해서이다.

 해가 진 다음 료마는 교토로 향해 혼자 출발했다.
 미요시 신조는 데라다야에서 기다리도록 했다. 모처럼 조슈의 호의에 의한 호위관이었으나, 두 사람이 함께 밤길을 급히 가서는 오히려 막부의 포리들에게 의심을 사게 될 것이 뻔했기 때문이었다.

교토까지는 30리 길이었다.

료마는 왼손에 초롱을 들고 품에는 권총을 넣고 걸음을 재촉했다.

데라다야를 나섰을 때부터 끈질기게 뒤쫓아 오는 발소리를 느끼고 있다.

'밀정이구나.'

속으로 생각했다.

후시미 거리를 벗어나자 초롱불을 불어 껐다. 일종의 시험이다. 밀정이라면 미행을 눈치 챘다고 느끼고 걸음을 멈추든가, 아니면 걸음에 변화가 있을 것이었다.

과연 발소리가 사라졌다.

'역시 밀정이었군.'

료마는 속으로 비웃었다. 그러나 한편으로는 다른 생각을 하면서 걸음을 재촉했다.

가쓰라와 사이고의 회담이 어떻게 진전됐나 하는 것이었다. 료마들이 그 정도로 만반의 준비를 해 놓은 이상 이야기가 난관에 부딪칠 리가 없다. 그러나 자꾸만 이상한 예감이 료마를 불안 속에 몰아넣었다. 예감의 정체는 료마 자신도 무언지 모른다.

얼마 후 왼쪽 밤하늘 밑에 묘오호 사(妙法寺)의 큰 건물이 보이기 시작하더니 교토 시가지로 접어들었다.

료마는 시조 거리로 나가서 본또 거리로 들어갔다. 그리고 기야 거리로 빠지는 골목으로 들어서서 기야 거리로 나가, 거기서 다른 골목으로 본또 거리로 되돌아와서 추녀 밑을 누비고 성큼성큼 북쪽으로 걸어갔다. 미행자들의 눈을 속이기 위해서이다.

본또 거리의 길 폭은 몸집 큰 남자가 두 팔을 활짝 벌리면 양쪽 집의 격자창(格子窓)이 손끝에 닿을 정도로 좁았다.

그 좁은 길을 기녀나 무희(舞姬)들이 부산하게 왕래하고 있었다.

등 뒤의 미행자는 그 때문에 료마를 놓치고 말았다.

료마는 산조 다리에서 가마를 잡아타고 북으로 달리게 했다.

우선 가쓰라를 만나려고 생각했다.

가쓰라는 사쓰마 번의 주선으로 고마쓰 다데와키(小松帶刀) 댁에 머무르고 있다.

얼마 후 그 집 문앞에 닿자 문을 두드렸다.

문간방 창이 열리더니 가쓰라를 호위하고 있는 사쓰마인이 얼굴을 내밀었다.

료마임을 알자 작은 문을 열었다. 료마는 그 문으로 들어서자 곧 부탁했다.

"미안하지만 길목을 한번 나가봐 주시오. 미행자가 있을지도 모르니까."

고개를 끄덕이자 5, 6명이 달려갔다.

성미가 급한 사쓰마인들이라, 밀정을 발견하는 날에는 그 자리에서 베어 버릴 것이다.

료마는 마당으로 면한 객실로 들어갔다. 가쓰라는 이층에서 자고 있다고 한다.

먼저 가쓰라의 수행원인 시나가와 야지로(品川彌二郞)가 내려와서 객실 문을 열었다.

어쩐지 표정이 밝지 못하다.

이어서 가쓰라가 들어왔다. 앉자마자 말했다.

"사카모토군, 나는 돌아가겠네."

조슈로—하고 덧붙였다.

료마는 가쓰라를 응시했다.

이 쾌활하기로 이름난 료마가 일찍이 보인 적이 없는 무서운 눈초리이다.

"이유를 말해 보게."

나직한 목소리로 말했다. 사정에 따라서는 가쓰라를 이 자리에서 베어 버려도 무방하다는 각오를 했다.

"말하지."

가쓰라의 우울한 눈빛은 노여움과 초조함으로 더욱 어두운 빛을 발했다. 입술이 감정을 누르느라 부르르 떨고 있다. 가쓰라는 말하겠다고 해 놓고, 감정의 정리가 되지 않았는지 쉽사리 입을 열지 않는다.

가쓰라 등 조슈 비밀 사절단 일행이 교토에 도착한 것은 정월 12일이었다. 료마가 가쓰라를 찾아온 이 밤은 정월 20일이다. 이 사이 열흘이란 시간이 있다. 그동안 가쓰라와 사이고는 무엇을 했단 말인가.

"도대체 뭘 하고 있었나?"

료마가 물었다. 가쓰라는 내뱉듯이 말했다.

"끼니마다 산해진미의 대접만 받고 있었지."

정월 10일, 가쓰라 일행은 무사히 교토에 잠입하자 곧 쇼코쿠 사(相國寺) 문전에 있는 사쓰마 번저로 들어갔다. 이곳은 니시키고지의 번저가 좁기 때문에 새로 마련된 집인데, 앞에는 대궐이 있고 주위에는 절과 공경 저택 등이 많아서 대낮에도 사람들의 왕래는 드물다. 밀정을 경계하기에는 안성맞춤의 장소였다.

가쓰라는 그 안채에서 사쓰마 번의 지도자 사이고와 만났다.

가쓰라의 성격은 다소 여성적이다. 그 사려 깊은 거동과 영리함에 있어서는 조슈 제일가는 인물이었으나, 다만 항상 감정이 침울한 면이 있어서 일단 원한을 맺으면 쉽게 풀지를 못했다.

입을 열자마자, 이 사나이는 첫마디에 음산한 목소리로 말했다.

"우리는 사쓰마를 원망하고 있소."

화해와 우호와 동맹을 위한 비밀 회담의 첫 마디가 증오로 시작되었다.

그리고 가쓰라는 뚱딴지같이 분큐 3년 이래의 사쓰마 조슈 항쟁사(抗爭史)를 이야기하기 시작했던 것이다.

가쓰라는 그때그때 조슈의 입장과 진의를 설명했다.

"우리는 분큐 이래 조정에 대하여 모든 면에서 근왕의 대의(大義)를 펼치려고 했소. 그러나 그것이 오히려 오해를 사게 되어 천하를 넘보는 야심을 갖고 있다는 터무니없는 중상으로 마침내는 역적의 누명을 썼으며 지금도 또한 그 피해를 입고 있는 중이오."

우리를 그런 궁지에 몰아넣은 것은 바로 사쓰마의 책략이 아니었더냐는 식으로 가쓰라는 말했다.

사이고는 시종 입을 다물고 가쓰라의 말을 듣고 있다가, 한참 후에 가쓰라의 말이 끝나자 자세를 고치고 그 자리에 두손을 짚더니 머리를 깊숙이 수그렸다.

"과연 옳은 말씀이오."

이때의 일을 가쓰라의 수행원이었던 조슈의 시나가와 야지로는 유신 후 이렇게 말하고 있다.

"가쓰라의 말과 태도는 옆에서 듣고 있던 우리 조슈인들조차도 매우 잘못된 점이 많다고 느꼈다. 사쓰마측에서 그의 말을 반박하려면 얼마든지 할 수 있었을 것이다. 그럼에도 불구하고 단 한마디, '과연 옳은 말씀이오' 하고 머리를 숙인 사이고는 실로 큰 인물임에 틀림없다."

'허어, 사이고가 머리를 숙였다고?'

료마는 내심 몹시 감복했다. 가쓰라보다 사이고는 훨씬 능숙한 외교가였던 것이다. 지금 와서 지나간 과거사를 아무리 해부하고 평론해 본들 쌍방에 이익될 것은 없다. 사이고는 그것을 알고 있었으리라.

그러므로 오로지 머리를 숙이고 "과연 옳은 말씀이오"라고만 했다.

그런데 가쓰라는 사이고에 비하면 어린애였다. 하기야 지난 수 년 동안 격동 속에서 학대를 받은 조슈인이었다. 그러므로 사쓰마에 원망의 화살을 퍼붓게 된 것도 무리는 아니다.

"사쓰마측에서는 누가 회담에 나왔던가?"

료마가 묻자 옆에서 시나가와 야지로가 손을 꼽으며 한 사람씩 사쓰마측의 이름을 댔다.

중신이 세 사람 출석했다.

고마쓰 다데와키, 시마쓰 이세(島津伊勢), 가쓰라 우에몬(桂右衞門)이다.

그리고 사이고 다카모리. 사이고의 신분은 중신 밑의 중로(中老) 격이었다. 그러나 사실상으로는 사쓰마측의 대표이다. 그밖에 오쿠보 도시미치(大久保一藏), 이와시다 사지에몬(岩下左次右衞門), 이지치 마사하루(伊地知正治), 무라다 신파치(村田新八), 나카무라 한지로(中村半次郎), 사이고 쓰구미치(西鄕愼吾), 오야마 이와오(大山彌助), 노즈 시치자에몬(野津七左衞門) 등이 있다.

조슈측은 대표 가쓰라 고고로(桂小五郞) 외에

시나가와 야지로

미요시 군타로(三好軍太郞)

다나카 겐스케(田中顯助)

그밖에, 이미 조슈에 귀화하다시피 한 지쿠젠의 낭사 하야카와 다루(早川渡)가 따라와 있다.

비밀동맹 149

사쓰마측은 이들 조슈측의 손님들을 귀인을 대접하듯이 융숭히 대우했다.

그들은 가쓰라의 통렬한 사쓰마 비판을 듣고도 조슈가 놓여 있는 비참한 환경을 참작하여 '속이 후련해지도록 지껄이게 내버려 두자'는 생각으로 아무도 항변하지 않았다. 모두 벙글벙글 웃으며 술시중을 들 뿐이었다.

그런데 사쓰마측은 한마디도 사쓰마 조슈 연합에 관해 이야기를 꺼내지 않는 것이었다.

사이고는 "옳은 말씀이오" 하고 한마디 했을 뿐, 그 뒤는 말없이 안주만 먹고 있었다.

다나카 겐스케는 뒷날 이렇게 술회했다.

"가쓰라도 이건 이상하다고 생각했다. 만나면 허심탄회하게 사쓰마 조슈 연합을 논하게 될 줄 알았는데, 뜻밖에도 아무런 반응이 없었다. 가쓰라도 말을 꺼내려 했으나 끝내 그 핵심에는 언급하지 않고 서로 어색한 분위기 속에서 노려보듯 마주 앉았다가, 끝내 사카모토가 고심하여 알선해 준 문제에는 언급함이 없어 회담을 끝냈다."

사쓰마측은 이 회담이 끝나자, 이튿날 그들 일행을 고마쓰 저택으로 안내하여 거기서도 진수성찬을 베풀었으나 끝내 입을 열지 않았다. 조슈측도 침묵을 지킨 채였다.

"잠깐!"

료마는 분노를 누르지 못하고 가쓰라의 말허리를 꺾었다.

"사쓰마가 먼저 언급하지 않았다면 왜 조슈에서 먼저 입을 열지 않았나?"

"그럴 수야 없지."

가쓰라가 나직이 말했다. 눈에 비분(悲憤)의 빛이 있다.
"사카모토군, 두 번의 입장을 좀 생각해 보게. 우선 사쓰마를 볼 것 같으면"
가쓰라는 사쓰마의 입장을 이렇게 표현했다.
"사쓰마는 공공연히 천자를 뵙고, 공공연히 막부와 회동하고, 공공연히 제후들과 교제한다."
요컨대 사쓰마는 같은 근왕 번이면서도 그 유영(游泳)이 능란했기 때문에, 대낮에 당당히 천하의 공번(公藩)으로서 천하의 정사에 참가하고 조정이나 막부에도 입장이 좋다는 뜻이다.
그러나 조슈의 입장은 어떤가.
"천하에 고립되어 있다. 역적의 오명을 쓰고 막부의 두 번에 걸친 토벌을 받아 대낮에는 노상을 걸어 다닐 수 없을 뿐더러, 번의 경계에는 막부군이 육박해 오고 있다. 이런 입장에 있는 조슈측에서 동맹하자는 말을 먼저 꺼낼 수 있단 말인가? 이쪽에서 먼저 말을 꺼낸다면 이미 그것은 대등한 동맹이 아니라 스스로 거지처럼 사쓰마에게 원조를 애원하는 형국이 되고 마는 것이 아닌가."
그것을 할 수 없다고 가쓰라는 말했다.
"만약 그렇게 되면 나는 조슈 번의 대표로서 번의 동지들을 팔아 버리는 결과가 된다."
"어, 어리석은 소리!"
료마는 무섭게 큰 소리로 말했다.
"아직도 그 번이라는 미몽 속에서 깨어나지 못했는가. 사쓰마가 어떻구, 조슈가 어쨌단 말인가. 요는 일본이 아닌가. 고고로!"
료마는 부지중에 가쓰라의 이름을 아이들 부르듯 마구 불렀다.
"우리 도사인들은 혈풍 참우(血風慘雨)……."
여기까지 말하고 료마는 말이 막혔다. 죽어간 동지들을 생각하자

비밀동맹 151

눈물이 앞을 가려 목이 메었던 것이다.

"속을 뚫고 동분서주하여 목숨을 돌아보지 않았다. 그것이 도사 번을 위해서였었나? 천만에!"

그렇지 않다는 것은 가쓰라도 알고 있다. 도사 계통의 지사들은 모번(母藩)으로부터 아무런 보호도 받지 못했을 뿐 아니라 오히려 박해를 당하여, 교토의 거리에서 죽고, 또는 하마구리 궁문, 덴노 산, 요시노 산, 노네 산 등과 고치의 형장에서 시체로 변했던 것이다. 그들이 사쓰마나 조슈처럼 자기들 번을 의식하며 행동한 것이 아님은 천하가 다 알고 있는 사실이다.

"나 역시 그렇다."

료마는 말했다.

"사쓰마 조슈 연합에 몸을 바치고 있는 것은 그까짓 사쓰마 번이나 조슈 번을 위해서 그러는 게 아니다. 자네나 사이고는 결국 일본인이 아니고 한낱 조슈나 사쓰마 사람에 지나지 않는단 말인가?"

그 당시의 사이고와 가쓰라의 본질을 통절하게 비난한 말이라고 해도 과언이 아니다.

료마는 후일 가메야마 동문의 나카지마 사쿠타로를 보고 이렇게 말했다.

"생각해 보면 나는 내 생전에 성을 내 본 적이 없었다. 그러나 그때만은 이성을 잃을 만큼 격분했었지."

"어쩔 셈인가?"

료마는 큰 소리로 고함을 질렀으나 가쓰라는 여전히 완고하게 얼굴을 숙인 채 나직이 말했다.

"역시 돌아가겠네. 이것이 조슈 남아의 고집일세"

가쓰라의 옆에는 하얀 사기 화로가 놓여 있다. 이미 불은 꺼지고 없다.

가쓰라는 그것도 모르고 그 화로전이 깨어져라 움켜쥐고 있었다.

"사카모토군, 자네가 제창하는 사쓰마 조슈 연합이 성공하지 못하면, 아마 조슈는 멸망할 걸세."

"……."

료마는 잠자코 있다.

"멸망해도 할 수 없지."

가쓰라는 흥분을 억누르며 나직이 외치듯이 말했다. 그리고 그는 짤막하게 말했다.

"황가(皇家)……."

황가란 좁은 뜻에서는 조정, 천황 가문이라는 뜻이다. 넓은 뜻에서는 '교토 조정을 중신으로 하는 새 통일국가'라는 뜻으로, 그 당시 지사들은 '황국'이라는 말과 함께 곧잘 썼다. 그러므로 그냥 일본이라고 하면 막부를 대표 정부로 삼는 현상 질서의 뜻이다. 흔히 국가라 하면 번을 가리켰다.

"황가가 어쨌단 말인가?"

료마는 조용히 반문했다.

가쓰라는 흘낏 료마를 보더니, 곧 시선을 화로 속에 떨구며 말했다.

"사쓰마는 황가 곁에서 충성을 다하고 있네. 조슈 역시 분큐 이래로 고군분투, 번의 흥망을 걸고 충성을 바쳐 왔으나, 지금은 이미 번의 명맥도 얼마 남지 않았네. 그러나 사쓰마가 살아남아 분투해 주는 이상 천하를 위해서는 실로 다행한 일이네. 우리는 그만 교섭을 중단하고, 본국으로 돌아가 막부군을 맞아 싸우겠네만, 멸망해도 후회는 없네."

가쓰라의 이 말은, 기록에 '사쓰마가 황가에 충성을 다해 준다면 조슈가 멸망한다 해도 이는 천하의 다행한 일이다'라는 명문(名文)으로 되어 있다.

가쓰라는 조슈 무사의 면목에 구애되기는 했으나, 그렇다고 해서 천하를 염두에 두지 않았던 것은 아니라고 료마도 깨달았다.

동시에 이 말 속에는 가쓰라의 비할 데 없는 자포자기가 은연중에 나타나 있다.

가쓰라라는 사람은 유신 후에 원훈(元勳)이 된 다음에도 이 끈질긴 성격은 고쳐지지 않았다.

혁명가다운 이상가(理想家)의 기질을 지니고 있었기 때문에, 유신 후에도 자기 손으로 만든 정부에 만족하지 않고 절망과 불평 불만을 지닌 채 사람들을 대했으므로 마침내는 그를 찾는 사람도 점점 적어졌다.

"정부는 어째서 조슈인을 냉대하는가?" 유신 후 어느 날, 사쓰마인 오쿠보 도시미치를 찾아가서 이렇게 항의하며, 과거에 조슈인들이 새 국가 수립을 위해 얼마나 막대한 희생을 치렀는가를 역설하였다. 그리고는 밤이 이슥한데도 집으로 돌아가지 않았으므로, 참을성이 있는 오쿠보도 마침내 가쓰라의 이 끈덕진 집념에 어처구니가 없어, 그에 대한 분노를 일기에 적은 일도 있다.

료마는 가쓰라를 면박하기는 했으나, 가쓰라가 이미 번의 멸망을 각오한 그 말에는 감동했다.

이때의 료마의 태도를 가쓰라측의 기록 문장에서 찾아보면 다음과 같다.

"료마는 꽤 오랫동안 묵연히 앉아 있었다. 그는 가쓰라의 결의가 확고하여 쉽게 움직일 수 없음을 알고 이를 굳이 나무라지 않았다."

이 도사인은 패도(佩刀)를 집어 들고 벌떡 일어섰다.

"어디로 가는가?"
가쓰라의 목소리가 등 뒤에서 쫓아왔다.
료마는 이미 복도에 뛰쳐나가 있었다.
"뻔하지!"
내뱉듯이 쏘아붙였다. 사쓰마의 니혼마쓰(二本松) 저택으로 가는 것이었다.
현관에 나간 그는 자기가 신고 온 짚신을 거들떠보지도 않고, 마침 그 집의 나막신이 놓여 있는 것을 아무렇게나 발에 끼고 문지기에게 쪽문을 열게 하여 밖으로 달려 나갔다.
다행히 희미한 별빛 아래 길을 분간할 수가 있었다.
요란스럽게 딸깍거리는 나막신을 끌며 료마는 인적이 끊어진 밤 거리를 달렸다.
길이 얼어붙어 있었다.
캄캄한 밤거리에 살을 에는 듯한 바람이 료마를 쓰러뜨리듯이 불어 닥치고 있다. 료마는 정신없이 달렸다.
안색이 변해 있다. 이 사나이가 이처럼 무시무시한 표정이 된 것은 아마 생전 처음이었을 것이다.
니혼마쓰의 길모퉁이까지 오자 공경 저택의 문 옆에 안마사가 두 사람 서 있었다.
안마사가 둘씩이나 몰려다닌다는 것은 우습다. 물론 그들은 사쓰마 번저의 야간 출입을 감시하고 있는 막부의 밀정이었다.
막부 기관인 교토 수호직과 교토 고등정무청, 그리고 신센조와 순찰대 등에서는 밤낮을 가리지 않고 이 근방에 밀정을 풀어 놓고 있었고, 사쓰마측에서도 거기에 대해 경계를 하고 있었다.

비밀동맹 155

그 때문에 비밀 회담을 할 때는 사쓰마 비파(薩摩琵琶)의 연주회를 한다는 소문을 내고, 비밀 회담 중에는 그 비파의 연주 소리를 이웃에 들리도록 했다.

그 공경 저택의 추녀밑에 서 있던 두 안마사들은 저쪽에서 요란스럽게 들려오는 나막신 소리에 놀라며 긴장했다.

―누군가가 온다!

어둠 속을 살펴보자 달려오는 것은 키가 큰 무사인 듯했다.

"무사다!"

그들은 더욱 긴장했다. 만약 그자가 사쓰마 번저에 들어간다면 무슨 긴급한 중대사가 일어났다고 판단해도 좋다.

그들은 달려오는 무사가 누군가 궁금했다.

"얼굴이 안 보이냐?"

"고양이 눈이라도 빌지 않고야 어디 어두워서 보여야지."

그들의 앞을 휑하니 달려서 지나간 료마는 잠시 뒤 다시 요란하게 나막신을 끌고 되돌아왔다. 두 안마사는 가슴이 뜨끔했다. 눈치를 챈 모양이다.

"너희들은 밀정이냐?"

료마는 대뜸 물었다.

그들은 기겁을 하고 놀라며 황급히 대답했다.

"천만에요, 저희들은 안마사올시다."

"아무래도 좋아!"

료마는 그것에는 개의치 않고 이상한 것을 물었다.

"사쓰마 번저는 어디냐?"

근시라 밤길을 걷는 것이 부자유스러운 데다, 료마는 니혼마쓰의 사쓰마 번저에 와본 일이 없었던 것이다.

그러나 밀정이건 안마사건 간에 그런 자들에게 길을 묻다니 너무

몰상식한 행동이었다.

"바로 그 옆집이 아닌가요?"

밀정인 안마사가 대답했다.

료마는 사쓰마 번저에 뛰어들기가 무섭게 '사이고를 깨워 주게, 어서' 하며 문지기의 방으로 들어갔다. 그곳에는 불이 있다. 꽁꽁언 몸을 녹였다.

사이고는 료마가 왔다는 전달을 들었을 때, 이미 이부자리 속에 들어가 있었으나 곧 뛰어 일어나 잠옷을 벗고 의복으로 갈아입었다.

"한지로!"

수족같이 부리고 있는 나카무라 한지로를 불렀다. 그는 옆방에서 아직 자리에 들지 않고 있었다.

"료마가 왔다는군."

"그런 모양이군요."

"고스케, 료스케, 이치조 등 모두 깨워 주게. 모두 큰 방으로 가자."

사이고는 복도를 나왔다.

시모노세키에 있던 료마가 후시미까지 올라와 있다는 전달은 오료를 통해 알고 있었으나, 언제 교토에 들어온건지 참으로 뜻밖이었다.

'이렇게 밤늦게 뛰어든 것을 보니 가쓰라와도 이미 만난 모양이로군.'

용건이 대략 짐작되었다.

그는 큰 방으로 들어가 화로를 댓 개 들여 놓고 숯불을 피워 놓게 했다.

"좀더 훈훈하게 해라."

요시이 고스케가 말했다.

"그분은 추위를 몹시 타시거든."

웃으며 화로를 더 가져오게 했다.

료마는 문지기 방에 있다. 거기에 나카무라 한지로가 들어와서, "어서 오십시오, 그간 수고가 많으십니다" 하고 하얀 이를 보이며 웃었다.

"사이고님이 일어나셨으니 그리로 안내하지요. 정말 오늘 밤은 춥습니다 그려" 하고 앞장을 섰다.

한지로는 오늘 밤의 료마가 아무래도 평소의 료마와는 달라 보여 마음이 놓이지 않았다.

'무엇엔가 잔뜩 화가 난 모양이다.'

한지로는 느꼈다.

현관에 들어선 료마는 마루로 올라서자 자기가 앞장서서 걸어 들어갔다.

자연 뒤따르는 형국이 된 한지로도 종종걸음을 쳤다. 두 사람은 앞을 다투듯 요란하게 복도로 걸어 나가 큰 객실 앞에 다다랐다.

료마가 들어섰다.

사이고는 손을 뻗쳐 료마에게 방석을 권하며 그답지 않은 쓸데없는 질문을 했다.

"이 밤중에 무슨 일이시오?"

료마는 잠자코 있다가 얼마 뒤 화로전을 움켜쥐고 시비조로 말했다.

"자세한 말은 가쓰라군에게 들었소."

"허어……."

"사이고님, 이젠 좀 웬만하면 체면 같은 건 집어치우시오! 얘기는 대강 들었소. 나는 가쓰라군의 말을 들으며 눈물이 나서 혼났소."

료마는 "사쓰마가 뒤에 남아 황실에 충성을 다한다면 조슈는 막부의 총칼에 멸망하는 한이 있더라도 후회는 않는다"는 가쓰라의 말을 전했다.

"지금 가쓰라를 여관에서 기다리게 하고 왔소. 그러니 즉시 그를 이곳에 불러들여 사쓰마 조슈 연합의 동맹을 맺으시오."

료마는 그 말만 하고 입을 꽉 다문 채 사이고를 찌르듯이 쏘아보았다.

그 당시 사쓰마 조슈 연합이라는 것은 료마만의 독창적 구상이 아니라 이미 사쓰마 조슈 이외의 지사들 사이에서도 상식화되어 있었다. 사쓰마와 조슈가 손을 잡으면 막부가 쓰러진다는 것은 누구나 생각할 수 있는 문제였다. 공경인 이와쿠라 도모미(岩倉具視)도 그렇게 생각했고, 지쿠젠 번청의 손에 참살당한 쓰키가다 센조도 같은 생각을 지니고 있었으며, 료마와 동향인 나카오카 신타로 같은 사람은 가장 열렬히 그것을 생각하고 있었다.

최근 나카오카 신타로가 진수부의 여관에서 고향의 동지에게 써 보낸 장문의 논문이 있는데, 대단한 탁설(卓說)로서 평가되고 있다. 그 속에 이런 말이 있다.

"지금부터 천하를 일으킬 자는 반드시 사쓰마, 조슈 양 번일 것이다. 생각하건대 천하가 근일 중에 사쓰마와 조슈 양번의 명령에 따르게 될 것이 거울에 비춰 보듯 분명하다. 그러므로 훗날 국체(國體)를 세우고 외세(外勢)의 경모(輕侮)를 배척하는 것도 또한 이 양 번의 힘에 의할 것이다."

사쓰마 조슈 연합은 이미 공론(公論)이 되어 있다.

그러나 결국은 탁상론이었다. 예를 들면 가톨릭과 개신교 여러 파가 합병하면 그리스도교의 대세력이 이루어진다느니, 미국과 소련이 악수를 하면 세계 평화는 당장에라도 이룩할 수 있다고 하는 논의와 비슷한 것이다.

료마라는 젊은이는 그 어려운 일을 최후의 단계에서 단독으로 담당했다.

이미 사쓰마와 조슈는 서로 다가서고 있다. 료마가 말하는 "오노노 고마치(小野小町)의 기우제도 노래의 영험에 의한 것이 아니다. 오늘은 틀림없이 비가 올 것이라는 예상을 하고 고마치는 기우제의 노래를 읊었던 것이다. 요컨대 가망이 있나 없나 확실한 예상을 하는 것이 긴요한 것이다"라는 이론대로 이미 양번에서 서로 다가설 가망성은 있다.

나머지는 감정의 처리뿐이다.

가쓰라의 감정은 보는 바대로 굳어져서 자리를 박차고 귀국하려고 했다. 사쓰마측 역시 번의 체면과 위엄을 생각해서 침묵을 지키고 있다. 이런 단계에서 료마는 사이고에게 외치듯이 말했다. 그날 밤의 료마의 발언은 이 한 마디밖에 없었다.

"조슈가 가엾지 않습니까?"

그 다음은 쏘는 듯한 눈초리로 사이고를 노려보며 침묵을 지켰기 때문이다.

기묘하다고밖에 할 말이 없다.

이것으로 사쓰마 조슈 연합은 성립했다.

역사는 회전하여 시국은 그날 밤을 고비로 도막(倒幕) 단계로 들어갔다. 1개 도사 낭인의 입에서 나온 이 한 마디의 오묘함을 묘사하려고, 필자는 수천 매에 달하는 원고지를 메워 온 것 같다. 일의 성패는 그것을 말하는 인간에 달렸다는 것을 이 젊은이에 의해 필자는 생각하려고 했다.

료마의 침묵은 사이고에 의해 깨졌다.
사이고는 갑자기 엄숙한 표정으로 고쳐 앉으며 말했다.
"사카모토형의 말씀이 옳소."
그리고 오쿠보 도시미치에게 눈길을 돌리며 말했다.
"사쓰마 조슈 연합에 관해서는 우리 번에서 먼저 조슈 번에 신청하세."
오쿠보는 고개를 끄덕였다.
연맹 체결의 날짜가 즉석에서 결정되었다.
내일이다.

그 이튿날.
게이오 2년 정월 21일이 사쓰마 조슈 양 번의 연맹 체결일이 되었다.
장소에 관해서는 료마가 말했다.
"조슈인들의 마음은 상처를 입고 있소. 그러므로 그들이 묵고 있는 곳을 회담 장소로 하여 사쓰마측이 아량을 베풀어 찾아가는 형식이 어떻겠소?"
사이고는 승낙했다.
다만 사쓰마인들이 여럿이 떼를 지어 간다면 막부의 밀정들이 수상하게 여길 우려가 있다.
그러므로 요시이 고스케가 나서며 그 준비를 서둘렀다.
"언제나 하는 수법이지만, 역시 비파 연주회라는 명목을 붙입시다."
즉시 여러 대의 비파가 니혼마쓰의 번저로부터 고마쓰 저택으로 운반되어 갔다.
일동이 모인 것은 아침 10시 경이었다. 료마는 그 무렵 니시키고

지의 사쓰마 번저에 묵고 있던 가메야마 동문의 이케 구라타와 데라우치 신자에몬(寺內信左衞門)을 데리고 참석했다. 데라우치란 료마가 홍당무 우마노스케(馬之助)라고 부르던 니이미야 우마노스케(新宮馬之助)를 가리킨다.

이로써 조정역(調停役)인 도사인은 세 사람.

사쓰마측은 사이고, 고마쓰, 요시 이외에 나카무라 등 경비와 연락원이 십여 명.

조슈측은 가쓰라, 시나가와, 미요시, 하야까와 등 네 사람이다.

각각 다다미 열장이 깔린 방에 좌정하고, 옆방에는 이 회합을 위장하기 위한 사쓰마 비파의 연주자를 동원시켜 놓았다.

쌍방은 각기 인사를 나누고 회의는 시작되었으나 여전히 양측에서는 아무도 먼저 입을 열지 않았다.

실제로는 회담의 진행을 중개 역할인 료마가 해야 옳았으나, 이 사나이는 그런 면에는 서툴러서 장지문에 기댄 채 무료하게 앉아 있었다.

그러다가 조슈측의 미요시 군타로가 자기들 패의 귀에만 들어가게끔 조그만 목소리로 말했다.

'구태여 조슈가 머리를 숙여야 할 이유는 없습니다. 감자 쪽에서 먼저 항복해 오도록 합시다.'

그러나 작은 소리로 할 생각이었는데 뜻밖에도 큰 소리가 되어 모든 사람들의 귀에 다 들리고 말았다.

사쓰마인도 조슈인도 모두 놀랐다. 그 찰나 도사인측에서 료마가 폭발하듯이 웃어 대며 말했다.

"감자라니, 거참 말 잘했다."

그 바람에 긴장했던 사쓰마측까지 웃음을 자아내게 되어 좌중의 분위기가 갑자기 부드러워졌다. 사이고는 그 기회를 놓치지 않고 말했다.

"항복하라, 이 말이군요. 과연 항복했소."

이렇듯 상냥하게 받아넘겼으므로 그 자리는 더욱 화기애애하여 성미가 까다로운 가쓰라까지 어느새 웃고 있었다.

잠시 뒤 맹약에 대하여 구체적인 논의가 시작되었고, 그 연맹의 성격을 공수 동맹(攻守同盟)으로 할 것이 우선 결정되었다.

저녁 때, 비밀 동맹은 마침내 성립되었다.

그 조약은 모두 6개 항목으로 되어 있다.

내용은, 우선 막부와 조슈가 싸움을 시작했을 경우, 사쓰마는 중립을 가장하고 즉시 2천 명의 병사를 교토로 올려 보내 재경중인 기존 병력과 합세하여 강력한 군사 세력을 보유한다. 이 제1 항목이 나중에 중요한 역사를 만들어 냈다. 교토에 주둔한 사쓰마군이 막부에 군사적 위협을 주면서 마침내 교토 조정을 옹호하여 메이지 유신을 성립시켰기 때문이다.

제2 항은, 막부와의 전쟁에서 조슈군이 조금이라도 우세한 기미가 나타났을 때, 재빨리 교토의 사쓰마군은 조정을 조정자(調停者)로 하여 사태를 조슈에 유리한 강화로 이끌어 갈 것.

제3 항은, 만일 막부와의 전쟁에서 조슈측에 패색이 보였을 때의 대책이다. 일 년이나 반년으로는 결코 괴멸될 우려가 없으니 그 안에 사쓰마는 시기를 봐서 적절한 손을 쓸 일.

제4 항은, 막부와의 전쟁이 일어나지 않았을 경우, 즉 지금 오사카에 집결해 있는 막부군이 그대로 돌아갔을 경우, 사쓰마는 조정에 접근하여 조슈가 뒤집어쓰고 있는 누명을 벗기도록 노력한다.

제5 항은, 이와 같은 사쓰마 번의 움직임을 막부파의 히도쓰바시(一橋), 아이즈, 구와나 등의 각 번이 방해하고 나설 경우 단호하게

결전을 할 것.

제6 항은, 오늘부터 사쓰마와 조슈 쌍방이 마음을 합하여 조정의 권세를 회복시키는 것을 목표로 삼고 서로 힘을 다할 것.

이 마지막 조항은 공식적으로 사쓰마 조슈 양 번이 유신 혁명을 맹세한 최초의 맹약이었으므로, 도막 유신(倒幕維新)은 이로부터 출발되어 간다고 해도 과언이 아니다.

료마는 중개인으로서 시종 입회했다.

이윽고 맹약이 성립되어 회담이 끝나자 술상이 들어왔다.

사쓰마 번의 중신 고마쓰 다데와키는 자세를 바로하고 말했다.

"변변치 않습니다만 술상을 마련했습니다. 서로 흉금을 터놓고 이야기를 나누며 술을 들어 주신다면 영광이 되겠습니다."

이렇게 인사를 한 다음 료마를 향해 방바닥에 손을 짚고 머리를 숙였다.

"오늘의 이 성사(盛事)는 오로지 귀하의 수고 덕분인 줄 압니다. 깊이 감사드립니다."

동시에 가쓰라도 료마를 향해 고마쓰와 똑같은 치하를 했다.

료마는 넓적한 등을 꾸부리며 어딘가 열없어 했다.

주연이 벌어졌다.

그러자 옆방에 대기하고 있던 사쓰마 비파의 연주자가 비파를 타기 시작했다.

사쓰마측의 제안으로 이 회맹(會盟)에 음악을 곁들였던 것이다.

연주자는 번내에서 으뜸가는 고다마 한조(兒玉半藏)라는 소년으로서, 후에 세이난 전쟁에 참가하였으며 난텐(南天)이라는 호를 갖고 메이지 시대 사쓰마 비파의 악단에서는 제일인자가 되었다.

한조가 타는 곡은 '벚나무 선물'이라는 것으로 의형제의 우정을 읊은 사쓰마인들의 애창곡의 하나였다. 사쓰마 조슈 연합의 주연에는 적격이라고 생각하여 한조가 선택한 곡이리라.

 이 연회 석상에서 사쓰마 비파의 반주는 어지간히 가쓰라를 감동시킨 모양이었다.
 그는 술을 마셔가며 무릎 위에 종이를 펴 즉흥시를 지어 곧 료마의 자리로 왔다.
 "아직 다듬지는 않았으나 대강 이런 것을 만들었네" 하고 그 시를 보였다. 썩 잘된 시는 아니었으나 가쓰라의 모든 감동이 시 속에 담겨져 있는 듯했다.

　　이별이 다가오는 술자리에서
　　갑자기 네 줄 비파 소리 들었네
　　곡은 첫곡이 비상곡(悲想曲)인데
　　타는 이는 솜씨 으뜸가는 소년일레라
　　왕년을 회상하니 그 원한 뼈에 사무쳐
　　부지중 피눈물이 옷깃을 적시네
　　아는가 나의 꿈을, 요도 강의 물결아
　　반은 왕도에 있고 반은 고향에 있는 것을

가쓰라란 묘한 사나이다.
 이처럼 감동하였으면서도 역시 사쓰마인을 전면적으로 믿을 수가 없어 그날로부터 보름 후에 료마에게 긴 편지를 보냈다.
 "또다시 사쓰마인은 우리를 속일지도 모르므로 미안하나 대형(大兄)의 보증서가 필요하오."
 맹약의 각항을 기록한 것을 함께 보냈다. 료마는 그 맹약서의 이면에다 다음 사항을 썼다.

표기에 기록된 6항은 고마쓰, 사이고 두 분을 비롯하여 가쓰라와 료마 등도 함께 의논한 것으로서 추호도 어긋남이 없으며 장래에 있어서도 결코 변함이 없음을 신명이 증명하는 바이오.

병인(丙寅) 2월 5일 사카모토 료마

이렇게 보증서를 첨가해 보냈다.

어쨌든 맹약이 이루어진 다음날 아침 가쓰라는 교토를 출발하여 귀향길에 올랐다. 사쓰마측도 그날 고향의 시마쓰 히사미쓰에게 보고하기 위해 오쿠보 도시미치가 교토를 떠났다.

료마만은 그날 밤 주연이 끝난 다음 즉시 후시미로 향했다.

데라다야에서 성패를 초조히 기다리고 있을 미요시 신조에게 일의 성공을 한시바삐 알려 주기 위해서였다.

료마가 후시미로 들어가 호라이 다리 부근의 데라다야로 들어선 것은 밤 12시였다.

아무리 늦어도 료마는 돌아올 것이라고 예측한 미요시 신조는 오토세와 오료와 함께 자지 않고 기다리고 있었다.

료마가 현관으로 들어서자 신조는 급히 이층에서 뛰어 내려왔다.

"미요시 군, 성공이네."

료마가 말하자 신조는 계산대 앞에서 춤을 추다시피 기뻐하며 말했다.

"이제 천하의 일은 결정됐다!"

료마는 짚신을 벗고 발을 씻은 다음 마루에 올라서자, 목욕을 싫어하는 이 사나이가 웬일인지 느닷없이 물었다.

"오료 목욕물 있나?"

데라다야 사건

 데라다야의 안주인 오토세는 교토에서 료마의 일이 성공한 것을 기뻐하며 한밤중인데도 술상을 차려 이층으로 가져왔다.
 장소는 이층의 아늑한 별실이었다.
 미요시 신조는 료마가 목욕을 하고 올라오길 기다렸다.
 잠시 후에 올라온 료마는 술상 앞에 앉자 잔을 치켜들고
 "경사로다……." 하고 단숨에 들이켰다.
 "수고 많으셨습니다."
 미요시 신조는 말했다. 료마는 고개를 끄덕이고 다만 한마디 했을 뿐이었다.
 "정말……."
 그런데 그 뒤 미요시 신조가 심상찮은 말을 했다.

"막부의 관리들이 이 데라다야를 노리고 있는 모양입니다."

실은 료마가 떠난 다음 후시미 행정청의 포도 군관과 순찰 대원들이 몇 번이나 조사를 나왔다고 한다.

그때마다 오토세와 오료가 신조를 이층 방 벽장에 숨기고 이불을 쌓아올려 임검의 눈을 속였다는 것이다.

"흠, 몇 번이나 왔던가?"

료마가 묻자 오료는 손가락을 꼽아 보았다.

"세 번이었어요, 아니 네 번이었던가?"

"정말"

오토세가 옆에서 거들었다.

"이처럼 악착같이 임검을 오다니 전에는 없던 일이에요."

"눈치챘구나!"

료마는 목덜미를 북북 긁었다.

실은 장군의 보좌역인 히도쓰바시 요시노부가 오사카로부터 교토로 가려고 이날 저녁 후시미에 도착해 있었다. 그 때문에 더욱 엄중한 경계를 하고 있는지도 몰랐다.

"틀림없이 그 때문일 걸세."

료마는 간단히 그렇게 생각했다.

그것도 사실이었으나, 그뿐만은 아니었다. 후시미 행정청에는 수배중인 료마가 오늘 밤 교토 방면으로부터 내려와서 후시미의 데라다야에 들어갔다는 정보가 이미 들어와 있었다.

그 당시 후시미 행정관은 가즈사 쇼오사이(上總請西) 1만 석의 영주 하야시 히고노카미(林肥後守)였다.

그날 밤 하야시 히고노카미는 료마가 데라다야에 들어갔다는 보고를 듣자, 직접 탐색과 포살(捕殺)의 지휘를 하려고 오전 한시가 지나서 행정청을 나왔다.

인상서와 틀림이 없다는 것을 확인하자 비번 관리들을 모조리 행정청에 불러들이고 순찰대에도 연락을 했다. 포도 군관 이하 그 부하들이 백 명쯤 행정청에 모인 것은 오전 2시쯤이다.

포리들에게는 몽둥이, 사다리, 쇠꼬챙이 등을 들게 하고 포교 이상은 사슬 갑옷을 입게 했다. 포도 군관 몇 사람은 투구까지 쓰고 어마어마한 채비를 했다.

그들은 초롱의 불을 끄고 남의 눈에 띄지 않게 조금씩 내보내어 데라다야를 둘러쌌다.

포위가 거의 완료된 것은 오전 3시 경이었다.

료마는 솜옷을 걸치고 여전히 미요시 신조를 상대로 술을 마시고 있었다.

도쿠가와 막부의 특색 중 하나는 첩보 감각이 예민하다는 점이었는데, 그러한 막부가 자기들의 흥망이 걸린 사쓰마 조슈 연합의 성립을 탐지할 수 없었다는 것은 어떤 착오에서 온 것일까.

그러나 전연 모르고 있었던 것은 아니다.

"도사의 사카모토 료마가 빈번하게 교토 오사카를 왕래하고 있는 것은 반드시 무언가 있다"라고 수상한 냄새만은 맡고 있었다.

그 수상한 냄새가 설마 사쓰마 조슈 연합을 주선하는 냄새였다고는 꿈에도 생각하지 못했을 것이다. 그들은 장군이나 또는 그 후견자인 히도쓰바시 요시노부의 암살을 기도하고 있는 것은 아닐까? 하고 추측한 흔적이 있다.

왜냐하면 유사한 사건이 작년 정월 8일 오사카의 마쓰야 거리(松屋町)에서 있었기 때문이다.

도사에서 탈번한 오오리 데이키치(大利鼎吉), 하시모토 데쓰이(橋本鐵猪), 나스 모리마(那須盛馬), 다나카 겐스케 네 사람이 마쓰야 거리에 사는 동지 혼다 오쿠라(本多大內藏) 집 이층에 잠복하여 때마침 오사카 성에 체류 중인 장군 이에모치를 죽이고 성에 불을 질러 천하를 놀라게 할 계획을 짰다. 그것을 우연히 같은 동네에 검술 도장을 갖고 있는 빗쮸(備中) 사람 다니 만따로(谷萬太郞)가 탐지하였다. 그는 신센조에 가입하려던 참이었으므로 이것을 행정청에 알리고 그들과 함께 혼다 집을 습격했다.

혼다 집에는 오오리 데이키치 혼자 있었다. 그는 료마와 어릴 때부터 사귀어 온 친구였다.

습격받기 바로 전날, 묘하게도 자기의 운명을 예감했던지 "아무런 값어치 없는 몸이지만 천황을 향한 충성심만은 오늘에야 보여준다"는 마지막 노래를 남기고 있다.

오오리는 덴추조(天誅組)의 수령 나카야마 다다미쓰의 유품이라는 칼을 휘두르며 혼자서 분투하여 몇 사람을 벤 뒤, 마구 난무하는 칼 아래서 자기도 쓰러졌다.

'마쓰야 거리의 변'이라고 한다.

그런 사건의 기억이 아직도 생생했으므로 막부의 기관이 료마에 대해서

"같은 도사인이니 암살 음모가 틀림없다."

이렇게 판단한 것도 무리는 아니다.

데라다야의 포위는 지나칠 정도로 신중하게 행하여졌다.

"사카모토는 지바 도장 으뜸가는 검객이다"라고 해서 데라다야 부근의 골목은 포리로 꽉 찼다. 부근 집들의 추녀 밑, 소방용 물통 뒤에도 다섯 명씩 열 명씩 잠복하고 있었다.

정문으로 쳐들어갈 사람만도 한 30명쯤 배치되어, 그 30명이 겁에 질린 채 데라다야의 문전에 몰렸다.

문이 닫혀 있다.

단창을 쥔 포교 하나가 짐짓 목소리를 부드럽고 조심스럽게 말했다.

"잠깐 문 좀 열어 주십시오, 부탁합니다."
여기에 오토세의 수기(手記)가 있다.
"'잠깐 문 좀 열어 주십시오' 하며 문을 두드리기에 무슨 일인가 하고 안에서 하인이 문을 여니, 그 과부댁(오토세) 좀 밖으로 나와 달라고 한다. 무슨 일인가 하고 나가 보니 머리띠를 동여매고 시퍼런 창을 든 백여 명이 몰려 있어 매우 놀랐으나, '무슨 일이십니까' 하고 물어 보았더니……" 하는 정황으로 일은 시작되었다.

오토세를 심문한 포교들은 빈틈없는 복장들이다.
헐렁한 하카마는 입지 않고 속옷처럼 몸에 붙은 바지에 각반을 쳤으며, 소방용 상의 같은 겉옷에 사슬로 엮은 갑옷까지 그 밑에 껴입고 팔에는 토시, 다리에는 정강이받이까지 댄 모습들이었다.
그 포교 중 하나가 나직이 떨리는 소리로 물었다.
"그러면 묻겠는데, 지금 이층에 두 사람의 무사가 있다. 틀림없는 정보를 들었으니, 숨겨서는 안 된다. 틀림없지?"
오토세는 일순 입을 다물었다.
'어떡하지?'
재빨리 궁리했으나 주위를 살펴보니 입김으로 숨이 꽉 막히도록 빽빽한 포위 상태다.
—이제 더 숨길 것도 없다.
오토세는 그 수기에 이렇게 쓰고 있다.
담이 큰 여자다. 오히려 시원스럽게 말하는 편이 두 사람이 의심을 안 받을는지 모른다는 생각에 짐짓 의아한 표정을 짓고 말했다.
"네, 계시고말고요. 하지만 그분들은 사쓰마 번의 가신들이십니다. 수상한 분들이 아녜요."
"오토세, 그것은 이쪽에서 조사할 일이다. 그대는 묻는 말에나 정직하게 대답하면 된다."
"그래요?"
오토세는 불만스러운 얼굴을 했다.
참으로 두둑한 배짱이었다. 여담이지만, 이 여장부는 유신 당시 많은 근왕 지사들을 돌봐 주었다. 그래서 아직 젊었을 때의 메이지 천황이 매우 흥미를 갖고 오토세의 이와 같은 수기나 사진 등을 모으게 하고, 그 기상과 일화 등을 생존한 근왕 지사들한테서 들었다. 오토세는 죽은 뒤 그 공으로 증위(贈位)되었다.
포교들이 알고 싶은 것은 다음과 같은 것이었다.
"지금 무얼 하고 있지?"
포교 하나가 물었다. 자는가, 일어나 있는가를 물은 것이다. 자고 있다면 들이닥치기 쉽다.
"어때?"
"네, 아직 주무시지 않고 이야기를 하고 계십니다."
오토세는 시치미를 떼고 대답했다.
그녀의 대답은 포교들에게 충격을 주었다. 자고 있으리라 생각했기 때문에 이런 습격 시간을 택했었는데 짐작이 빗나간 것이다. 그들은 오토세의 눈에도 우습게 보일 만큼 두려워하기 시작했다.
오토세의 수기를 보면 이러했다.
"그때부터 포졸들은 걱정이 앞서 이럴까 저럴까 하고 여러 가지로 무서워하는 기색이었으며, 서로 네가 가라 하는 등 그 혼잡은 이루 형용할 수 없었으니."
오토세의 수기는 다시 또 계속된다.
"이런 사람들이 몇 만 명 달려들어 묶으려 해도 그 두 분을 결국 감당하지는 못할 것임을 마음속으로 생각하고 그 점은 안심하고 있었다."

마침내 그들이 쳐들어가기로 결정하자 포교 하나가 오토세의 손목을 잡고 골목으로 끌어냈다.

한편 이층에서는—
이미 옆방에 이부자리를 깐 오료가 두 사람에게 이렇게 말하고 아래층으로 내려갔다.
"이제 그만 주무세요."
그러나 료마는 화로를 껴안고 여전히 지껄이고 있었다.
료마는 이날 밤 사쓰마 조슈 연합의 큰일을 성공시킨 여세가 아직 남아 있어서 몹시 흥분하고 있었던 모양이다. 신조를 상대로 천하의 형세를 논하고, 자기의 시국관과 앞으로 할 사업의 구상 같은 것을 쉴 새 없이 이야기하며 좀처럼 자려고 하지 않았다.
'이분으로선 드문 일인걸.'
신조가 그렇게 느꼈던 것도 무리는 아니다. 거의 료마가 혼자서 지껄이다시피 하고 있는 것이다.
이윽고 시국론에도 싫증이 난 료마의 기발한 인간 이야기가 시작되었다.
"손윗사람을 상대로 음담(淫談)을 해선 안 된다."
료마는 이상한 말을 했다.
원래 료마는 독특한 말재주를 지니고 있어서, 천하 국가를 논할 때에도 종종 남녀의 속된 낌새를 예로 들어서 말한다. 진수부(鎭守府)에서도 그렇게 하여 산조 사네토미경을 위시하여 여러 공경들을 박장대소시켰다. 그 후에 산조경이 그 수기에서 "사카모토 료마 찾아오다. 위인(偉人)이로다"라고 평가했으니 다행이지만 항상 그런 수법이 성공하리라고는 료마 자신도 생각하고 있지 않았다.
"어째서 그렇습니까?"

신조가 묻자 료마는 대답했다.

"우쭐해서 음담패설을 늘어놓고 있노라면 반드시 그 말 중에 실수를 하게 되지. 그것을 손위 사람들은 재미있어 하면서도 속으로는 경멸하거든."

음담은 절도가 중요해, 그 절도의 감각이 있는 사나이라면 무엇을 해도 큰일을 성취할 수 있어, 내가 보건대 사이고는 달인(達人)이야, 하며 묘한 일로 사이고를 칭찬했다.

"사카모토님의 각오는 어떤 것입니까?"

신조는 그런 것도 물었다. 사생관(死生觀)에 관한 것이었다. 료마는 잠시 생각하다가 대답했다.

"그런 거 없는 것 같은데."

"생가 같은 것은 특별히 생각하고 있지도 않아. 요는 무엇을 하느냐가 중요해. 이 세상에 태어난다는 것은 일을 성취하기 위한 것이라고 나는 생각하고 있어."

"일이란 뭡니까?"

"하는 일이지 뭐. 하는 일이라고 하지만 하기야 선인들의 흉내를 내는 따위는 시시하다고 생각해. 석가나 공자는 남의 흉내가 아닌 삶을 살았더군. 그건 그것대로 훌륭한 거야."

료마는 신조가 눈을 빛내며 열심히 듣고 있었으므로 기분이 좋아져서 마구 지껄여 댔다.

그러나 곧 그러한 자신을 깨달은 듯 뒤통수를 긁적거리면서 일어나려고 했다.

"앗하하하…… 오늘 밤 나는 좀 어떻게 된 모양이군."

한편 오료는 료마와 신조의 이부자리를 보아준 다음 아래층으로 내려와 복도를 건너서 욕실로 들어갔다.

그 사이에 가게 문이 두들겨지고, 남자가 불려 나가고, 다시 오토세가 불려나갔으나 안에 있는 오료의 귀에는 들리지 않았다.
 오료는 버선을 벗고 목욕물에 손을 넣어 본 다음, 허리띠를 풀고 옷을 벗기 시작했다.

 오료는 알몸이 되었다.
 자그마한 몸집이었으나 피부가 희고 살집이 통통해서 마치 숲 속의 민첩한 작은 짐승을 연상시키는 육체를 지니고 있었다.
 여인숙이라 욕실이 보통 가정의 것보다 세 배나 넓다.
 추위도 안 타는 여자다.
 천천히 문을 열고 안으로 들어가서 욕탕의 뚜껑을 열었다.
 확, 뜨거운 김이 솟아 흐릿한 욕실의 등불이 더욱 침침해졌다.
 기묘한 것을 깨달았다.
 김이 흐르고 있는 것이다.
 '저런……'
 오료는 스스로 자기의 부주의가 우스워졌다. 창문이 열려 있는 것이다.
 창문은 뒷길로 향하고 있었다.
 오료는 손을 뻗어 그것을 닫으려다가 앗! 하고 숨을 들이켰다.
 뒷길에 사람들이 가득 들어 차 있고 초롱불이 움직이고 있지 않은가?
 "포리(捕吏)……." 그렇게 생각한 순간, 오료는 그대로 욕실에서 튀어나갔다. 자기가 지금 알몸이라는 것은 생각지도 않았다.
 뒷계단을 통해 정신없이 이층으로 달려 올라가 안방으로 뛰어들자 나직이, 그러나 날카롭게 외쳤다.
 "사카모토님! 미요시님! 포리들이에요!"
 료마는 그 말보다 오히려 오료의 나체에 놀랐다. 흥분된 탓인지

데라다야 사건

그녀의 육체는 눈부실 만큼 불그레하게 숨쉬고 있다.
"오료, 뭐 좀 입어!"
얼른 말하고는 미요시 신조를 돌아보았다.
신조는 좋아! 하는 듯이 명쾌하게 고개를 끄덕이고 단창을 끌어당겼다.
사실은 오료의 급보가 있기 직전, 료마는 이상한 낌새를 느꼈던 것이다.
료마 자신이 사건 후 고향의 형 곤페이에게 써 보낸 편지의 사연을 빌면, 이미 그는 아래층의 움직임이 이상하다고 느끼고 있었던 것이다.
"그만 자려고 했을 때 이상하게도 아래층에서 사람의 발자국 소리가 살금살금 나는 것을 알아차리자, 또다시 육척봉 소리가 떨거덕 하고 들렸습니다."
그러므로 오료가 뛰어 올라왔을 때는 이미 아래층은 포리들로 가득 차 있었던 것이다.
물론 길목도 모두 포리들로 가득 차 있었다. 밖에 있는 포리들은 오토세의 두 팔을 잡고 꼼짝도 못하게 하고 있었다.
오료의 보고를 받은 료마는 하카마를 찾았으나 보이지 않았다.
"옆방에 있었다"고 료마는 그 수기에 써놓았다. 그래서 그것은 단념하고 여인숙의 잠옷을 입은 채 그 허리띠에 크고 작은 두 자루의 칼을 찌르고는, 권총을 품속에 쑤셔 넣고 다시 방석 위에 떡 버티고 앉았다.
이때 장지문이 조금 열리더니 얼굴이 시커먼 남자가 그리로 들여다봤다.
"누구냐?"
료마가 침착하게 말을 걸자 그 사나이는 일단 들어왔다가 료마의 무서운 표정이 두려워 그대로 나가 버렸다.

그동안 미요시 신조는 급히 의복을 차려 입었다. 료마는 방 한복판에 태연히 앉아 있다.

잠시 후 옆방에서 여러 사람의 발소리가 들렸으므로 료마는 말했다.

"오료, 그 장지문을 떼어 버려"

오료는 "네" 하며 싹싹하게 대답하고 잽싸게 장지문 앞에 달려갔다.

그때까지 오료는 역시 실오라기 하나 걸치지 않은 알몸이었다. 그러나 때가 때니만큼 오료 자신도 료마도 신조도, 조금도 이상하지 않았다.

오료가 덜컥거리며 장지문을 떼어내자 옆방이 환히 바라보였다.

놀랍게도 창, 칼, 몽둥이 등을 든 무사와 포리들이 가득 들어차 있다. 열 명쯤 될까.

료마는 흘끔 그들을 쏘아본 다음, 오료를 돌아보고 말했다.

"다치면 안 되니까 아래로 내려가."

그러자, 오료는 자기만 안전한 장소로 갈 생각이 없는 듯 다급하게 대답했다.

"싫어요! 여기 있겠어요."

료마는 웃어 버렸다. 오료의 그 나체가 우스웠던 것이다.

"여하튼 그런 모습으로 어정버정하고 있으면 내가 점잖게 손님과 얘기를 할 수 없잖아. 옷 있는 곳까지 어서 내려가요."

오료는 그제야 자기 모습을 깨달았다고 해도 좋다. 앗! 하고 비명을 지르더니 료마와 신조 사이를 뚫고 복도로 뛰어나가 그곳에 서 있던 포리들을 밀어젖히고 뒷계단으로 내려가 버렸다. 포리들이 오히려 놀랐을 것이다.

료마와 신조는 옆방의 떼거리들과 한동안 무언의 눈싸움을 계속했다.

이윽고 료마가 먼저 입을 열어 호통을 쳤다.

"무슨 이유로 사쓰마 번사에게 이런 무례한 짓을 하는가?"

그때 포리들 속에서 한 목소리가 되물었다.

"사쓰마 번사란 거짓이 아닌가?"

"천만에!"

료마는 천천히 말했다.

"의심이 난다면 이곳 후시미에도 사쓰마 번저가 있으니 금방 달려가서 확인해 보면 될 게 아닌가."

"……."

포리는 입을 다물었다. 그러나 곧 힐문했다.

"당신들은 무엇 때문에 무기를 지니고 있나?"

료마는 소리 내어 웃고는 이렇게만 말했다.

"이것은 무사의 관습……."

포리들은 입을 다물고 기묘한 행동을 개시했다. 그대로 우루루 아래층으로 내려간 것이다. 아래층에 있는 동료들을 부르러 가는 모양이다.

"이 동안에 미요시 군, 집기를 한쪽으로 치우게."

료마는 손수 화로를 구석으로 밀어붙였다. 미요시 신조도 주변의 물건들을 급히 구석으로 밀었다. 싸우는 장소를 넓히기 위해서다.

얼마 후 다시 우당탕퉁탕 30명가량 올라오더니 옆방과 복도에 가득 들어서서 창으로 장벽을 만들었다.

포리가 소리쳤다.

"마쓰다이라 히고노카미(松平肥後守 : ^{아이즈 번주}_{교토 수호직})님의 분부시다! 조용히 해라!"

그러면서, 등불을 높이 쳐들어 료마에게 비췄다. 료마 등은 이미 등불을 끄고 방안을 캄캄하게 해놓고 있었다.

료마는 눈이 몹시 부셔서 적의 모습을 잘 볼 수가 없었다.

"멍청이 녀석, 집어 치워. 마쓰다이라 히고노카미가 어쩌니저쩌니했는데 난 사쓰마 번사다. 히고노카미의 지시는 안 받는다. 가라!"

그동안 미요시 신조는 료마의 왼쪽 약간 앞에서 왼쪽 무릎을 세우고 앉아 단창을 중단으로 겨누고 있었다.

"미요시 군, 한다."

료마는 속삭였다. 이렇게 되면 난전으로 이끌어서 살길을 열 수밖에 없다.

난전을 조성하려면 권총을 발사하는 게 제일이라고 단정하고, 품속에서 그 은색으로 빛나는 묵직한 물체를 꺼내어 찰깍 격철을 일으켰다. 료마는 이미 오른쪽 무릎을 세우고 엉거주춤 일어서 있다.

'이것을 쏘면 잘못 맞았다간 사람이 죽겠구나.'

순간 그런 쓸데없는 생각이 들었으나 지금은 쏘지 않을 수 없었다.

정면의 등불이 성가셨다.

총구를 그 등불에 대고

꽝!

한방 쏘아붙였다. 등불을 든 사나이는 쓰러졌으나 등불 자체는 재빨리 다른 사나이가 주웠기 때문에 여전히 꺼지지 않았다.

난투가 벌어졌다.

창의 명수라는 미요시 신조의 단창 다루는 솜씨는 과연 일류라, 적을 때려눕히고는 창으로 찌르고 또 찔러 넘긴 다음 앞으로 나가서는 또 다른 적을 찔러 눕혔다.

료마는 어찌된 영문인지 칼을 뽑지 않는다.

검술에 능란한 듯한 적 하나가 허리를 낮추고 칼을 비스듬히 내리치며 달려들었을 때도 권총으로 받았다.

탁!

동시에 상대방의 두 눈에 힘껏 왼쪽 주먹을 먹였다. 으악! 하고 상대편은 나자빠졌다.

그 료마의 옆구리에 창끝이 들이닥쳤다. 그는 재빨리 한 손으로 창 자루를 꽉 잡고 번쩍 발을 들어 그 사나이의 가슴팍을 걷어찼다.

료마의 잠옷 자락이 길어 그것이 다리에 휘감겨 매우 거북하다.

료마는 무척 애를 먹은 모양으로, 후일 형에게 쓴 편지에도 "그때 생각했지만, 남자는 정강이 밑으로 길게 내려오는 옷은 입지 말아야 하겠습니다"라고 쓰고 있다.

어쨌든 료마는 악귀처럼 설쳤으나 아무래도 적의 수가 많아 물밀듯 공격을 해 왔으므로, 어쩔 수 없이 권총을 발사하여 적을 제압했다.

문득 왼쪽을 바라보니 미요시 신조의 옆에서 벽에 등을 기댄 채 신조를 노리고 있는 사나이가 있었다. 료마는 흠칫 놀라며 신조가 찔리기 직전 손에 든 권총의 방아쇠를 당겼다.

사나이는 가슴을 정통으로 맞고 쓰러졌다.

료마는 곤페이에게 보낸 편지에서 이렇게 말했다.

"적은 총탄을 맞은 듯 마치 잠이 들어 쓰러지는 것처럼 배를 깔고 넘어졌습니다."

이 난투의 장면은 필자의 묘사보다도, 료마가 후일 형 곤페이에게 써보낸 그 자신의 문장이 더욱 그때의 광경을 여실히 전하고 있다.

"이때도 또한 적은 계속 문이나 미닫이를 부수고 짓밟고 하며 꽝

장히 소란을 피웠으나 도무지 내 앞에는 접근하지 않고……."
 적은 료마와 신조를 두려워하여 장지나 미닫이를 부수고 계단을 요란하게 오르내릴 뿐, 두 사람에게는 접근하지 않았다.
 "겁쟁이 놈들이군!"
 료마는 어둠 속에서 크게 웃었다. 이 사나이는 아직도 칼을 빼지 않고, 어느 틈엔가 다시 방석 위에 떡 버티고 앉아 있었다.
 옆에 있는 미요시 신조는 한쪽 무릎을 꺾고 앉아 단창을 중단으로 겨누고 있는데 그 창끝에서는 피가 뚝뚝 떨어지고 있었다.
 한편 길거리로 끌려 나간 오토세는 이 광경을 어떻게 보고 있었던가?
 집안의 사정은 물론 알 수 없다. 그 수기의 글을 빌면 이러하다.
 "이층이 금방 허물어지는 듯 우지끈 뚝딱 했고 또한 총소리가 요란했으며, 내가 '아이 무서워' 하면서도 밖에 서서 지켜보니, 허둥지둥 도망 나오는 자도 있었고 이층에서 떨어지는 자도 있어 그 꼴이 말이 아니었다."
 정월 23일 밤은 이제 두 시간쯤 있으면 완전히 밝으려 하고 있었다. 길바닥에 끌려나와 포리들에게 붙잡혀 있는 오토세는 추웠을 것이다. 그러나 이 명랑하고 배짱 좋은 여인은 무서운 생각이 들면서도 료마와 신조라면 저까짓 포리들이 몇 백 명 달려든다 해도 끄떡 없을 것이라고 굳게 믿고 있었다.
 한편 오료는—
 그녀의 행동은 료마나 오토세는 물론이고 포리들도 모르고 있었다.
 그녀는 아래층에서 옷을 주워 입고 허리를 동여매는 띠는 손에 든 채, 그대로 맨발로 뒷문으로 해서 밖으로 뛰어나왔다
 나가자마자 5, 6명의 포리들을 밀어 제치고 캄캄한 밤길을 내달렸다.

후시미의 사쓰마 번저로 급보를 전하러 가는 것이다. 이 경우 오료의 이 행동이야말로 가장 적절한 조치였다.
거리는 3마장 가량 된다.
오료는 도랑에 빠지기도 하고 등롱(燈籠)에 부딪치기도 하면서 허겁지겁 마구 달려 마침내 사쓰마 번저에 이르자 문을 마구 쳤다.
"누구야, 이 밤중에?"
문지기가 일어나서 창문으로 내다보니 형편없는 꼬락서니를 한 여자가 혼자 서 있다.
"문 좀 열어 주세요, 큰일 났어요!"
오료는 들창 틈에 매달려서 소리쳤다.

적의 공격에는 물결이 있다.
왈칵 밀어닥치는가 하면 두 사람에게 무참히 당하고 후퇴하여 숨을 돌리면서 이쪽의 행동을 기다린다.
적이 달려들 때마다 상대의 턱주가리가 부서질 정도로 료마는 때리고 차고 급소를 찌르고 하면서 어쩔 수 없이 절박한 때는 권총을 발사하기도 했다.
'사카모토님, 왜 칼을 뽑지 않습니까?'
옆의 미요시 신조는 몇 번이나 마음속으로 외쳤으나 끝내 입 밖에 내지는 않았다. 이 난투의 방법에도 료마는 료마 나름의 철학이 있을 것이라고 생각했기 때문이다.
적의 물결이 약간 물러갔다.
료마는 다시 방석에 주저앉아 권총을 부스럭부스럭 만지기 시작했다.
"왜 그러시죠?"
신조는 여전히 적을 주시하며 나직이 물었다.

"총알을 넣는 걸세."

료마는 품안에 왼손을 집어넣더니 돈이라도 찾는 듯이 여기저기 더듬었다.

간신히 찾았다.

료마는 권총을 찰칵 꺾고 탄창을 꺼냈다.

료마 자신의 편지에는 이렇게 표현되어 있다.

"권총에 총알을 넣으려고 이와 같은 물건을 꺼내어."

그런데 총알도 권총도 연뿌리형의 짤막한 탄창도 미끌미끌 젖어 있었다. 피였다.

료마의 왼쪽 엄지손가락이 덜렁거릴 만큼 깊이 베어져 있었다.

'아아, 아까 그거로군.'

료마는 처음으로 깨달았다. 적이 큰 칼을 쳐들고 후려쳤을 때 료마는 즉시 왼손에 쥐고 있던 권총으로 받았다. 암흑 속에서

팍!

불꽃이 튀었다. 칼을 막자마자 료마는 동시에 오른손 주먹으로 상대방 옆구리를 찌르고 번개처럼 발을 들어 적의 몸이 옆방으로 날아갈 만큼 힘껏 걷어찼다.

"멍청한 놈!"

료마는 신이 나서 소리쳤으나 그때 아마 엄지손가락이 베였던 모양이다. 총신으로 받기는 했으나 칼날이 싹둑 엄지손가락을 동강냈음이 분명하다.

'손가락에서도 이렇게 피가 많이 나오나?'

이런 생각이 들 정도로 총알을 재는 동안에도 피가 쉴 새 없이 흘러나와 권총, 총알, 부속품 등이 젖어 뜻대로 조작을 할 수 없다. 더구나 왼손 엄지손가락이 말을 듣지 않기 때문에 오른손마저 자질구레하게 놀리기가 몹시 불편하다.

마침내 료마는 꾸무럭거리다가, 손에 쥐었던 연뿌리형 탄창을 떨어뜨리고 말았다.
'이런.'
료마는 어둠 속을 엉금엉금 기면서 근처를 더듬었다.
적은 슬금슬금 접근해 온다.
"뭘 하고 계십니까?"
신조가 보다 못해 묻자, 료마는 씨익 웃으며 말했다.
"뭘 찾는 중이야"
이때의 상황을 당사자인 료마는 이렇게 쓰고 있다.

　왼쪽 손가락은 베이고, 오른손도 상처가 생겨 손놀림이 자유롭지 않았다.
　마침내 손에서 연뿌리형 탄창을 떨어뜨려 이리저리 찾았으나, 방석이며 화로며 막부 관리들이 던져 놓은 물건과 함께 뒤섞여 어디에 있는지 알 수가 없었다(중략).
　그래서 총을 버리고 동료 미요시 신조에게 "총을 버렸다"고 하자 그는 말했다.
　"그렇다면 더욱 적의 무리 속으로 쳐들어가 싸워야죠."

실제로 미요시 신조는 이때 료마의 태평스러운 모습이 두고두고 우스웠던 모양이다. 적이 시퍼런 칼들을 들이대고 덤벼드는 그 마당에 서투른 솜씨로 서양 권총의 수리를 하고 있는 것이다. 즉 료마는 탄창이니 뭐니 모두 분해하여 그 부속품을 잃어버리고는 방석을 뒤집는 등 여기저기 찾다가 도저히 못 찾게 되자 "총을 버렸다!"고 홧김에 미요시에게 말했던 것이다.

미요시 신조는 이제 마지막이라고 생각한 모양이다. 둘이서 창과 칼로 적중에 뛰어들어 닥치는 대로 마구 베어 버리고 호국(護國)의 영령이 되자고 각오했다.

"어떠리까?"

문어체(文語體)의 말을 외치면서 료마의 의견을 물었다.

"아서 아서, 싱거워!"

료마는 권총을 내동댕이치고 일어났다.

"빠져나가자."

그는 미요시 신조의 소매를 잡아당겨 발소리를 죽이고 복도로 나갔다. 슬금슬금 물러나니 그곳은 뒷계단이었다.

다행히도 캄캄해서 적은 눈치 채지 못했다.

두 사람은 살금살금 계단을 내려가 아래층 안방으로 들어갔다.

아래층 가게에도 막부 관리들이 가득 들어차 있었으나 그들 역시 깨닫지 못했다.

두 사람은 뒷마당으로 빠져나가 통용문으로 해서 집 뒤로 나갔으나, 그곳은 혼자서 겨우 걸을 수 있는 좁은 골목이었다. 이 골목을 나가면 출입구에 포리들이 있을 것은 확실하다.

"사카모토님, 어떻게 하죠?"

"남의 집이라 안 됐지만"

료마는 데라다야와 등을 대고 있는 민가의 뒷문을 더듬으며 말했다.

"이걸 부수고 뛰어들어 이 집을 통과하여 다른 방향으로 나가는 수밖에 없어."

"그럼, 합니다!"

신조는 단창을 버리고 팔짱을 끼고 작은 몸집을 움츠리더니, 꽝! 하고 몸을 부딪쳤다. 마침 다행히도 단번에 뒷문이 안으로 넘어졌다.

두 사람은 낯선 집으로 뛰어들어 발소리도 요란하게 집안을 달리기 시작했다.

앉아서 당한 이 집이야말로 반갑잖은 일이었을 것이다.
그러나 사람들은 뒷집인 데라다야에서 나는 칼과 창 소리에 놀라 모두 벽장 속에라도 숨었는지 집안에는 인기척도 없다.
먼저 뛰어든 방은 침실이었는지 이부자리가 깔려 있었다. 료마는 신조와 함께 그 이부자리를 밟고 뛰면서 낄낄 웃으며 말했다.
"어렸을 때 이렇게 뛰놀다가 야단도 맞았지."
그들은 방을 두세 개 빠져나가 가게로 나가서 바닥으로 뛰어내렸다.
"자아, 미요시 군, 이 문은 빗장이 어디지?"
어둠 속을 더듬었다.
"발길로 차 부숩시다."
미요시 신조는 몸으로 쾅쾅 부딪쳤으나 좀처럼 부서지지 않는다.
할 수 없이 발로 탁 찼더니 어디 빗장이 부서진 듯 확 열렸다.
"이 집이야말로 아닌 밤중에 홍두깨군."
료마는 한길로 뛰어나갔다.
추웠으나 별이 빛나는 맑은 하늘이 좋다. 노상에는 사람의 그림자 하나 없다.
"마침 잘됐군요."
신조는 비로소 웃으면서 둘이서 거리를 정신없이 달렸다.
료마는 요즘 감기 때문에 항상 열이 있고 코가 막혀 있었다. 한참 달리니 몹시 숨이 찼다.
더구나 손가락의 피가 멎지 않는다. 피가 흘러 그런지 몸에서 순식간에 기운이 빠져 버리는 것 같다.

그들은 포리들의 눈을 속이기 위해 옆 골목으로 꺾어 고치 성 아래의 신보리(新堀) 같은 풍경의 한 모퉁이로 나갔다. 도랑이 있고 수문이 있었으며, 수문 저쪽은 재목을 쌓아 두는 곳이었다.
"저 재목더미에 가서 숨읍시다."
신조는 도랑가로 다가갔다. 수문 밑으로 빠져 나가는 수밖에 달리 방법이 없다.
"자, 가자!"
료마는 도랑가로 뛰어내려 소리가 나지 않게 물 속으로 들어갔다. 뜻밖에 물은 따뜻했다.
그 뒤는 헤엄치는 것이다.
그들은 수문 밑으로 빠져나가 저쪽편 언덕으로 헤엄쳐 가서 재목 적재창에 기어 올라갔다. 기어 올라간 료마는 갑자기 피로가 밀어닥치며 체력이 급속히 떨어짐을 느꼈다.
그렇잖아도 사쓰마 조슈 연합 공작 때문에 녹초가 된 판에 이런 난투를 겪은 것이다. 체력이 아직도 남아 있다면 오히려 이상할 정도다.
미요시 신조 역시 격투로 기진맥진해진 몸으로 이 추운 밤에 헤엄을 쳤기 때문에 아랫도리를 쓰지 못할 정도로 녹초가 되었다.
'이제 만사가 귀찮군.'
료마는 문득 그렇게 생각했으나 그래도 아직 살려는 노력을 버려서는 안 된다고 스스로를 격려했다.
옆에 오두막이 있다. 그들은 지붕 위로 기어 올라가 그것을 발판으로 재목을 쌓은 꼭대기로 올라가서 그 위에 큰대자로 벌렁 누워 버렸다.
지상에서 10미터 이상은 될 것이다.
아무것도 가리는 것이 없어 몹시 추웠으나 우선 안전한 장소라고는 할 수 있었다.
 손가락의 피는 아직 멎지 않는다. 동맥이 끊어진 것이 확실하였다.

'사람의 운명이란 정말 모르겠군.'
 료마는 별을 쳐다보면서 망연히 바람을 맞고 있다. 저녁 때 사이고와 가쓰라를 악수시키고 사쓰마 비파를 들으면서 화려하게 잔을 든 자기가 지금은 재목더미 위에 누워 있다. 사이고나 가쓰라는 이러한 료마를 꿈에도 상상하지 못하고 지금쯤 평온한 꿈길을 더듬고 있을 것이다.
'한치 앞은 암흑이라더니 정말 옳은 말이군.'
 료마는 순례자들이 오는 고장에서 태어났기 때문에 이런 종류의 진부한 말을 수없이 들으면서 자랐다. 인생은 무명장야(無明長夜)라고.
'과연 무명장야로군.'
 밤하늘을 쳐다보고 있다. 이따금 그 별을 날려 보내기라도 하듯이 검은 바람이 요란스레 하늘을 휘몰아쳐 간다.
'하지만 그렇지.'
 료마는 자문자답했다.
'무명장야라고 해서 길바닥에 주저앉아 있을 수도 없지. 나는 계속 걸어가야 해.'
"미요시 군, 괜찮은가?"
"예."
 미요시 신조는 꽉 다문 어금니 사이에서 스며 나오는 목소리로 대답했다. 추위에 떨고 있는 모양이다.
"사카모토님, 아프시죠?"

"아픈 것은 좋은데, 피가 멎지 않아서 큰일인걸."

이미 료마의 상처를 신조는 자기 옷소매를 찢어서 동여매어 주었으나 그 헝겊도 피 때문에 묵직할 정도로 젖어 있었다.

신조는 몸을 일으켰다.

고개를 쳐드니 후시미 시가의 지붕들이 거무스름하게 물결치는 것처럼 보인다. 그리고 놀랍게도 그 거리를 초롱불이 흘러가는 등불처럼 움직이고 있다. 자세히 보니 초롱불은 사면팔방의 거리에서 움직이고 뛰고 몰려, 시가가 온통 그들의 초롱불로 차 있는 것 같았다.

"무엇이 보이는가?"

"예, 초롱불이……."

"그럴 테지."

료마는 별을 바라보면서 중얼거렸다.

"포위되었군요. 이젠 아무래도 빠져나갈 길이 없는 것 같습니다."

"그럴까?"

"사카모토님, 어떻게 하지요? 어차피 날이 새면 우리가 여기 있는 것도 발각될 것입니다."

신조는 다시 덧붙였다.

"차라리 죽읍시다. 그들 손에 죽느니 여기서 배를 가릅시다."

"배를 말이지?"

료마는 빙글빙글 웃었다.

"그게 바로 우리 고향 녀석들의 결점이야. 걸핏하면 배를 가른다든가 칼에 맞든가 하여 죽기를 서둔단 말이야. 자네는 조슈인이면서도 말하는 품은 도사(土佐)나기 같군 그래."

"그러나 무사답게……."

"연극이라면 그 대목에서 붉은 눈물을 짜낼 판이지. 그러나 나는 아직 할 일이 많아. 내가 좀더 이 세상에 남아 있지 않으면 일본이 이러지도 저러지도 못해."
"하지만 아무리 생각해 봐도 도망갈 길은 없는 것 같습니다."
"미요시 군, 도망갈 길이 있고 없고는 하늘이 생각할 일이야. 우리는 다만 도망갈 일에만 전념하면 돼."
절망하지 말라고 료마는 말하는 것이리라.
이 동안의 일을 미요시 신조는 그의 일기에 이렇게 적어 놓았다.

적절히 생사를 논하고, 이제 헤맬 길도 없으니 이 자리에서 할복하여 그들의 손에 죽는 것을 피하는 편이 낫다고 말했다.
그러자 사카모토씨는 말하기를 죽음은 이미 각오했으니, 군은 지금부터 사쓰마 번저로 달려가라. 만일 도중에서 적을 만나면 오직 죽을 각오로 싸울 뿐. 나 역시 여기서 죽으리라고.

료마는 그 상처로는 움직이지 못한다. 밤에는 아무것도 구별 못하는 근시(近視)였다.
"나를 두고 사쓰마 번저로 달려!"
다행히 그곳에 당도할 수 있으면 료마도 산다. 이제는 신조라는 사나이의 운명에 기대는 수밖에 없다.
"걸어 보는 거야, 하늘이 만일 우리를 살릴 뜻이라면 무사히 사쓰마 번저에 뛰어들 수 있어. 그렇지 않을 땐 천명을 따르는 수밖에 없지."
"알겠습니다."
미요시 신조는 몸을 비틀며 살금살금 밑으로 내려갔다. 남의 의심을 피하기 위하여 피투성이가 된 옷을 도랑에서 깨끗이 빨아 꼭 짜서 다시 입고 마침 그 근처에 굴러 다니는 헌 짚신을 발에 꿰었다.

신조는 길 위로 뛰어나갔다.

날은 아직 밝지 않았으나 여기저기서 가게 덧문을 여는 소리가 들려 왔다.

한 마장쯤 가니 날이 훤하게 밝아 오기 시작했다. 마침 어둑한 한길에서 장사꾼 차림의 사나이와 마주쳤다.

"사쓰마 번저가 어디 있습니까?"

신조는 소홀하게도 후시미의 사쓰마 번저가 어디 있는지 몰랐던 것이다.

"예, 이 길로 곧장 가시면 됩니다. 아마 한 마장쯤 걸으시면 될 것입니다."

"감사합니다."

신조는 정중하게 인사하고 길을 재촉했다.

도중에 덧문을 열고 있는 과자 가게 점원이 큰 소리로 말하는 것을 듣고, 신조는 그 앞을 숨을 죽이다시피 하며 총총히 지나쳤다.

—밤중에 데라다야에서 백여 명의 칼싸움이 있었대.

한편 사쓰마 번저에서는—

수비 장수 오야마 히코하치(大山彦八)는 오료의 보고를 받고 놀라 저택 안의 10명가량 되는 인원을 전부 무장시켜 집안에 대기토록 하는 한편, 세 하인 중 하나를 시켜 교토의 사이고에게 급보를 전하게 하고, 하나는 데라다야로, 나머지 하나는 시중의 상황을 정찰시켰다.

데라다야에서 돌아온 하인은 이미 두 사람이 도망가서 포리들이 시중을 탐색중이라고 보고했다. 행방은 물론 묘연하다는 것이다.

거리에 햇살이 쫙 퍼졌다.

그 아침 햇빛 속을 미요시 신조는 마구 달렸다. 가까스로 사쓰마 번저에 다다르니 대문이 활짝 열려 있다.

뛰어들었다.

그 모습을 보고 현관에서 달려 나온 수비 장수 오야마 히코하치는 껴안듯이 그를 반겼다.

"무, 무사하셨구려! 사카모토님은 어디 계십니까?"

"재목 적재장입니다. 빨리 모시러 가십시오."

"알았습니다."

오야마 히코하치는 그가 이 세상에 태어나서 그토록 분주한 시간을 가진 적이 없을 만큼 기민하게 움직였다.

"문을 닫아라! 뒷문에 배를 준비하라! 배에는 번기를 달아라!"

명령하고는 자기와 동행할 사람과 집에 남을 사람을 지명하고, 그 잔류자들에게는 엄명을 내렸다.

"막부병이 만일 쳐들어오거든 시마쓰 77만 석의 실력과 명예를 걸고 한 발짝도 들어오지 못하게 하라!"

시마쓰 77만 석의 실력을 걸고 운운했으나 번저에 남아 막부병을 막아야 할 병력은 단 한 사람이었다. 그 한 사람에게 이처럼 중대한 대명을 늠름하게 내리는 점이 사쓰마의 가풍을 방불케 하여 재미있다.

오야마 히코하치는 뒷문으로 나갔다.

뒤는 바로 강이다. 거기에 작은 배가 준비되어 있고 사쓰마 번기가 나부끼고 있었다.

"미요시형, 틀림없이 사카모토님을 모시고 올 테니 잠시 기다려 주십시오."

오야마 히코하치는 배에 올랐다. 그와 동행하는 '병력'은 세 사람이었다. 무기인 단창은 배 밑에 감추었으나 복장만은 막부병의 눈을 끌지 않기 위해 평상복을 입었다.

배가 흔들리며 기슭을 떠났다. 이대로 료마가 있는 수문 옆의 재목장까지 갈 수 있을 것이다.
 저택에 남은 미요시는 온 몸에 무수히 상처를 입고 있었으나 치료를 받지 않는다.
 오료가 소주와 고약을 갖고 와서 간곡히 권했으나 듣지 않는다.
 "아니, 사카모토님도 부상을 입었습니다. 돌아갈 때까지 이대로 있겠습니다."
 오료는 그 후의 상황을 자세히 말하고 신조로부터도 들었다.
 "아무튼 아슬아슬하게 빠져나왔지. 지금 생각하면 정말 꿈만 같군요."
 "백 명은 됐어요."
 오료는 아직도 흥분이 가시지 않는 듯 눈이 꼿꼿해진 채 숨이 가쁘다. 백 명의 습격을 받고 단 둘이 싸우며 탈출했다는 것은 기적이라고밖에 할 수 없다.
 "다만 이상한 것은 사카모토님이 끝내 칼을 빼지 않은 점입니다."
 "잊어버리신 게 아닐까요?"
 "설마, 그분은 칼의 명수입니다."
 "그래도 가끔 허리에 칼을 차는 것을 잊어버리고 외출하곤 하는 분이거든요."
 "하지만 그 현장에서는 틀림없이 차고 있었습니다."
 "지바 도장의 사범까지 지낸 검객이 습격을 받고도 칼을 빼지 않았습니다. 그런 인물은 아마 고금의 검객 중에서 그분 하나뿐일 것입니다."

 '제발 무사했으면 좋겠는데.'
 뱃전에 선 사쓰마 번의 수비 장수 오야마 히코하치의 염원은 그것뿐이었다.

"오야마님, 막부 관리들이 우리를 보고 쫓아오면 어떻게 하죠?"
"싸울 수밖에 도리가 없지. 뒤처리는 사이고님이 해 주시겠지."
히코하치가 대답했다.

그는 사이고와 같이 가고시마 성 아래의 가지야 거리(加治屋町)에 집이 있다.

이 70여 채의 가난한 무사 동네에서 사이고 다카모리, 사이고 쓰구미치(從道), 오구보 도시미치, 구로키 다데모토(黑木爲楨), 도오고 헤이하치로, 오야마 이와오 등이 나왔는데, 오야마 히코하치는 이와오(야스케)의 맏형으로 사이고와는 종형제간이며 메이지 9년 42살로 병사했다. 그의 성품은 범용하고 더구나 단명했기 때문에, 그의 생애에서 특기할 만한 업적은 이 사카모토 료마를 구출한 일밖에 없다.

오야마 히코하치는 수문까지 배로 가서 기슭으로 올라가 재목장을 찾았으나 료마가 보이지 않았다.

"사이다니(才谷)님!"

그가 큰 마음먹고 료마의 별명을 큰 소리로 부르자, 바로 머리 위에서 장난스러운 사쓰마 사투리가 들려왔다.

"여기 있다우!"

오야마 일행은 미친 듯이 기뻐하며 재목더미 위로 올라가서 료마를 업어 내리려고 했다. 굉장히 크게 다쳤는 줄 상상했던 모양이다.

여기에는 료마도 놀라며 손발을 재목 끝에 걸고 쉽게 아래로 내려왔다.

"아니, 그럴 필요는 없습니다."

얼굴이 창백했다. 추위와 출혈, 피로, 수면 부족 등이 어지간히 그를 괴롭힌 모양이었다.

"자, 어서 배로."

모두는 료마를 앞뒤에 감싸다시피 하여 물가로 가서 배에 태우고, 눈에 띄지 않게 배 바닥에 뉜 다음 그 위에 기슭에서 보이지 않도록 거적을 덮어씌웠다.

"어쩐지, 송장이 된 것 같군."

료마는 웃었으나 역시 목소리에는 힘이 없었다.

그들은 배를 급히 저어 번저의 뒷문에 도착하자, 안으로 부축해 들인 다음 뒤채의 방을 비워 그곳에 눕혔다.

오료는 곧 그의 옷을 갈아입히고 상처의 치료를 시작했다.

"오료, 정말 잘해 주었어."

료마는 이런 말로 감사와 칭찬의 뜻을 말했다.

"그래요?"

오료는 그렇게 말할 뿐 상대를 하지 않고 민첩하게 상처를 치료했다. 부엌일과 바느질이 질색이라는 이 처녀는 이런 일에는 참으로 재빨리 움직인다.

손가락의 피는 아직도 멎지 않는다.

"아마, 한 되쯤은 흘렸을 걸."

료마는 말했다. 그는 나중에 형에게 보내는 편지에 이렇게 썼다.

"나의 상처는 대단치 않았으나 동맥인가 하는 곳이 끊어진 탓으로 다음 날까지도 피가 멎지 않아서, 사흘 동안은 소변을 보러 가는 데도 눈이 핑핑 돌았습니다."

아마 몹시 괴로웠던 모양이다.

데라다야 사건의 보고를 들었을 때, 사이고는 간밤에 사쓰마 조슈 연합을 맺느라고 피로했기 때문에 평소보다 늦게 간신히 일어나서 우물가에 나가 세수를 하고 있었다.

"응?"

그는 물 묻은 얼굴을 들었다.
"무슨 소릴 하는 거야?"
나카무라 한지로가 그에게 달려와서 무슨 소린지 떠들어 대고 있었다. 그의 고함 소리가 하도 굉장해서 사이고는 처음에 무슨 말인지 알아듣지 못했다.
그러나 곧 사태를 파악한 그는 외쳤다.
"한지로, 지체 없이 출병 준비를 해!"
사이고의 얼굴이 시뻘겋게 부풀어 올랐다. 이 거한이 이처럼 노기 충천한 모습을 한지로는 평생 본 일이 없었다.
"알았습니다!"
그도 소리치고 집안으로 뛰어 들어갔다.
사이고도 뒤따라 중신 방에 들어갔다. 요시이 고스케, 사이고 신고(西鄕愼吾), 오야마 야스케 등이 있었다.
"자네들, 뭘 하고 있나? 빨리 싸움 준비를 안 하나!"
"어디를 치려고요?"
요시이 고스케는 사이고의 흥분을 달래려고 물었다. "뻔하지!" 사이고는 말했다.
"후시미 행정청이야. 지휘는 내가 한다."
이 소동 중에 다시 보고가 들어와서 료마와 미요시 신조가 저마다 상처를 입긴 했으나 무사히 사쓰마 번저에 들어갔다는 것을 알았다.
사이고는 크게 한숨을 내쉬고 평소의 표정으로 돌아가 지시를 하기 시작했다.
필경 후시미 행정청에서 사쓰마 번저에 료마의 인도를 요구해 올 것을 내다본 사이고는 "그때는 무력에 호소해서라도 거부한다"는 방침을 밝히고, 요시이 고스케를 지휘관에 임명하고 사쓰마 번의 자랑인 영국식 1개 소대를 주어 후시미로 급행하라고 명령했다.

사이고의 생각은 이 병력으로 후시미 번저를 경비시키고 행정청의 감시가 소홀해질 때를 기다려 료마 등을 교토로 데려간다는 것이었다.

번의 외과 의사 기하라 다이운(木原泰雲)도 동행했다.

요시이 고스케와 기하라 다이운은 말로 달리고, 영국식 소대는 구보로 다이부쓰(大佛)로부터 가도를 따라 남하했다. 요시이와 기하라가 도착한 것은 오전 중이었고, 영국식 소대가 다다른 것은 점심 때가 지난 뒤였다.

"참으로 이들이 베푼 후의는 말로 표현하기 어려울 정도였다."

미요시 신조는 그의 일기에 써놓고 있다.

한편 행정청에서는 다수의 부상자를 낸 데다 두 사람까지 놓쳤으므로 혈안이 되어 수색을 벌였다. 그들은 두 사람이 사쓰마 번저로 들어갔다는 것을 듣고 즉시 번저에 인도해 주기를 요청해 왔다.

"전혀 모르는 일이오."

오야마 히코하치는 몇 차례나 찾아온 행정청 관리를 이 한마디로 쫓아냈다.

이때부터 행정청에서는 번저 주위에 첩보원을 풀어놓고 집요한 감시를 시작했다.

료마의 손가락은 사흘 후에야 가까스로 피가 멎었다.

"손가락의 상처라고 우습게 볼 게 아니군."

료마는 밤낮으로 간호하고 있는 오료에게 말했다.

"몸이 구름 위에 둥둥 떠 있는 것 같아."

극도의 빈혈 상태였으므로 머리가 욱신거리고 이따금씩 심장의 고동도 이상스러웠다.

사이고가 보내 준 외과 의사 기하라 다이운은 네덜란드 의술을 배운 사람으로, 믿을 수 있는 솜씨를 갖고 있었다. 그러나 료마의 상처는 서양의학에서 말하는 '동혈맥창(動血脈創)'이다. 부상한 직후였다면 혈관을 잡아매는 치료를 할 수 있었으나 지금에 와서는 어려웠다. 뿐만 아니라 부상 후 시간이 오래됐고 그동안 더러운 도랑물 속에도 들어갔었다. 앞으로 악성 화농(化膿)이 시작되지 않을까 하는 염려도 짙다.

"심각한 상첩니다."

기하라 다이운도 미간을 찌푸렸을 정도였다. 다이운은 깨끗이 소독을 한 후에 시술을 하고 나서 오료에게 붕대 감는 법과 약 바르는 법 같은 것을 가르쳐 주었다. 마침 오료는 교토의 의사 나라사키 쇼사쿠(樽崎將作)의 유아(遺兒)이다. 나라사키의 이름은 다이운도 잘 알고 있었으므로 그는 훌륭한 조수를 만난 것을 기뻐하며 칭찬해 주었다.

"전혀 모르는 사람보다 훨씬 육감이 빨라요."

그는 사흘 동안 후시미에 머물고 나흘째 되는 날 아침, 앞으로는 오료에게만 맡겨도 걱정 없다는 진단을 내리고 교토로 돌아갔다.

오료는 열심히 간호했다.

'야아, 이건 정말 견딜 수 없는걸.'

료마는 생각했다. 오료의 갸륵한 마음씨나 친절한 간호의 고마움이 하나하나 그의 마음에 스며들 듯 파고들어, 코끝이 찡해지는 감정의 발작을 일으키고 만다.

―인간관계는 담백한 게 좋다.

생각하고 있는 료마에게 이런 감정은 질색이다. 입으로는 농담으로,

"오료, 너무 그렇게 친절하게 굴지 마. 새삼스레 다시 반하겠어."

"오료, 제발 작작하라구. 이렇게 달라붙어서 간호해 주면 내가 못

견디겠는걸.”

이런 말을 하고는 있었으나, 사실상 료마의 마음은 오료에게로 갑자기 기울어지고 있었던 것이다.

'사내란 큰소리 쳐 봐야 약한 거야.'

이렇게 료마가 생각하는 것은 일상생활에 관한 것이다. 몸이 부자유스럽다. 화장실에 가는 데도 오료의 부축이 없으면 혼자서 걸어갈 수 없다. 콧물이 나와도 "오료, 콧물" 한심스럽지만 코를 내밀지 않을 수 없다. 오료가 손수건을 갖다대면 홍 풀어 주는 것이다.

그것이 간호라고는 하나 벌써 오료가 없으면 이제 료마는 일상생활을 할 수 없게 되었다. 이것이 료마의 오료에 대한 기분을 데라다야 사건이 일어나기 전하고는 질적으로 판이하게 만들었다.

"오료가 있으므로 해서 료마의 목숨은 건질 수 있었던 것입니다."

그는 형에게 보낸 편지에 쓰고 있다. 막부 포리들의 공격을 알린 과감한 행동과 그 후의 간호가 료마의 심정을 깊게 움직였던 것이다.

'남녀의 인연이란 묘한 것이군.'

료마는 병상에 누워 며칠이나 생각했다.

그는 오료에게

—나의 반려자가 되라.

이런 말을 하고 싶은 충동을 사건 후 줄곧 느끼고 있었다.

'이건 사랑은 아니군.'

사랑이라는 달콤한 생각은 후쿠오카(福岡)의 다즈(田鶴)에게야말로 느꼈다. 지바의 사나코에게도 이따금 느낀 적이 있다. 연상의 오토세에게도 문득 애모의 정을 느낀 순간이 없었던 것은 아니다.

'그러나 오료에게는……'

느끼지 않았다고 하면 다소 지나친 단정 같으나, 이런 경우 사랑이라는 뚜렷한 어감은 좀 적합하지 않다. 굳이 말한다면, 약간 도가 높은 친밀한 사이라는 표현이 가장 알맞을 것이다.

결국은 데라다야 사건이 있기 전까지는 그런 사이였던 것이다. 그 사건이 일어나지 않았더라면 끝내 오료와의 관계는 그것뿐으로 비약도 발전도 없이 끝났을 것이다.

일반 사회에서 흔히 쓰는 말에 '엉뚱한 일 때문에'라는 말이 있다. 남녀의 사이라는 것은 다분히 이 엉뚱한 일로 인해 맺어진다. 료마와 오료의 경우에는 데라다야 사건이 바로 그 '엉뚱한 일'이었다. 그렇다면 떼 지어 공격한 백 명의 포리들이야말로 두 남녀의 중매쟁이가 된 셈이다. 이런 것을 료마는 혼자 생각하고 궁리하고 하면서 하루하루 보내고 있었다.

한편 후시미 번저 밖에서 호시탐탐 노리고 있는 막부의 밀정은 수효가 더 늘어난 모양이었다.

료마가 한 발짝만 집 밖으로 나가는 날이면 그들은 옳다 됐다 하고 다시 덤벼들 것이다.

'상처 치료에는 안성맞춤이군.'

료마는 그렇게 생각하고 있지만 그렇다고 밖에 나갈 수 없다는 것은 기분상 몹시 갑갑한 노릇이었다.

한편 요시이 고스케와 주치의 기하라 다이운에게서 료마의 상태를 보고받은 사이고는 말했다.

"그분을 교토로 모셔와야겠군."

첫째, 후시미에서는 충분한 치료를 받을 수 없고, 또 후시미 번저에서는 막부 관리들에 대한 경비가 부족하다는 점이다. 교토로 데려다가 충분한 의료와 충분한 경계를 료마를 위해 마련해 주고 싶었다.

"그처럼 훌륭한 사람은 백 년에 하나 나올까 말까야. 그에게 불상사가 있어서는 안 돼."

사이고는 요시이 고스케에게 말했다. 료마는 사쓰마와 조슈에 은인인 동시에, 막부 타도와 신정권의 수립, 그 운영에 있어서 료마가 없으면 치명적인 손실이 된다. 크게 말한다면 역사가 료마라는 사나이를, 목마른 사람이 물을 찾듯이 바라고 있는 것이라고 사이고는 생각하고 있었다.

"고스케, 료마는 천애(天涯)의 외로운 나그네야. 그의 몸을 보호해 줄 번이 없어. 우리 사쓰마 번이 온힘을 기울여 그를 보호해 주자."

"영국식 보병을 1개 소대 더 파견할까요?"

고스케는 대담한 말을 했다. 이제 일종의 군사 행동이다.

막부 치하에서 총포 부대를 움직이는 것이다. 아무리 사쓰마 번이 막부에 대해서 함부로 행동하고 무례한 태도를 취해 오고 있다고는 해도 이것은 상당한 결단이 필요할 것이다. 이미 후시미에 1개 소대가 있고 다시 또 1개 소대가 교토에서 내려간다.

"파견하자."

사이고는 말하고, 이어 덧붙였다.

"대포도 1문 끌고 가는 것이 좋겠어"

일개 낭사를 교토로 호송하기 위해 일본 최강의 화력을 가진 영국식 보병대가 움직이는 것이다.

"고스케, 이번에도 지휘를 해 주게."

"알겠습니다."

요시이 고스케는 대답했다.

이 고스케가 인솔하는 또 하나의 영국식 보병대가 대열 후미에 사근 산포(四斤山砲)를 덜컬덜컹 끌면서 사쓰마 번저에 들어간 것은 2월 초하루 아침이었다.
　들어서자마자, 고스케는 오료를 불러 물었다.
　"사카모토님의 병세는 어떻소?"
　"이젠 일어나서 움직이십니다."
　"호오!"
　고스케는 복도를 지나 병실로 향했다.
　료마는 마침 신조를 상대로 발씨름을 하고 있었다.
　매번 신조는 넘어진다. 넘어질 때마다 남에게 지기 싫어하는 신조는 "한 번 더!" 하고 오른쪽 다리를 붙들고는 다시 도전하지만 역시 쓰러지고 만다.
　"사카모토님은 전문가군요."
　"뭐, 우리 오토메 누님은 더 센걸."
　"아니, 여자도 이런 걸 합니까?"
　"검술과 마술(馬術)까지 하는걸. 못하는 건 바느질과 요리뿐이야. 그런 누님에게 훈련을 받았으니 나도 강할 수밖에."
　"여자와의 발씨름은 좀 거북하겠군요?"
　미요시 신조는 무릎이고 정강이고 모두 드러내고 발씨름에 열중하는 여자의 요염한 모습을 상상했는지 킥킥 웃었다.
　"맞았어."
　료마도 웃었다.
　"그래서 나는 어릴 때부터 여성의 소중한 곳을 실컷 보아 왔지."
　이런 말을 하고 있는데, 요시이 고스케가 들어와서 말했다.
　"저런, 기하라 선생에게 야단맞습니다."
　의사 기하라 다이운의 말로는 상처 치료에는 절대 안정이 필요하다, 약보다도 체력의 회복이 상처를 고치는 데 더욱 중요하다는 것이다. ……이렇게 말한 다음, 요시이는 교토로 옮긴다는 이야기를 했다.

료마는 승낙했다.

"가마를 두 채 준비했습니다."

고스케가 말하자, 료마는 즉각 "한 채 더" 하고 부탁했다. 오료를 데리고 가려는 것이다. 앞으로는 이 여자를 자기 신변에서 떼어놓지 않겠다고 생각하고 있다.

"아, 공주님도? 분부대로 하겠습니다!"

고스케는 웃으며 매우 진지하게 끄덕였다.

료마는 일어서서 복도로 나갔다. 오료를 찾기 위해서다. 아마 부엌에 있을 것이다.

오료는 부엌 바닥에서 료마의 붕대를 빨고 있었다.

"오료, 교토로 옮기게 됐어."

료마는 마루 끝에 서서 말했다.

"교토로요?"

오료는 얼굴을 들고 지긋이 료마를 바라보았다. 두 눈에 눈물이 넘치는 것을 료마는 보았다. 오료는 아마 '료마는 교토로 떠나간다, 자기는 후시미의 데라다야에 남는다, 모처럼 지난 열흘 동안 함께 살 수 있었는데ㅡ' 하는 생각이 순간적으로 가슴을 스치고 지나갔을 것이다.

료마는 오료의 눈물을 보고 당황했다. 아니, 그는 그 나름으로 감동했다.

"당신도 같이 가는 거야."

황급히 말한 다음, "가겠지" 하고 다짐했다. 오료는 얼굴을 숙이며 고개를 끄덕였다.

"네."

그리고는 다시 고개를 들지 못했다.

"요시이님이 대포까지 끌고 와서 좀 서두르고 있는 모양이야. 빨리 채비를 해요."

"채비래야 입고 있는 이것뿐이에요."

"참, 데라다야에서는 발가숭이였지."

"아니에요, 아래층으로 내려가서 옷은 주워 입었지만, 그대로 뛰어나왔기 때문에 평소에 입는 이것뿐이에요."

"그렇군, 그거 안 됐는데."

옷이 여자에게 얼마나 중요한 것인가를, 료마는 누나 밑에서 자랐기 때문에 잘 알고 있었다.

"그러나 데라다야에는 연락할 수 없어."

막부의 밀정들은 데라다야와 이 번저를 중점적으로 감시하고 있으므로, 사람을 보내서 옷을 가져오게 하는 것은 생각지도 못할 일이었다. 첫째 데라다야의 오토세는 료마와 신조가 이 번저에서 무사히 보호받고 있다는 것도 모를 정도로 연락이 두절되고 있는 것이다.

"그대로 당분간 참아."

"하지만……."

"내가 나가사키에서 벌면 한두 벌 사 줄께."

"네."

오료는 다시 고개를 끄덕이고 "사카모토님!" 하더니 그만 울기 시작했다. 그까짓 옷보다도 자기를 데려가겠다는 말이 눈물이 나오도록 기뻤던 것이다.

"울지 마."

료마는 당황하여 몸을 돌려 두어 걸음 걸어가다 다시 돌아보며 말했다.

"오료, 한평생이야."

"넷?"

"따라오라구."

부끄러웠던 모양이다. 료마는 이 말을 남기고는 총총히 그 자리를 떠나갔다.

오료는 두 손에 물을 묻힌 채 일어나 넋을 잃고 서 있었다.

'한평생……'

남녀 사이에 이처럼 무거운 말은 없을 것이다.

"사카모토님, 한평생이에요?"

오료는 나직이 중얼거리고 있었다.

점심때가 지나 사쓰마 번저에서, 먼저 도착한 1개 소대를 전위로 하고, 새로 도착한 1개 소대를 후위로 하여 영국식 보병이 출발했다.

그 중앙에 가마가 세 채 나란히 가고, 그 곁에는 요시이 고스케가 말채찍을 거꾸로 쥐고 말 위에서 흔들거리고 있었다. 대포가 맨 뒤에서 한길에 수레 소리를 울리며 끌려간다.

확~!

파리가 흩어지듯 네 거리, 추녀 밑, 서낭당 옆에서 달려 나간 자들이 있다. 막부의 밀정들이다.

—료마가 나왔다.

이 급보를 후시미 행정청에 알리기 위해 달려간 모양이다.

"막부 관리들도 별 수 없을걸."

말 위에서 요시이 고스케는 웃었다. 대포와 최신식 서양 총으로 장비한 양식 보병에게는 행정청도 순찰대도 손을 댈 수 없을 것이다.

고스케는 기분이 매우 좋았다. 이 경우 가쓰라(桂)였다면 서투른 시라도 한 수 읊을 일이지만, 나중에 요시이 이사무(吉井勇)라는 가인(歌人)을 손자로 갖게 되는 이 고스케는 그 손자와는 달리 시에는 멍텅구리였다.

"이봐, 이봐!"

사쓰마인 특유의 말투로 전령을 부른 그는 명령했다.

"선두에 전해라, 데라다야 앞을 지나가고. 그 집 앞을 지날 때는 되도록 천천히 지나가라고."

데라다야 앞을 지나게 된 것은 료마가 특별히 부탁했기 때문이었다. 오토세가 반드시 안심할 것이라고 생각해서였다.

얼마 후 대열은 데라다야 앞에 다다랐다.

오토세는 뛰어나와 가게 앞에서 대열을 바라보았다.

이윽고 료마의 가마가 그녀 앞을 지나갔다. 그러나 얼굴을 내밀 수는 없었다. 그렇게까지 행정청을 우롱한다는 것은 너무나 부질없는 자극을 주게 된다.

―내가 료마야.

이것을 료마는 어떻게든 오토세에게 알리려고, 가마 안에서 크게

"어험"

헛기침을 했다.

그러나 오토세는 그것을 알아차리지 못하고 우두커니 서 있다. 가마 안의 료마는 초조하고 답답해서

"어험, 어험"

열 번이나 연발했다. 그제서야 오토세는 눈치를 채고 그의 가마를 가만히 바라보며 살며시 한쪽 눈을 찡긋했다. 그것도 웃으면서.

'대단한 여자야.'

료마가 오히려 감탄했다.

그 뒤를 미요시 신조의 가마, 오료의 가마가 따른다. 영리한 오토세는 금방 알아차릴 것이다.

료마는 교토로 들어갔다.

교토의 쇼코쿠 사(相國寺) 옆의 도노단(塔之段)에 사쓰마 번에서 구한 이층집이 있다. 사이고가 사저(私邸) 대신 쓰고 있는 저택이다.

그곳으로 료마의 일행은 안내되어 갔다.

정원을 향한 안채 하나가 이미 료마, 신조, 오료의 휴게소로 마련되어 있었으며, 정장을 한 사이고가 문병 와서 인사했다.

"이 집을 내 집같이 마음대로 써 주시기 바랍니다."

료마가 사쓰마 번의 도노단 저택에 있다는 소식이 교토의 지사들 사이에 퍼지자, 그들은 떼를 지어 찾아왔다.

자연 조슈에도 이 소문이 퍼져 가쓰라 고고로에게 급사(急使)가 편지를 갖고 달려왔다.

사쓰마 조슈 연합의 인사와 데라다야 사건의 문병을 겸한 편지였다.

가려 적으면

"(중략)전번 상경 중에는 대형(大兄)의 심려 덕분에 소생의 마음을 사쓰마 번에 철저히 이해시킬 수 있어 그 기쁨 잊을 수 없습니다. 나니와(浪華)에서 써 보내 주신 약정 6개항의 보증서도 배수하여 안심하고 있습니다" 하고 쓴 다음, 조슈를 에워싼 막부 지지파 여러 번의 움직임을 상세히 보고한 끝에

"대형의 후시미 사건을 전해 듣고 몹시 걱정하고 있습니다. 부디 소루함이 없도록 조심하고 적의 손에 빠지지 마시길 간절히 기

구하고 있습니다."

목게이(木圭)

료마 대형에게

목게이란 가쓰라(桂)를 풀어서 지은 서명이다.
"의외로 성가신 상처로군."
료마는 매일 붕대를 바꿀 때마다 투덜거렸다.
고름이 멎지 않는다. 상처가 썩어서 석류를 쪼갠 것처럼 되어 있었다.
"악화되면 목숨도 위험합니다."
주치의 기하라 다이운은 주의를 주었다.
상처가 곪기 때문에 항상 몸에 열이 있고 나른하여 식욕도 없어졌으며, 그 때문인지 료마는 몹시 수척해졌다.
"기하라 선생님도 먹지 않으면 안 된다고 말씀하시고 계셔요. 더 잡수여야지요."
오료는 식사 때마다 눈을 흘기면서 잔소리를 했다.
그러나 이 도노단 저택에 와서 열흘쯤 지나자 다소 기분이 나아지기 시작했다.
날씨도 하루하루 봄을 향하고 있다. 이렇게 되니 집안에 틀어박혀 있을 수가 없어졌다.
"소화도 시킬 겸 거리를 거닐고 싶다."
이 말에는 오료도 놀라며 말했다.
"관청의 눈이 번쩍이고 있어요."
"관청이라니 막부 말인가?"
"그래요."
"말투가 좋지 않아, 임자는. 관청의 눈이 번쩍이다니, 마치 내가 죄인 같잖아."

한번 말을 꺼내면 끝내 하고야 마는 료마는 집안에 사쓰마인들이 없는 틈을 타서 부엌문을 통해 훌쩍 밖으로 나갔다.

오료가 곧 깨닫고 뒤쫓아 와서 무로마치(室町) 어귀에서 그를 붙잡았다.

"어딜 가세요, 위험해요."
"가와라 거리(河原町)의 기쿠야(菊屋)에나 놀러갈까 하는데 임자도 따라오라구"

료마는 다친 왼손을 품에 찌르고 어슬렁어슬렁 걷기 시작했다.
나중에 오료의 손을 잡고
"앓던 몸이야, 손을 잡아 줘"
이렇게 말하는 바람에 지나가는 사람들이 모두 이상한 눈초리로 두 사람을 지켜보았다.

한편, 료마를 후시미 번저로 맞이하러 갔던 영국식 보병 소대의 직속 지휘관은 오야마 야스케였다.

뒷날 오야마 이와오라고 개명한 이 젊은이는 이 당시 사이고 밑에서 주로 서양식 총포의 구입과 그 사용법의 연구를 맡고 있었다.

사이고는 후일의 혁명전에 대비하여 교토에 있는 사쓰마 부대의 양식화를 서두르고 있었다.

"야스케, 야스케"

사이고로부터 마치 친동생같이 귀여움을 받던 이 사이고의 사촌 동생은 교토에 주둔한 사쓰마군의 양식화를 혼자 손으로 받고 있다시피 했던 것이다.

총포는 나가사키에서 사지 않고 요코하마에서 사들이고 있었다. 그가 거래한 요코하마의 외인 상사는 영국의 파블 프란트 상회였으며, 야스케는 막부말기 막부가 붕괴하기까지 교토와 요코하마 사이를 무려 20여 회나 왕복했다.

때로는 이 스물서넛밖에 되지 않은 젊은이가 2만 냥의 공금을 지니고 요코하마로 간 일도 있었다.

야스케는 요코하마에서 총포를 사서 교토로 돌아올 때마다, 그 당시에는 무척 진귀했던 연필로 수첩에다 액수를 꼼꼼히 적어 사이고에게 제출했다. 사이고는 그 메모를 받으면 주판을 꺼내어 그 결산을 정리해 준 다음 다시 그것을 고향의 번청에 보내는 것이 상례였다.

사이고는 18살 때부터 28살 때까지 번청의 군행정청 서기로 일했던 유능한 관리였다. 주산과 장부 작성은 누구보다도 잘했다.

한편, 오야마 야스케가 총포를 사들이고 있던 요코하마의 상점 주인 파블 프란트는 원래가 시계 기술자였으며, 시계를 파는 한편 총포도 취급하고 있었다. 그는 이 이야기의 이 시기 다음 해인 게이오 3년 3월에 다음과 같은 광고를 신문에 내고 있다.

"저는 금번 오타 거리(太田町) 8가 175번지로 이전하였습니다. 저의 상점에서는 금은시계, 나선총(螺旋銃), 단총 및 화약, 전기 상자, 도량 기계(度量器械), 악기 등을 판매하고 있사오니 많이 이용해 주시기 바랍니다. 이밖에도 여러 가지 무기를 주문하시면 본국에서 수입해 드리겠습니다. 또한 시계나 장신구의 수리도 하오니 왕림해 주시기 바랍니다."

이 파블 프란트는 그 후 오래도록 요코하마에서 상점을 경영하였으며, 사람들을 만날 때마다 이렇게 말했다.

"외국인 중에서 그 당시 상투를 틀었던 오야마 원수(元帥)를 알고 있는 사람은 아마 나밖에 없을 걸요."

야스케는 후시미로 료마를 마중 갔을 때 소대장으로서의 임무만 완수했을 뿐 료마와는 직접 대화를 나누지 않았다. 이 야스케 소대장 밑에서 총을 메고 대열 속에 끼어 있던 젊은이 가운데 훗날 해군에 들어간 이노우에 요시카(井上良馨) 원수가 있다. 그는 후시미에서 교토로 호송한 전후의 료마의 인상을 나중에 말하고 있다.

"키가 후리후리하게 크고 말수가 적으며 어딘지 모르게 사람들의 경모(敬慕)를 자아내게 하는 데가 있었다."

그런데, 이 오야마 소대의 대장이었던 이시즈카 조자에몬(石塚長左衞門)이라는 젊은이—후에 세이난(西南) 전쟁에서 전사—가 료마와 오료가 손을 잡고 가와라 거리를 걸어가는 현장을 목격하고 놀라 번저로 달려와서 요시이 고스케에게 보고했다.

요시이 고스케도 놀라 료마를 데려오기 위해 번사들을 시중으로 달려 보내는 한편, 사이고의 방으로 가서 상황을 상세히 말했다.

"모처럼 번에서 군대까지 동원해 가며 보호했는데 저렇게 조심성이 없어서야 말이 안 됩니다."

하더니 어지간히 울화가 치미는지 다시 말하기 시작했다.

"호담하다는 것도 분수가 있지요. 지금 막부에서는 혈안이 되어 료마를 찾고 있는데, 장본인은 태연히 가와라 거리의 번화가를 걸어 다니고 있단 말입니다. 더구나 여자까지 데리고."

사이고는 웃음을 참고 얼굴을 숙인 채 "음, 음" 하고 고개를 끄덕이고 있다.

"알 수가 없군요, 그 사나이는."

요시이 고스케는 말했다.

"료마의 인상서가 시중에 나돌고 있으니 그 큰 키에 봉발(蓬髮)은 금방 들통이 납니다. 더구나 남의 눈이 휘둥그레질 굉장한 미인과 손을 잡고 걸어 다닌다면, 장님이라도 그게 사카모토 료마라는 걸 알게 되잖겠습니까.”

다시 고스케는 말한다.

“사이고님, 그 사람에게 말씀하십시오. 말도 안 된다고.”

사이고는 그만 웃음을 터뜨리고 말했다.

“그분은 원래가 말도 안 되는 분이야.”

그 무렵 데라 거리(寺町)를 걷고 있는 료마와 오료 앞에 대여섯 명의 무사들이 막아섰다.

“사카모토 선생님!”

그들은 사쓰마 말씨로 소리쳤다.

“번저로 돌아가 주십시오.”

“아아.”

료마는 걸음을 멈추었다. 부상한 왼손은 품속에 찌르고, 오른손은 오료의 손가락과 얽혀 있다.

“당신들, 본 기억이 있군.”

“농담 마십시오. 우리가 후시미까지 모시러 갔잖습니까?”

“아 참, 그때는”

하길래 인사를 하나 보다 했더니, 왼손을 품에서 잠깐 꺼내 보이며 엉뚱한 소리를 했다.

“이게 참 아팠지. 그러나 요즘은 많이 나아서 이렇게 거리를 거닐고 있다오.”

“그건 다행입니다만”

그 중의 하나가 말을 받았다.

“막부 관리들이 선생님을 노리고 있습니다. 지금 저기 길 모퉁이에 서 있는 장사꾼도, 저건 틀림없이 밀정일 것입니다. 이미 신센조와 순찰대에 보고가 들어갔을 것입니다. 아무리 선생님이 데라다야에서 백 명의 포위망을 뚫으셨다고는 하나, 손을 다친 지금은 마음대로 활약하실 수 없을 겁니다."
사쓰마의 젊은이들은 료마의 앞뒤를 감싸고 걷기 시작했다.
"모처럼 좋은 날씬데"
료마는 힘없이 걸어간다.
사쓰마 번저에서는 사이고가 기다리고 있었다.
료마가 돌아오자, 곧 그의 방에 들어와서 매우 매력적인 제안을 했다.
"사카모토님, 한번 사쓰마에 놀러 가시지 않으시렵니까?"
좋은 온천이 있다는 것이다.

기리시마 산

 사이고가 말하는 "상처에 잘 듣는 온천"이란 기리시마 산 중턱에 둘러싸인 시오히다시(鹽浸) 온천을 가리키는 것이다.
 "사쓰마 사람은 부상해도 의사에게 가지 않습니다. 시오히다시로 가지요."
 사이고는 또 시오히다시 온천은 깊은 산속의 개울가에 뜨거운 물이 솟아 나오는데, 주위 경치도 도원경(桃源境)같다고 말했다.
 "꼭 한번 가십시오."
 이렇게 권했다. 사이고가 이토록 사쓰마로 요양여행을 권한 것은 료마를 한시나마 풍운에서 격리시키고 싶었기 때문이었다. 이대로 세상에 드러내 놓으면 언젠가는 막부의 체포망에 걸리고 만다.
 "잠시 생각해 봅시다."

료마가 이렇게 대답한 것은, 이 기회에 나가사키로 나가 가메야마 동문에 본격적으로 몸을 담아볼까 하는 생각이 있었기 때문이다. 그는 이미 마음 속으로, 이름을 개칭하여 '해원대(海援隊)'라고 할까 하는 구상까지 하고 있었다. 이 해원대라는 명칭은 료마에겐 몹시 마음에 드는 이름이었다. 일본을 바다에서 응원한다―정말 료마다운 이름이라고, 그 자신 이 이름을 생각할 때마다 가슴이 울렁거리는 기분이었다.

'그런데, 지금부터 요양 여행이라?'

생각하니 다소 실망하지 않을 수 없었다.

사이고는 자기 방에 돌아가자 요시이 고스케를 불러, 고스케도 료마에게 권해 보라고 했다.

"나는 두 번이나 섬으로 귀양살이를 갔었지."

사이고는 말했다. 첫 번째는 번이 막부의 수사를 피해 사이고를 숨기기 위한 것이었고, 두 번째는 사이고를 싫어하는 영주의 부친 시마쓰 히사미쓰의 정치 감각에 맞지 않았기 때문이었다.

막부 끝무렵 막부가 세력을 되찾은 두 가지 사변―안세이(安政)의 대옥사건(大獄事件)과 하마구리 궁문의 사건―당시 사이고는 섬에 있었다. 만일 그 시기에 섬에 있지 않았더라면 결국에는 살해되었을 것이다.

그것을 생각할 때마다, 사이고는 '만사는 하늘에 달렸다'라고 생각하는 것이다. 하늘이 사이고의 목숨을 보존시키기 위해서, 또한 그의 생명을 역사 속에 유효하게 사용하기 위해서 섬으로 유형되는 운명을 내렸으리라.

사이고는 그렇게 믿고 있었다.

'그러므로 료마도'

라고 생각하는 것이다. 막부의 수사가 심한 것을, 말하자면 천의

(天意)로 알고, 사쓰마의 산중 깊이 몸을 숨기게 하는 편이 옳지 않을까?

한편 료마는 다른 생각을 하고 있었다.

신혼여행이다.

이 사나이는 가쓰 가이슈에게서 서양 풍속에 그런 것이 있다는 것을 듣고 있었다. 차라리 풍운을 등지고 가고시마, 기리시마, 다카지호(高千穗) 등지로 오료를 데리고 신혼여행을 하는 것도 또한 흥미 있는 일이 아니겠는가.

그렇게 하기로 결정했다.

즉시 오료를 불러 그것을 선언했다.

"이 봐, 오료" 하고 료마는 약간 낯간지러운 듯이 말한 것이다.

"인연을 맺는 유람 여행이야."

이 풍속을 일본에서 처음 시작한 것은 료마였다고 해도 옳을 것이다.

료마와 오료가 교토를 출발한 것은 게이오 2년 2월 29일 밤이었다. 사이고 등도 동행했다.

그들 사쓰마인들은 사쓰마 조슈 동맹에 관해서 고향의 원로들을 납득시키고 또한 아울러 혁명전의 군비를 갖추기 위해서였는데, 사쓰마 번을 교토에서 움직이고 있는 중요 인물들은 모두 교토를 떠났다.

사이고, 고마쓰 다데와키, 가쓰라 우에몬 등, 세 중역 외에도 요시이 고스케, 이지치 사다카(伊地知貞馨)도 그들과 동행했다. 교토에 남은 중요 인물이라고는 오쿠보 도시미치 정도였다.

조슈로 돌아가는 미요시 신조도 일행과 함께 길을 떠났다. 신조의 일기문에 따르면

"때에 사쓰마 조슈가 화해하여 더더욱 왕정복고를 위해 진력하고

군비의 준비를 하기로 하여, 사이고와 고마쓰 등을 비롯 일단 귀향하기로 정하고 2월 29일 밤 교토를 출발함에 사카모토씨, 오료도 같은 배로 출발, 나는 시모노세키로, 사카모토씨는 가고시마로 동행키로 했다."

'유신 약진(維新躍進)'이라는 말을 후세의 역사가는 사용하고 있다. 표면으로는 아직도 평온을 가장하고 있으나 역사는 이 단계에 있어 크게 약진했다고 해도 과언이 아니다.

사쓰마 번이라고 해도 전부가 근왕파는 아니다. 오히려 고향에는 막부 지지파가 많았다. 직위가 높을수록 막부 지지파였으므로 그들은 아마 사이고가 계획하고 있는, 사쓰마 번 전체가 혁명전의 도가니 속에 뛰어들려고 하는 비밀 계획을 안다면 간이 뒤집히고 말 것이었다.

사쓰마 번의 사실상의 영주인 시마쓰 히사미쓰도 성격적인 보수파로서 막부를 쓰러뜨린다는 데까지는 결단이 되어 있지 않았다.

히사미쓰는 유신 후에도

—막부 타도 유신(幕府打倒維新)은 사이고가 멋대로 한, 말하자면 음모였다는 뜻의 발언을 하여 사이고에게 심한 공격을 퍼붓고 있다. 이 발언은 다분히 감정적인 것으로서 히사미쓰와 사이고는 처음 만난 그 순간부터 서로 상대가 마음에 들지 않는 사이였다. 요컨대 사이고 등은 이러한 보수파들을 납득시킬 수는 없을망정, 교묘하게 얼버무려서 사쓰마 번으로 하여금 천하의 난(亂)에서 주역을 만들려고 한 것이다.

"상처에 잘 듣는 온천이 있습니다"라고 료마에게 사쓰마 행을 권한 마음의 한구석에는 사쓰마 조슈 연합의 중매역인 료마를 가고시마로 데려가 보수파 설득의 한 전력(戰力)으로 이용할 생각으로 있었을 것이다.

일행은 교토를 떠나 후시미에 도착, 그곳에서 밤배로 요도 강을 내려가 오사카에 도착한 것이 다음 날인 3월 초하루였다. 오사카 도사 보리의 번저에서 배의 준비를 기다렸다가 덴포 산(天保山) 앞바다에서 사쓰마 기선 산보마루(三邦丸)에 오른 것이 3월 4일.

"무르익은 봄이로군!"

료마는 갑판 위에서 오사카 만 연안의 산하를 물들인 벚꽃을 바라보며 말했다. 료마로서도 생애의 첫 대사업인 사쓰마 조슈 연합이 이루어지고 게다가 오료를 아내로 맞아 지금부터 유람길에 오르려는 것이니, 무르익는 봄이었을 것이다.

6일 저녁 때 배는 시모노세키에 닿아, 거기서 조슈인 미요시 신조와 작별했다.

료마와 오료가 찾아간 시오히다시 온천이란 대체 어떤 곳일까.

료마 자신은 그 온천에서 고향의 오토메 누님에게 써 보낸 편지 속에 쓰고 있다.

"실로 이 세상 것이 아니라고 생각될 만큼 희한한 곳입니다. 이곳에서 열흘쯤 놀면서, 계곡 물에서 고기를 낚고 권총을 쏘아 새를 잡는 등 재미있었습니다."

료마가 이곳에서 묵은 곳은 쓰루노유(鶴湯)라는 온천이었다.

절벽 사이에는 나무꾼들이 다니는 외나무다리가 걸려 있고 그 다리 밑 계류의 여울에 온천이 솟아오르고 있었다. 원천(源泉)은 그곳밖에 없다. 탕에는 네 기둥을 세우고 지붕을 올렸을 뿐인 조그만 오두막이 세워져 있다.

료마는 여관에서 아침저녁으로 이 온천에 내려갔다.

─오료도 함께 가자.

료마는 졸랐으나 이 처녀, 아니, 아내는 좀 이상할 정도로 알몸을 보이기 싫어했다.
—알몸을 보일 바에는 죽는 편이 낫다.
그러면서도 데라다야에서는 실오라기 하나 걸치지 않은 알몸으로 이층의 료마에게 포리들의 공격을 알렸다. 그러나 그때의 일을 료마는 놀리지 않았다. 놀리기에는, 두 사람의 역사에 있어서 장엄하기 그지없는 사건이었기 때문이리라.
그 온천은 목까지 푹 잠긴다.
약간 붉은 빛을 띠었다.
"이런 훌륭한 탕은 천하에 둘밖에 없소."
사쓰마 번의 하급 관리인 늙은 온천지기가 하인용 목검을 허리에 차고 와서는 언제나 똑같은 말을 료마에게 했다. 자기가 관리하는 온천이 일본에 둘밖에 없다는 것이 그의 사는 보람이 되어 있는 모양이었다.
"또 한 군데는 어디오?"
료마가 물었으나 노인은 서슴지 않고 '모르겠소이다' 하고 대답했다.
"사이고 선생님이 그렇게 말씀하시더군요."
사이고의 말은 그 영향력이 이처럼 첩첩산중의 온천지기에게까지 미치고 있었다.
'그는 원래 번의 군행정청 서기에 지나지 않았던 인물인데.'
미천한 직분이다. 번의 관리들 중에서도 아마 최하급에 속할 것이다. 그런 인물이 격동기에 있는 사쓰마 번의 긴장 속에서 거듭 발탁되어 지금은 참정의 바로 밑에 있으며, 실제로는 번의 외교를 한 몸에 짊어지고 있다. 더구나 인격적인 영향력이 이상하리만큼 커서 번의 젊은이들이 사이고를 우러러보는 마음에는 거의 영주를 대하는 마음 이상의 것이 있었다.

"손님은 타국 사람이시오?"
이틀째 되던 날 온천지기가 물었다.
"아아, 타국의 개똥이오."
"그런 것 같더군. 사쓰마에선 바로 작년까지만 해도 다른 지방 사람을 받아들이지 않았소. 요즘은 이따금씩 들어오고 있지요. 그런데 고향이 어디오?"
"도사라는 곳이오."
"아아, 도사에도 이런 온천이 있소?"
"별로 없을 걸요."
료마는 어른이 될 때까지 온천에 든 적이 없다. 처음으로 온천에 든 것은 작년에 조슈 야마구치(山口)에 갔을 때, 가쓰라 고고로의 권유로 야마구치 교외에 있는 유다(湯田)라는 온천에 들어간 것이 최초이고, 이번이 두 번째다.
"허어, 조슈에도 온천이 있소?"
"있지요."
"이렇게 훌륭하진 않을 테지."
"글쎄"
료마는 온천지기 노인의 강한 애번 의식(愛藩意識)에 그만 웃음을 터뜨렸다.

료마는 오료에게 물었다.
"당신, 산에 올라갈 수 있나?"
모처럼 이곳까지 온 이상, 유명한 기리시마 산꼭대기를 답사해 볼까 하고 생각한 것이다.
"올라가 본 일은 없지만 올라갈 수 있을 것 같아요."
기리시마는 휴우가(日向)와 오오스미(大隅) 두 고을에 걸쳐 있는

데, 그 최고봉은 1천7백 미터나 되어 문자 그대로 구름 위에 솟아 있다.

봉우리는 동서로 연립하여 동쪽 봉우리는 다카지호 봉(高千穗峰)이라고 하고 서쪽 봉우리를 가라쿠니 봉(韓國峰)이라고 한다. 동서 양봉의 사이는 약 삼십 리는 될 것이다.

"다카지호 봉은 호코노 봉(矛峰)이라고도 하는데, 그 산정에 아메노사카호코(天逆鉾)라는 것이 솟아 있어. 나는 바로 그게 보고 싶단 말이야."

"저도 보고 싶어요."

호기심이 강하기로는 두 사람이 똑같다.

그들은 다음날 첫 새벽에 일어나서 여장을 갖추었다. 짐꾼으로, 온천지기의 아들이 같이 가주기로 했다.

료마 일행은 출발했다. 도중에 험로가 많았으며, 큰 바위를 올라가야 하는 곳도 있어 난행을 거듭했다. 료마는 왼손을 쓰지 못했다. 쓸 수 있는 오른손을 내밀어 몇 번이나 오료의 손을 잡아 끌어주곤 했다.

무나조이 언덕(胸副坂)의 황야를 거쳐 기리시마 묘진(明神)에 당도한 다음, 다시 백 미터쯤 올라가서 하나다치 바위(花立岩)에서 잠시 쉬고 다시 삼백 미터쯤 올라가 세도오(瀬戸尾)로 나갔다.

여기서, 등산길은 가파라지고 이 근방부터 세상에서 말하는 영산홍(映山紅)이 많다.

료마는 눈앞의 다카지호 봉 정상을 바라보며 휴대용 필기도구를 꺼내어 산을 스케치하기 시작했다.

"그림을 그리세요?"

오료는 뜻밖의 료마를 발견했으나, 료마는 죽은 다케치 한페이타와는 달리 그림에 소질은 없다.

"오토메 누님에게 그려 보내는 거야."
그러기 위해 사생(寫生)하는 것이다. 누님에게도 이 재미를 나누어 주고 싶은 생각으로 가득 차 있었다.
"오토메 누님이란, 어지간히 당신에게 소중한 분인가 보죠?"
오료는 별을 가리는 삿갓 아래에서 눈을 빛내며 복잡한 표정을 지었다. 아무리 남매라고는 하나 이렇게까지 다정할 수 있을까. 오료는 료마의 어느 부분을 독점해야 좋을지 알 수 없다.
그들은 다시 올라가 히케후 봉(火常峰) 아래에 이르렀다. 봉우리라고는 하나 최근에 폭발한 화산이어서 골짜기를 이루고 있었다. 분화구 밑바닥에는 아직도 불길이 이글거리고 땅울림이 나직이 들려오고 있다.
다시 나아가서 우마노세고에(馬背越)로 나갔다.
제일 힘든 장소라고 할 수 있는 곳이다. 좌우가 골짜기라 칼날 위를 밟고 가는 셈이었다. 발밑에서 바람이 모래와 자갈을 날리며 불어올라, 그들은 군데군데 엎드려서 기어가야 했다.
동풍이 휘몰아쳐 오료가 넘어졌다.
료마는 재빨리 몸을 굴려 오료를 오른손으로 받아 안았는데 그 때문에 두 사람은 서로 껴안은 형상이 되었다.
"움직이지 마!"
료마는 바람 속에서 말했다.

바람 속에서 료마에게 안긴 채 오료는 무서움도 잊고 생각했다.
'평생 이대로 있고 싶다.'
료마의 품에서 전해오는 체온이 오료를 문득 눈물짓게 했다.
바람이 지나갔다.
"일어나지."

료마는 한 마디 던져놓고 왼손을 품에 넣은 채 걷기 시작했다. 오료의 감상을 거부하는 듯한 등이 건들건들 움직여간다.

'손해 봤네.'

오료는 우스워졌다.

이윽고 다카지호의 산정에 나섰다. 과연, 산정에 언덕이 있고 그 중앙에 세상에서 말하는 아메노사카호코가 솟아 있다.

료마가 누님에게 보낸 편지에 의하면

"여기서 다시 산 위에 올라 아메노사카호코를 구경하기 위해 아내와 함께 까마득한 산길을 올랐는데, 다치바나씨(立花氏)의 서유기(西遊記)만은 못해도 굉장히 길이 험난해, 여자의 다리로는 어려웠으나 기어이 우마노세고에까지 기어올라 잠시 쉬고는, 다시 또 아득히 올라, 마침내 산정에 도달하여 그 아메노사카호코라는 쌍날 창을 보았습니다."

이 쌍날 창은 신화시대, 천손 강림(天孫降臨) 때 신이 손에 들었던 쌍날 창을 거꾸로 콱 꽂았다고 전해오고 있었다. 그러나 료마는 근왕의 지사이면서도 그런 신화는 애당초 믿지 않았다.

"기리시마 묘진의 중이 괜히 떠들어 대느라고 조작한 것이리라"

상당히 오랜 옛날부터 이 산정에 있는 것인데, 언젠가 파손되어 덴메이(天明) 연대에 가고시마의 어느 상인이 옛 모양을 본따, 다시 만들어 꽂았다고도 한다.

"구리(銅)는 인간이 만든 것입니다."

료마는 오토메에게 보낸 편지에도 그것이 인간이 만든 것이라는 주석을 달고 있다.

"그 모양은" 료마는 편지에 일부러 그림을 그려 넣고

"이것은 틀림없이 덴구(天狗)의 형상입니다."

그러면서 료마는 자기 눈으로 상세히 관찰하려고 했다.

오료도 다가가서 그것을 봤다. 그 창의 손잡이 양면을 자세히 보니 과연 덴구의 얼굴이 양면에 새겨져 있다. 신화시대에는 아직도 덴구같은 상상의 괴물은 창조되지 않았을 것이다.

료마는 몹시 기뻐하며 말했다.

"오료, 세상의 모든 일은 다 이런 거야. 멀리 두고 바라보면 신비스럽게 보이지만 가까이 가서 보면 모두 이런 거야. 장군, 영주 등도 이것과 마찬가지야."

료마는 그 대석 위에 올라가서 창의 손잡이를 쥐어 봤다. 창은 땅 속 깊이 꽂혀 있었는데 얼마나 길까, 하는 호기심에서 뽑아보려고 했다.

둘이서 함께 흔들어보니 뜻밖에도 간단하게 쑥 빠졌다.

"겨우 4, 5척밖에 안 되는 것이었습니다."

료마는 맥 빠진 듯한 문장으로 쓰고 있다.

요컨대 속임수라는 것을 알게 된 것이다.

"다시 본디대로 꽂아 놓았습니다." 했으니 수고스러운 일이었다.

기리시마를 두루 돌아다닌 료마와 오료는 4월 12일 하마노이치(濱市)에서 배를 타고 가고시마 성 아래거리로 돌아갔다.

그들은 곧 숙사인 고마쓰 다에와키의 저택으로 향했다.

그의 저택은 성 아래거리의 하라라(原良)에 있다. 료마가 지난 날 잠시 이 집에 묵고 있을 때, 성 아래거리의 젊은 무사들이 "고마쓰님 댁에 낭인이 와 있다"고 해서 구경하러 몰려들어, 마침 료마가 바둑을 두고 있자 "앗, 낭인이 바둑을 둔다!" 하고 떠들어 대는 바람에 애를 먹은 일이 있다. 걸으면서 그때의 이야기를 오료에게 해 주었다.

"사쓰마에서는 낭인을 모르나요?"

그녀는 놀라며, "시골이네요" 하고 묘한 경멸을 보였다. 그러고 보니 지난 몇 해 동안 교토는 낭인들의 소굴같이 되어 있다. 요즈음 교토 명물은 낭사조(浪士鳥)—라는 농담까지 생긴 판국이다.

길이 약간 오르막이 되면 곧 하라라의 고마쓰 저택에 닿는다.

고지대가 되어 있다. 배후에는 여섯 폭 병풍 같은 기복이 심한 구릉이 빙 둘러 쌌고 전면에는 가득히 사쿠라 섬(櫻島)을 바라 볼 수 있다. 저택 안의 정원은 사쿠라 섬의 아름다운 경치를 빌어 그 웅대함이 좀처럼 비할 데가 없다.

고마쓰 가문은 시마쓰 집안의 가신들 중에서도 대대로 내려오는 명문이므로, 그 성 아래거리 저택 역시 굉장히 크고 으리으리하다.

한편, 이 고마쓰 저택 자리는 메이지 유신 후 남의 손에 넘어갔는데 지금은 분양되어 각기 아담한 정원을 꾸민, 화사하고 멋진 주택들이 그 대지 안에 서른 채 가량 들어앉아 한 동네를 이루고 있다. 지금도

―고마쓰님 저택에 있습니다.

하면 그것이 동네 이름 대신 통할 정도다.

'어머나, 그 고마쓰님이.'

오료는 그 문전에 섰을 때 저택의 으리으리함에 놀랐다. 과연 거번(巨藩)의 세도 중신 저택다운 웅장한 집이었다.

한편, 막부 끝무렵, 사쓰마 번에 고마쓰 다데와키라는 과묵하고 침착한 젊은이가 없었더라면 사이고나 오쿠보 등은 모두 번내 활동을 할 수 없었을 것이다.

사이고와 오쿠보는 하급 무사 출신으로 차츰 발탁되어 오늘의 지위를 차지했지만, 그러한 그들의 활동 지반을 만드는데 고마쓰 다데와키의 활약이 얼마나 컸는지 모른다.

연극에 비하면 막부 말기에 이 번에서는 사이고와 오쿠보가 각본,

연출, 주역을 겸한 일을 하고 있지만, 고마쓰는 이들 사이고와 오쿠보 극단의 흥행주였다고 해도 과언이 아니다.

고마쓰는 마술의 달인이어서, 그가 교토의 니조 성(二條城) 부근에서 밤에 사쓰마 저택으로 귀가할 때면 그 마상(馬上)의 초롱불만 보아도 "저기 사쓰마의 고마쓰 다테와키가 간다"는 것을 알 수 있었다고 한다. 말 위의 승마 초롱이 조금도 흔들리지 않고 더욱이 고마쓰를 앞뒤로 호위하는 부하들의 보조(步調)도 엄숙해서, 어쩌다가 만나는 신센조의 순찰대 등도 걸음을 멈추고 경의를 표할 정도였다. 료마와는 한 동갑이었으며, 메이지 3년에 병사했다.

료마와 오료가 돌아왔다는 보고에 고마쓰는 곧 그들의 방으로 찾아와서

"시오히다시 온천은 어떻습니까?"

료마의 상처의 결과부터 물었다.

시오히다시의 효험인지 고름도 꾸덕꾸덕해진 것 같았다.

"나가사키에서 좋은 소식이 들어와 있습니다."

고마쓰가 말했다.

"와일 웨프가 이곳 가고시마를 향해 항해중이라고 합니다."

"야아!"

료마는 활짝 웃으며 무릎을 쳤다. 근래에 이처럼 기쁜 소식을 들은 적이 없었다.

"정말 기쁘군요."

료마로서는 처음으로 가져보는 배였다.

그가 고마쓰 다테와키와 나가사키에 갔을 때 고마쓰의 양해를 얻어서 사들인 배이며, 물론 배값 7천8백 냥은 사쓰마 번이 낸다. 좀더 상세히 말해서 료마의 구상에 의한 '주식회사'에 사쓰마 번에서

배를 한 척 출자한다는 형식을 취하고 있는 것이다.

와일 웨프 호는 아깝게도 엔진이 없는 범선이다. 선주는 나가사키에 있는 프러시아 상인 조르티라고 한다.

배는 중고품으로 상해에서 수리도 하고 페인트 칠도 다시 한 것인데, 료마가 교토를 출발할 때 나가사키에 입항하여 조르티가 가메야마 동문에 인계한 것이다.

그때 료마는 가고시마로 여행 중이었으므로 자세한 사정을 모른다. 결국 료마가 사쓰마 조슈 연맹을 위해 동분서주하고 있는 동안에 그의 사업체인 가메야마 동문은 착실하게 발전하고 있었던 것이다.

'무쓰 요노스케나 이케 구라타, 그리고 스가노 가쿠베에 등은 얼마나 기뻐하고 있을까.'

이런 생각을 하니 료마의 얼굴은 절로 싱글벙글해진다.

그 다음날, 나가사키의 사쓰마 번저에서 보낸 상세한 보고서가 료마의 손에 들어왔다.

그 보고서에 의하면 이번 항해에는 두 가지 목적이 있는데, 그 하나는 가고시마에 가서 명명식을 갖기 위한 것이고 또 하나는 가메야마 동문의 연습 항해를 위한 것이었다.

승무원 열네 명의 명단도 와 있었다.

사관은 구로키 고타로(黑木小太郞), 우라다 운지로(浦田運次郞) 두 사람이고 선장은 이케 구라타였다.

수부장은 도라키치(虎吉)와 구마키치(態吉), 수부들은 아사키치(淺吉), 도쿠지로(德次郞), 나카지로(仲次郞), 유우조(勇藏), 쓰네키치(常吉), 데이지로(貞次郞), 뇨조(如藏), 이치다로(一太郞), 산페이(三平) 등이었다.

'이케 구라타도 이제 선장이 됐구나.'

료마는 이 고향 친구를 생각하니 감개무량해졌다. 그는 교토, 오사카 지방에서 칼을 움켜쥐고 분투한 전형적인 근왕 낭사였다.

료마는 배경의 힘을 갖지 않은 이들 낭사들의 분투가 얼마나 무의미하고 비생산적인 것인가를 알고 있었으므로 이케를 자기의 동문에 끌어들인 것이다.

배는 한 척만 오는 것이 아니다.

보고서에 의하면 료마의 가메야마 동문에 조슈 번에서 출자한 유니언 호(잇추마루)와 함께 온다는 것이었다. 유니언 호는 조슈의 해운국 사람들이 몰고 있으며, 조슈 쌀을 사쓰마로 실어오는 중이다. 이 역시 사쓰마 조슈 연합에 의한 최초의 물자 교류라는 기념할 만한 항해였다.

'모든 것이 잘 되어 가고 있다.'

봄이구나, 료마는 생각한다. 남국 가고시마에서는 벌써 벚꽃이 졌지만 사쿠라 섬에 뽀오얀 비단 같은 안개가 끼어, 나른하고 안온한 봄빛 속에 료마는 있다.

"배가 들어왔다."

보고를 들었을 때, 그는 고지대의 고마쓰 저택에서 한달음에 달려 내려와 성 아랫거리의 긴 도로를 따라 정신없이 바다로 달렸다.

무리도 아니었다.

오랜 숙원이던 자기 배가, 그것도 두 척이나 나란히 가고시마에 들어오는 것이다. 료마로서는 그 두 척을 눈으로 직접 보는 순간만큼 애타게 기다려진 것이 없었다.

'달려라!'

자기 다리가 답답하게 느껴졌다. 유니언 호는 조슈인이 몰고 있으나, 와일 웨프 호는 우리 동지 이케 구라타 이하가 조종하고 있는 순전한 동문의 배가 아닌가.

'그런데 구라타 녀석 용케도 운전해 왔구나.'

료마는 뛰어가면서도 그것이 이상했다. 다른 스가노 가쿠베에 등이라면 혹시 몰라도, 이케 구라타는 조슈의 풍운에 말려들어 거의 배에 관한 공부를 하지 않았다.

'더구나 범선을'

증기선보다도 조종하기가 더 어렵다.

'그 타고난 지지 않는 성격으로 그까짓 것, 하고 돌격이라도 하듯이 타고 왔겠지.'

나중에 안 일이지만, 나가사키의 가메야마 동문에서는 당초 선장을 스가노 가쿠베에로 정해 놓고 있었다. 그런데 이케 구라타가 스스로 선장을 맡고 나섰다는 것이다.

"자네는 기술이 충분하잖아? 나는 배 기술이 형편없으니, 연습 항해는 나를 대신 시켜 주게."

달려가는 료마의 시야 가득히 사쿠라 섬이 펼쳐져 왔다. 어젯밤 비가 내린 탓인지 화산 연기가 힘차게, 하늘에 기둥을 세우는 듯한 무서운 기세로 솟아 올라간다.

덴포 산 부두가 보이는 곳까지 달려왔다. 부두와 사쿠라 섬 사이에 유니언 호가 닻을 내려놓고 있었다.

"이상한데?"

와일 웨프 호의 모습이 보이지 않는다.

부두에는 사람들이 웅성거리고 있었다. 사쓰마인도 조슈인도 있었다. 조슈인은 유니언 호의 승무원들이었으며 선장은 나카지마 시로(中島四郎)였다.

그들은 달려오는 료마를 보았다. 료마는 소나무가 서 있는 모래사장을 달려오고 있었다. 모래가 그의 뒤통수까지 튀어 올랐다.

―저분이 사카모토 료마씨올시다.

사쓰마측의 응접관이 조슈의 선장 나카지마 시로에게 귀띔했다.
나카지마는 침통한 얼굴을 했다.
료마는 헐떡이며 다가와서 큰 소리로 외쳤다.
"와일 웨프 호는 어디 있소?"
나카지마 선장은 묵묵히 다가서며 정중하게 머리를 숙였다.
"드릴 말씀이 없습니다."
"예?"
"와일 웨프 호는 시오야사키(鹽屋崎) 앞바다에서 폭풍을 만나 침몰하고 말았습니다."
료마는 헉, 숨을 들이켰다.
"그래서 승무원들은?"
"이케 구라타님, 구로키 고타로님을 비롯하여 사관, 수부 등 열한 명이 익사하고, 육지로 헤엄쳐서 구사일생으로 살아난 사람은 하급 사관 우라다 운지로와 수부 이치타로, 산페이 이렇게 세 사람뿐이었습니다."

나카지마 선장의 말에 의하면, 나가사키를 출범하여 가고시마로 향한 그날은 파도도 잔잔하고 몹시 맑은 날씨였다고 한다.
유니언 호는 증기선이고 와일 웨프 호는 범선이다. 배의 속도를 맞추기 위해 유니언 호가 와일 웨프 호를 로프로 끌면서 남으로 항로를 잡았다.
"이케 구라타님은 썩 기분이 좋으셨습니다."
나카지마 선장은 말했다. 배에 미숙한 이 근왕 지사는 자기가 선장이 되어 항해하는 것이 기뻐서 돛대 위에 올라가서는, 무슨 말인지 큰 소리로 앞서 가는 유니언 호를 향해서 지껄였다고 한다.
"소달구지에 끌려 젠코오 사(善光寺) 참배하러 간다"는 등 떠들어 대며 좋아한 모양이다.

그런데 저녁나절부터 바람이 불기 시작하더니 습도계가 갑자기 상승했다. 곧 바람은 비를 몰고 와서 풍랑이 심해졌다.

이미 폭풍우였다. 유니언 호는 굴뚝이 빨갛게 달아오르도록 기관에 불을 때고 필사적으로 부근의 항구로 도피하려 했으나 큰 파도에 밀려 뜻대로 되지 않았다. 게다가 어느 방향의, 어느 정도의 거리에 피난 항구가 있는지 도무지 분간을 할 수 없었다.

또 하나, 곤란한 것은 두 배가 로프로 연결되어 있다는 점이었다. 파도에 밀릴 때마다 로프가 느슨해져서 세 번에 한 번 꼴은 금방 충돌할 것 같았다.

폭풍우는 더욱 심해졌다. 마침내 유니언 호로서는 충돌을 방지하기 위해 로프를 끊고 따로 행동하지 않으면 안 될 단계에 이르렀기 때문에 나카지마 선장은 그렇게 결심하고

―눈물을 머금고 로프를 끊겠음.

이런 뜻의 발화 신호를 보냈다. 나카지마 선장이 선교(船橋)에서 보고 있으니 잠시 후 뒤따르던 와일 웨프 호의 선교 부근에서 발화 신호가 켜졌다 꺼졌다 하는 것을 보았다.

―양해함, 귀선의 안전을 빎.

로프가 도끼로 잘렸다.

그 순간, 뒤에 있던 와일 웨프 호의 선체가 쑥 어둠 속으로 빨려 들어가 사라져 버렸다.

아뿔싸!

유니언 호 선장 나카지마는 당황하여, 다시

―무사함을 빎.

세 번이나 이 신호를 보냈으나 응답은 없었다.

로프가 끊어지는 순간, 와일 웨프 호는 무서운 힘으로 파도에 휩

쓸려간 모양이다.

와일 웨프 호의 생존자인 하급 사관 우라다 운지로의 말을 들어보면, 배는 고시마 열도(五島列島) 쪽으로 표류했던 것 같다.

풍랑은 더욱더 사나워져서 와일 웨프 호는 돛대를 도끼로 찍어 넘어뜨리고 배의 전복을 막으려 애썼으나 끝내 막지 못하고, 좌현에 밀어닥친 산더미 같은 파도에 그만 뒤집히고 말았다.

모두 바다에 내동댕이쳐졌으며 우라다 등 세 사람만이 시오야사키 해변에 헤엄쳐 나오고 나머지는 모조리 익사하고 말았다.

날이 밝고 파도도 가라앉았으므로 유니언 호는 즉시 해상 수색을 시작하여 마침내 와일 웨프 호의 잔해를 발견하고 익사자의 수용에 나섰더니 이케 구라타만은 그대로 선교에서 죽어 있었다. 배를 다루는 기술은 미숙했으나 이 최후만은 과연 선장다운 모습이었다.

료마는 이제까지 수많은 동지의 죽음을 보고 듣고 해왔다. 분큐 이래로 도사를 탈번한 낭사들은 여러 곳에서 분주히 뛰어 다니다가 그들 중 많은 목숨이 비명에 사라졌다. 이제는 살아 있는 쪽의 수가 적을 것이다.

"모든 것은 천명이다."

그런 신념 아래 료마는 그들의 죽음을 일일이 서러워하지 않기로 하고 있다. 언젠가는 자기도 그들과 같은 죽음의 운명 속에 끼어들어야 할 때가 올 것이다.

그러나 이번 이케 구라타의 죽음만큼 료마의 가슴을 뒤흔든 것은 없었다.

'다케치 한페이타 등은 옥중에서 할복하고 나스 신고 등은 요시노 산(吉野山)에서 막부군의 총탄에 쓰러졌다. 모치즈키 가메야타 등은 이케다야의 누상에서 전사하고, 나스 슌페이 등은 하마구리 궁문에서 죽었으며 센야 기쿠지로 등은 덴노오 산(天王山)에서 자결했다. 유독 이케 구라타만은 그런 풍운을 헤치고 와서 지금 시오야사키 앞바다에서 익사체로 변해 버렸다.'

죽음이 화려하지 못했다. 료마에게 책임이 있다. 교토에서 활약하는 근왕 지사를 그대로 두었으면 좋았을 것을 료마는 억지로 끌어들여 항해 기술을 배우게 하여 끝내는 익사하는 볼품없는 죽음을 택하게 하고 말았다.

"울고 계셔요?"

그날 밤 료마가 방에 돌아오지 않으므로 마당에 찾아 나선 오료는 와룡매(臥龍梅) 옆에 쭈구리고 앉아 있는 료마를 보고 이렇게 놀라면서 물었다.

"우는 게 아냐."

밤하늘에 한 점 피같이 붉게 보이는 것은 사쿠라 섬의 분연(噴煙)이었다.

"구라타를 생각하고 있는 거야."

료마는 찰싹찰싹 정강이를 때리며 모기를 쫓았다.

"운이 좋은 사나이였는데……."

이케 구라타만큼 근왕 지사로서 화려한 전력을 가진 사나이도 드물 것이다.

그는 도사 탈번 후 조슈로 가서, 조슈 번이 4개국 함대와 싸웠을 때는 조슈 유격대의 참모가 되어 해상의 적을 육지에서 포격하였다. 그 후 교토 지방에서 출몰하다가 덴추조(天誅組) 의거에 참가하여 양총 대장으로서 야마토 고조(大和五條)의 막부 민정청을 습격하여 민정관 스즈키 겐나이를 베고, 그 후 야마토의 내악(內岳) 지대를 이리저리 옮겨 다니며 싸우다가 시모이치(下市)의 히코네 번(彦根藩) 진지를 야습하여 그들을 패주시켰다. 동지들이 궤멸한 뒤에는 교토로 나와 하마구리 궁문 사변 때 조슈군 속에 섞여 활약했으나, 실패로 돌아가자 조슈로 도주했다가 나중에 료마의 단체에 투신했다. 이처럼 많은 사지(死地)를 돌파해 오면서도 이상하게 목숨을 부지할 수 있었던 사나이가 그까짓 폭풍우 때문에 생명을 빼앗기다니 이 어찌된 일일까.

이케 구라타 이름은 사다카쓰(定勝).

고치(高知) 성 아랫거리의 고다카사카(小高坂) 사람이며 향년 26세.

"비문이라도 쓸까?"

료마는 중얼거렸다. 애당초 그런 감상주의라고는 털끝만큼도 없는 그였으므로 오료는 놀랐다.

"시오야사키 해안에 그들 열한 명의 비석이라도 세워 줘야겠다."

료마의 생각으로는 번쩍이는 칼날 속에서 죽었다면 그만한 사연이 후세에 전해져서 그것이 곧 공양이 되겠지만, 물에 빠져 죽었으니 비석이라도 세워 주지 않으면 무엇으로 그 원혼을 달래 줄 수 있겠느냐는 것이었다.

가고시마에서 료마는 와일 웨프 호의 조난 사건에만 구애받고 있을 수는 없었다.

골치 아픈 문제가 생긴 것이다.

그것은 지금 가고시마에 입항해 있는 유니언 호가 싣고 온 짐 때문이었다.

그 짐은 사쓰마 조슈 연합의 우의를 표시하기 위해 쌀의 산출지인 조슈에서 쌀이 적은 사쓰마로 보내는 군량미 5백 석으로서, 말하자면 '호의에 감사하오. 앞으로 잘 부탁하오' 하는 인사와 친선을 겸한 선물이었다. 이 일이 실현된 것은 료마가 먼저 가쓰라 고고로를 설득하고 가쓰라가 쾌히 받아들여 조슈 번고(藩庫)에서 출고시켜 시모노세키에서 멀리 싣고 온 것이다.

료마는 이케 구라타 등의 조난을 슬퍼하는 한편, 이 쌀을 사쓰마 번에 넘기는 사무를 처리하지 않으면 안 되었다.

그런데 뜻밖에도 사이고는 거절했다.

"그것을 받을 수가 없소이다."

조슈의 호의는 대단히 고마우나 그것을 염치없이 받아들인다면 사쓰마 무사의 이름이 땅에 떨어진다고까지 말했다.

"사카모토님은 그렇게 생각하지 않으시오?"

"글쎄……."

료마는 기가 찼으나 사이고의 말을 못 알아 듣는 것도 아니다. 조슈는 바야흐로 막부와 각번 연합군의 포화를 덮어쓰려 하고 있다. 이미 선봉(先鋒) 여러 번에는 동원령이 내려 있고, 내일이라도 조슈의 사방 경계선에 포성이 들려올지도 모른다.

"조슈에선"

사이고가 말했다.

"농군이나 상인들은 말할 것도 없고, 아녀자들까지도 총과 창을 들고 임전태세를 갖추고 있소. 지금 그들에겐 총알 하나, 쌀 한 톨이 아쉬운 때요. 그런 비상시에 우리 사쓰마 번에서 쌀을 받고 고맙습니다, 할 수 있겠소?"

"글쎄……."

료마가 두려워하고 있는 것은 조슈인의 감정이었다. 그들은 오랫동안 고군분투하면서 항막(抗幕) 활동을 계속해 왔으며, 지난 몇 해 동안은 막부와 여러 번, 그리고 조정에게까지 몰매를 맞아 왔다. 그 때문에 그들의 심정은 극도로 비뚤어지기 쉬워 이번에 사쓰마 조슈 연합으로 가까스로 사쓰마를 대하는 감정이 호전되기는 했으나 언제 이것이 역전할지 모를 일이다. 모처럼 호의를 베풀어 기분 좋게 쌀을 보냈는데 사쓰마가 그것을 받지 않는다면, 그들은 '우리 호의를 거절한단 말인가' 하고 돌이킬 수 없는 오해를 만들게 될지 모른다.

고작 5백 석의 쌀 때문에 료마가 여태까지 기울인 고충이 수포로 돌아가게 될지 모른다.

료마는 사이고에게 그 우려를 설명하고 말했다.

"좀 어떻게 받아 줄 수 없소?"

"그것을 어떻게 하는 것이 사카모토님의 수완 아니오?" 사이고는 웃으며 말했다.

결국 조슈인에게 사쓰마인의 진정을 곡해시키지 않기 위해 료마가 직접 유니언 호에 탑승하여 시모노세키로 돌려보내기로 했다.

오료와의 신혼 생활도, 이런 상태라면 전국을 옮겨 다니면서 세월을 보내야 될 것 같았다.

"오료, 이번에는 시모노세키로 가게 됐어."

료마는 그날 아침에야 말했다.

고마쓰 저택을 작별하고 유니언 호에 탑승하기 위해 덴포 산 부두에서 전마선에 올랐다.

전마선이 육지를 떠났다.

오료는 멀어져 가는 가고시마의 거리를 바라보면서 생각했다.

'나는 이상한 사람과 함께 살게 되어 이상한 생애를 보내게 될지 모르겠구나.'

부부가 되면 한 지붕 밑에 살면서 집 앞에 물도 뿌리고 나팔꽃도 손질하고, 남편을 위해 저녁상도 차리고 하면서 생활의 고요를 즐기는 것이 정상이 아니겠는가? 이처럼 막부의 관리들에게 쫓겨 다니기나 하고, 먼 곳으로 옮겨 다니기나 하며 외국 배를 타고 군량을 되돌려 보내곤 하는 것이 과연 신혼 생활일까?

더구나 료마는 바닷바람에 옷자락을 휘날리면서 중얼거리고 있다.

—조슈에 도착하면 막부 해군과 해전을 벌여야 할지도 모르겠는걸.

'해전!'

그것이 신혼 생활일까.

오료는 생각에 잠기지 않을 수 없었다.

'따라가지 못하겠어.'

원래 오료는 바느질이나 요리 같은 것은 할 줄 모르는 여자로서, 어느 쪽인가 하면 행동적인 성격을 타고 났다. 얌전히 가정을 지킬 성미도 아닌 주제이지만 이다지도 변화가 심한 생활 속에 부대끼고 있노라니 문득 보통 사람과 같은 생활의 즐거움을 동경하게 되는 것이다. 인간이란 어쩌면 이렇게도 기괴하고 탐욕적이며 끝없는 행복의 추구를 계속해가는 동물일까?

오료는 입을 다물고 있다.

얼굴에는 이제까지 그녀가 료마에게 보인 일이 없는 험한 표정이 서려 있었다.

"왜 그러지?"

료마는 걱정스러운 듯이 물었다.

"아무것도 아니에요."

"이상한 얼굴을 하고 있잖아."

"어차피 이런 얼굴인걸요."

오료는 웃으려고 했다.

"곤란한데."

료마는 사쿠라 섬을 보았다. 왠지 오늘따라 연기가 희끄무레하고 생기가 없다.

료마는 오료가 지금 몸에 지니고 있는 공복감 같은 것은 알지 못했으며 설혹 오료가 그것을 호소한다 해도 이해할 수 없었을 것이다.

'타향살이라 적적한 모양이군.'

다만 상상할 수 있는 것은 이런 생각뿐이었다. 료마는 그렇게 생각하고 온몸의 지혜를 다 짜내서 말했다.

"오료, 나가사키에서 월금(月琴)이라도 배우면 어떨까? 지금부터 그리로 갈까?"

오료의 기분은 그녀가 몹시 좋아하는 음악 이야기로 푸는 수밖에 방법이 없다.

"글쎄요, 그럼 나가사키로 갈까?"

오료는 중얼거렸다.

료마는 이 풍운 속에서 오료를 위해 유니언 호의 진로를 나가사키로 돌리지 않으면 안 되게 되었다.

푸른 바다

한여름의 푸른 바다 위를 증기선 유니언 호는 항진하고 있다.

'시모노세키에 간다'던 배가 가고시마 만을 나오자 진로를 서쪽으로 잡았다. 료마가 오료의 기분을 맞추기 위해 바꾼 침로였다.

나가사키로.

그곳에 기항하였다가 마지막으로 시모노세키에 간다. 규슈를 서쪽으로 반쯤 도는 우회 항로였다.

다만 료마는 유니언 호의 선원들에게 말해 두었다.

"나가사키에 기항하여 가메야마 동문의 동지들을 태우고 싶다. 또 이케 구라타 등이 조난한 시오야사키에도 들러서 그들의 명복을 빌어 주고 싶다."

그것은 그것대로 필요한 볼일이긴 했으나 실은 오료의 기분을 맞추기 위해서 그러한 볼일을 만들어 냈다고 할 수도 있다.
 배는 사쓰마 후지(富士)라고 일컬어지는 가이몬 산(開聞岳)을 멀리 바라보며 서쪽으로 항해를 계속했다.
 료마는 낮에는 조타실에 있거나 마스트에 올라가거나 배 밑창에 기어들어 기관 상태를 조사하기도 했지만, 밤에는 오료를 위해서 잡아둔 선실로 돌아왔다.
 마쿠라사키(枕崎)의 큰 등대불이 보일 무렵, 항해 첫날의 어둠이 깔렸다.
 "나가사키에 집을 갖고 싶어요."
 오료가 말했다. 조그만 셋집을 얻을 만한 돈은 있을 게 아니냐고 그녀는 말했다.
 "좀더 즐겁게 살고 싶어요. 부부란 이런 게 아니잖아요?"
 "집쯤은 가져도 좋겠지."
 말하면서 료마는 슬펐다. 천하를 터전으로 삼고 삼계(三界)에 집을 지니지 않는다는 것이 사카모토 료마의 신조가 아니었던가.
 "집을 얻어 주실래요?"
 "얻어 주고말고. 그까짓 집세야 얼마 안 될 것이고, 나가사키에서는 으뜸가는 부상(富商) 고소네 에이시로(小曾根英四郎)와 친하니까, 상륙한 그날로 집쯤은 알선해 주겠지."
 "월금 선생도 찾아 주시겠어요?"
 "내가?"
 료마는 내심 진저리가 났다. 할 일이 산더미처럼 쌓여 있는 그로서는 오료를 위해 월금 선생을 찾아다니는 일까지 해야 한다는 것은 참을 수 없는 노릇이다. 그러나 곧 마음을 고쳐 먹고 대답했다.
 "찾아 주고말고. 하지만 오료, 나는 늘 그 집에 있을 수는 없어."
 "왜요?"

"왜요라니, 임자는."

"우린 부부가 아니에요?"

"그야 누가 모르나. 임자의 남편은 아마 인간이 아닌 사나이일지도 몰라."

"인간이 아니라고요?"

"난 하늘이 이 지상의 분규를 수습시키기 위해 나를 내려 보냈다—하고 나 자신을 그와 같이 생각하기 시작하고 있어. 내가 없으면 일본은 망하거든."

"우쭐하시긴."

"그렇지. 그러나 그렇게라도 우쭐하지 않고서는 이처럼 뛰어다닐 수 없지. 가쓰 선생도 사이고도 가쓰라도 모두 그렇게 생각하고 있는 것 같아. 여자와 달라서 그 점이 사나이들의 우스꽝스런 점이지만."

나가사키 항에 들어가 오우라(大浦)의 암벽에 배를 댄 료마는 그 길로 곧 혼하카다 거리(本博多町)의 고소네 에이시로를 찾아갔다.

이 도시에서는 가장 오래된 집안의 상가(商家)였으며, 주인 에이시로는 나가사키에 번의 상관(商館)을 갖고 있지 않은 에치젠 후쿠이 번(越前福井藩)과 조슈 번을 위해 상관 기능을 대행하고 있다.

이른바 근왕 지사들에게 동정적인 협상(俠商)으로 료마의 가메야마 동문도 무척 그의 신세를 지고 있었다. 그런데 고소네 에이시로는 상인이면서도 성(姓)을 지니고 칼을 찰 수 있는 허락을 받고 있었다.

료마가 객실에 안내되어 기다리는데 곧 주인이 나와 정중하게 인사했다.

갸름한 얼굴에 콧날이 우뚝한 이른바 전형적인 나가사키인의 얼굴이다. 나이는 아마 료마와 동갑일 것이다.
"너무 신세를 지고 있습니다."
료마는 거의 부끄러운 듯한 태도로 말했다. 한마디로 신세라고 했으나, 고소네 에이시로가 료마의 가메야마 동문에 베푼 후의는 이만저만한 것이 아니다.
조그만 예를 하나 들면, 가메야마 동문 사람이 시중에서 다른 번 사람과 싸움을 하거나 나가사키 행정청의 관리를 때리거나 하는 일이 있다.
이런 일은 혈기왕성한 패거리들이 모인 곳이라 부지기수였다. 서민들 가정에서 "어느 집 아무개는 장난꾸러기라 정말 형편없다"라고 말할 때, 흔히 "가메야마의 흰 하카마처럼 어쩔 도리가 없다"고 말한다. 가메야마의 흰 하카마란 료마의 가메야마 동문을 가리키는 말이다.
료마는 대원의 제복으로서 서양 해군이 흰색을 즐겨입는 것을 본따서 대원의 하카마는 일체 흰색을 사용케 하고 있었다. 그러므로 시중에서는 그들을 가리켜 "가메야마의 흰 하카마"라고 부르면서 어쩔 도리가 없는 존재로 치고 있었다. 지금도 나가사키에서는 난폭한 자와 어거지가 센 고집쟁이를 가메야마의 흰 하카마라고 부른다. 료마의 가메야마 동문은 옛날에 이미 잊혀졌지만 흰 하카마만은 여전히 난폭자의 대명사로 남아 있는 것이다.
"막부 관리, 막부지지의 여러 번들, 네까짓 것들이 뭘하는 놈들이냐!"
그러듯이, 어깻바람을 일으키며 활보하고 다니는 이 흰 하카마들이 말썽을 일으켰을 때는, 이 고소네 에이시로가 나가사키 행정청으로 달려가 어떻게든 수습해 주는 것이었다.
"정말 하나에서 열까지……."

무뚝뚝한 료마가 이 상인에게 고개를 숙이지 않을 수 없는 것은 이런 사유가 있었기 때문이다.

"이 사람은 아내올시다."

료마가 오료를 소개하자 아까부터 오료의 아름다움에 눈이 휘둥그레졌던 고소네는 동문 사람들에게 들었는지 사정까지 잘 알고 있었다.

"아, 그렇습니까! 제가 고소네 에이시로올시다. 부인께서는 그 데라다야의?"

료마는 여기서 오료를 위한 셋집과 월금 선생을 알선해 달라고 부탁했다.

"염려 마십시오."

고소네는 오히려 료마의 부탁을 받는 것이 기쁜 듯 만면에 웃음을 띠며 말했다.

료마는 그뒤 뱃길에 몹시 피로해 있는 오료를 고소네 집에 맡겨놓고 자기는 게다를 신고 거리로 나갔다.

떨걱떨걱 게다를 끌면서 나카지마 강(中島川)의 다리를 건너 니시하마 거리(西濱町)로 나갔다.

니시하마 거리는 나가사키에서도 가장 번화한 상업 중심지이며, 유력한 나가사키 무역상의 상점은 대개 이 거리에 있다.

"도사야(土佐屋)가 어딘가?"

료마가 지나가는 상인에게 물어보니 저 개울가의 가게가 그것이라고 가리켰다.

'호오, 큰 가게로군.'

가게 앞에 점원들이 나와서 분주히 짐을 꾸리고 있다. 꾸린 짐들은 앞의 나카지마 강에 대기하고 있는 전마선에 실어 항구로 나가서 큰 배에 옮겨 싣는 것이다.
 도사야는 오래된 무역상으로 운송업도 겸하고 있어 나가사키의 물자를 도사로 실어다 파는 장사를 하고 있다.
 료마의 가메야마 동문은 그의 부재중 고소네 에이시로의 주선으로 이 상점 한쪽을 빌어 사무를 보고 있었다.
 료마가 잠자코 들어가 보니 가게 안에 테이블이 놓여 있고 무스 요노스케가 사무를 보고 있었다.
 "허어, 열심이군."
 불쑥 말을 건네니, 무쓰는 소스라치게 놀라 정신없이 뛰어 일어났다.
 "사카모토님!"
 그러고는 료마를 와락 끌어안았다.
 "언제 오셨습니까? 데라다야에서는 어떻게 됐습니까? 모두 걱정하고 있었습니다."
 "편지에 쓴 그대로야. 걱정할 건 없어."
 "제발 조심 좀 하십시오. 사카모토님이 돌아가시면 저는 살지 못합니다."
 "함부로 그렇게 말하다간 그땐 정말 죽게 돼."
 "농담이 아니에요."
 무쓰는 코끼리 조련사가 코끼리를 쓰다듬듯 료마의 어깨와 팔을 몇 번이나 쓰다듬었다. 여전히 검객다운 굳건한 체격이었으나 약간 살이 빠진 것 같았다.
 "마르셨군요?"
 문득 무쓰가 눈물을 글썽거렸다.
 동지 중에서 최연소자인 나카지마 사쿠타로가 료마의 도착을 알리기 위해 가메야마로 뛰어 갔다.

료마는 도사야의 이층으로 올라갔다. 곧 대원 전원이 모여들었다.
"근래에, 일이 많았었지."

료마가 데라다야에서 겪은 조난, 유니언 호의 선적 소동, 와일 웨프 호의 침몰과 동지들의 죽음, 그동안에 있었던 사쓰마 조슈 연합의 수립 등이 뒤섞여 가메야마 동문은 '상사(商社)'라기보다 사건 조정자의 느낌마저 들었다.

"와일 웨프 호는 침몰하고 유니언 호는 조슈 선적으로 바뀌었으니 우리는 원래의 빈털터리로 돌아간 셈이야."

"사카모토님, 천천히 하십시다."

"암, 그래야지."

료마는 쾌활하게 말한 다음, 그가 가장 궁금히 여기고 있던 부재중의 최대 사건을 물었다.

"만두집 사건을 설명해 주게."

조지로가 료마의 부재중에 할복자살을 했던 것이다.

만두집 조지로. 성은 곤노(近藤)였는데 나가사키에 와서부터는 '우에스기 소지로(上杉宗次郎)'라고 이름을 바꾸었다.

료마가 전에 고향의 오토메 누님에게 낸 편지에도 "우리와 함께 의기충천해서 활약하고 있는 사람 중에는 2가에 사는 붉은 우마노스케와 스이도 거리 골목(료마의 생가 뒤)의 조지로"라고 오토메도 알고 있는 이름을 열거했듯이 료마는 조지로를 몹시 귀여워하고 있었다.

원체 고치 성 아래의 만두장수에서 몸을 일으켜 한학, 난학(蘭學), 영어를 배우고, 번에서 그 뜻을 가상히 여겨, 향사(鄕士)의 신분을 주었을 정도의 젊은이였다. 남보다 몇 배 향학열이 강하고 말재주가 있었으며 사고방식도 건전했다.

조슈 번에서 파견되어 온 무기 구입관 이노우에 몬타(井上聞多)와 이토 슌스케, 두 사람을 영국 상인 글래버에게 소개하고 시원스러운 사무 처리로 유니언 호와 신식총 등을 구입하여 속속 조슈로 보냈다.

그 공로로 야마구치에 초대되어 조슈의 영주 모리 요시치카(毛利敬親) 부자에게도 파격적인 배알이 허용되고 치하의 말까지 들었다.

"그대가 노력해 주었기 때문에 조슈는 살게 되었다." 막부의 정벌을 당하게 된 조슈 번에 최신식 무장을 단시일에 갖추게 한 공은 조슈 번주로 볼 때 아무리 감사를 해도 미진했을 것이다.

료마는 그의 활약상을 듣고 기뻐하며 "내가 부재중이라도 동문에 만두집만 있으면 걱정 없다"라고까지 말하고 있었다. 해무(海務)에는 스가노 가쿠베에 등이 있고, 상무(商務)에는 무쓰 요노스케 등이 있었으나, 다른 번과의 외교에서는 만두집만한 인물이 없었다.

재미있는 것은 무쓰 요노스케는 나중에 무네미쓰(宗光)라고 개명하여 일본 근대사상 최고의 외무대신이란 평을 듣게 되지만, 그 무렵의 요노스케는 외교 면에서는 그다지 두각을 나타내지 못하고 오히려 상업 면에서 료마의 한 팔이 되어 있었다.

한편, 어느 때인가 료마는 무쓰를 칭찬한 일이 있다.

"우리 동문은 다재다능한 인재가 많지만 칼을 버리고 살아갈 수 있는 사람은 자네와 나뿐일세"

그것은 무쓰가 지니고 있는 상업의 재능을 지적한 것인데, 칼을 필요로 하는 각 번 절충의 임무는 오히려 상인 출신의 만두집 쪽이 월등하게 했다. 사람의 재능이란 환경과는 무관한 것인 모양이다.

료마는 조그마한 결사(結社)이기는 했으나 이 가메야마 동문의 외교관 역을 어느새 만두집 조지로에게 다 맡겨 놓고 있었다.

조슈인 이노우에 몬타와 이토 슌스케는 만두집의 활약에 감사하여
"우에스기님, 귀공에게 뭔가 사례를 드려서 조슈의 감사를 표시하고 싶은데 무엇이건 희망하시는 것을 말씀해 보십시오."
이노우에와 이토가 볼 때 번주가 선사한 고토유조(後藤祐乘) 작품인 칼 세 자루만으로는 너무 가볍다고 생각한 것이다.
"천만의 말씀이오. 이번 일은 제가 사카모토님으로부터 지시받은 임무이기 때문에 무엇을 바란다는 것은 말이 안 되오. 그러나 혹시 가능한 일이라면, 영국으로 유학을 가고 싶습니다."
만두집은 이런 엄청난 소리를 했다.

"우에스기는 교만해진 게 아닌가?"
만두집의 평판은 동문에서 별로 좋지 않았다.
"유니언 호나 무기의 구입만 하더라도 우리들 전부가 열심히 뛰었기 때문에 성공한 것인데, 그것을 우에스기는 동문의 대표로 조슈에 가서 영주를 배알한 것을 기화로, 마치 자기 혼자 힘으로 한 것처럼 우쭐대고 있단 말이야."
그런 경향이 조지로에게 없었던 것은 아니다.
"더구나 유니언 호의 비밀 조약은 조슈 때문에 보기 좋게 휴지조각이 돼 버렸잖아."
유니언 호는 조슈측에서는 잇추마루(乙丑丸)라고 했고, 사쓰마측에서는 사쿠라지마마루(櫻島丸)라고 했다. 처음에 만두집은 료마의 지시대로 이 배의 성격에 관하여 "값은 조슈측에서 지불하나 소속은 사쓰마 번으로 하고, 항상 사쓰마 조슈 두 번을 위해서 사용하며, 운영은 가메야마 동문에서 맡는다."
이런 조약을, 조슈의 무기 구입관 이노우에 몬타, 이토 슌스케 두 사람과 체결했었다. 조슈의 가쓰라 고고로 등도 이 조약을 승낙했

다. 그런데 조슈 해군국이

"자기 번의 배를 자기 번에서 운용하지 못한다니, 말이 되는가"
하고 이의를 내세워 번 정부에 조약의 개정을 강요했기 때문에 가쓰라 등도 난처해져서 수습에 골몰했다. 이것이 분규를 거듭하여 마침내 만두집의 힘으로는 감당할 수 없게 되자, 료마가 나서서 조정 끝에 결국 조슈 해군국의 요구를 대폭적으로 받아들여 조약 개정을 하게 되었던 것이다. 덕을 본 것은 조슈 해군국이다.

꼴같잖게 된 것은 가메야마 동문이었다.

"우에스기는 결국 조슈를 위해서 일한 것밖에 더 되나?"

그렇게 만두집을 비난하는 동문의 동지들도 있었다. 물론 질투의 감정도 곁들여져 있다.

만두집이 만일 조금만 더 콧대가 높지 않고 동문의 동지들과 협조적인 태도를 취했더라면 이런 말은 듣지 않았을 것이다.

오히려 만두집은 그 반대였다. 더욱더 동지들을 앞질러 영국 유학을 꾀했다.

영국 유학 문제는 이노우에가 조슈 영주에게 상신하여 "승낙한다"는 허락이 내렸다.

이노우에는 만두집 유학을 실현시키기 위해 즉시 나가사키로 가서 영국 상인 글래버를 만나 부탁했다.

"경비는 번에서 지불하겠으니 당신이 일시 대납해 줄 수 없겠소?"

글래버는 쾌히 승낙하고 나가사키의 영국 영사와도 교섭하여, 타고 갈 배도 주선해 주었다. 물론 막부는 여러 외국들과 통상을 맺고 있었으나 일본인의 사사로운 외국 여행은 인정하지 않았기 때문에 출국의 형식은 밀항이었다.

만두집은 이 유학 문제를 일체 동지들에게 숨기고 있었다. 말하자면 밀출국과 동시에 밀탈맹(密脫盟)을 할 생각이었다.

가메야마 동문에는 규칙이 있다. 료마가 동지들과 상의해서 결정한 것이다.

"무슨 일이건 그 크고 작음을 막론하고 동문에서 상의하여 행할 것. 만일 개인의 이익을 위하여 이 맹약을 어기는 자는 할복하여 사죄할 것."

만두집은 결사적으로 이 일을 숨기지 않으면 안 된다.

'나의 이 뜻이 동지들에게 알려지면 목숨이 없다.'

이 사나이는 목숨을 걸고 이 비밀 도항의 준비를 서둘렀다.

그 준비 기간 중 어느 날, 문득 만두집은 이런 생각을 하게 된 것은 어찌된 일이었을까?

"사진을 찍어 나의 모습을 남겨 놓자"

나가사키의 신다이쿠 거리(新大工町) 뒷길에는 나카지마 강이 흐르고 있다. 그 한 모퉁이에 "세미국(舍密局)"이라는 간판이 붙어 있는 집이 있었다. 사진술의 개조(開祖) 우에노 히코마(上野彦馬)의 영업소. 세미(舍密)라는 것은 화학(化學)을 뜻한다.

만두집은 그 집을 찾아갔다.

얼마 후 우에노의 촬영실로 안내되었다.

"자, 그 의자에 앉으십시오."

우에노 히코마는 말했다. 그는 유학자 풍의 상투를 틀고, 작은 칼을 한 자루 찼으며 이가(伊賀) 하카마를 입은 날카로운 눈매의 사나이였다.

그는 이미 규슈에서 으뜸가는 화학자로서 그 명성이 에도에까지 자자했다.

원래 히코마는 사진업으로 밥을 먹을 생각은 없었으나, 학문에 열

푸른 바다 249

중하다보니 생활이 어려워져서 부득이 사진업을 해 가며 그것으로 화학 연구비를 충당하고 있었다.

비용은 한 장에 은전 두 푼이었는데, 그것만 있으면 마루야마 유곽에서 하룻밤 진탕 놀 수 있는 금액이었으므로 결코 싼 것이 아니었다.

만두집은 의자에 걸터앉았다.

"분장(扮裝)은 그대로 좋습니까?"

"그렇소."

만두집은 의기양양하게 대답했다. 료마에게 심취하고 있는 이 사나이는 절대로 머리에 빗질을 하지 않고 머리칼이 헝클어진 대로 내버려 두었다. 옷깃은 구겨지고 무명 하카마는 다리지 않아 거지 바랑처럼 우굴쭈굴했다.

몸집은 작은데 칼은 터무니없이 길어서 그의 모습은 실로 꼴불견이었다. 발은 맨발에다 하인들이 신는 대껍질 짚신을 신고 있었다.

"자아, 그럼 찍습니다."

"아, 잠깐 기다려 주시오."

만두집은 품속에 육연발 권총을 꺼내들고 방아쇠에 손가락을 건 채 그 손을 무릎 위에 턱 올려놓았다.

'굉장한 시늉을 하는군.'

우에노 히코마는 속으로 생각했으나 내색은 하지 않고 렌즈를 가리켰다.

"크게 숨을 들이키십시오. 그대로 숨을 멈추고 옳지, 여기를 똑바로 보십시오."

촬영이 끝난 후 히코마가 "사진이 완성되려면 보름이 걸리는데 괜찮겠지요?"라고 말하자 만두집은 그건 곤란하다고 말했다.

배의 출항이 사흘 후였기 때문이다.

"어떻게든 모레까지 해 주실 수 없습니까? 부탁입니다."

그까짓 사진 한 장쯤에 그처럼 서둘 것도 없는데 이 점이 만두집의 성격인 모양이다. 한번 정하면 그대로 일이 진행되어야지, 안 그러면 안절부절못한다.

옥신각신하다가 마침내 그처럼 숨겨온 밀항에 관한 일을 그만 입밖에 내고 말았다. 히코마는 그 장거(壯擧)에 감격하여 어떻게든 노력해 보겠다고 말했다.

그런데 그 다음 날 우에노 히코마에게 사진을 찍으러 온 가메야마 동문 사람이 있었다.

그는 시라미네 슌메(白峰駿馬)라는, 에치젠 후쿠이 번(越前福井藩)의 탈번자인데 후쿠도(福戶) 서원이 해산한 뒤 줄곧 료마의 사업에 참가해 온 인물이다. 시라미네는 난학에 능통하여 그 난학을 통해서 우에노 히코마와 교분이 두터웠다. 그러므로 바쁘다는 우에노의 말에 무심코 물었다.

"무엇이 그리 바쁜가?"

우에노는 "오늘은 약을 조합(組合)하고 인화(印畫)도 해야 할 일이 있다. 바쁜 일을 맡았거든" 하고 말했다.

당연히 시라미네 슌메도 만두집의 밀항을 알고 있는 줄 알고

"그것도 자네 동지한테서 맡은 일이야" 하고 덧붙였다.

이 일로 밀항 문제는 탄로 났다. 시라미네는 즉각 동문으로 돌아가 동지들에게 상의했다.

"이 일을 어떻게 처리하지?"

장본인에게 캐물을 것인가, 아니면 확고한 증거가 드러난 다음에 따질 것인가, 또는 본인이 금명간 동지들에게 상의할지 모르니 그때까지 기다리며 눈치만 볼 것인가, 일동은 협의를 거듭했으나 결론이

나오지 않았다. 이럴 때 만두집의 친구라도 있으면 그를 통해 충고를 하는 방법이 가장 온당하지만 만두집은 동문의 아무와도 깊이 사귀지 않고 고립되어 있었다.
"이럴 때 사카모토님이 있으면 좋을 텐데."
아쉬워했으나 없는 사람은 어쩔 수 없다.
"그러나, 사카모토님의 부재중에 개인의 이익 때문에 탈맹, 밀출국한 자가 나온다면 사카모토님에게 면목이 없다. 또한 사쓰마나 조슈 번이 보기에도 마치 우리 동문의 대규(隊規)가 헤이된 것 같아서 체면에도 좋지 않을 것이다. 우리들 손으로 조속히 처리하지 않으면 안 된다."
그리하여 이 일의 처리는 세키 유우노스케(關雄之助)에게 일임하기로 했다. 세키는 지난날 료마와 함께 도사의 미야노노세키(宮野野關)의 준령을 넘어서 탈번한 동지이며, 인물은 무능했으나 익살꾸러기로 통했다. 이 사나이도 후일 실수로 사쓰마인을 사살하여 그 책임을 지고 할복자살하게 되는데, 이 줄거리와는 관계가 없다.
만두집은 출항 전야, 동문에서 몰래 빠져나와 은밀히 오우라의 암벽으로 향했다.
비가 내리고 있었다.
만두집은 도롱이와 삿갓을 쓰고 도롱이로 초롱을 가려가며 걸어갔다. 이 강하게 내리는 비 속에 과연 내일 아침 배가 떠날 수 있을 것인가 하는 걱정이 문득 그의 뇌리를 스쳤다.
한낱 만두 장수에 불과했던 자신을 동지로 맞이해 준 료마이지만, 이렇게 아무 말 없이 탈맹하는 것이 그에게 미안하다는 생각은 조금도 들지 않았다.
동지들에게도 마찬가지였다. 그는 본시 근왕 도막 운동을 하기 위해 가메야마 동문에 참가한 것이 아니라, 다만 학문을 닦을 기회를 잡고 싶은 것뿐이었다.
 불타는 향학의 정열만이 이 사나이의 배신과 모험의 에너지가 되어 있었다. 그가 오우라 암벽의 글래버 상관에 들어가니 "풍우로 내일은 배가 떠나지 않는다"는 불행한 사태가 기다리고 있었다.

 만두집은 글래버의 집에서 수부용 우비를 빌어 그것을 하오리 위에 덮어 썼다. 칼자루가 뒤로 비어져 나가 마치 할미새 꼬리처럼 보였다.
 밖으로 나갔다.
 삿갓이 날아갈 듯 비바람이 심했다. 만두집은 삿갓을 잡고 문을 뛰쳐나가 돌을 깐 언덕을 내려가기 시작했다.
 항구에 배의 등불이 두세 개 떠 있다. 그 중의 하나는 나를 영국으로 실어다가 새로운 인생을 열어 줄 배일 것이다.
 '지금이라도 저 배로 도망칠까.'
 문득 이런 생각이 들었으나 어둡고 불길처럼 뜨거운 생각이 가슴 밑바닥에서 치밀어 올랐다.
 '나는 무사다.'

 무사의 도덕이란 궁극적으로 볼 때 단 하나의 명분에 낙착되고 말 것이다. 깨끗함이라는 것이다.
 도둑질도 좋고 살인도 좋다. 그런 죄는 이 세상의 법에 따라 단죄되지만, 설혹 단죄되더라도 무사가 무사인 까닭은 사라지지 않는다. 그것이 사라지는 것은 그 법을 어긴 자가 깨끗하지 못해지는 순간부터인 것이다.
 '이런 것은 글래버가 알 리 없지.'
 만두집은 비바람 속에서 생각했다. 깨끗하고 싶다고 그는 열심히 자기에게 타이르고 있었다.

"저 놈은 역시 상인 출신이다"라는 말을 듣고 싶지 않다. 대대로 내려오는 무사의 집안에서 태어났더라면 만두집은 이렇게까지 절박하게 생각지는 않았을 것이다. 이만한 재사이니 서슴지 않고 영국선박으로 피해 있었을 것이다.

온몸이 함빡 젖은 채 고소네 저택으로 돌아왔다.

별채에 방이 많다. 거기가 가메야마 동문의 사무소 겸 숙소의 하나가 되어 있었다. 동문의 동지들이 등피 다다미를 깐 큰 방에 모여 있었다.

돌아온 만두집을 본 세키 유우노스케가 말했다.

"거기 좀 앉게!"

이 젊은이는 규칙에 의한 심판자의 직분상, 무표정을 꾸미느라 애썼다.

"동문의 철칙으로서 이런 명분이 있다. 무슨 일이건 그 크고 작음을 막론하고 동문에서 상의하여 행할 것, 만일 이를 어기는 자는 할복하여 사죄할 것……. 그런데 지금 불행히도 우리 동문에 그런 사람이 나왔다. 양심에 가책을 느끼는 사람은 할복하여 사죄하길 바란다."

"내게 하는 말인가?"

만두집은 얼굴이 창백해져 있었다. 입술을 떨면서 변명하려고 하였다.

"변명은 필요 없다. 스스로 돌이켜서 떳떳하면 그것으로 그만이고, 뒤가 켕기면 이 자리를 떠나 안으로 들어가서 즉각 배를 가르면 된다."

세키 유우노스케는 말했다.

'사카모토님이 계셨더라면—'

만두집은 필사적으로 눈물을 참으면서 생각했다. 틀림없이 자기를 이해해 줄 것이다. 이처럼 잔인한 단죄의 자리에 앉히지는 않았을 것이다.

"우에스기군, 미련 없이 하게"

세키는 자리에서 일어서며 말했다.

"우리는 이 자리를 피하겠다."

그러자 일동도 따라 일어나 슬금슬금 방을 나가 버렸다.

넓은 방에 만두집 혼자 남게 되었다. 그 창백한 얼굴을 머리 위의 무진등(無盡燈)이 비추고 있다.

'다하지 않는 등불이라……'

만두집은 맥 빠진 듯이 머리 위의 화려한 조명등을 쳐다보았다. 유리 대롱으로 불꽃을 감싼 기구(器具)인데 이곳 나가사키에서는 기루(妓樓)나 상가에서 모두 이것을 사용하고 있었다. 만두집은 료마를 따라 처음으로 나가사키에 왔을 때, 이 무진등을 보고 얼마나 놀랐던가.

'세계는 움직이고 있다.'

만두집은 설레는 가슴으로 문명의 파도 소리를 느꼈다. 이 무진등 하나에 상징되는 서구 문명이란 대체 어떤 것일까.

"그 문물에 접하고 싶다. 그 문물을 낳는 모체가 학문이라면 그 학문을 하고 싶다."

만두집은 료마를 발판으로 적어도 상해나, 가능하면 영국, 또는 미국에 가고 싶다고 갈망했다. 이 고학역행(苦學力行)의 만두 장수 출신에게 희망의 등불을 켜 준 것은 료마와 무진등이었다고 해도 무방하다.

'좀 성급했구나. 그런데 이 비밀 도항 계획이 어떻게 동지들에게 샜을까? 지금 와서 그것을 알아봤자 무슨 소용이 있겠나. 나는 이미 실패한 것이다. 만일 사카모토님이 부재중이 아니었더라면 사태는 달랐을 것이다. 그분은 이해해 줄 것이고 나도 미리 털어놓고 영국선에 올랐을 것이다.'

그가 없는 동문의 동지들에게 말할 수는 없는 일이었다. 그들은 만두집이 볼 때, 료마의 영향을 받고 있다고는 하나 그 알맹이는 여전히 단순 격렬한 양이(攘夷) 지사들이며, 만일 "나는 조슈가 보내줘서 영국에 유학하게 되었다"고 말했다가는 "배신행위다"라고 떠들었을 것이다. 저 혼자 살짝 빠져나가서 조슈를 이용하려 했다고 그 오직(汚職) 행위의 한 점만을 들추어 낼 것이 틀림없다. 그래서 만두집은 그들에게 아무 말도 하지 않았던 것이다. 그것을 감추기 위해 지혜가 미치는 한, 잔재주를 부려왔다.

'그러나, 이젠 다 틀렸다.'

아니, 도망칠 수는 있다, 하고 만두집은 문득 생각했다. 동문의 동지들은 모두 거리로 나가 버렸다.

—도망쳐도 상관없다.

그런 의미가 아닌가.

'아니, 그것도 안 된다.'

그는 고개를 떨구었다.

그들 동지들이 일부러 감시를 하지 않고 일단 거리로 나간 것은 자기를 무사로 인정했기 때문이다. 무사라면 누구의 감시를 받지 않아도 자결한다. 만일 이 마당에 비겁하게 도망을 친다면 그들은 비웃을 것이며, 만두집은 생명이 있는 한 그들의 조소와 매도를 받게 될 것이다.

—결국은 상인 출신이야.

'차라리 죽자!'

이렇게 생각한 순간, 만두집은 딴 사람으로 변했다. 사고의 능력은 정지되고 남국인 특유의 광기(狂氣)만이 그의 손을 움직이기 시작했다.

"그래서 만두집은 죽었구나 목을 쳐 줄 후견인도 없이."

료마는 불쾌한 듯이, 그러나 그것을 되도록 표정에 나타내지 않으려고 애쓰는 어조로 말했다. 후견인이 목을 쳐 주지도 않고 배를 가른 만두집의 고통이 직접 자기 몸에 전해오는 것 같아 료마는 견딜 수 없었다.

죽는 태도는 훌륭했던 모양이다.

배를 열십자로 가르고 엎드린 후에도 아직 죽지 못해 남은 힘을 다하여 경동맥(頸動脈)을 자르고 죽었다. 시체의 자세가 그것을 말해 주고 있었다고 한다.

"그 녀석은 형편없이 격하기 쉬운 성질이었으니까 홧김도 있고 해서 배가 잘 갈라졌던 모양이지."

"사카모토님의 말씀을 들으니 어쩐지 우리의 처사를 문책하시는 것 같군요."

"아니, 그것은 그것대로 좋은 거야."

결사의 힘은 단결 이외에 없다. 만두집을 규칙에 의해 처단하지 않는다면 앞으로도 그런 자가 속출하여 마침내 가메야마 동문은 붕괴하고 말 것이다.

'그러나 만약에 내가 있었더라면 만두집은 죽지 않아도 되었을 것이다.'

료마는 쓰디쓴 얼굴이었다. 할복한 다음날, 동지들의 손으로 장례를 치루고 데라 거리에 있는 고다이 사(晧臺寺) 뒷산에 묻었다고 한다.

그러나 그 묘비가 아직 세워지지 않았다는 말을 듣고, 료마는 곧 필묵을 가져다가 '매화서옥 거사지묘(梅花書屋居士之墓)'라고 큼지막하게 썼다.

그의 호가 매화도인(梅花道人)이었으므로 이런 비명을 써 준 것이다.

메이지 3년에 정5품이 추증되었다.

조슈의 이토 슌스케와 이노우에 몬타 두 사람은 유신 후에도 이따금 이 '우에스기 조지로'를 회상하고 그 재주를 애석하게 생각했다고 하니, 이 증위는 그들의 제청에 의한 것인 모양이다.

료마는 그 다음 다음날, 동문 일동을 인솔하고 유니언 호에 올라 쾌청의 잔잔한 바다를 서쪽으로 달려 고시마(五島) 시오야사키의 후미진 곳에 닻을 내렸다.

"보트를 내려……."

료마가 명령했다. 지난번 해난으로 죽은 이케 구라타 등의 넋을 위로하기 위해서였다.

료마는 해안에 상륙하여 그 고장의 촌장을 불러 돈을 주며, 해변에 비석을 세워달라고 의뢰했다.

'비석이라도 세워 주지 않으면 그들의 이름은 영원히 잊혀지고 말 것이다.'

그는 촌장에게 필묵을 빌어 이케 구라타 등의 익사체가 밀려온 모래사장에 종이를 펴놓고 '익사자 합령지묘(合靈之墓)'라고 쓰고는, 비명 뒤에 새길 조난자 일동의 이름을 적었다.

이케 구라타, 메이지 31년 종4품 추증.

모래사장에 붓을 놓고 일어선 료마는 이렇게 장탄식했다.

"마치 장의사가 된 것 같군."

료마는 배에 돌아오자 즉시 닻을 올리게 하고 기관 운전을 시킨 다음, 선교로 가서 익숙한 투로 말했다.
"우로 회전, 미속(微速)으로 전진!"
흰 하카마의 조타수가 조그마한 소리로 복창했다.
해상은 개인 날씨다.
한 시간 가량 항해했을 때 초속 8미터 정도의 바람이 불기 시작했으므로 료마는 세 개의 마스트에 말아 놓은 19장의 돛을 모조리 올리게 했다.
"기관을 꺼라!"
바람에만 의존하려고 했다. 바람이 있는데 연료를 쓴다는 것은 무의미하기 때문이다. 풍력을 어떻게 포착하고 어떻게 교묘히 이용하느냐 하는 데에 배꾼의 솜씨가 달려 있는 것이다.
료마는 이대로 현해탄을 돌아 시모노세키로 직행할 작정이었으나, 문득 연료가 걱정되어 기관실에 내려가 보았다.
"고헤이타(五平太)는 얼마쯤 남아 있나?" 고헤이타란 사람 이름이 아니다. 석탄을 말한다. 북규슈에서 처음으로 석탄을 캐낸 사나이의 이름이 고헤이타였으므로 이 새로운 연료의 이름이 되어 버렸는데, 물론 석탄이라는 새 이름도 동시에 사용되고 있다.
"2톤입니다."
"나머지는?"
"장작이 2천 다발 있습니다."
물론 장작으로도 달릴 수는 있다. 그러나 화력이 약하기 때문에 석탄의 대용으로밖에 쓰이지 않는다.
"시모노세키까지라면 이것으로 충분합니다."
"그저 가기만 한다면 그렇지."
"그럼, 다른 일이 있습니까?"
"아마 해전을 벌이지 않으면 안 될지 몰라."

료마가 나가사키를 출발할 때 얻은 정보에 의하면 막부 함대가 조슈 해안의 봉쇄와 함포 사격을 하기 위해 오사카 만을 출항한다고 했다. 료마가 조슈 시모노세키에 닿을 무렵에는 혹 해상에 포연이 오르고 있을지도 모른다.

"그러므로 나가사키로 일단 돌아가서 장작을 팔아 석탄을 싣고 석탄만으로 항해한다. 장작으로는 싸울 수 없어."

"그럼, 나가사키로 돌아가는 거지요?"

전원에게 전달되었다.

료마가 선교를 올라가자 스가노 가쿠베에, 세키 유우노스케, 무쓰 요노스케, 나카지마 사쿠다로 등이 모여 있었다.

"막부 해군과 해전을 한다는 건 사실입니까?"

"내 육감인데, 아마 그렇게 될 거야."

"아, 사카모토님의 육감입니까."

기승해졌던 일동은 약간 맥이 빠졌다.

"그렇게 얕볼 게 아니야. 학문은 자네들보다 못할지 모르지만 사카모토 료마의 육감만은 아마 당대 제일이라고 자부하고 있지."

"그럴는지 모르겠군."

무쓰 요노스케가 중얼거렸다.

"조슈 해군은 막부군에 비교하면 매우 미미하지만, 용맹으로 천하에 으뜸가는 다카스기 신사쿠가 총사령이 되어 이끌고 있어."

"거기에 도사의 사카모토 료마가 이 순양함을 이끌고 돌입해 들어간다. 이건 재미있게 되었군요."

무쓰가 말했다.

료마의 유니언 호는 나가사키에 들어갔다.

그는 곧 배에서 내려 고소네 에이시로를 찾아갔다.

"부탁이 있소"

석탄에 관한 것을 털어놓았다. 장작보다 석탄이 좋은 줄은 알지만 그 석탄 값이 료마에게는 없는 것이다.

고소네 에이시로는 료마와 그의 사업에 상인으로서 운을 걸고 있었다. 사업이란 가메야마 동문의 해운업뿐 아니라, 막부를 전복하고 통일 국가를 만드는 사업까지도 포함되어 있다.

"좋습니다. 석탄값, 하역비, 모두 제가 일체 대겠습니다."

"언제 갚아드릴 수 있을는지 모르겠습니다."

"사카모토님이 출세하면 지불해 주신다는 것으로 해 두지요."

고소네 에이시로는 즉각 부두의 상관에 지시하여, 정박 중인 유니언 호에 좋은 석탄을 싣게 했다.

그런데 이번에는 장작을 내려야 한다. 2천 다발이나 된다. 료마는 하다못해 이것이라도 받아 달라고 부탁하자

"나는 그런 장사치가 아닙니다."

이 나가사키 제일의 부상은 웃었다.

"석탄값 대신에 장작을 받아 놓겠다는 좁은 소견은 갖고 있지 않습니다. 사카모토님이라는 인물에게 제 운을 걸고 있다는 생각인데 암만해도 그걸 알아주지 않는군요."

"아니, 호의에만 너무 의존해서는 안 된다고 생각할 뿐이지요."

"좀더 의존해 주십시오. 사람에게 도박을 한다는 것은 상인의 일 중에서도 가장 배짱이 필요한 일입니다만, 나는 평생 처음으로 그것을 하고 있는 것입니다. 사카모토님, 그리 아시고 내 기분을 맞춰 주시지 않으면 섭섭합니다."

"고맙소."

머리를 숙였다. 순간 료마에겐 장작 2천 다발의 처분에 관해 매우 기발한 생각이 떠올랐다.

'모두 마셔 버리자!'
곧 무쓰 요노스케를 불러 장작을 매각 처분하라고 지시했다.
"판 돈은 어떻게 하지요?"
"수부에게는 돈으로 줘라. 사관들에겐 돈을 보여선 안 돼."
료마의 말로는, 수부들은 어른이라 저마다 돈을 쓸 줄 알지만, 사관은 결국 서생들이라 노는 방법을 모른다는 것이다. 돈도 쓸 줄 모르는 자에게 돈을 줄 필요는 없을 것이다.
"사카모토님은 아십니까?"
"나도 몰라."
그러므로 돈을 함께 뭉쳐 어디 가서 한번 크게 써 버리자고 료마는 말하는 것이다. 료마는 아직껏 자기 돈으로 마음껏 놀아본 적이 없다. 늘 한번 해 보고 싶었던 참이다.
"무쓰군, 자네가 돈을 맡아서 요리해. 장소는 마루야마의 히키다야(引田屋 : 가게쓰)다."
"이거, 신나는데."
무쓰는 기뻐했다.
"멋없는 장작도 사용하기에 따라서는 뜻밖에 요염한 연료가 되는 수도 있군요."

그날 저녁 불이 켜질 무렵, 시안 다리(思案橋) 건너 마루야마의 유흥가로 들어가서, 히키다야로 통하는 돌바닥 언덕길을 올라가면서 료마는 계속 콧노래를 흥얼거리고 있었다.
바닷바람에 뻣뻣해진 도라지 문장의 검은 문복에 꾀죄죄하게 때가 묻은 무명 하카마, 허리에는 긴 칼을 축 늘어뜨리고 발에는 커다란 선원화(船員靴)를 신고 있었다.
"어때? 탕아처럼 보이나?"

옆에서 걸어가는 무쓰에게 물었으나 무쓰는 웃기만 할 뿐 상대를 하지 않았다. 이런 꾀죄죄한 탕아도 아마 없을 것이다.

하지만 료마는 이런 화류의 거리가 싫지 않은 모양이었다. 복장은 그렇더라도 시안 다리를 건너 마루야마 유흥가로 들어서자, 술도 마시지 않았는데 벌써 분위기에 취해 황홀한 눈초리였다.

복장도 그렇다. 료마는 료마 나름대로 한껏 멋을 부린 셈인지 속옷은 비단 옷으로 갈아입었고, 신발도 나올 때 모처럼 구두로 바꿔 신었다. 에도의 풍류객이 멋있는 신이라도 신는 기분으로, 료마는 구두를 신은 모양이다.

그뿐이 아니었다. 무쓰가 뒤에서 따라가는데 이상한 냄새가 풍겨 온다. 료마는 향수까지 뿌리고 나온 것이다.

'한껏 멋을 부리고 나온 모양인데, 그게 도무지 멋대가리가 없으니 어쩐다지?'

무쓰는 저절로 웃음이 터져 나왔다.

이윽고 히키다야의 넓은 방에서 주연이 벌어졌다.

요리가 나오고 기생들이 모여들어 곧 샤미센, 노래, 가위 바위 보 등으로 술자리는 소연스레 무르익어 갔다.

어느 사나이의 가슴에나

'내일은 싸움터라—'

는 생각이 있다. 그런 생각이 그들의 취기를 더욱 통렬하게 만들었다.

료마는 마구 들이켰다.

마루야마의 기생들 사이에 첫째가 도사, 둘째가 사쓰마라는 말이 있다. 손님의 주량을 가리키는 것인데, 두 지방이 이 나라의 쌍벽을 이루고 있다는 말이다.

지금 이 술자리에 앉은 사나이들은 대부분이 도사 사람들이다. 자

푸른 바다

연 술자리에는 술의 소나기가 내린다고 해도 무방할 것이리라.

"손님들은 정말 잘 드세요. 사쓰마 번 손님들도 도사 분들에게는 당할 수 없다고 말씀하시지요."

료마에게 바싹 달라붙어 시중을 들고 있는 오모토가 입을 딱 벌렸다.

"아니, 사실은 사쓰마측이 더 센걸."

료마는 말했다. 사쓰마인의 주연은 각자의 주량에 따라 태연하게 마신다. 그러나 도사인들의 방식은 노래를 불러 대며 서로 격려하면서 떠들썩하게 마시고, 또 강제로 서로 권해가며 가위 바위 보로 마시기 시합을 하는 등, 쭉 뺄 때까지 마신다.

그들은 마치 술자리를 투쟁의 자리로 생각하는 모양이다. 같은 남쪽이면서도 사쓰마와 도사는 이런 점이 달랐다.

밤이 이슥해서 료마는 혼자 술자리를 떠나 현관으로 나왔다. 다리가 휘청거린다.

"사카모토님, 괜찮으세요?"

전송 나온 행수(行首) 기생이 걱정스레 물었다.

"걱정 없어."

"그게 바로 취하셨다는 증거예요."

료마의 왼쪽 팔을 부축하고 있는 자그마한 오모토가 다부지게 말했다. 그리고는 행수 기생을 돌아보고 말했다.

"엄마한테 말해 줘요. 내가 바래다 드린다구."

밖에는 비가 내리고 있었다.

오모토는 왼손으로 솜씨 있게 우산을 펼치더니 발돋움하다시피 하며 료마에게 우산을 받쳐 주었다.

"먼저도 비가 왔었지."

"그때 마당 대나무 밑에서 있었던 일, 기억하고 계셨어요?"
오모토는 갑자기 말이 없어졌다. 이윽고 나직이 물었다.
"오늘밤, 우리 집에서 주무시겠어요?"
"너의 집이라?"
료마는 고소네 댁에서 기다리고 있을 오료를 문득 생각했다.
"안 돼요, 그런 것 생각하면."
오모토는 마음을 읽을 줄 아는 모양이다.
료마는 밖으로 나오자마자 자세가 꼿꼿해졌으나 목덜미 혈관에서 술이 소리 내어 오르내리고 있는 것 같았다.
"오랜만에 취했군."
나가사키라면 안심이기 때문이리라.
교토나 후시미에서는 막리들이 언제 습격할지 모르기 때문에 이처럼 취할 수는 없는 것이다.
"교토에서 다치셨지요?"
"후시미에서야."
"술에 취하셨던가요?"
"글쎄, 어땠었던가?"
그때, 교토 니혼마쓰의 사쓰마 저택에서 사쓰마 조슈 연합이 성립된 축하로 사이고, 가쓰라 등과 주연을 벌였다. 그 술기운이 남아 있는 채 후시미의 데라다야로 돌아가서 곧 막부 관리들의 습격을 받았다.
"약간 취기가 남아 있었는지도 모르겠군."
"그때 발가숭이 미인이 이층으로 뛰어가서 습격을 알렸죠?"
"잘 알고 있군."
"사쓰마 사람한테서 들었죠 뭐. 모두들 료마 같은 변을 한번 당해 보구 싶대요. 그때의 그 미인이 지금 고소네 댁에 있는 오료님?"

'이 녀석 샅샅이 다 알고 있군.'
료마는 우산 아래서 씁쓰레 웃었다.
"그렇죠?"
"맞았어."
"틀림없이 술에 취해서 그런 여자하고 살게 되셨을 거예요!"
"아니, 오료를 아나?"
"만났어요."
료마는 놀랐다. 이야기를 들으니 기연(奇緣)이라 할 만하다.
오료가 월금을 배우고 싶다고 하여 고소네 에이시로에게 선생을 구해 달라고 부탁했더니 에이시로는 이 오모토에게 부탁했던 것이다. 그래서 오늘 낮에 고소네 댁에서 두 여자가 만난 모양이다.
"만나보고, 거절했지요."
오모토는 말했다.

어느 틈엔가 비가 오지 않는다.
"비는 그쳤나?"
"어머나!"
오모토는 웃어 버렸다.
"비가 천장에서도 내리나요?"
"허어, 저건 천장이었군."
어느새 료마는 오모토네 안방에 앉아 있었던 것이다. 료마도 그만 자기의 취태가 우스워져서 술잔을 긴 화로대 위에 달칵 놓았다.
"취한 모양인걸."
"정말?"
오모토는 웃었다.
"내일은 떠나세요?"

"모르겠어."

석탄 적재는 내일 오전 중까지 걸릴 것이다. 사실 알 수 없었다.

"이번에는 어디로 가시지요?"

"시모노세키."

이렇게 대답하고 나서 료마는 당황하여 얼굴을 쓱쓱 문질렀다.

"왜 그러세요?"

"안 돼, 행선지는 비밀이야."

나가사키는 막부령이다. 행정청도 있다. 그 나가사키에서 항구를 떠난 배가 막부의 적인 조슈 시모노세키로 가는 줄 알면 무사하지 못할 것이다. 적어도 행선지는 기생에게 말할 것은 못된다.

"마루야마에서 지껄이면 온 나가사키에 퍼진다고 하잖아."

"사카모토님!"

오모토는 똑바로 료마를 쏘아보았다.

"다시 한번 말씀해 보세요. 오모토를 그런 여자로 아셨나요?"

"아니."

"아이, 싱겁긴!"

오모토는 정말로 화가 났다.

"눈을 돌리지 마세요. 똑바로 오모토의 눈을 보고 똑똑히 대답하세요. 오모토를 기생이라고 우습게 생각하셨죠, 그렇죠?"

오모토는 무릎걸음으로 바싹 다가왔다. 료마는 난처해졌다. 보통 여자만 사귀었지 기생을 모른다.

"오모토는 말예요."

그녀도 어지간히 취한 모양이다.

의기 하나로 버티고 살고 있단 말이에요, 하고 눈을 흘겼다. 그것이 기생이다, 라고 오모토는 말하는 것이다. 그러니 오모토에게 이야기하면 비밀이 샌다는 말은 그녀의 전 인격을 부정한 것과 마찬가지다.
"알았어요?"
"응."
"오모토도 동지의 한 사람이라고 생각하세요. 앞으로 그렇게 생각해 주실거죠?"
"오모토, 언제 목숨이 날아갈지 몰라."
"상관없어요!"
오모토는 잔을 료마의 손바닥에 올려놓고 자기 잔에도 술을 따른 다음 그 술잔을 천천히 집어 들어 네덜란드 사람처럼 눈 위로 쳐들더니 조그맣게 외쳤다.
"결맹(結盟)!"
오모토는 료마가 그것을 다 마시기를 기다렸다가 눈에 웃음을 머금고 말했다.
"다만 이건 남녀의 결맹이에요. 오늘밤 보내드리지 않을 테니까."

'이것이 즉 외박하고 아침에 돌아오는 기분이라는 것이군.'
료마는 탕아라도 된 듯한 우쭐한 기분으로 고소네 댁을 향해 걸음을 재촉했다.
'하늘이 너무 푸르군.'
료마는 눈을 가느스름하게 뜨고 걸었다.
하늘이 푸른 것은 이곳의 특징일 것이다. 나가사키의 하늘이 그대로 동지나해(東支那海)의 하늘과 맞닿아 있기 때문이라고 료마는 생각하고 있었다.
그가 기분 좋은 표정으로 고소네 댁의 별채로 돌아가니 오료가 토라진 얼굴로 차 준비를 하고 있었다.
'야단났군.'

료마는 순간적으로 오료의 얼굴을 들여다보며 선수를 쳤다.
"어젯밤은 참 재미있었어."
"……어디서……"
오료가 말을 꺼내자마자 료마는 구석에 있는 샤미센을 집어 들고 털썩 주저앉았다. 앉자마자 벌써 샤미센이 울려나온다.
즉흥의 노래로 대답을 얼버무릴 작정이었다.
"사랑은 뜻밖에……"
꾸며 대기 시작했다.

    사랑은 뜻밖에 생긴다던가
    히젠(肥前)의 바닷가 마루야마에서
    어중이떠중이가 재미를 찾아
    놀러 나간 유흥가는 봄으로 가득하네
    여기에 한 사람의 원숭이 곡예사
    너구리 한 마리를 뿌리쳐 두고
    의리도 인정도 눈물도 없이
    다른 데 마음을 주지 않기로
    맹세한 마누라가 집에 있는데
    마음이 그만 유혹에 끌려
    몰래 살금살금 빠져나갔네

"여기에 한 사람의 원숭이 곡예사란 누구죠?"
오료는 어이가 없어 물었다. 료마는 자기 코를 누르며 말했다.
"나지."
"너구리 한 마리는 또 누구지요?"
"오료님이시지."

"마누라는 누구?"

"그것도 댁이시지."

요컨대, 원숭이 곡예사가 사랑을 맹세한 마누라를 뿌리치고 의리도 인정도 없이, 유혹에 빠져 모든 사나이들이 찾아가는 유흥가로 달려간다는 뜻의 노래다.

'체!'

그녀가 혀를 차고 싶을 만큼 화가 난 것은 자기가 할 말까지 재빨리 미리 노래 속에 엮어서 얼버무려 놓았기 때문이다.

"정말 경험 많고 교활하군요."

오료는 한자어로 중얼거렸다.

"당신은 절 처음 만났을 때 보여준 순정을 점점 잃어가고 있어요."

"순정만으로는 인간의 난(亂)을 다스릴 수 없거든."

"내가 인간의 난인가요?"

"아니, 천하 국가의 난을 말하는 거야. 고래로 영웅호걸이란 교활과 순정을 재치 있게 가려 쓸 줄 아는 사나이를 말하는 거야."

"어서 얼굴이나 씻고 오세요!"

해전

 산과 바다가 갑자기 남빛으로 변했다. 차츰 항만 안의 물체가 뚜렷하게 떠오르더니 이윽고 게이오 2년 6월 12일의 태양이 솟았다.
 "출항!"
 료마는 명령했다.
 유니언 호는 나직이 기계 소리를 내면서 전진하기 시작했다.
 바람은 있다. 남동 미동(南東微東), 풍력 오번(風力五番)
 "큰 돛을 올려라."
 다시 료마는 명령했다.
 즉시 새하얀 돛이 아침놀의 하늘로 올라가 바람을 안고 머리 위에서 펄럭이기 시작했다.
 시모노세키로.

'어차피 시모노세키에서는 해전을 면치 못할 것이다.'

료마는 선교에 있다.

두통거리가 하나 있다. 상대인 막부 함대의 제독에 혹시 가쓰 가이슈가 임명되어 있지 않나, 하는 걱정이었다. 만일 가쓰가 막부의 사령관이라면 사제(師弟)가 서로 치는 비극이 벌어지지 않는다고 단언할 수 없다.

가쓰는 고베 해군학교의 해산 이래 줄곧 에도의 자택에서 칩거 생활을 하고 있었는데, 지난 달 27일에 갑자기 "군함 감독관으로 재근무하라"는 명령을 받았다. 가쓰에게는 아닌 밤중에 홍두깨 격이었으며, 명령을 전달한 에도 수비역의 집정관들도 사정을 알지 못했다.

오사카에 장군 이에모치(家茂)가 있다.

그가 직접 내린 명령인 모양이었다.

가쓰는 즉각 오사카로 급행하여, 오사카 성에서 이에모치를 배알하고 곧 부임했다.

가쓰는 오사카 막부군 본영의 해군 최고 지휘관이 되었으나, 막부의 조슈 정벌에는 반대의견을 갖고 있었다.

"만일 조슈 정벌이 필요하다면 말입니다."

가쓰는 히도쓰바시 요시노부(一橋慶喜)에게 말했다.

"제후의 힘을 빌릴 필요는 없습니다. 저에게 군함 네다섯 척만 빌려주신다면, 시모노세키를 순식간에 점령하고 말겠습니다."

―또 가쓰의 허풍이 시작됐군.

그러나 요시노부도 그 측근들도 상대해 주지 않았다.

나가사키에 있는 료마는 물론 그렇게 자세한 것까지는 몰랐으나, 가쓰가 군함 감독관에 재임되었다는 소문은 듣고 있었다.

"만일 가쓰 선생이 막부의 기함(旗艦) 후지야 마마루(富士山丸)

에 탑승하여 바칸 해협에 쳐들어온다면, 사카모토님은 어떻게 하시겠습니까?"

무쓰 요노스케가 옆에서 물었다.

"어떻게 할 도리가 없겠지."

"사카모토님이라도요?"

"기껏해야 적함에 올라가서 가쓰 선생과 만나, 바칸 해협에서 철수해 달라고 부탁하는 수밖에 없겠지."

"죽습니다."

"그렇겠지."

료마는 아직은 알 수 없는 이런 일들을 되도록 생각지 않으려는 듯 화제를 돌렸다.

14일, 시모노세키에 도착했다.

이곳에 조슈 번의 육해군 총지휘소가 있다.

해군은 다카스기가 담당하고 있었다.

정치면은 가쓰라가 맡고 있었다.

료마는 먼저 가쓰라를 만났다.

료마가 시모노세키에 도착했을 때는 이미 막부와 조슈 간에 전투가 시작되어 보슈, 조슈 두 주(州)의 바다와 육지에서 포연이 솟아오르고 있었다.

……

이야기는 열흘쯤 이전으로 거슬러 올라간다.

6월 5일의 일이다.

히로시마에 주둔하는 막부군 본영에서 이시사카 다케베에(石坂武兵衛), 다키다 쇼사쿠(瀧田正作) 두 사람이 군사(軍使)로서 바다를 건너 이와쿠니(岩國) 해안에 나타나 선전 포고문을 조슈인에게 건

네주고 돌아갔다.

6월 7일.

막부의 군함 한 척이 조슈 동부 해안의 요항(要港)인 가미노세키(上關) 해상에 나타나 육지에 함포 사격을 가하면서 바다 위를 떠돌더니, 뱃머리를 돌려 오시마 앞바다를 항해하며 아게쇼(安下庄), 소도이리 마을(外入村), 유우 마을(油宇村) 등 어촌을 차례로 포격하고 사라졌다.

6월 8일.

막부 함대의 군함 두 척이 육군 수송용인 일본배 10척을 거느리고 다시 오시마 해역에 나타나 연안을 포격하면서 유우 마을에 육군을 상륙시켰다. 육군은 이요 마쓰야마 번(伊豫松山藩)의 번병 150명이었다.

막부의 작전 계획은 우선 오시마를 점령하여 조슈 번을 해상에서 봉쇄하는 것이었다.

그러니 자연, 해군력이 제일이다.

당시 막부는 이미 유럽의 이류 국가 정도의 해군력을 갖추어 가고 있었으나, 조슈 해군은 미약해서 막부군의 상륙 작전에 대해서 속수무책이었다.

같은 날.

막부의 주력 함대인 후지야마마루, 쇼카쿠마루(翔鶴丸), 야구모마루(八雲丸), 세 척이 육군 수송용 양식 범선인 아사히마루(旭丸)와 일본 배 네 척을 이끌고 아키 령(安藝領)의 이쓰쿠시마(嚴島)를 출발하여 저녁 때 오시마 해상에 나타나 막부의 양식 보병을 상륙시켰다.

6월 11일.

또다시 오시마 해상에 막부의 쇼카쿠마루, 야구모마루, 아사히마루가 나타나 함포 사격을 가하면서 육군을 상륙시켰다.

오시마 수비의 조슈 번영은 상륙군을 연안에서 맞이해 싸웠으나, 병력과 화력 부족으로 패배하여 마침내 야음을 타고 오시마를 철수, 바다를 건너 도사키(遠崎)로 후퇴했다.

오시마는 드디어 점령당했다.

막부군의 승리다.

이 패보가 야마구치에 전해지자 번청은 크게 술렁거렸다. 그 동요 속에서, "오시마에 원군을 보내자"는 의견이 나왔다. 그러나 번의 참모장격인 오무라 마스지로(大村益次郎)는 이렇게 말하면서 원병을 보내지 않았다.

"나는 반대다. 지금 조슈는 전신에 매독이 퍼진 중환자나 같다. 오시마 같은 다리 한두 개쯤 잘라 버려도 무방하다. 다른 전선에서 승리를 거두면 충분히 회복된다."

서전(緖戰)에서 오시마를 점령한 막부군은 의기충천하여 조슈 주민들에게 포고문을 냈다.

그 포고문은 다음과 같다.

"조슈 영주가 나쁜 것이 아니다. 일부의 악인이 번정을 마음대로 주무르며 막부에 반항하였기 때문에 이런 전쟁이 터졌다. 우리는 선량한 농민과 상인에게는 손을 대지 않는다."

이 포고문 속에 막부의 공칭을 '일본 군무국(日本軍務局)'이라고 했다. 일본이라는 국호가 막부의 국내용 공문서에 사용되기는 이것이 처음일 것이다.

"막부군이 오시마를 점령했다."
"막부 함대의 함선이 오시마 해역에 꽉 들어찼다."
이 패보를 다카스기 신사쿠는 조후(長府)에서 들었다.

해전 275

료마가 이 막부 조슈 전쟁에 등장하기 전에 먼저 다카스기 신사쿠라는, 막부 끝무렵에 조슈가 가졌던 보기 드문 천재에 대해서 다소 이야기해야겠다.

"이 패보를 조후에는 알리지 말라."

야마구치 정청에서는 이렇게 협의했다.

조후에는 다카스기 신사쿠가 있다. 그가 무슨 짓을 저지를지 몰랐기 때문이었다.

그러나 다카스기는 그것을 들었다.

곧 시모노세키로 내려가서 해군국 사람들을 이끌고 항내에 계류 중인 오텐토사마마루(丙寅丸)에 뛰어 올랐다.

"곧 운전을 시작하라. 이 군함 한 척으로 막부 함대에 벼락을 내리고 말겠다."

함상에 버티고 선 다카스기는 검정 무명의 평복에다 부채 하나만 손에 든 모습이었으므로, 낭사이면서 조슈 해군국에 참가하고 있는 도사 탈번의 다나카 겐스케(田中顯助)가 놀라며 물었다.

"아니, 그런 모습으로?"

"그까짓 막부의 군함이 5척이 아니라 10척이 왔다 한들 좀도둑에 지나지 않아. 이 부채 하나로 넉넉히 퇴치할 수 있단 말야"

그러면서 배를 출항시켰다.

기관장은 다나카 겐스케였다. 그는 기관에 관해서는 까막눈이었으나 "자네는 사카모토 료마와 같은 고장 사람이니까 배를 어느 정도 움직일 줄 알 테지" 하고 다카스기는 일방적으로 그를 임명해 버린 것이었다. 할 수 없이 겐스케는 배 밑에 기어들어가서 부속품을 이것저것 돌려 보는 동안에 기관이 끓어오르기 시작하여, 이럭저럭 배를 운전할 수 있었다.

오텐토사마마루는 상해에서 팔려고 내놓았던 2백 톤짜리 낡은 군함이다.

지난 3월 다카스기가 나가사키에 머무르고 있을 때, 글래버에게 이 말을 듣고 즉시 4만 냥에 사들였다. 조슈 번의 허락도 없이 구입했기 때문에 번청에서 몹시 비난의 소리가 높았으나 다카스기는 묵살해 버렸다.

"36만 석의 존망(存亡)이 경각에 달린 이때, 사만 냥의 군함은 싸지 않나?"

그것이 지금에 와서는 조슈 해군의 주력함이 되다시피 한 것이다.

그러나 결국은 2백 톤의 노후함이라 막부의 군함에 비하면 성능, 톤수, 화력, 어느 것 하나 따를 수 없었으며, 다카스기 자신도

"장작 배지 뭐."

하고 자조(自嘲)할 정도의 군함이었다.

더구나 조슈인들은 해군 기술에 서툴러서, 생판 경험이 없는 다나카 겐스케가 기관을 돌려야 한다는 한 가지 일만 보아도 이 군함의 승무원 수준을 짐작할 수 있다.

하기야 겐스케도 운전해 감에 따라 차츰 기관에 익숙해져서, 군함이 미다지리(三田尻) 앞바다에 나왔을 무렵에는 고속, 저속의 변화도 자유자재로 할 수 있게 되었다.

다카스기는 미다지리 항 안으로 천천히 배를 몰아 나카노세키(中關)의 도야구치(問屋口)라는 상항(商港)에 들어가 닻을 내리게 했다.

다카스기는 기묘한 사나이다.

"모두들 배에서 기다려 주게."

그러더니 이유도 밝히지 않고 일동을 오텐토사마마루에 남겨 두고 자기 혼자 상륙했다.

도야구치 항은 조슈 번에서도 가장 작은 항구의 하나였으나 그래도 해변에는 크고 작은 운송업 상점들이 즐비하게 늘어서 있었다.

다카스기는 그 중의 한 채인 사다나가 분에몬(貞永文右衛門)의 집으로 들어갔다. 사다나가 집은 이 항구 제일의 부호로서 근왕 지사들에게 호의를 갖고, 그런 지사들을 숙박도 시키고 부조도 해 왔다.

다카스기는 이집 내부를 잘 알고 있었다. 안내도 청하지 않고 자기 집처럼 성큼 이층으로 올라갔다.

하녀가 다카스기의 들어오는 모습을 발견하고 분에몬의 아내에게 작은 소리로 보고했다.

"이층에 다카스기님이 오셨어요."

부인이 살며시 이층으로 올라가서 방안을 들여다보니, 다카스기가 윗목 방 기둥에 두 다리를 올려놓고 팔베개를 하고 벌렁 드러누워 있었다.

그녀는 소리를 죽이고 내려왔다.

'조슈의 천재'라는 평판을 이 여자도 들어서 알고 있었다. 방탕하고 술고래인데다가 무슨 짓을 저지를지 모를 젊은이였으나, 그의 종횡무진한 기략은 항상 사람의 의표를 찔러 한 번도 실패한 적이 없었다.

'무언가 깊이 생각하고 계시는 모양이지.'

분에몬의 아내는 조용히 혼자 있게 내버려 두었다.

"폐를 끼쳤소. 또 오겠습니다."

한 시간쯤 후에 다카스기는 이층에서 내려오더니 부채를 부치면서 훌쩍 나갔다.

다카스기는 그 길로 배에 돌아가서 이 말을 하고는 배를 전속력으로 달리게 했다.

"복안이 섰다. 우선 가미노세키(上關) 항으로 가자!"

가미노세키 항은 나가시마(長島)라는 갸름한 모양의 섬에 있다. 그곳에 조슈 번의 수비대가 있었다. 대장은 하야시 헤이시치(林平七 : ~~후일의 友厚 백작~~)였다.

다카스기는 그를 배로 불러 말했다.

"이런 낡은 배로 대등한 싸움은 할 수 없어. 나는 야습으로 적의 간담을 서늘하게 해줄 작정이야. 자네는 몰래 오시마로 병력을 운반해 두라. 해상에서 이쪽 포성이 울리거든 즉시 마쓰야마 번병들 속으로 쳐들어가는 거야. 한번 혼이 난 군사들은 쉽게 격퇴시킬 수 있지."

"흐음, 오케하자마(桶狹間) 싸움과 같군."

하야시는 순간 다카스기의 얼굴이 오다 노부나가(織田信長)로 보였다.

해가 지기를 기다렸다가 다카스기의 오텐토사마마루는 조용히 출항했다.

섬과 섬 사이를 누비고 나간다. 시모니우치 섬(下荷內島), 히코 섬(彦島), 노지마 섬(野島), 가사사 섬(笠佐島), 그 근방에서부터 적의 점령지가 되어 있는 오시마의 북단을 동쪽으로 돌아, 이윽고 오시마 북방의 마에 섬(前島)이라는 조그만 섬 그늘에 막부 함대가 정박하고 있는 것을 발견했다.

엄청난 함선의 무리였다. 산처럼 큰 군함이 세척에다 10척의 일본 배가 즐비하게 닻을 내리고 조용히 잠들어 있다.

증기도 때지 않고 있다.

해전에서 야습은 불가능하다는 것이 세계적인 상식이지만, 다카스기 이하 오텐토사마마루의 패거리들은 그런 상식조차 갖고 있지 않았다.

별이 하늘에 넘쳐 쏟아져 내릴 듯이 반짝이고 있었다.

해류는 동으로 흐르고, 그 해류 속에서 다카스기의 조그만 오텐토사마마루는 열심히 스크루를 휘저으며 동진을 계속하고 있었다.

이미 적의 함대는 눈앞에 있다.

'적은 아직 눈치 채지 못하고 있다.'

승무원 일동은 숨이 막힐 지경이었다.

다카스기는 뱃머리에 버티고 서 있다. 문장이 든 검은 겉옷, 공단 버선, 허리에는 긴 칼을 차고 여전히 부채 한 개를 쥐고 있었다.

다카스기 밑에 사관이 두 사람 있다. 배 밑에서 기관을 움직이고 있는 도사의 낭인 다나카 겐스케와, 갑판에서 포를 매만지고 있는 야마다 이치노인(山田市之允)이다.

야마다는 유신 후 아키요시(顯義)라고 이름을 고치고, 메이지 25년 49세로 세상을 떠날 때까지 주로 법전을 정비하고 백작의 작위를 받은 사람이었다.

그는 유신 후 이날 밤의 다카스기 신사쿠를 이렇게 회상하고 있다.

"다카스기의 폐병은 그때 상당히 심했던 모양이다. 가끔 가볍게 기침을 했다. 그러나 여전히 뱃머리에 묵묵히 서서 밤바람에 옷자락을 휘날리고 있었다. 그의 뛰어난 위풍과 재주와 늠름한 모습이 지금도 눈을 감으면 선하게 떠오른다."

이윽고 배 밑의 다나카 겐스케도 다른 사람에게 기관을 맡기고 갑판에 올라와서 포 하나를 맡았다.

적 함대는 여전히 잠들어 있다.

후지야마, 야구모, 쇼카쿠, 아사히 등 네 척의 군함, 갑판 위에는 사람의 그림자 조차도 없었다.

"돌격!"

다카스기가 나직이 명령하자 오텐토사마마루는 산처럼 커다란 군함과 군함 사이를 뚫고 들어갔다.

"쏴라!"

다카스기가 말하자 갑판 위의 포가 굉연히 불을 뿜었다.

그 뒤로는 쏘고 또 쏘고 미친 듯이 쏘아 댔다. 포뿐 아니라 갑판 위를 여섯 명의 소총수가 뛰어 다니면서, 적이 놀라서 갑판 위에 뛰쳐나오는 것을 가까운 거리에서 저격했다.

그 요란스러움은 흡사 나가사키의 중국인 거리에서 축제 때 쓰는 폭죽이 한꺼번에 터지는 듯한 맹렬한 기세였다.

조그마한 오텐토사마마루는 네 척의 군함 사이를 빙빙 누비고 돌아다녔다.

안 맞는 총알은 한 발도 없었다.

손을 뻗으면 적의 뱃전이 닿을 듯한 거리였기 때문에 쏘는 족족 모조리 명중했다. 명중할 때마다 적의 뱃전, 굴뚝, 함교(艦橋)에서 큰 불기둥이 솟고 나뭇조각, 기물 조각이 사방에 흩날렸다.

적진은 아수라장이었다.

허둥지둥 기관에 불을 넣어 증기를 올리려고 하지만, 일단 불을 꺼서 식은 기관이 그리 쉽게 움직일 리가 없다.

포수가 갑판 위에 올라와서 응사하려고 했지만 뺑뺑 돌아가는 오텐토사마마루를 잡을 수 없어 잘못하여 자기들끼리 서로 쏘곤 해서 피해는 점점 더 커졌다.

"쏴라, 쏴라!"

다카스기는 마치 장단이라도 맞추듯이 뱃머리를 부채로 철썩철썩 때리면서 외쳐 댔다.

그러나 다카스기는 진퇴의 때를 알고 있었다.

적 함대가 당황스런 상황에서 벗어나 기관에 불이 제대로 들고,

활동을 개시하게 된다면 그 엄청난 화력에 다카스기의 오텐토사마마루 같은 것은 금방 몰매를 맞고 만다.

"불을 꺼라!"

다카스기는 함대의 등불을 모조리 끄게 하고 즉시 서쪽으로 나아갈 것을 명령했다.

"달아나자."

오텐토사마마루는 파도를 뒤집어쓰며 왼쪽으로 기울더니, 곧 걸음아 날 살려라는 듯이 달아나기 시작하여 순식간에 어둠 속으로 사라져 버렸다.

"정말 굉장했지."

훗날에 이 일본 최초의 양식 군함에 의한 해전을 회고한 사람이 있다. 그 당시 막부 군함에 타고 있던 육군의 한 사람으로서, 오가키 번(大垣藩)의 번사였던 이다 고조(井田五藏)이다. 그는 유신 후 유즈루(讓)라고 개명하여 육군 소장의 자리에 올랐다.

"갑자기 굉음이 들리기에 뛰어 일어나 보니 군함이 마구 흔들리고 있었다. 함내는 큰 소동이 일어나서 옷을 찾는 자, 갑판으로 나가려다 나동그라지는 자 등, 명령이고 뭐고 없었다. 적이 내습했다고 한다. 적이 설마 한 척이라고는 생각지 않았으므로 대함대가 내습한 줄 알고 당황했다. 형편없이 당한 후에야 오텐토사마마루는 사라져 버렸는데, 우리는 그 배 한 척뿐이었다는 사실이 그 후에도 좀처럼 믿어지지 않았다."

조슈에 대함대가 있다고 막부군측에서는 생각한 모양이다. 그 대함대가 어둠을 타고 막부 함대를 포위했다고 그들은 생각했다.

이 때문에 함대는 닻을 올리기가 무섭게 오시마에 육군 부대를 남겨둔 채 부랴부랴 철수해 버렸다.

한편 오시마의 육지에서는 막부측의 마쓰야마 번병이 점령군으로서 주둔하고 있었다. 그날 밤, 그들은 해상에 울려 퍼지는 포성과 밤하늘을 물들이는 불빛을 보고, "조슈인이 바다에 쳐들어왔다"고 착각하고 당황했다. 거기에 다카스기와 작전을 꾸민 하야시 한시치가 지휘하는 조슈병이 오시마 서쪽 해안 고마쓰(小松) 항에 상륙하여, 16일 아게쇼(安下庄) 마을에서 결전이 벌어졌다. 그 결과, 마쓰야마 번병은 패주하여 바다에 굴러 떨어지듯 황망히 도주해 버렸다.

다카스기의 기략은 성공했다.

조슈는 오시마를 수복했다.

그뿐 아니라 이번 승리는 막부군의 전략을 크게 어긋나게 만들었다. 막부군은 해상으로부터 조슈에 총공격을 가할 준비를 하고 있었으나, 함선 보수 때문에 부득이 기일을 연기하지 않으면 안 되었다.

다카스기가 군함을 미다지리 항에 넣어 파손된 곳을 응급 수리하기 시작했을 때, 시모노세키로부터 번의 관리가 배로 달려와서 알렸다.

"도사의 사카모토 료마가 유니언 호로 시모노세키에 들어와 있습니다."

이 낭보만큼 다카스기를 기쁘게 한 것은 없다.

"막부는 이제 졌다. 사카모토와 손을 잡고 시모노세키 해협의 막부 함대를 쫓아 버린 다음, 고쿠라(小倉)에 상륙 작전을 해야겠다."

오텐토사마마루의 응급 수리는 하루에 끝났다. 다카스기는 기관장인 다나카 겐스케에게 기관을 때게 하여 시모노세키로 향했다.

시모노세키에서는 료마가 가쓰라 고고로를 설득하려고 애를 쓰고 있었다.

군량미의 반송에 관한 일이었다.

5백 석이라는 대량의 쌀이다.

"여보게 가쓰라군, 화내면 안 되네."

료마는 변론을 시작했다. 요즘 사쓰마 번에서는 료마의 중개로 조슈 번을 위해 여러 가지 편의를 도모해 주고 있다. 그 호의에 보답하기 위하여 조슈 번에서는 유니언 호에 쌀 5백 석을 실어 사쓰마 번에 선사한 것이다.

그런데 사쓰마의 사이고는 "조슈가 막부와 결전을 할 경우, 그들에게 있어 군량미는 피와 같은 것이다. 조슈의 호의는 감사히 받겠으나 군량미는 받을 수 없다"고 사양하였다.

"그렇다고 해서 이것을 되돌려 보내면 조슈 인들은 다년간 쌓인 편견이 있으니까 고구마(사쓰마) 놈들이 튕겼다고 곡해할지도 몰라. 그러니 그것을 당신이 어떻게 좀 잘 말해서 우리 번의 성의가 이해되도록 설득해 줄 수 없을까?"

이러면서 료마에게 쌀의 반송과 설득을 일임한 것이다.

사쓰마는 지난 몇 해 동안 흉년이 계속되고 있었다.

"쌀은 군침이 흐르도록 탐이 나지. 그러기에 사이고는 눈물을 흘리면서……."

료마는 다소 과장해서 말했다.

"조슈의 호의는 감사하지만, 동지인 조슈가 전쟁을 시작하려 하고 있는데 그 군량미를 받는다는 것은 무사로서 할 짓이 아니라고 사이고는 말하네. 가쓰라군, 알겠지?"

료마는 간절히 설득했다.

"쌀을 보낸 것은 일반적인 예의야. 그걸 돌려보내다니 이상하지 않은가?"

처음 가쓰라는 불쾌한 표정으로 말했으나 차츰 사쓰마의 기분이 이해되었다. 그러나 조슈 번으로서는 일단 번의 미곡 창고에서 정식으로 출고시킨 쌀을 이제 와서 다시 받아 넣을 수도 없다.
"곤란한데."
가쓰라는 진심으로 난처해했다.
료마가 빙글빙글 웃었다.
가쓰라의 이런 표정을 기다리고 있었는지도 모른다.
"왜 그러나, 무슨 묘안이라도 있는가?"
가쓰라는 의미를 담고 있는 듯한 료마의 표정을 보고 물었다.
"그거야."
"뭐가 그거란 말인가?"
"가쓰라군, 쌀을 보내는 것도 의(義)요, 사양하는 것도 의야. 의와 의가 충돌해서 쌀이 허공에 떴네. 그대로 두면 5백 석의 쌀이 유니언 호의 배 밑에서 썩어 버려. 차라리 내게 주지 않겠나. 우리 가메야마 동문에서 천하를 위해 사용한다면 쌀이 살지 않겠는가."
"그렇군."
근엄한 가쓰라가 자지러지듯 웃음을 터뜨렸다. 무릎을 치며, 한참 동안 웃음을 멈출 줄 모른다. 이윽고 승낙의 뜻을 나타내기 위해 머리를 끄덕이며 다시 웃었다.
"자네에겐 두 손 들었어."
료마는 옆에 있는 나카지마 사쿠타로에게 천천히 고개를 돌려 정색을 하고 말했다.
"이거야 말로 원님 덕에 나팔을 부는 격이군 그래."

그런 다음, 료마는 막부와의 전쟁 진행 상황을 가쓰라에게서 들었다.

막부군은 네 방면에서 동시 공격을 벌이고 있다.

첫째는 섬을 따라 조슈의 세도 내해의 해안을 제압하는 작전.

둘째는 히로시마로부터 산요도(山陽道)를 진격로로 하는, 이른바 아키(安藝) 입구 작전.

셋째는 동해 방면의 작전이다. 이와미(石見)에서 밀고 나와 조슈 번의 수도인 하기(萩)를 공격한다.

넷째는 시모노세키 해협을 사이에 둔 공방전으로서, 막부군은 본영을 고쿠라 성에 두고 막부해군의 원호 아래, 해협을 건너 조슈 제일의 상항인 시모노세키를 점령하고, 여세를 몰아 조슈 번청이 있는 야마구치로 진격한다.

이런 계획이었다.

물론 조슈도 이에 대응하여, 작전 원리로서는 일체 수비를 버리고 공격을 위주로 하며 게이슈 입구, 이와미 입구, 고쿠라 입구 등 막부군의 침입로를 이쪽에서 거꾸로 공격하려 하고 있었다.

"이와미 입구의 전황은 잘 되어 가지만, 게이슈 입구는 적이 강대해서 뜻대로 안 되는군요. 요컨대 현재로선 각 전선에 걸쳐 승패의 전망이 서지 않아."

이때 오텐토사마마루를 몰고 시모노세키로 돌아온 다카스기 신사쿠가 드르륵 장지문을 열었다. 그는 천천히 방으로 걸어 들어오더니 인사도 없이 불쑥 말을 꺼냈다.

"사카모토님, 부탁이 하나 있습니다."

그는 료마 앞에 바싹 다가앉았다. 얼굴이 매우 길어 눈코가 좀 얼뜨게 보인다.

"싸움을 좀 해주십시오."

다카스기는 번으로부터 시모노세키 지구의 육해군 총독에 임명되어 있었다. 하기야 육군은 야마가타 교스케(有朋)가 지휘하고 있으므로 실제는 해군의 사령관인 셈이다.

"지금 큰일을 생각하고 있습니다. 그런데 내 몸은 하납니다. 좀 도와주십시오."

다카스기는 조슈 사투리로 부탁했다.

"어떤 큰일입니까?"

"바다를 건너 막부군의 본거지 고쿠라 성을 탈취하는 일입니다."

"호오."

료마는 과연 다카스기라고 생각했다. 고쿠라는 오가사와라(小笠原) 17만 석의 고장이며, 이 번은 대대로 규슈 통솔과 국방을 맡아 일조 유사시에는 규슈의 영주들을 지휘하게 되어 있다.

바로 지금이 그러했다. 개전 때까지 히로시마에 주재하고 있던 막부의 최고 집정관 오가사와라 나가미치(小笠原長行)가 막부 기함 후지야마마루를 타고 고쿠라 성에 들어가 있었다.

조슈 공격의 본영이 되었다고 해도 과언이 아니다. 그러니만큼 연안의 방비는 강대하여, 이삼백 명의 조슈병으로 함락시킬 수 있는 성이 아니다. 더구나 바다를 건너야 하는 작전이다.

"사카모토님에게 우리 함대의 절반을 맡길 테니, 막부 해군을 제압해 주십시오. 나머지 절반은 내가 인솔하겠소."

다카스기는 말했다.

작전과 부서가 결정되었다.

조슈 해군에는 5척의 군함이 있다. 이것을 두 패로 나누어 제1함대와 제2함대로 편성하고 제1은 다카스기, 제2는 료마가 맡기로 했다.

"사카모토님은 모지(門司)를 습격해 주십시오."

다카스기가 부탁했다.

다카스기 함대는 오텐토사마마루를 기함으로 기가이마루(癸亥丸), 잇추마루(乙丑丸) 세 척이다.
이들은 다노우라(田野浦) 포대를 습격한다.
사카모토 함대는 유니언 호를 기함으로 고신마루(庚申丸)를 이끌고 간다.
료마는 시모노세키의 아미다지(阿彌陀寺)에 있는 운송업자 이토스케다유 집 이층에 동문 일동을 모아놓고 승무 부서를 정했다.
"스가노 가쿠베에가 함장이다. 이시다 에이키치(石田英吉 : 유신 후 남작)는 포술장이 돼라. 나카지마 사쿠타로(유신후 자작)는 기관장이다."
나머지 사람들도 각기 부서를 정해 주었다. 료마 자신은 사령관이라 직접 군함을 움직이는 일은 없다.
그런 다음 료마는 일동을 데리고 시가를 지나 시모노세키의 동쪽 교외로 나가서, 해안에 있는 어느 이층 민가로 들어가 주인의 양해를 얻고 지붕 위로 올라갔다.
해협은 맑았다.
해협을 넘어 맞은편에 있는 모지 일대의 포대와 육군 진지 등이 훤히 바라보였다.
"저것을 쳐부수는 거야."
료마는 일동에게 지형을 눈에 익히라고 했다. 야간이나 안개 낀 바다에서는 지형을 익혀 두지 않으면 장님이 되어 버리기 때문이다.
"저쪽 연안의 포대에서도 우리를 보고 있습니다."
"그런가?"
료마는 심한 근시라, 그것까지는 눈에 들어오지 않았다.
"조슈의 작전은 어떻답니까?"
"다카스기의 말로는……."
삼단 전법인 모양이다. 처음부터 고쿠라 성을 무찌를 수는 도저히 없다.

우선 해안 진지인 모지―다노우라의 적을 격멸하고 화포군(火砲群)을 파괴한 다음, 재빨리 철수해 버린다.

그 뒤 제2차 작전에 따라 조슈령 히코 섬으로부터 고쿠라령의 다이리(大里)를 치고, 이어 고쿠라 성의 공방전으로 들어간다.

"막부 함대는 어디 있습니까?"

그것이 최대의 난점이었다.

"막부 함대의 대부분은 게이슈 입구의 육상전을 지원하기 위해 오시마 근처에 있을 거야. 이 작전은 눈치 채지 못했을걸. 그래서 제1차 작전은 성공한다."

"제1차 작전은?"

즉 히코 섬에서 바다를 건너 고쿠라령 다이리로 공격해 들어가는 작전이다. 이 제1차 작전을 감행할 무렵에는 당연히 막부 해군도 시모노세키 해협이야말로 결전장이라는 것을 깨닫고, 함선을 모조리 동원하여 눈앞의 바다로 몰고 올 것이 틀림없다.

"그렇게 되면 굉장한 해전이 벌어질걸."

다행히도 가쓰 가이슈가 적 함대의 사령관이 아니라는 확실한 정보가 들어왔으므로 료마도 매우 홀가분한 기분이었다.

게이오 2년 6월 17일.

해가 뜨려면 아직도 한 시간은 남았다.

시모노세키 항을 기관 소리도 조용히 다섯 척의 군함이 출항했다.

해협의 조류가 빠르다.

하늘도 바다도 칠흑같이 어둡다.

흐리지는 않았는데 별이 보이지 않는다.

"안개다."

함교의 료마가 중얼거렸다. 몹시 심하다. 방금 항구 밖에서 헤어진 다카스기 함대 세 척의 현등이 벌써 보이지 않는 것이다.

다카스기 함대는 대안의 다노우라 방면으로.

료마의 함대는 대안의 모지를 향해 파도를 헤치기 시작했다.

"가쿠베에군."

료마는 함장인 스가노 가쿠베에를 돌아보았다. 유신 후 해군 소좌로 퇴역하여 세상을 등진 가쿠베에는 료마의 동문에서 가장 배의 기술에 숙달해 있었다.

"이 짙은 안개를 이용하지 않으면 손해야. 그 거포를 갑판에 장치하면 어떨까?"

"거포를, 글쎄……."

가쿠베에는 약간 난색을 보였다. 문제의 거포는 갑판 위의 창고에 넣어 두었으며, 사용하지 않을 작정이었다. 다른 현포(舷砲)에 비해 발사에 시간이 걸릴 뿐 아니라 한 발 쏠 때마다 함체가 몹시 진동하여 배의 조종이 불편해진다.

"어디 그래 볼까요?"

가쿠베에는 료마의 말대로 했다.

이윽고 해상에서 날이 샜다.

태양은 솟아올랐으나 안개가 짙다. 뒤따르는 고오신의 현등이 겨우 보일 정도다.

"정작 모지의 육지가 보이지 않는군."

료마는 더 전진시켰다.

"바닷가에 바싹 접근해라. 육지의 적은 이 안개 때문에 아직 눈치채지 못했다."

"알겠습니다."

잠시 뒤 료마가 들여다보고 있는 망원경에 모지의 어촌과 병영과 포대 등이 어렴풋이 보이기 시작했다.
'안개가 개었나?'
그렇게 착각했으나 그게 아니었다. 바람이 모지 쪽에서 불어온다. 마치 연극의 막이 모지 쪽에서 오르기 시작하는 것과 같았으며 해상의 안개는 여전히 짙다. 아마 육지의 고쿠라 변병들에게는 해상의 배가 아직 보이지 않을 것이다.
"가쿠베에군, 슬슬 시작해 볼까."
"그럽시다!"
가쿠베에는 함교에서 몸을 내밀고, 포수장(砲手長)인 시라미네 슈메에게 전투 개시를 큰 소리로 외쳤다.
시라미네는 검정 무명의 통소매에 흰 하카마를 입고 붉은 칼집의 칼을 두 자루 허리에 찼다.
포에 불을 붙였다.
현포가 천지를 진동시킬 듯한 굉음을 내며 일제히 불을 뿜고, 포탄이 안개 속을 날아가 모지 포대의 한복판에 떨어져서 눈부신 섬광이 솟구쳐 올랐다.
적은 혼비백산했을 것이다.
그러나 곧 연안포로 반격해 왔으므로 순식간에 바다와 육지는 포연에 뒤덮이고 말았다.

료마는 갑판으로 내려왔다.
"쏘아라, 쏘아!"
말하면서 각 포문 사이를 누비고 다닌다.
격려가 필요했다.
육지에서 날아오는 대안 포탄이 뱃전에 떨어져서 굉장한 물기둥이 솟고 때로는 마스트를 스치고 공중에서 작렬했다.

"사카모토님, 포신이 타서 형편없어요."

"바닷물을 끼얹지 그래."

료마의 유니언 호는 모지 포대 앞을 오락가락 하면서 함포 사격을 가하고 있다.

자신의 군함 움직임이 료마는 재미있었던지, 화약 연기 속에서도 입으로는 샤미센 소리를 내며 즉흥적인 노래를 흥얼거리며 갑판 위를 걸어 다닌다.

    정처 없이 떠도는 신세
    오늘도 오락가락
    짝사랑에 몸을 태우네

동료함 고신마루는 범선이라 기관이 달려 있지 않기 때문에 오락가락하는 민첩한 행동을 취할 수 없었다. 그 때문에 고쿠라 번 연안포의 좋은 목표물이 되어 연달아 함체에 적탄이 명중하고 있는 모양이었다.

"사쿠다로"

료마는 나카지마 사쿠다로를 불러 지시했다.

"고신마루에 신호를 보내서 좀더 뒤로 물러나게 해."

"물러가라, 물러가라!"

사쿠다로는 마스트에 올라가서 수기 신호를 보냈으나 고신마루의 조슈인들은 해상 훈련이 부족하여 그것을 해독하지 못하는 모양이었다.

이 전황을 료마 자신이 그린 전황도(戰況圖)와 그 설명문에 의하면 "조슈 군함은 범선이라 탄환을 20발쯤 맞았다"고 되어 있다. 고신마루를 두고 하는 말이다.

이때 오른쪽 간류 섬(嚴流島) 뒤에 적함인 듯한 세 척의 배가 보였다.

이 세 척의 군함은 고쿠라 번과 히고 번(肥後藩), 그리고 막부 해군에 각기 소속된 것으로 요컨대 적함대였다.

'저걸 조심해야겠는걸.'

료마는 주의를 게을리하지 않았으나 적은 짙은 안개 속의 행동을 꺼렸던지 접근해 오지 않았다.

료마는 전황도의 한 지점에 세 척의 군함을 그리고, "고쿠라, 히고, 막부의 증기선들이 나왔다 들어갔다 하고 있었으나 어찌된 일인지 구원하러 오지 않았음" 하고 설명하고 있다.

'나중에 이쪽에서 찾아가 주지.'

이렇게 생각하면서 우선은 연안 포격에 전념했다.

그러는 동안에 육지의 포대가 차츰 기세를 잃기 시작하더니 마침내 잠잠해졌다.

이때다!

생각한 모양이다. 바다 위 안개 속에 숨어 있던 5, 60척의 일본 배가 노 젓는 소리도 무시무시하게 육지로 육박해가기 시작했다.

야마가타 교스케가 지휘하는 기병대(奇兵隊) 등 5백 명의 조슈 병사들이었다.

조슈의 육군 부대가 무사히 적전 상륙을 마쳤으니, 사카모토 함대는 일단 임무를 끝낸 것이다.

아직도 안개는 짙었다.

"가쿠베에군, 이 안개를 이용해서 간류 섬 저쪽에 있는 적 함대로 접근해 가볼까?"

"적함은 세 척이나 됩니다."

"그까짓 것 상관있나."

료마는 말했다. 절호의 기회였다. 기습은 성공할 것이다.

배는 전속력으로 달리기 시작했다.

간류 섬의 한쪽 끝을 스치고 지나갔다.

도쿠가와 시대의 초기, 방랑의 검객 미야모토 무사시(宮本武藏)가 홀로 이 섬에 올라, 호소카와(細川) 집안이 보호하는 사사키 고지로(佐佐木小次郞)를 무찌르고 이름을 날렸다.

"그 간류 섬이로군."

이런 생각을 하니, 지난날 지바 도장의 사범으로 있으면서 몇 번이나 큰 시합에서 승리를 거두었던 료마로서는 그 감개가 결코 적지 않다.

간류 섬은 섬이라고 하기보다는 주(州)라고 하는 편이 적합하다. 늙은 소나무 몇 그루가 안개 속에 잠겨 있다.

이 섬 저쪽에 적 함대가 있는 것이다.

"그 거포에 탄환을 재게."

"왜 그 녀석을 쓰지요?"

가쿠베에가 물었다.

"이렇게 짙은 안개라 우리 모습은 잘 보이지 않아. 포성만 들리지. 그러니 그 거포를 쏘면 폭음이 해협을 둘러싼 산에 울려서 적의 간담을 서늘하게 해줄 게 아닌가."

범선인 고신마루는 두고 와서 이쪽은 한 척 뿐이다.

그 유니언 호가 마치 조그만 사냥개처럼 날렵한 모습으로 적의 함영에 다가가고 있다.

안개로 적의 깃발도 보이지 않는다.

막부 군함은 일장기를 달고 있을 것이다. 고쿠라 군함도 각기의 번기(藩旗) 외에 '정부해군'의 표지인 일장기를 달고 있을 것이었다.

"큰 함은 어느 것인가?"

"우측 끝입니다."

"그놈에게 접근해."

료마의 지시대로 가쿠베에는 함을 조종하여 곧 사격 개시의 명령을 내렸다.

포술장이 호령했다.

그 순간, 료마 등이 "그 녀석"이라 부르고 있는 거포가 천지를 진동시키는 굉음을 냈다. 함체가 부르르 떨리고 발사 연기가 갑판을 뒤덮었다.

"맞았다!"

료마는 흥분했다.

일대 굉음이 산울림이 되어 혼슈(本州)와 규슈의 이산 저산에서 되돌아와, 해협은 한동안 이상한 음향 속에 잠겼다.

"더 쏘아라. 다음은 가운데 놈, 왼쪽 놈!"

잇달아 쏘아나갔다.

적함은 당황하여 곧 응사해 왔으나 유니언 호의 움직임이 기민하여 안개 속에서 포착할 수가 없었다.

마침내 도주하기 시작했다.

"우리도 달아나자."

료마는 원래의 모지 해안으로 급히 되돌아가도록 명령했다.

모지 해안에 돌아와 보니 육지에서는 상륙군과 고쿠라 번병 사이에 치열한 격전이 전개되고 있었다.

육상의 안개는 거의 개어, 함교에서 망원경으로 바라보니 천연색 그림책을 들여다보듯이 전투 상황을 바라볼 수 있었다.

'이건, 정말—'

료마는 조슈 부대의 맹렬한 활약상을 보며 탄성을 질렀다.
"가쿠베에군, 저걸 좀 봐"
료마는 망원경을 넘겨주었다.

조슈군은 단지 5백 명이 상륙했다. 기병대가 주력이므로 원래의 무사는 아니다. 그들은 상인과 농군들의 자제들이다.

그것이 반 양식화된 고쿠라 번의 정규 무사단을 적은 병력으로 마구 밀어붙이고 있는 것이다.

빗발치는 적의 총탄 속에서 서로 흩어져 차폐물(遮蔽物)을 이용해 가며 앞으로 앞으로 달려가고 있었다.

밀려서 달아나고 있는 것은 대대로 내려오는 영주의 가문을 자랑해 온 고쿠라 오가사와라 집안의 번사들이다.

"조슈가 이기고 있군요."
"아니, 조슈가 이기고 있는 게 아니라, 상인과 농군이 무사들에게 이기고 있는 거야."

이 사실에 료마는 으스스 몸이 떨리는 감동을 느꼈다.

지금 료마의 눈앞에서 평민들이 그들의 오랜 지배 계급이었던 무사들을 몰아세우고 있는 것이다.

— 혁명은 반드시 이루어진다.

이런 감동과 자신이 료마의 가슴을 적시기 시작했다.

'천황 아래 만민은 한 계급'이라는 것이 료마의 혁명 이념이었다.

"미국에서는 대통령이 세습이 아니다"라는 것이 지난날의 료마를 놀라게 했으며, "그 대통령이 하녀들의 생활을 걱정하고, 하녀들의 생활을 편하게 해줄 수 없는 대통령은 다음 선거에서 떨어진다"는 해외 이야기가 료마의 가슴에 막부 전복의 불을 붙여 주었던 것이다.

게다가 그는 도사 향사(土佐鄕士)이다.

도사 향사들은 2백 수십 년 동안, 영주 야마노우치 집안이 엔슈 가케가와(遠州掛川)에서 데리고 온 상급 무사 계급에 억압당하고 멸시를 받으며, 걸핏하면 그들의 칼에 목숨을 잃고도 꼼짝 못하고 살아 왔다.

그들 향사들 중에서 혈기 있는 자는 도사를 뛰쳐나가 막부 타도 운동에 참가하고 있다. 천하가 한 계급이라는 평등에의 강렬한 동경이 그들의 에너지였다.

그 도사 향사들의 선두에 선 사람이 바로 료마였다.

평등과 자유.

이 말 자체는 몰랐으나 료마는 그 개념을 강렬히 지니고 있었다. 이 점이 같은 혁명 집단이면서도 조슈나 사쓰마와 달랐다.

훗날 유신 후 도사인이 자유 민권 운동을 일으켜 그 아성(牙城)이 되어, 사쓰마 조슈가 만든 번벌 정부(藩閥政府)와 메이지 절대 체제에 반항해 가는데 이것은 그들의 숙명이라고 할 수밖에 없다.

하늘은 개었다.

유니언 호의 도사인들은 차례로 망원경을 들여다보면서 평민이 지배 계급을 무찌르는 모습을 역력히 보았다.

"저것이 바로 나의 새로운 일본의 모습이다."

료마는 자기 사상을 실물로써 모든 사람들에게 가르쳤다.

료마의 동문이 내거는 이상이 단순한 공상이 아니라는 증거를 눈앞의 광경은 입증하고 있었다.

료마가 망원경으로 본 대로 조슈의 상륙 부대는 적은 인원이면서도 기적적인 강세를 보였다.

부대 지휘관은 문벌로 뽑힌 사람이 아니다.

능력으로 선출된 사람들이다.

군감(軍監) 야마가타 교스케만 해도 잡병 출신이며, 간부인 후쿠다 교헤이(福田俠平), 미요시 군타로(三好軍太郎), 도키야마 나오토(時山直人), 야마다 호스케(山田鵬助), 가타노 주로(交野十郎), 미우라 고로(三浦梧樓) 등 모두가 탁월한 지휘관이지만 각기 번에서의 출생은 미천했다.

병사들 역시 여러 대의 무사 귀족들이 야성을 잃고 있는 데 반해서, 상인 농군의 자제들은 무사처럼 질서 있는 정신미(精神美)는 지니고 있진 않았으나 에너지를 갖고 있었다.

그들의 상륙 지점은 모지와 다노우라 사이의 중간 해변이다.

상륙하자마자 부대의 7할은 다노우라 포대로, 나머지 3할은 모지 포대로 향했다.

조슈병은 사격이 능숙하다.

명중뿐 아니라 차폐물에 몸을 가리며 사격하는 동작이 참으로 교묘했다. 이미 4개국 함대와의 전투에서 실전 훈련을 겪은 탓이리라.

다노우라 포대로 향한 조슈 부대는 적전에서 병력을 둘로 나누어, 하나는 포대 뒤의 산으로부터, 하나는 해안으로부터 포대를 공격하는 협공 태세를 취했다.

군감 야마가타의 작전이었다. 그리고 한 소대는 적진에 뛰어들어 병영에 불을 질렀다.

이 불이 화약고로 옮겨 붙었다.

굉음과 함께 나뭇조각과 인마(人馬)를 사방으로 흩날리며 화약이 폭발하여 적은 큰 혼란의 도가니에 빠졌다.

"이때다, 돌격!"

야마가타는 지휘관 기를 흔들면서 부대를 격려하는 한편, 한 부대를 해안으로 달려 보내어 포대 밑에 매어둔 약 2백 척의 일본 배를 모조리 불사르게 했다. 이 배들은 적이 시모노세키에 적전 상륙을 하기 위해 준비해 두었던 배였는데 그것이 세차게 타오르기 시작했다.

바다와 육지가 한꺼번에 불타는 지옥으로 변했다고 해도 과언이 아니다.

한편 모지 포대를 습격한 조슈병도 비슷한 방법으로 포대의 병영을 불사르고 적을 패주시켰다.

검은 연기가 해협을 덮기 시작했다.

"이겼군!"

바다 위에서 료마는 중얼거렸다.

유니언 호는 포마다 포탄을 잰 채로 해협을 왔다 갔다 하고 있었다.

이윽고 조슈의 육군이 싸움터에서 철수하여 다시 시모노세키로 돌아오기 시작했다. 료마는 그들을 돕는 임무를 마친 다음 배를 돌려 고신마루를 이끌고 시모노세키 항으로 돌아갔다.

"가쿠베에군, 돌아갈까?"

시모노세키의 조슈 번 진영으로 들어가자 다카스기가 손을 잡고 감사했다.

"사카모토님, 다시 한번 부탁하겠습니다."

"언젭니까?"

"날짜는 아직 정하지 않았습니다. 이번에는 더 대대적인 싸움이 될 것입니다."

당연한 일이었다.

육지에서는 막부군이 이번 패배에 혼이 나서 더욱 엄중한 방위 태세를 갖출 것이고, 바다에서는 막부 함대를 깡그리 시모노세키에 집결시킬 것이다.

료마는 제2차 작전이 시작되기 전까지, 매일같이 편지를 써서는 인편에 부치고 있었다.

막부의 지령 아래 있는 규슈 각 번의 지인들에게 "막부에 협력하지 말라"는 뜻의 서신을 보낸 것이다. 이 문서 활동은 다카스기가 안면이 넓은 료마에게 부탁한 것이었다.

그것을 배달하는 역할은 사이고의 명으로 시모노세키에 잠입해 있는 사쓰마인들이 맡았다.

이들 편지가 효과가 있는지 없는지는 알 수 없다.

7월이 되었다.

막부 함대는 당당한 진용을 짜서 해협을 제압해 버렸다.

조슈 해군은 꼼짝도 할 수 없었다.

원래 군함 수도 적은데다가 제1차 작전 때 다카스기 함대의 한 척이 적의 포탄에 격침되었으며, 나머지 군함들도 2, 30발씩 포탄을 맞고 사용이 불가능하도록 파손되어, 완전히 사용할 수 있는 것은 료마가 타고 있던 유니언 호 정도뿐이었다. 이러한 약세로는 막부 함대와 맞붙을 재간이 없었다.

"무리겠어요."

스가노 가쿠베에가 말했다.

제2차 상륙 작전은 제해권을 적에게 빼앗기고 있는 이상 무리일 것이라는 말이었다.

"무리겠지. 대안의 고쿠라 번에서는 그렇게 보고 있겠지."

"고쿠라 번에서도요?"

"당연히 방심 상태에 있을 거야. 그것이 아마 다카스기가 노리는 점일걸. 그 사나이라면 무언가 수를 생각하고 있을 게 틀림없어."

혁명가로서나 군인으로서나 료마는 다카스기의 천재를 가쓰라 이상으로 인정하고 있었다.

7월 초하룻날 밤, 다카스기는 시모노세키 아미다지에 있는 료마의 숙소로 찾아와서 말했다. 마치 꽃놀이라도 가는 표정이다.

"사카모토님, 방금 야마가타와도 상의하고 왔습니다만, 내일부터 다시 시작합니다."

"해군이 없다시피 한데 어떻게 육군을 건네보내지요?"

"히코 섬의 조슈 포대를 증강했습니다."

다카스기의 작전으로는, 이 히코 섬 포대에서 고쿠라 번 다이리에 있는 적진에 맹포격을 가하고 그 포탄 아래의 해협을 육군이 몰래 건너간다. 상륙하자마자 단숨에 다이리를 공격한다는 것이었다.

물론 야음을 타서 한다. 군함은 야간 행동을 하기 어려우니까 이 은밀한 상륙 작전은 성공할 것이다.

"만일 막부 함대가 습격한다면?"

"그걸 사카모토님이 맡아 주시는 것입니다."

다카스기는 천연스럽게 말했다.

'아니, 이 친구, 남의 일이라고.'

료마는 약간 기가 찼다. 변변한 군함도 없으면서 어떻게 하란 말인가.

"글쎄, 어디 한번 해봅시다."

"아이구, 살았습니다."

다카스기는 오른손을 들어 비는 시늉을 했다. 불가능에 가깝다는 것을 다카스기 자신이 제일 잘 알고 있는 것이다.

군함은 유니언 호 이외에 오텐토사마마루가 간신히 키를 잡을 수 있었다. 그러나 움직이지는 못했다. 돛을 올릴 마스트는 부러졌고, 기관도 적의 포탄을 열 발이나 맞아 고철(古鐵)이나 마찬가지였다.

7월 2일 밤, 료마는 또다시 '함대'를 이끌고 시모노세키 항을 나섰다.

참으로 기묘한 함대였다.

기함 유니언 호가 기관이 움직이지 않는 오텐토사마마루를 로프로 끌고 간다.

'사카모토님도 묘한 지혜를 짜냈군.'

함장 가쿠베에는 생각했다.

그러나 바다에 나가서 해전을 하는 것이 아니다. 좁은 해협이 싸움터였으며, 더구나 목적은 어디까지나 조슈군의 상륙 작전을 엄호하기 위해 막부 함대를 견제하는 데에 있었다.

'행동이 다소 둔해지더라도 두 척이 나란히 있음으로 해서 포력이 두 배가 되는 것이니까 이래도 괜찮겠지', 하고 가쿠베에는 생각했다.

함 옆을, 조슈병 실은 작은 배들이 조용히 노를 저어 지나간다. 마치 엄청난 쥐의 무리가 칠흑의 바다를 집단 이동해 가는 것 같았으므로, 함교에서 내려다 보고 있는 가쿠베에는 생각했다.

'전쟁이란 묘하게 기분 나쁜 것이로군.'

동이 트기 전에 조슈 육군의 모지 상륙은 완료됐다. 그들의 은밀한 행동은 성공하였으며 적은 전혀 모르고 있는 눈치였다.

그런데 상륙군이 곧 다이리 방면으로 진격하여 비로소 침묵을 깨뜨리고 맹렬한 사격을 퍼붓기 시작하자, 적의 육해군은 그제야 사태를 짐작했다.

"자, 이제부터 막부 해군이 등장한다."

료마는 그때까지 함대에서 졸고 있다가 겨우 옷자락을 털고 일어났다.

"간류 섬 쪽으로 가자. 그 방면에서 적함이 나올 게다."

료마는 적을 찾아 나섰다.

유니언 호는 덜컹덜컹 기관 소리를 내면서 파도를 헤치기 시작했다.

날은 아직 밝지 않았다.

간류 섬을 지났을 무렵, 큰 마스트가 셋이나 솟은 군함이 갑자기 눈앞에 산이 다가선 것처럼 접근해왔다.

"후지야마마루군."

료마는 난처한 듯이 소리쳤다.

배수량이 1천 톤이나 되는, 노후함 유니언 호보다 약 다섯 배나 큰 배였다.

재작년 겐지 원년, 미국 뉴욕에서 건조가 시작된 것인데 2월, 요코하마 막부 해군에 인계되었다.

기관은 150마력이며 내륜선(內輪船)이다. 포는 12문이나 비치되어 있어 세계 수준의 군함이라고 해도 무방하다.

그것이 모지 방면의 총포성을 듣고 급히 고쿠라 항에서 나온 모양이었다.

"어떻게 하죠, 사카모토님?"

"해보지 뭐."

료마는 후지야마마루에 바짝 접근하라고 명령했다.

"바짝 접근하라고요?" 하고 가쿠베에가 반문했다.

"뱃전에 닿도록 접근하게."

유니언 호가 슬금슬금 다가간다. 오히려 막부함 쪽에서 놀란 모양이었다. 설마 이처럼 친밀하게 다가오는 배가 적의 군함이라고는 생각되지 않았으리라.

뱃전에 사람이 나타나더니 물었다.

"위험하다. 어디로 가는 밴가?"

"석탄 배요! 와카마쓰(若松) 항으로 석탄 실으러 가는 중이오."

함대 사령관 료마 자신이 소리쳐 놓고는, 나직한 소리로 함장인 가쿠베에게 지시했다.
"이때다, 어서 포격해!"

적인 후지야마마루도 어지간히 태평스러웠다.
"그래?"라느니, 어쩌니 한가한 소리를 하고 있는 동안에, 뱃전에 상어처럼 바짝 달라붙은 료마의 유니언 호 마스트에 쭈루룩 조슈 번기가 올라가더니 꽝! 하고 포성이 울렸다.
몇 미터의 더없이 가까운 거리다. 포탄이 빗나갈 까닭이 없다.
후지야마마루의 함체가 크게 흔들리고 옆구리에 구멍이 뚫린 것이 밤 눈에도 똑똑히 보였다. 함상에서 큰 소동이 벌어지며 허겁지겁 전투 배치를 하는 모습이 바로 옆집의 소동처럼 잘 보인다.
막부 군함이 전투 준비를 완료하면 이쪽은 잠시도 지탱하지 못한다. 료마는 연달아 두 발을 발사시킨 다음 전속력 항진을 명령했다.
"시모노세키로 도망가라!"
기관이 신음 소리를 내기 시작했으나 오텐토사마마루를 뒤에 끌고 있어서 걸음이 느리다.
포탄과 소총탄이 통쾌할 만큼 날아왔으나 적이 당황한 탓인지 맞지 않는다.
"좀더 신나게 달려!"
"이게 한껏 달리는 겁니다."
가쿠베에 함장은 뾰루퉁해졌다.
"그러기에 오텐토사마마루를 끌고 오는 데 반대하지 않았느냐."
이런 말투였다.
그러는 동안, 부근에 있는 조슈 번 히코 섬 포대에서 후지야마마루의 존재를 확인하고 일제히 포문을 열어 집중 사격을 시작했으므로, 후지야마마루는 당황하여 바람을 일으키며 고쿠라 항으로 도망쳐 버렸다.

'막부군은 맥이 빠졌군.'

료마가 절실히 느낀 것은 이때였다.

"어째서 저렇게도 형편없을까요?"

시모노세키 항으로 배를 몰면서 가쿠베에가 료마에게 물었다.

"나도 그걸 생각하고 있는 중이야."

막부군의 나약함 속에서 료마는 역사의 뜻을 찾아보려고 했다.

"도쿠가와 막부는 세키가하라에서 창업했다."

료마는 생각을 거슬러 올라갔다. 260여 년 전 미노(美濃)의 세키가하라에서 도쿠가와군과 이시다군이 거의 같은 세력으로 맞섰을 때, 이시다는 처음부터 전장 부근의 유리한 지형에다 진을 치고 있었기 때문에 질 까닭이 없었다.

요컨대, 전투 배치도로 볼 때 절대로 질 싸움이 아니었다. 료마는 교토와 에도를 왕복할 때 한 번 세키가하라를 지나면서 세밀히 양군의 진지를 답사하고 그렇게 생각한 일이 있다.

그런데, 졌다.

왜냐하면, 이시다측에서 분투한 것은 이시다 미쓰나리(石田三成)의 직속 부대와 그의 친구인 오타니 교부(大谷刑部)의 부대 정도였으며, 나머지 영주들은 전투를 방관했다. 마침내 그 속에서 배신자까지 나왔다.

어째서 그렇게 되었는가하면 시국의 추세라고 할 수 있을 것이다. 그때의 시국은 낡아 빠진 도요토미 정권보다도 이에야스(家康)를 중심으로 하는, 새로운 통일 국가에 매력을 느끼고 있었을 것이다. 그러기에 이에야스측에 가담한 영주들은 힘껏 싸웠고 이시다측의 영주들은 방관했을 것이 틀림없다.

'그렇다면, 지금 저 막부군의 약한 밑바닥에도 반드시 그것이 있다. 시국이라는 심판자는 이쪽에 미소를 던지기 시작한 모양이다.'

그날 오전에 걸쳐 료마는 유니언 호를 시모노세키 항내에 매어 석탄과 탄약을 싣게 하였다. 그동안 료마는 항구 밖이 잘 내려다보이는 요정 이층을 빌려 그간 부족했던 잠을 회복하려고 누웠다. 곧 잠들었다. 그러나 가끔 실눈을 뜨고 바다를 바라보았다.
'아직 막부 군함은 나와 있지 않군.'
료마는 안심하고 다시 잠자는 것이었다.
대안의 모지와 고쿠라 간의 산과 들에는 쉴 새 없이 포연이 피어오르고 있었다. 이따금 대구경의 포탄이 작렬하는지 장지문과 다다미가 드르륵 떨릴 만큼 심한 반향이 울려 왔다. 상륙한 조슈군이 고전하는 모양이었다.
'그건 그렇고, 막부 해군은 어쩌면 그렇게도 허약할까?'
비록 적의 일이지만 기가 찰 노릇이었다. 지금 조슈군이 규슈에 상륙해 있다. 기회를 놓치지 말고 해협을 차단하여 상륙군을 고립시키는 한편 그 배후에서 함포를 퍼부으면 조슈가 지지 않는가.
누구나 알 수 있는 전술 상식이었다.
그런데 막부 해군은 그렇게 하지 않는다. 그렇게 하려면 조슈 번 포대의 구식포에 의한 포화와 료마, 다카스기가 이끄는 약소한 조슈 해군의 포화는 각오해야 하겠지만, 강력한 막부 함대가 그럴 생각만 한다면 그까짓것 아무것도 아니다.
'그만한 용기도 막부 해군에겐 없어.'
요는 사기가 문제일 것이다. 막부병이나 그에 가담한 각 번의 병사는 진심으로 조슈와 싸울 마음이 없는 게 분명하다.
하기야 막부나 각 번은 조슈 번의 과거 횡포나 약삭빠른 계략에 증오를 느끼고 있다. 그러나 조슈 번에서 내걸고 있는 근왕주의라는 '관념'을 미워할 수는 없었다.

존왕이라는 말이 있다. 교토의 조정을 존중한다는 개념으로서 이것은 당시의 막부파, 비막부파를 막론하고 지식 계급의 극히 보편적인 사회사상이 되어 있었다. 20세기 후반의 오늘날 민주주의라고 하는 말처럼 매우 상식적이고 평범한 개념이다.

그러나 근왕이라는 말은 다르다. 막부를 쓰러뜨리고 교토 조정을 중심으로 새로운 통일 국가를 이룩한다는 혁명 사상이다. 존왕의 행동화한 사상이라고 해도 된다. 막부 함대의 장병들도, 적어도 지식인인 이상 존왕주의자일 것이다. 근왕주의자가 아닐 뿐이다. 개중에는 근왕주의자가 아님을 수치로 알고 있는 자도 있을 것이다. 그러므로 자연 조슈 번이 내거는 근왕의 깃발 앞에서는 투지가 꺾이지 않을 수 없을 것이다.

'역사는 움직이고 있다.'

료마는 상대편의 나약한 모습을 볼 때, 그렇게 생각하지 않을 수 없다. 회천(回天)의 꿈은 어쩌면 앞으로 몇 해 사이에 이루어지게 되는 것이 아닐까.

점심 전, 창 너머로 보이는 바다에 막부 군함이 나타났다. 료마는 뛰어 일어났다.

한달음에 항구로 달려 내려온 그는 유니언 호에 뛰어오르기가 무섭게 닻을 감아 올리게 했다.

다행히 출항 준비는 되어 있었다. 유니언 호는 전진을 시작했다. 포장(砲裝) 갑판에서는 포수장 시라미네가 민첩하게 움직이고 있다.

시라미네는 구리로 만든 12파운드 포의 화약을 장전하자 재빨리 줄(索繩)을 잡아당겼다.

흰 연기가 갑판 위에 가득 찼다.

막부 함은 우현의 포창(砲窓)에서 대여섯 발 사격해 왔으나, 곧 고쿠라 방면으로 달아나기 시작했다. 가쿠베에 함장은 그 뒤를 쫓으려고 배를 우회전시키려 했다.
"그만둬!"
료마는 얼른 제지했다. 상대편은 세계 일급 수준의 군함이다. 대낮에 정식으로 맞붙어 이길 수 있는 물건이 아니었다. 마침 고신마루와 헤이인마루가 수리를 마치고 뒤쫓아 왔으므로 료마는 해상에서 이들을 편성하여 작은 증기선 하나, 범선 두 척의 조그마한 함대를 지휘하면서 시모노세키 해협을 남하했다.
간류 섬의 북쪽 해안을 지나 히코 섬 포대의 포문 밑을 빠져서 오오세도(大瀨戶)에 들어섰다.
조류의 흐름이 빠르다.
료마는 함대를 되도록 규슈 연안에 바싹 접근시켜서 닻을 내리게 했다.
뒤따르는 두 척도 닻을 내렸으나 함체가 닻줄을 중심으로 빙빙 돌만큼 조류가 빨랐다.
"다이리의 싸움은 아직 끝나지 않았군."
료마는 육상의 포성에 귀를 기울였다. 조슈군의 다이리 공격이 끝나는 대로 그들의 시모노세키 철수를 도와 줘야 한다.
"아직 계속되고 있는 모양입니다."
가쿠베에가 말했다.
그들은 곧 보트를 내려 나카지마 사쿠타로 등, 세 사람을 상륙시켜 육군과의 연락을 취하게 했다.
나카지마는 싸움터로 달려가서 군감 야마가타를 만나 전황을 물었다.

"아직 이기지 못하고 있어."

야마가타는 괴로운 듯이 말했다. 다이리는 적의 고쿠라 성 방위의 최후의 진지인 만큼 오가사와라 집안의 번사들도 필사적으로 버티고 있었다.

"바다에서 포를 쏠까요?"

나카지마가 말하자 야마가타는 새파래졌다. 적과 아군의 전선이 접근해 있어서 아군의 머리 위에 포탄이 떨어질 우려가 있는 것이다.

"이쪽이 포탄 공격을 받게 되는걸."

"아니 걱정 없습니다. 우리 가메야마 동문의 시라미네라면 저 언덕 위의 전나무 가지라도 쏘아 맞힐 수 있으니까요."

나카지마는 다시 빗발같이 쏟아지는 탄알 속을 달려 해변으로 내려가서, 보트에 뛰어 올라 기함으로 돌아왔다.

"그래? 고전이구나."

료마는 고개를 끄덕이고 시라미네에게 다가가 물었다.

"육상의 적을 쏠 수 있나?"

시라미네는 고개를 저으며 무리라고 말했다.

"포라는 것은 그리 정확한 것은 아닙니다. 자칫 잘못하다간 옥석(玉石)을 함께 분쇄하고 말지요."

료마는 웃으면서 포신을 때리며 말했다.

"자네는 정말 명중시킬 작정인가? 이런 경우엔 대포로 위협만 하면 되는 거야."

시라미네도, 그렇다면 해볼만 하다면서 포구를 아주 높이 쳐들고 힘껏 멀리 쏘아 보았다.

포탄은 열 발, 연달아 하늘을 날아가 쾅, 쾅, 적의 후방에 떨어졌다.

이것이, 무너지기 시작했던 적의 전의를 꺾었는지 일제히 고쿠라 성에서 퇴각하기 시작했다.

막부 체제는 이미 역사를 담당할 능력을 잃고 그 힘은 나날이 쇠퇴해 가고 있었다.

"쇠약한 정권만큼 비참한 것은 없다"는 것을 피부로 느껴야 했던 것이 오사카에 주재하고 있는 최고 집정관 이타쿠라 가쓰기요(板倉勝靜)였다.

그는 이 무렵, 사쓰마 번의 교토 주재 외교담당관인 오쿠보 도시미치를 오사카 성에 불렀다.

용건은 조슈 정벌의 출병을 완강히 거부하고 있는 사쓰마 번의 태도를 돌이키게 하기 위해서였다.

물론 막부 요인들은 사쓰마가 사카모토 료마의 알선으로 조슈와 공수동맹을 체결했다는 막부 끝무렵 최대의 역사적 사건을 알 까닭이 없었다.

―어째서 사쓰마 번이 출병 명령에 응하지 않을까.

이런 의문은 조정과 막부, 그리고 여러 번들 사이에서 여러 모로 논의되고 있었으나, 아무도 그 핵심을 찌르는 이유를 알지 못했다. 사쓰마 번과 사이가 좋았던 황족과 공경들마저도,

"제1차 조슈 정벌 때, 사이고가 막부와 조슈 사이에 서서 여러 모로 주선을 했는데, 그 노고를 무시하고 막부는 제2차 조슈 정벌을 일으키고 말았다. 그러므로 그들은 체면도 없이 막부에 화를 내고 있다. 요컨대 사이고와 그의 동지인 오쿠보, 두 사람만 달래면 사쓰마 번은 막부를 따를 것이다."

하는 식의 달콤한 관측을 하고 있었을 정도였으므로, 최고 집정관 이타쿠라도 그런 선에서 오쿠보를 위로하며 설득하기 위해 오사카

성으로 불렀던 것이다.

 오쿠보는 막부를 찾아갔다. 그러나 사쓰마 번으로서는 일본의 정식 정부인 막부의 출병 명령을 정면으로 거부할 이유를 찾아내지 못했다.

 "오쿠보는 어떻게 해명할 것인가?"

 사쓰마 번 인사들은 걱정했다.

 오쿠보는 태연히 오사카 성의 한 방에 들어가서 자리에 앉았다. 그 단정한 얼굴이 다소 창백하다.

 이윽고 이타쿠라가 나타나 윗자리에 앉더니, 문제의 핵심으로 들어가서 사쓰마의 출병을 요청했다.

 "말씀이 잘 들리지 않습니다."

 말하면서 오쿠보는 손을 귀에 갖다 대고 멍청히 바라본다. 귀머거리를 가장한 것이다.

 이타쿠라는 자연 목소리를 높여 같은 말을 몇 번이나 반복해야 했으며 그 바람에 그만 몹시 지쳐 버렸다.

 "아직도 안 들리느냐, 조슈를 치란 말이다."

 "뭐, 막부를 치라고요?"

 오쿠보는 엄청나게 큰 소리를 질렀다.

 "막부를 치라니 무슨 말씀을 하십니까. 도저히 막부를 칠 수는 없습니다."

 "아니, 조슈를 치란 말이다."

 "모처럼 하시는 말씀이지만 막부를 치는 일은 딱 거절하겠습니다."

 오쿠보는 잘못 들은 것을 그대로 우기며 분연히 자리에서 일어나 나가 버렸다.

 나중에 이타쿠라가 누군가에게 물었다.

"사쓰마의 오쿠보는 귀머거리냐?"

그러나 그의 귀가 상당히 밝다는 대답을 들은 뒤에야 비로소 우롱당한 것을 깨달았다.

더욱이 전선의 전황은 막부의 패색이 짙고 위신은 나날이 떨어지고 있었다.

전황이 막부에 좋지 않다.

동해안으로 진격한 조슈군은 연전연승의 기세로 이와미에 쳐들어가 하마다 성(濱田城)을 포위하고 7월 8일, 성을 함락시켰다. 하마다 영주 마쓰다이라 다께사토(松平武聰)는 성을 불사르고 바다로 해서 도주했다.

세도 내해 방면의 '게이슈 입구'에서도 조슈군이 우세한 채 전황은 일진일퇴를 거듭하고 있었다.

규슈 상륙전인 '고쿠라 입구' 방면에서는 통쾌할 만큼 조슈군이 승리를 거듭했다. 절대로 우세해야 할 막부 해군이 겨우 몇 척의 조슈 해군과 연안 포대에 견제되어 제해권을 잡지 못하고, 세 번에 걸쳐 조슈 육군의 적전 상륙을 허용했다. 마침내 7월 30일, 막부군의 사실상의 지휘관인 최고 집정관 오가사와라 나가미치가 막부 기함 후지야마마루를 타고 적전에서 도망치고, 그 다음날 고쿠라 번은 혼자 항전할 수 없어 스스로 고쿠라 성에 불을 지르고 퇴각했다.

이 고쿠라 성의 함락에는 막부 와해의 징조라고 할 만한 에피소드가 많다.

막부군측에서는 히고(肥後), 구마모토 번(態本藩)의 번병이 가장 강했으며, 거의 그들만의 힘으로 조슈군에 저항하여 7월 27일의 전투에서는 오히려 히고병이 승리했다.

그 막강한 히고 군단(肥後軍團)이 이틀 후에는 진지를 철거하고 싸움터를 이탈하여 귀국길에 올랐다.

—이 따위 싸움은 할 수 없다.

그들은 이렇게 말하는 것이었다. 막부군의 최고 지휘자인 최고 집정관 오가사와라에게 대한 불만이 터진 모양이었다. 그는 통솔력이 없었다. 예를 들어 히고병이 언덕 위에서 거목을 잘라 방책을 구축하고 있는 것을 보고,

"왜 남의 영지에 와서 생나무를 베는가?"

하는 등, 마치 영림서 관리 같은 말을 하여 히고병의 사기를 꺾고는 했다. 그러나 히고병을 싸움터에서 떠나게 한 가장 큰 이유는 오사카 방면에서 흘러들어온 비밀 정보였던 것이다.

장군 이에모치는 7월 10일에 오사카 성에서 중태에 빠졌는데, 엄격히 비밀에 붙여졌으나 7월 20일에 끝내 병사했다. 이 정보가 어떤 경로로 고쿠라 방위에 여념이 없던 히고인의 귀에 들어갔는지 알 수 없다.

'막부의 중심이 허물어졌다.'

히고인들은 민감하게 눈치 챘던 것이 분명하다. 장군이 죽었으며, 더욱이 다음 장군이 누가 될지 아직 결정되지 않고 있다. 당연히 정정(政情)은 불안해진다. 그뿐 아니다.

막부군은 1개 영주에 지나지 않는 조슈군에게 연전연패하여 그 중앙정부로서의 위신은 여지없이 땅에 떨어졌다.

'이 따위 쓸데없는 싸움으로 번의 힘을 소모시키고 있느니, 차라리 돌아가서 할거(割據)의 태세를 확립시키는 게 낫다.'

히고인으로서는 이런 생각으로 무단 철병을 단행한 것이 틀림없다. 벌써 전국시대의 영주 할거 같은 사고방식이 다시 머리를 쳐든 것이다. 히고뿐이 아니다. 규슈에서는 히젠 사가(肥前佐賀)의 나베시마(鍋島) 번이 일본 최대의 양식 군대를 보유하고 있으면서도 막

부의 명령을 거역하고 싸우지 않겠다는 태세를 견지하고 있었고, 지쿠젠 후쿠오카(筑前福岡)의 구로다(黑田)는 번의 사정을 구실로 출병하지 않았으며, 구루메(久留米)의 아리마(有馬)는 출병은 했어도 싸움터에서 싸우지 않았다.

그런데다가 최고 사령관인 최고 집정관 오가사와라 나가미치 자신이 싸움터에서 도망쳐 버린 것이다. 이제 일본에서는 정부가 소멸해 버렸다고 해도 과언이 아니었다.

이쓰쿠 섬

막부는 두뇌가 필요했다. 이 막부 붕괴의 위기를 모면하려면 탁월한 두뇌가 필요했던 것이다.

가쓰 가이슈가 장군 직접명령에 의해 다시 기용되어 에도에서 오사카로 올라 온 것은 6월 22일이었다.

에도를 떠날 때 막부의 재무대신이라고도 할 수 있는 재정 감독관 오구리 다다마사(小栗忠順)는 에도 성내의 한 방에 아무도 모르게 가쓰를 청한 다음 말했다.

"귀하는 이제 오사카로 가게 되오. 거기서 아마 막부 중흥의 방책에 대하여 장군께서 자문이 계시리라 생각하오. 그와 관련해서 실은 귀하게 귀띔해 두고 싶은 비밀이 있소. 잘 들어 주시기 바라오."

오구리는 가쓰와 더불어 막부의 2대 수재라고 일컬어진 인물이다. 다만 정치사상이 근본적으로 달랐다. 가쓰가 '일본'을 생각하는 것에 반하여 오구리는 어디까지나 막부만을 생각했고, 그 점에서 극좌와 극우 정도의 차이가 있었다. 자연히 사이도 좋지 않아 가쓰는 오구리에게 '아주 간악한 사람'이라는 말을 했고, 오구리도 가쓰를 '사쓰마, 조슈, 도사의 과격분자와 어울려 막부를 내부에서 쓰러뜨리려는 위험인물'이라고 보고 있었다.

가쓰가 료마를 교장으로 삼아 고베 해군학교를 세운 것을 오구리는 그런 눈으로 의심했다. 그리고 마침내 그를 실각시켜 에도 자택에서 칩거토록 만든 것도, 그 흑막의 인물은 오구리였던 것이다.

어쨌든, 오구리가 귀띔해 준 '비밀'이란 가히 놀랄 만한 것이었다.

"조슈 정벌을 위해 막부는 프랑스 황제 나폴레옹 3세로부터 6백만 냥의 군자금과 7척의 군함을 빌릴 작정이오. 이미 상대방의 내락(內諾)을 얻고 실현 단계에 놓여 있소."

가쓰는 소스라치게 놀랐다. 유럽 열강이 아시아를 식민지로 만들 때 상투적으로 써온 수법이다.

오구리는 말을 이었다.

"조슈를 쓰러뜨린 후, 그 프랑스의 병력과 자금을 가지고 점차 사쓰마, 도사, 에치젠 등 막부에 반항적인 제후들을 토벌하고, 무력으로 제압이 끝나면 단숨에 3백 영주를 폐하고 군현(郡縣) 제도를 실시함으로써, 도쿠가와 가문의 권위를 신조(神祖) 이에야스 공의 시대로 되돌릴 작정이오."

가쓰는 아무 말도 않고 오구리와 헤어졌다. 가쓰의 생각으로선 오구리의 안이 실현되면 일본이 멸망하여 프랑스의 식민지가 될 것이 분명했다.

'일본은 물론, 막부 자체도 멸망케 하는 놈!'
그런 분노가 가쓰의 마음 속에서 솟아올랐다.
하긴 이 오구리의 대구상은 이미 막부의 공공연한 비밀이 되어 있었고, 그 내용은 토벌 대상인 에치젠, 사쓰마, 조슈, 도사 등 영주들에게 고스란히 누설되어 있었다. 막부 말기 이들 영주들과 지사들이 막부를 저버리게 된 가장 큰 계기의 하나가 이 오구리의 구상에 있었다고 해도 좋았다.

오구리의 구상에 대해서 좀더 자세히 말해 보기로 하자.
막부 자체가 사실상 프랑스에 몸을 파는 거나 다름없는 이 안은, 맨 처음 외국 담당관 이케다 나가아키(池田長顯)가 프랑스 공사 레온 롯쉬와 프랑스의 책사 몽블랑에게 설득되어 나온 것이다. 오구리가 이에 찬동하고 열중하여 막부 요인들을 설복시켰으며, 마침내 집정관 이타쿠라 가쓰기요(板倉勝靜)와 오가사와라 나가미치(小笠原長行)의 쾌락을 얻어 실행에 옮기고 있었던 것이다.
맨 처음 이 비밀을 알아챈 것은 한때 막부의 정사 총재직을 맡아 본 일도 있는 에치젠 번의 마쓰다이라 요시나가로서, 요시나가는 도사의 야마노우치 요도 등에게 그 말을 했다.
사쓰마 번은 다른 경로로 알았다. 영국인을 통해서 들은 것이다. 프랑스가 막부와 손잡고 무역을 독점할 경우, 가장 타격을 입는 것은 영국이었다. 그 때문에 프랑스의 막부 접근을 방해하려고 했다.
영국으로서 다행인 것은 요코하마 영국공사관에 일본어 회화뿐만 아니라 문어체까지 독해할 수 있는, 어네스트 사토라는 영리한 청년 통역관이 있다는 것이었다. 사토는 각지를 뛰어다니며 많은 인물들과 만났고, 마침내 일본 정세와 장래의 전망에 대해 일본인 이상의 명확한 견해를 가지기에 이르렀다.

첫째로 막부의 수명이 오래지 않다는 것, 둘째로는 다음 시대의 일본은 활동적인 큰 번들의 손에 의해 이룩되는 천황 정권이 담당하게 되리라는 예상을 세웠다.

영국은 이 예상을 바탕으로 하여 막부보다도 오히려 사쓰마, 조슈측에 접근하는 형세를 보이기 시작했다. 자연히 그들은 사쓰마와 조슈측에 유리한 정보를 퍼뜨려갔던 것이다.

그 중 하나가 이 '오구리 구상'이었다.

이렇게 된 이상 사쓰마나 조슈로선 "앉아서 기다리다가는 막부에 의해 멸망된다"는 위기감을 갖지 않을 수 없었다. 특히 사쓰마 번이, 번으로서 막부 경멸 내지 막부 타도의 방침을 취하기 시작한 것은 이 충격이 가장 컸었던 것이라 봐도 좋다.

한편, 에도에서 오사카로 올라 온 가쓰는 곧 오사카 성에 올라가서 집정관 이타쿠라 가쓰기요를 만나고 오구리 구상을 정면으로 반대했다.

"봉건을 폐하고 군현 제도를 실시한다는 안을 막부는 비밀로 하고 있는 모양입니다만 이미 천하가 다 아는 사실입니다. 서부의 영주들 중에는 은밀히 파리에 사신을 보내고 있는 자도 있고, 그들이 파리의 신문 또는 기타 연락 방법 등을 통해서 이 사실을 알고 본국에 통보해 오고 있지요. 서부의 영주들은 남몰래 이 폭안(暴案)을 원망하고 급속히 영국에 접근함으로써 막부에 대항하는 영주 동맹을 결성하려는 기세조차 있습니다. 어쨌든 3백 제후를 폐하고 천하를 도쿠가와 집안이 독점하려는 것은 이미 정치가 아니라 사욕이며, 그 사욕 때문에 일본을 굶주린 호랑이와 같은 유럽의 열강 앞에 내던진다는 것은 대체 어떻게 하자는 겁니까?"

그런 내용의 말을 했다.

그러나 막부는 이것을 받아들이지 않았다.

이 시대에 있어서 가장 보기 드물고 기이한 인물은 가쓰 가이슈이리라. 그는 거대한 고봉(孤峰)과 흡사했다. 막부의 가신이면서도 이 난세에 처하여 좌우 어느 쪽에도 기울어지지 않고, 일종의 예언자적 존재로서 시대 흐름 속에 우뚝 솟아 있었다.

군함 감독관이라는 막부의 고급 관리이면서 관료적인 활동을 전혀 하지 않았다.

도당을 만들어 권력을 휘두르는 것도 싫어했으므로 정치적 세력이라는 것도 없었다. 그가 데리고 다니는 것은 언제나 젊은 시종 니이다니 도오타로 하나뿐이었다.

기묘한 인물이다.

세 치 혀끝 하나로 천하에 대항하고 있는 불세출의 평론가라고도 할 수 있었고, 이 난세의 결과를 넘겨다 볼 수 있는 일본 유일의 예언자라고도 할 수 있었다.

"가쓰가 오사카에 왔다!"

소식이 전해지자 교토의 사쓰마 번 저택에서 오쿠보 도시미치가 말을 달려 의견을 들으러 오는가 하면, 막부파의 급선봉인 아이즈 번의 유력자들도 의견을 물으러 왔다.

다만 막부의 최고 수뇌부들만이 가쓰를 두려워하며, 그 너무나 뛰어난 이론에 질린 나머지 별로 높은 평가를 하지 않고 있었다.

"또 가쓰의 흰소리냐."

장군 보좌관인 요시노부 정도의 재사마저 이맛살을 찌푸리는 일이 많았다.

막부에서 단 한 사람, 가쓰라는 인물의 그릇과 도쿠가와 가문에 대한 충성을 있는 그대로 평가하고 있는 자가 있었다.

장군 이에모치다.

안세이 5년, 13살로 장군직에 올라 오늘에 이르는 7년 동안, 도쿠가와 막부가 생긴 이래의 격동 속에서 이 젊은이는 살아 왔다.

이에모치는 워낙 영리하기도 했지만, 거의 인간을 벗어났을 만큼의 담담한 성격을 지니고 태어난 사람이었다. 일찍부터 가슴을 앓아 자기 목숨이 길지 않다는 것을 깨닫고 있었던 모양으로, 그러한 투명한 심경에서 자기 각료들의 사람됨과 대세를 보고 있었던 모양이다.

그 이에모치가 무슨 일이 있을 적마다 "아와노카미, 아와노카미" 하며 가쓰의 의견을 듣고 싶어 했다.

에도에서 면관폐문(免官閉門)의 벌을 받고 칩거하고 있는 가쓰를 다시 기용한 것도, 이 이에모치의 이례적인 명령에 의했던 것이며, 이 일에 대해서는 각료들과도 아무런 의논을 하지 않았다. 설사 의논을 했다 해도 그들은 완곡하게 반대했으리라.

가쓰는 오사카로 왔다.

곧 이에모치에게 배알하려 했으나, 그 측근에게서 그가 지난 4월부터 중태에 빠져 있다는 소식을 비밀리에 전해 듣고 오사카 성에 드는 것을 미루고 있었다.

가쓰는 오사카 숙사에 머물면서 이에모치의 회복을 기다렸지만, 마침내 7월 19일 밤(또는 시각으로 보아 20일이었는지도 모른다), 장군의 시의(侍醫)인 마쓰모토 료쥰(松本良順)에게서 은밀히 연락을 받았다.

"허사였다."

죽었다는 뜻이었다. 가쓰는 눈앞이 캄캄해질 만큼 충격을 받고, 밤을 무릅쓰고 성에 들어갔다. 성 안은 기침 소리 하나 없고, 사람은 숨을 죽이고 있어, 마치 깊은 숲 속에 온 듯 조용했다. 가쓰는 다감한 사나이다.

"도쿠가와 가문, 오늘로서 멸망하다"라고 〈단장기(斷腸記)〉에

썼을 만큼 이 이에모치의 죽음을 중대하게 생각했고 또한 그토록 애통해 했다.

다음 장군은 요시노부가 되는 것이 당연한 일이었으나, 다소의 혼란이 있었다.

요시노부는 말재주를 겸비한 활동가로서 그만큼 막부 각료들 사이에서도 인기가 없었고, 에도의 내전이나 직속 무사들 사이에서도 인기가 없었으며, 교토의 근왕파 공경들 사이에서도 인기가 없었다.

예민한 요시노부는 이것을 알고 있었다. 인기가 없는 이상 장군이 되어 봤자 잘해 나갈 수 없음을 짐작하고, "나로서는 시국의 혼란을 수습할 자신도 전망도 없다"는 이유로 완강히 사양했다. 이것이 반대로 일종의 인기가 되어 요시노부 반대파까지 요시노부의 장군 취임을 설득하려고 했다.

부득이 요시노부는 받아들였다. 그러나 "단 도쿠가와 종가(宗家)만을 잇는다. 장군직을 이어 받는 것은 좀더 생각해 보겠다"고 함으로써, 우선 이 미도 가문 출신인 희대의 재사는 '장군 대리'라는 형식으로 막부를 대표하게 되었다.

이 취임 벽두부터 그가 북을 울려 대듯이 내건 정책은 '조슈 대정벌'이라는 것이었다.

요시노부는 그것을 요란스럽게 떠들어 댔다. 아무튼 이에야스 이래의 권모가라는 평이 있었고, 동시에 이에야스에게도 없었던 능변과 교양과 해외 지식이 있었다. 혼자서 정책을 세우고 혼자서 선전하고 혼자서 실시하겠다는 기세였다.

'대정벌'이라는 과장된 표현에도 요시노부다운 점이 있고, 또한 그런 요란한 표현이 아니고는 연전연패로 내외의 신용이 폭락된 막부의 현상을 구할 수는 없었다.

요시노부는 급히 작전 방식을 바꾸었다.

지금까지는 막부군이 종(從)이고 각 번의 병력이 주(主)가 되어 싸웠으나, 그것을 반대로 막부군을 주력으로 삼기로 했다.

이 소문이 에도에 전해지자 에도의 직속 무사들 중에는 징집되는 것을 겁내어 황급히 은퇴계(隱退屆)를 제출하는 자가 많아졌다. 이 때문에 20대의 젊은이가 숨어들고 대여섯 살짜리 어린애들이 천하의 직속 무사가 되는 사례가 속출했다.

요시노부는, 물론 2백 수십 년 동안 무위도식 해옴으로써 나약해질 대로 나약해진 직속 무사들에게 많은 기대는 걸고 있지 않았다. 그보다는 오히려 농민이나 상인들 중에서 지원제로 채용한 '보병'들에게 열세 만회를 위한 기대를 걸었다.

요시노부는 평소에 돼지고기를 즐겨 먹으며 나폴레옹 3세가 보내 준 황제의 군복을 입고 서양 말을 타고 다닐 정도의 서양주의자여서, 서양식 보병과 서양식 포병의 위력을 누구보다도 잘 알고 있었다.

당시 오사카 본영에 주둔해 있는 서양식 막부군은 보병 13개 대대였지만, 새로이 징집하여 이를 20개 대대로 늘리고 대포도 80문으로 증강시킨다고 요시노부는 선언했다.

또한 요시노부는 야전을 손수 지휘하려 했고, 그 행군을 위한 준비도 갖추었다. 종래의 거창한 장군 행렬이 아니었고 소지품이라고는 가방 셋뿐이었는데, 하나는 야영용 모포를 넣고 또 하나에는 갈아입을 내의, 나머지 하나에는 시계를 비롯한 휴대품을 넣었다.

마치 불타라도 솟구칠 기세로 "대정벌"을 부르짖고 있던 요시노부가 어느 날 별안간 입을 다물어 버렸다.

고쿠라 성(小倉城)의 함락을 알았던 것이다.

고쿠라 성은 8월 2일에 함락되었다. 패전 소식이 오사카 성에 알려진 것은, 세도 내해(瀬戶內海)에 증기선 왕복이 있는 데도 불구하고 아흐레 후인 11일 밤이었다. 그 통보가 늦은 것만 보아도 막부군 전선이 얼마나 해이해 있었는가를 짐작할 수 있다.

"함락됐어? 틀림없나?"

요시노부는 외치면서 반문했다. 그리고 그것이 확실한 보고임을 알자 거의 까무러칠 만큼 낙담했다.

이것이 요시노부의 성격이었다. 기세가 오를 때는 호탕하며 대담한 짓을 할 수 있고, 그 행동과 말재주가 수레바퀴처럼 돌아가는 사나이지만, 일단 일이 한번 실패하면 천길 벼랑 아래로 떨어질 만큼 실망하고 겁을 집어먹는다.

"대정벌을 중지한다!"는 말을 하기 시작했다. 이에는 각료 이하 관계관이 아연실색했다. 바로 직전까지 기세 좋은 정벌론을 부르짖고 조정으로부터도 성명이 있었을 뿐 아니라, 관군 총대장의 상징으로서 황실 전래의 어검(御劍)인 '마모리(眞守)'를 하사받았고, 더구나 내일인 12일에는 히로시마로 본영을 진출시키려던 판인 것이다.

'제정신이신가?'

사람들은 한때 그런 생각을 했다. 그러나 요시노부의 성격상 마음이 자주 변하기도 하지만, 한번 마음을 바꾼 뒤에는 완강히 돌이킬 줄을 몰랐다. 게다가 그의 뛰어난 말솜씨는 그런 번의에 철저하게 평계를 갖다 붙여 마침내 정당화시키고 만다.

훗날, 누군가 요시노부의 이 기묘한 성격을 "백 가지 재주는 있으나 한 가지 성의가 없다"는 한 마디로 멋지게 표현한 적이 있지만 이 경우도 그랬었다.

요시노부는 이미 군령을 내렸고 군자금으로서 에도의 재정 담당관에게 명하여 채권 발행의 준비까지 시켰으며, 자신은 세 개의 군용 가방까지 준비했는가 하면, 병력은 오사카 숙소에서 내일의 출발 준비를 끝내고 있는 것이다. 고작 고쿠라 성 하나쯤 함락된 정도의 패전은 '한 가지 성의'의 공격 정신만 있다면 곧 되찾을 수 있었을 것이다.

그러나 요시노부의 마음은 돌아섰다.

"조정에는 뭐라고 한다?"

어지간한 요시노부도 이 문제만은 난처했다. 사쓰마 영주를 비롯한 수많은 정전론자들을 요시노부 혼자 도맡아서 물리치고 강제로 출전의 성지(聖旨)를 조정에서 내리게 했다. 조정 위신상 철회하기가 어려우리라.

"니조(二條) 간파쿠에 청원하여 성지를 취하하시도록 여쭙고 오너라."

심복인 하라 이치노신(原市之進)을 우선 교토에 급파하고, 자신도 15일에 상경하여 팔방으로 뛰어다니면서 간파쿠 이하 공경들에게 열변을 토하고, 불과 얼마 전에 자신이 간청하여 가까스로 얻은 성지를 취하하도록 탄원했다.

'지나친 재사야.'

공경들도 어이가 없어 했고 맹렬한 반대론도 일어났으나 결국 그렇게 하지 않을 수 없었다.

결국 정전인 것이다.

조정은 그걸로 수습됐다. 그러나 적은 조슈다. 이 승전에 기고만장해진 적에게 정전을 제의하자면 누구를 사절로 선발해야 할 것인가?

"정전 사절에는 가쓰님보다 더 적임자는 없을 줄 압니다."

요시노부에게 의견을 말한 것은 요시노부의 심복이며 모사인 하라 이치노신이었다. 하라는 평소 가쓰라는 인물이 질색이었지만 굳이 그를 천거한 것은 가쓰가 평소 천하의 과격 지사들과 교분이 많았고 조슈에도 아는 사람이 많다는 점을 고려한 것이었다.

"가쓰님이라면 설사 적의 손에 죽는다 해도 도쿠가와 가문으로서는 아까울 것 없는 인물이 아닙니까?"

그렇게도 말했다. 가쓰를 싫어하는 요시노부도 이때는 끄덕이고 말했다.

"그렇다면 가쓰를 보내도록 해라"

자고로 정치란 악인들이 하는 짓이란 말도, 이런 경우를 두고 한 말이리라.

요시노부는 교토에 있다.

가쓰는 소환을 받고 급거 가마로 요도 강 둑을 북상하여 교토의 요시노부 숙사로 찾아갔다. 요시노부는 조정에 나가고 없어서 하라가 대신 용건을 말했다.

"귀하의 명예이지요."

하라는 가쓰를 부추겼다. 가쓰는 담뱃대를 문 채 먼 산만 쳐다보며 대답도 하지 않았다.

'무슨 수작이냐!'

원래 가쓰는 조슈 정벌 반대론자이고, 요시노부나 이 하라 및 집정관인 오가사와라 나가미치 등은 주전론자였다. 그 오가사와라가 고쿠라의 싸움터를 버리고 바다로 도망쳤다.

"오가사와라 대감도 꼴불견이지, 주전론자란 대개 그런 것이야."

눈앞에 있는, 오가사와라와 한 통속인 하라에게 통렬히 빈정거렸다. 가쓰가 남의 호감을 못 사는 까닭이기도 하리라.

그때 요시노부가 돌아와서 가쓰를 만나보고, 입에 침이 마르도록 사절 승낙을 종용했다.

가쓰도 마침내 결심을 하고 말했다.

"정히 그러시다면 제가 맡겠습니다. 그러나 이 가쓰에게는 가쓰 나름의 담판 방법이 있습니다만, 모든 것을 일임해 주시겠습니까?"

"일임하지."

요시노부는 쾌히 승낙했다.

"나중에 딴 말씀은 없으시죠?"

넌지시 뜻을 비치자, 요시노부는 크게 끄덕이면서 "하지 않는다"고 말했다.

'믿을 수 없는 말이야.'

이런 생각은 들었으나, 가쓰도 적지로 가는 이상 죽음을 각오해야만 했다.

"한 달 안으로 결론을 짓고 오겠습니다. 그렇지 못할 때는 이 가쓰의 머리와 몸뚱이가 조슈인의 칼에 의해 양단되었다고 생각해 주십시오."

'가쓰다운 허풍을 또 떠는구나!'

요시노부도 가쓰의 그러한 태도가 싫어, 이때도 시선을 돌리면서 입으로만 말했다.

"부탁한다."

그리고 나서 요시노부는 가쓰가 막부의 전권 사절인 만큼 어울리는 행장을 하라고 말하면서, 직속 무사 일대를 딸려 주겠다고 했다. 그러나 가쓰는 쓴웃음을 지으며 거절했다.

"혼자가 좋습니다."

실제로 가쓰는 자신의 종자조차 오사카에 남겨 두고 단신 히로시마를 향해 떠났다.

복장도 막부의 고관답지 않게 가문(家紋)이 든 초라한 무명옷을 입었다. 가쓰다운 파격적인 차림새였다.

가쓰는 8월 21일, 바닷길로 히로시마에 도착하자 아키(安藝) 번에 청을 넣어, 조슈 번에 대한 회견 요청을 전달해 주도록 부탁했다.

가쓰는 미야지마(宮島)에 숙소를 정했다.

미야지마는 이쓰쿠시마 신사가 소유한 영지로서, 아키 번의 영지에 속하면서도 일종의 중립 지대를 이루고 있다.

"따라서 조슈 번의 척후병들도 잠입해 있었다."

뒷날 가쓰는 말했다.

조슈의 척후대는 양복 차림으로 어깨에 서양식 총을 매고 바다를 건너와서는 여관 주위를 돌아다니며 문 앞의 푯말을 보고선 말했다.

"가쓰 아와노카미라……."

"막부 사신이란 말이지? 보나마나 시시한 일로 왔을 거야. 경우에 따라서는 죽여 버릴 테다!"

큰 소리를 질러 대는가 하면 때로는 발포하는 자도 있었다. 당연히 여관 근처에서 싸움이 벌어지리라는 생각에 가재도구를 짊어지고 히로시마로 도망치는 자들이 많았다.

"내가 묵고 있는 여관에서도 마찬가지였네."

가쓰는 나중에 말했다.

"모두 도망쳐 버리고 노파 하나만 남았었어."

노파 한 사람이 이 장군 대리격인 인물을 시중들고 있었던 것이다. 세상이 이렇지만 않다면 있을 수 없는 일이었다.

가쓰는 죽음을 각오하고, 그 노파에게 속옷과 훈도시를 잔뜩 만들게 하여 매일 새것으로 갈아입었다. 노파는 가쓰가 누구인지 도무지 알 수 없어 물었다.

"나리는 대체 뉘십니까?"

가쓰는 껄껄 웃어 젖히며 말했다.

"에도에서 온 만담가야."

조슈의 사절은 좀처럼 나타나지 않았다. 기다리고 있는 동안에 9월이 되어 버렸다.

그 9월 초하루 히로시마 번에서 중신인 쓰지 쇼오소(辻將曹)가 찾아와 마루에 자리 잡고 방안의 가쓰에게 꿇어 엎드렸다.

"조슈에서 회답이 오기를, 내일 사자가 이곳에 도착한다 합니다. 따라서 만나실 장소로 이 근처의 다이간 사(大願寺) 서원을 준비했습니다."

그 광경을 보고서야 여관집 노파는 기겁을 하며 비로소 가쓰가 만담가 따위가 아니라는 것을 알았다.

아침이 되었다.

가쓰는 어슬렁어슬렁 여관을 나섰다. 여전히 무명 문복에 무명 하카마의 초라한 차림새로 부채 하나만을 든 채 다이간 사의 산문을 들어섰다.

다이간 사는 이 섬에서 제일 큰 신곤종(眞言宗)에 속하는 절이며 이쓰쿠시마 신사(神社)의 신궁(神宮) 절로서 번영하고 있었다.

가쓰는 서원에 들어가 앉았다.

곧 조슈의 군사들이 나타났다. 정사(正使)는 조슈 번 정무 담당인 히로사와 헤이스케(廣澤兵助)이고 그밖에 이노우에 몬타(井上聞多), 오타 이치노신(太田市之進), 나가마쓰 미키(長松幹), 가와세 조시로(河瀨定四郎) 등 다섯 사람. 히로사와는 비록 다른 번에서는 유명하지 않았으나, 정치 능력으로선 조슈 번에서도 손꼽는 인물로서 이때 나이 서른 살, 키가 크고 살결이 흰 데다 보기 흉할 만큼 뚱뚱했다.

"그 진퇴에 예의가 있었다"고 가쓰는 뒷날 썼으며, 과연 히로사와다웠다고 칭찬하고 있다. 히로사와는 가쓰의 신분을 존중하여 방에는 들어오지 않고 툇마루에 앉은 채 움직이지 않았다.

부사인 이노우에는 얼굴에 온통 고약을 붙이고 앉아 있다. 번내 막부파의 자객에 의해 난도질을 당했던 그 상처가 아직 아물지 않은 것이었다.

가쓰는 원래 영웅담을 좋아하여 옛 영웅들에 대한 일화나 내력을 자세히 알고 있었다.

'외교에는 하시바 지쿠젠노카미(羽柴筑前守) 때의 히데요시 방식이 가장 좋아.'

이런 생각을 했었다. 히데요시란 사나이는 언제나 알몸으로 상대의 품안에 뛰어드는 방식을 택했다.

히데요시가 지쿠젠노카미였을 무렵, 야마사키(山崎)에서 아케치 미쓰히데(明智光秀)를 치고 오오미 시즈가다케(賤岳)에서 시바다 가쓰이에(柴田勝家)를 패주시킨 다음, 다시 진격하여 에치젠으로 들어가 그곳 후추(府中) 성 밖까지 육박했다. 후추 성의 성주는 마에다 도시나가(前田利長)이고 히데요시와는 어렸을 적부터의 친구였지만 공교롭게도 시바다의 휘하 성주였기 때문에 당시는 히데요시의 적이 되어 있었다. 히데요시는 이것을 외교로 한편에 끌어들이려고 했다.

히데요시는 수행인도 거느리지 않고 단 혼자 후추 성의 성문 앞까지 나아가, 자기를 겨냥하고 있는 총들을 향해서 흰 부채를 들어 보이고 말했다.

"쏘지 말아라, 쏘지 말아라!"

"나는 지쿠젠이다. 도시이에는 있는가? 옛이야기라도 나누어 보려고 왔다."
 히데요시는 어리둥절해진 후추 성 병사들을 거들떠보지도 않고 곧장 성문으로 들어가 버렸다. 그리고 도시이에와 대면하여, 싸우지도 않고 항복을 받은 것이다.
 가쓰는 그 수법을 따를 셈으로 단신 미야지마에 온 것이었다. 다만 히데요시와 다른 점은 히데요시는 승리자였음에 반해 가쓰는 패배자인 막부 대표였다. 어지간한 역량을 가지고 있기 전에는 조슈인과 화친을 맺는다는 것은 어려울 것이었다.
 조슈 대표 히로사와 일행의 태도는 여전히 정중했고, 툇마루에서 움직이려고 하지 않았다.
 "어서 방으로 들어오시오. 거기 계시면 이야기를 나누기도 거북하니, 자, 어서 이리로."
 가쓰는 혀가 닳도록 권했으나 그들은 신분을 생각하고 움직이지 않았다. 마침내 가쓰는 일어나 말했다.
 "그렇다면 내가 그리 가겠소."
 가쓰가 좁은 툇마루로 비집고 나오는 바람에 조슈 사절들은 난처하게 되어 웃으면서 방으로 들어왔다.
 "정히 그러시다면 실례지만……."
 이 가쓰의 소탈한 태도와 익살스러움이 조슈인들의 마음을 크게 누그러뜨렸다.
 '소문보다도 월등히 뛰어난 인물이야.'
 조슈인들은 모두 그렇게 생각했다. 가쓰가 노렸던 히데요시식 수법이 보기 좋게 들어맞은 셈이었다.
 게다가 조슈 사람들은 가쓰가 오래전부터 자기들에 대해 동정적이었다는 것과 막부의 조슈 정벌에 대해서도 시종 반대론을 펴 왔던 것을 알고 있었다.

가쓰는 기상(奇想)이 넘치는 변론가이다.

느닷없이 인도의 예를 들어 말했다.

"인도는 국내의 토후(土侯)들이 서로 다투고 있는 사이, 영국이 어부지리(漁父之利)를 얻어 감쪽같이 나라를 뺏기고 말았소. 지금 열강은 일본에 대해 독아(毒牙)를 드러내고 호시탐탐 노리고 있소. 이런 때에 집안싸움을 계속해 봤자 아무 이득도 없는 일, 일본 만세를 위해서 깨끗이 칼을 거두는 것이 어떻겠소?"

조슈의 히로사와 헤이스케란 인물은 희멀끔한 군살이 디룩거리고 있었다.

감정으로는 움직이지 않는다. 이해와 이성으로써 매사를 생각할 뿐, 조금도 상대방의 언변에 농락될 위인이 아니었다.

그 히로사와가 표면상 정중한 태도로 가쓰의 말에 귀를 기울이더니, 이윽고 입을 열었다.

"지당하신 말씀이지만……."

히로사와는 여태까지 막부가 취해온 수법이 얼마나 교활하고 음흉했는가를 일일이 실례를 들며 공격한 다음 물같이 냉정한 태도로 말했다.

"가쓰 선생은 믿을 수 있으나 막부는 믿을 수 없습니다."

가쓰도 만만찮다. 크게 끄덕이며 말했다.

"옳은 말이오."

그렇게 시인하고, 갑자기 에도 평민들이 쓰는 상스러운 말투로 가쓰 자신이 막부의 무능과 무절제를 한바탕 비난한 다음 말을 이었다.

"여러분이 진지하게 대할 만한 상태는 아니지요. 하지만 국가로서 다행인 것은 이번에 요시노부공께서 도쿠가 가문을 이으시고 현재의 난국을 수습하려고 노력하고 있소. 요시노부공은 아시다시피 영명용단(英明勇斷)을 지니신 분으로 알려져 있으니 아마 과거와 같은 짓은 되풀이하지 않을 거요."

"그러나……."

히로사와는 다시금 막부의 믿을 수 없는 점을 주장했으나, 가쓰는 마침내 껄껄 웃더니 말했다.

"막부는 싸움에 졌단 말입니다. 조슈는 그 교묘한 용병과 장병들의 용감성으로 보기 좋게 이겼소. 여러분은 승자고 나는 패군지장의 한 사람이오. 승자가 패자에게 불만을 늘어놓는다는 말은 일찍이 들은 일이 없소. 이제 그 정도로 막부를 용서해 주시구려."

가쓰의 독설 앞에선 막부의 형식적인 위신이고 뭐고가 없지만, 이 경우 이렇게 말하지 않으면 도저히 정전이란 목적을 달성할 수 없다고 본 것이었다.

"용서해 주시구려."

그 말을 듣자, 히로사와 등 조슈 사절은 앗—하고 놀라움을 삼키며 정신이 번쩍 난 듯한 표정이 되었다. 지금까지 막부를 경멸하면서도 일본의 지배자로서 두려워하고 있었는데, 그 막부의 사자가 자신들을 용서해 달라고 하는 것이다.

'우리는 승리자로군!'

그런 실감과 아울러 가쓰라는 사나이의 솔직함에 탄복했다.

"하신 말씀, 모두 잘 알았습니다."

히로사와는 얼굴에 홍조를 띠며 감동을 숨기지 못한 채, 머리 숙여 종전을 승낙했다.

다음은 철병에 관한 구체적 결정만이 남았으나, 그 역시 불과 몇 분 동안에 이야기는 끝났다.

"히로시마에 있는 막부군은 내가……."

가쓰가 말했다.
"이곳을 떠나는 것과 동시에 진을 거두고 물러나게 될 테지만, 그 퇴진하는 막부군을 조슈군이, 조정에 진정할 일이 있다는 따위의 구실로 배후에서 추격해 오지는 않을 테지요."
"그런 일은 없습니다."
"그걸로 안심했소."
가쓰는 쾌활하게 말했다. 이로써 막부도 체면이 손상되지 않고 조슈 역시 그 명예가 손상되는 일 없이 원만한 끝장을 본 셈인 것이다.
가쓰에게는 항상 고독의 그늘이 있다.
—사명은 완수했지만
그 기쁨을 같이 나눌 동료 하나 없었고, 종자 하나 없었던 것이다.
그날 밤, 여관집 노파 하나를 상대로 마실 줄도 모르는 술을 마시고 노파를 깜짝 놀라게 했다.
"할멈, 나 취했소"
조그만 술잔으로 석 잔을 마셨을 뿐인데 이 암팡진 사나이는 얼굴이 온통 시뻘개져 있었던 것이다.
다음 날 아침, 모처럼 미야지마까지 온 김이라 이쓰쿠시마 신사에 참배했다.
'과연 서해의 대신사로구나.'
그런 생각을 하면서 경내 여기저기를 발길 닿는 대로 구경하고 다니다가 어떤 생각이 떠올랐다.
'예부터 이 이쓰쿠시마에는 무장들의 헌납품이 많다던데……?'
겐페이(源平) 시대부터 전국기(戰國期)에 걸쳐 각지의 무장들이 이 신사에 사람을 보내어 전승을 기원케 했으며, 전투에서 이기면 갑옷이나 도검 따위를 헌납했던 것이다.

보물전에 간직되어 있는 무구(武具) 중 대충 유명한 것만 들어도 미나모토 요시이에(源義家)의 갑옷, 다이라노 기요모리(平淸盛)의 법화경 궤, 아시카가 다카우지(足利尊氏)의 단도, 도요토미 히데요시의 대검, 모리 모토나리(毛利元就)의 창, 모리 데루모토의 대검과 단검 등 헤아릴 수 없을 정도다.

'나도 도쿠가와 막부의 대리인으로서 이곳에 왔다가 무사히 사명을 완수한 거다. 무엇이든 하나쯤 헌납하기로 하자!'

다행히 품안에 단검을 갖고 있었다. 만든 사람은 알 수 없지만 유명한 칼이고 남조(南朝)의 모리나가 친왕(護良親王)이 가지고 있던 물건이라는 내력이 있었다. 헌납해도 부끄럽지 않은 물건이리라 생각하고 신전 곁에 있는 신관실로 찾아가 느닷없이 그것을 내밀었다.

"이 단검을 헌납하고 싶소."

신관은 수상쩍다는 듯 가쓰의 옷차림을 흘금흘금 훑어볼 뿐, 받을 생각을 하지 않는다. 무명옷에 무명 하카마, 종자도 데리고 있지 않은 무사라면 변변한 자가 아니라고 본 모양이었다.

"이 신사에서는 상당한 내력이 있는 물건이 아니면 받아들이지 않습니다. 헌납은 그만두도록 하십시오."

"아냐, 이 물건은 명품이오. 황공하옵게도 모리나가 친왕께서 가지고 계시던 물건이오."

"그렇게 말씀하시는 댁은?"

"가쓰라는 사람이오."

"어디에서 오신 가쓰님이신지요?"

"에도에서 온 가쓰야."

이런 점이 또한 가쓰가 심술궂다는 말을 듣는 이유이다. 막부의 군함 감독관, 종5품 아와노카미라고 했다면 신관도 까무러치게 놀랐으리라.

그것을 일부러 밝히지 않았다. 하긴 그렇게 밝혀 봤자 이 허름한 차림새의 자그마한 사나이가 정말 그런 인물이라고는 신관도 믿어 주지 않았을지 모른다.

신관이 받아 주지 않기 때문에 난처해진 가쓰는 마침내 품속에서 열 냥의 돈을 꺼내 가지고 그것을 곁들여서 내놓았다. 그제서야 신관은 받아들고 가볍게 머리를 숙였다.

"갸륵한 일이오."

가쓰는 원래 낙천적인 사나이지만, 그의 일에는 비극적인 냄새가 따라다니고 있다.

대명을 마치고 배로 오사카에 돌아오자 곧 요시노부에게 복명하려고 교토로 올라갔으나, 출발 당시 그토록 가쓰에게 신신당부를 한 요시노부가 이번에는 만나려고도 하지 않았다.

가쓰는 알현을 요청한 채 숙소에서 기다리다가 사흘 만에야 겨우 허락을 받았다.

가쓰는 보고했다.

그러나 요시노부는 잠자코 있다. 이윽고 가쓰의 보고가 끝나자 요시노부는 수고했다는 말 한마디 없이 자리에서 일어나 안으로 들어가 버렸다.

'이런 일이 있을 수 있나.'

가쓰는 내심 불쾌했다. 모처럼 목숨을 걸고 사명을 완수하고 돌아왔는데 도대체 왜 그러는지 알 수가 없었다.

나중에 측근을 통해서 들으니, 요시노부는 가쓰가 무조건 화친을 하고 돌아온 것을 화내고 있다는 것이었다.

―그대에게 일임한다.

출발할 때 요시노부는 분명히 말했으면서도 가쓰의 처사가 불만스러웠다. 요시노부로선 조슈와 정전을 하기는 했지만, 또한 막부의 체면을 유지하기 위해 조슈에 벌을 주고 싶었던 것이다.

'뻔뻔스럽기는……'

가쓰는 요시노부에 대해 분통이 터졌다. 비참할 정도로 싸움에 진 막부가 연전연승의 조슈측에 화친을 청하면서 벌까지 주겠다는 것은 도무지 말도 되지 않는 일이다.

더구나 요시노부는 가쓰를 배신한 것이다.

가쓰를 정전 사절로 보낸 다음, 생각이 달라져 다른 정전 방안을 내세웠다. 조정에 간청하여 '칙서'의 형식으로 조슈에 대해 고압적인 명령을 내린 것이다.

"장군이 돌아가시고 상하가 모두 애도하고 있다. 이런 때이므로 전쟁이란 바람직한 일이 못된다. 잠시 싸움을 중지토록 하여라. 동시에 조슈 번은 그 침략한 지역에서 병력을 철수하라."

조슈 번은 격분했다. 가쓰와의 약속이 틀리지 않는가.

뿐만이 아니다. 막부는 '칙서'라는 명목을 빌어, 승리한 조슈측에 휴전 명령을 내리고 있다.

더구나 그 글 속에 '잠시 싸움을 중지토록' 하라고 되어 있는 것은, 장군의 초상을 끝내면 다시 조슈 정벌을 시작한다는 뜻도 되지 않는가.

그런 이유로 조슈번은 이 칙서의 수리를 거부하고 전시 상태인 채 병력만은 국경까지 철수시킨다는 조치를 취했다.

가쓰의 역할은 어린애의 심부름 같은 것이 되고 말았다. 요시노부에게 무시당하고 결과적으로는 조슈를 배신한 셈이 되어서, 더 이상 관직에 머물러 있을 수 없어 집정관 이타쿠라 가쓰기요에게 사표를 제출했다. 군함 감독관으로 재임명된 지 불과 석 달밖에 되지 않는다. 이타쿠라도 딱하게 여기고 말했다.

"그리 화만 낼 일이 아니오."

그렇게 위로를 하고 에도에서의 한직을 마련해 주었다. 해군 조련소의 사무를 취급하는 역할로, 가쓰의 재능을 필요로 할 만한 일은 아니었다.

가쓰는 교토를 떠나기에 앞서, 막부 가신인 자신을 한탄하며 심부름꾼 겸 문인이기도 한 니이다니 도오타로에게 말했다.

"이미 내 시대는 지났다. 내 뜻은 료마와 같은, 얽매임이 없는 사나이가 이어 주리라. 그런데 료마는 어디에 있을까."

사나이들

세도 내해의 하늘에 하루하루 가을 기운이 짙게 물들기 시작할 무렵, 전쟁이 끝났다.

료마는 시모노세키에 있다.

'빨리 나가사키에 돌아가야 할 텐데.'

이런 생각을 하면서도 돌아가질 못하고 있는 것이다.

어느 날 시모노세키 아미다지 거리(阿彌陀寺町)의 이토 스케다유(伊藤助太夫)네 집 이층에서 해협을 바라보며 동지인 무쓰 요노스케에게 말했다.

"모를 일이야. 싸움에는 이기고 막부는 위신이 떨어져서 시대가 크게 바뀌려 하고 있는데, 내 신세는 도로아미타불이 됐거든."

정말 그랬다. 갖은 애를 다 써서 입수했던 그 유니언 호는, 막부와 조슈의 전쟁이 끝나자 곧 약속대로 조슈 해군국(海軍局)에 돌려주어 료마의 손에서 떠나고 말았다.

이름도 조슈식으로 고쳐져서 잇추마루(乙丑丸).

그 배를 타고 막부 함대를 상대로 분전했던 일도 이제는 꿈결만 같다.

"이봐 무쓰, 배가 없는 가메야마 동문(龜山同門)이란 아무것도 아니잖아?"

료마의 가메야마 동문 업무는 그 첫째가 무역, 둘째가 행운, 셋째가 막부 타도용의 사설 해군이라는 것이었는데, 그 기발한 결사(結社)의 알맹이인 배가 없으니 웃음거리조차 되지 않는다.

배가 없으니 근거지인 나가사키에도 돌아갈 수 없는 것이다.

"밥도 못 먹겠어."

이 역시 웃을 일이 아니었다.

료마의 회사는 점점 불어나 지금은 수부와 화부를 합하면 50명이나 되는 것이다. 그들을 먹여 살리지 않으면 안 된다.

당장 이 아미다지 거리의 해상운송업자 이토 스케다유네 집에만 해도 선장격인 스가노 가쿠베에(菅野覺兵衞)를 비롯하여 20명이 매일 뒹굴고 있다. 그들에게 하루 세 끼, 밥을 먹여 주지 않으면 안 된다.

나가사키의 근거지에도, 남아 있는 자들이 놀고 있다.

하기야 당분간은, 조슈가 사쓰마에 보낸 것을 사쓰마가 거절함으로써 결국 료마의 손에 굴러 들어온 예의 5백 석의 쌀이 있으니까 먹고 살 수는 있었다.

'그러나 그 다음은 어떻게 하나. 배가 없으면 어떻게도 할 수 없지 않은가.'

전망도 서지 않는다.

사나이들 339

"만담거리가 될 것 같은데요?"
"어째서?"
"싸움에 이기자 빈털터리가 됐으니까요."
"아무튼 무슨 수가 생길 테지."
 조슈 번에서도 딱하게는 여기고 있는 듯했다. 딱하게 여기고 있는 정도가 아니라, 가쓰라 같은 사람은 걱정이 이만저만이 아니었다.
"사카모토의 곤경을 모른 체한다면 우리는 은혜를 모르는 무리들이 된다. 승리의 기반을 만들어 준 것은 사카모토가 성사시킨 사쓰마 조슈 동맹이며, 사카모토가 구입해 준 서양식 무기이다. 더구나 사카모토 자신이 해협에서 막부 함대를 제압하면서 고쿠라 번 영토에의 상륙전을 도와주었다. 이 승리는 거의 모두 사카모토의 덕분 아닌가?"
 그런 말을 하고 있는 모양이었으나, 조슈 번도 막대한 전비를 쓰고 난 뒤라, 료마를 위해 증기선이라도 한 척 사준다는 따위의 재주는 도저히 부릴 여지가 없었다.
 조슈 번의 지번(支藩)인 조후 번(長府藩) 등은 구체적으로 의견을 제시했다.
"가메야마 동문을 몽땅 우리 번에서 고용하고 싶소."
 그러나 료마는 거절했다. 이제 새삼스럽게 조후 번사가 된다는 것은 료마의 자존심이 허락하지 않았다.
"나는 세계의 낭인이다. 그것으로 좋아."
 료마는 말했다.
 이 무렵, 이미 료마는 천하의 사카모토 료마가 되어 가고 있었다.
 시모노세키의 숙소에도 매일 손님이 그친 적이 없었고 그 손님도 사쓰마나 조슈의 번사들만이 아니라, 여러 번의 지사들이 다투어 가며 료마와의 면회를 요청해 오는 형편이어서, 얼마 전 교토 방면의 정찰에서 돌아온 도베도 농담을 하며 기뻐했을 정도였다.
"신발 보관료를 받기로 할까요?"
이 시모노세키 아미다지 거리의 해상운송업 이토의 집은 가게 전면이 20간이나 되는 큰 상가이다.
어느 날 이 집에 에도 말씨에 히젠 사투리가 다소 섞인 장정이 찾아 왔다.
"사카모토님 계신가?"
"어디서 오셨습니까?"
하녀가 묻자, 젊은 무사는 쾌활하게 웃고 말했다.
"히젠 오무라 번(大村藩)의 와타나베 노보루(渡邊昇), 아냐 그보다도 에도의 렌페이 관(練兵舘)에 있었던 와타나베라면 알거야."
료마는 이층에 있었다.
"허어, 렌페이 관의 와타나베라고?"
료마는 놀라며 에도에서 검술 수업을 하던 시절이 문득 그리워졌다. 렌페이 관이란 사이토 야구로 도장으로서, 가쓰라 고고로가 사범 노릇을 했었다.
당시 에도에서도 손꼽는 대도장인 사이토 야구로 도장에는 가쓰라, 쓰키지 아사리 강가의 모모이 슌조 도장은 다케치 한페이타, 오케 거리 지바 도장은 료마가 각각 사범을 맡고 있었으며, 가지바시 도사 번저에서 각 유파 대 시합을 할 때는 자기 번과 자기 유파의 명예를 걸고 솜씨를 겨루곤 했었다.
그 사이토 도장에서 가쓰라가 사범을 그만두고 귀국한 뒤 오무라 번사인 와타나베 노보루가 사범을 맡고 있다.
료마와는 여러 곳에서 서로 얼굴을 대했었지만 그 후 오랫동안 만난 일이 없었다.
'귀국한 뒤 규슈의 여러 번을 돌아다니면서 시합을 하여 마침내

규슈 제일이라는 명예를 차지했다던데……'
아니, 또 한 가지 들은 말이 있었다.
와타나베는 그 후 형 기요시(淸)와 더불어 교토의 오무라 번저에 몸을 담게 되자, 조슈의 가쓰라 등의 영향으로 지사 활동을 시작하고 있었다.
그 무렵인 어느 여름날 저녁이었다. 이마데 가와(今出川) 거리를 거나해진 기분으로 걸어가고 있는데, 등 뒤에서 신센조 대원 두 명이 미행을 해왔다.
'따돌려야겠다.'
그렇게 생각하고, 전부터 잘 아는 하카마 가게에 들어갔다. 그곳에서 물을 몇 그릇 얻어 마신 다음 밖으로 나와 보니, 그래도 상대는 여전히 길가에 있었다.
귀찮아서 일부러 기다노(北野) 신사까지 가서 경내를 빠져 나갔다. 이미 길은 어두워졌다.
"와타나베!"
상대방이 등 뒤에서 소리를 질렀을 때, 그는 돌아보는 것과 동시에 한 명은 베어버리고 한 명은 놓쳤다.
"벤 것 같지도 않았지. 솔직히 말해서 정신이 없었어. 급히 번저로 달려와 칼을 조사해 봤더니 피가 흠뻑 묻어 있더군. 그제서야 비로소 사람을 베었다는 것을 알았어."
유신 후, 오사카 시장, 원로원 의원 등을 지낸 그는 지난 일을 이렇게 말하고 있다. 료마도 그 사건은 들은 일이 있었다.

와타나베와 료마는 서로 얼싸안을 듯이 반가워 했다.
"검술은 여전히 계속하고 있나?"
"웬걸요, 요즈음은 사카모토님이나 가쓰라님 흉내를 내며 나랏일에 뛰어 다니느라고 통 죽도를 들 틈이 있어야죠."

와타나베는 오무라 번의 명령으로 조슈 번의 사정을 정찰하러 온 눈치다.

"가쓰라를 만났나?"

"만나고말고요. 옛날 검술 동지란 좋지요."

와타나베는 그렇게 말했다. 가쓰라와 와타나베가 번을 달리하고 있으면서도 강력한 우정으로 맺어져 있는 것은 예전에 같은 도장에서 수업했다는 동창으로서의 정의 때문이리라.

"그래서?"

와타나베는 말했다. 막부가 오무라 번에 대해 조슈 공격을 위한 출병을 요구했을 때도 와타나베는 영주와 중신들을 설득하여 번론을 통일시킴으로써 출병을 거부토록 했다는 것이었다.

"검술 덕분이군."

"그렇죠. 만약 내가 사이토 야구로 선생의 문하에 들어가지 않았던들 가쓰라님과 알게 되지 못했겠지요. 가쓰라님과 친해진 덕분에 지금 이렇게 분주히 뛰어다니고 있는 셈입니다."

와타나베는 유신 뒤, 새 정부의 고관이 되었고 귀족의 지위에까지 올랐다. 와타나베의 일례만 봐도 유신 혁명의 온상의 하나는 에도의 3대 도장이었다고 할 수 있다.

"그런데 사카모토님은 검술보다도 군함을 움직이고 있다면서요?"

와타나베도 료마가 갑작스레 해군 제독이 되어 조슈 함대를 거느리고 해협에서 막부 함대를 격파했다는 소문은 사방에서 듣고 있었다.

"해전이란 어렵겠죠?"

"그렇지도 않다. 군함을 가지고 싸우는 거나 검술이나 같은 이치와 같은 직감이야. 자네가 기다노 신사에서 신센조를 한꺼번에 두

사나이들 343

명이나 해치운 것과 같은 이치란 말일세."
"둘이 아니라 하나였습니다."
와타나베는 멋쩍은 얼굴을 했다.
"그런데 사카모토님은 세도 내해의 수군대장이란 소문이 자자합니다만, 요즈음은 무엇을 하고 계시나요?"
"놀고 있어."
료마는 도무지 재미없다는 얼굴로 콧구멍을 후볐다.
"놀고 있다뇨?"
"있어야 할 게 없단 말일세."
"돈 말인가요?"
"그것도 없고 배도 없어."
"기막힐 일이군요. 결국 아무것도 없는 셈이 아닙니까?"
"말하자면 그렇지."
"사카모토님."
이름을 부르고 난 뒤 히젠 오무라의 번사는 폭소를 터뜨렸다.
"훌륭해요. 사카모토님은 배도 없고 돈도 없으시면서 시모노세키의 바다를 바라보며 코만 후비고 있으니."
"하지만 지혜는 있어."
료마는 문득 묘안이 떠올랐다.
지난 며칠 동안, 아무리 궁리해 봐도 통 떠오르지 않았던 선후책이, 와타나베의 얼굴을 보고 있는 동안 생각난 것이었다.
"와타나베 군, 규슈의 여러 번들을 연합시켜 보세."
"헷헷……."
와타나베는 료마의 허풍을 비웃기 시작했다.
"와타나베 군, 그게 무슨 웃음인가."
료마도 역시 제 딴에는 우스워졌는지 웃음을 터뜨렸다.

"도대체 말도 안 될 일입니다. 규슈의 여러 번들의 연합이라니 규슈의 여러 번들은 이에야스 이래, 사이가 나쁘기로 유명하지 않습니까?"

"그러나 사이좋게 지내지 않으면 일본이 망해. 아무튼 이번 막부와 조슈의 싸움에서 규슈의 여러 번들은 모두 막부측에 가담했었다. 물론 지쿠젠 후쿠오카(福岡) 번이나 히젠의 사가(佐賀) 번은 중립을 지켰지만 그래도 조슈에 대해 호의적은 아니었다. 그런데 조슈는 싸움에 이겼어. 이것을 계기로 규슈의 여러 번들이 조슈까지 포함시켜서 대연맹을 형성한다면 이미 혁명은 성사한 거나 마찬가지야."

료마는 솔직히 말해서 정세를 단숨에 막부 타도까지 끌고 가기란 불가능한 걸로 보고 있었고, 그전에 우선 중간 단계로서 '제후 연맹(諸侯聯盟)'이라고 할 수 있는 것을 만들어야 한다는 생각을 하고 있었다. 이것은 사이고 다카모리 등도 같은 의견이었다.

'제후 연맹'을 수립하여 그것을 국가의 정식 기관으로 삼고 대표를 교토에 모아 천황의 참석 아래 의회를 열어 그 '연합 정부'의 결론을 가지고 국정을 운용해 간다. 어차피 혁명 정부가 완성될 때까지는 과도기적으로 그것밖에 없다. 왜냐하면 이미 도쿠가와 막부는 제후 통솔의 실력을 잃었고 국제적으로도 외교 능력이 약하여, 막부 따위에게 일본을 맡겨둘 수 없기 때문이었다.

"조슈를 포함시킨 규슈의 여러 번 연합은 연합 정부의 기틀이 되는 거야."

"굉장한 구상이군요."

와타나베는 싱글벙글 웃었다.

"하기는 나도 사카모토님의 그런 허풍을 좋아하는 셈이지만요."

"사람 놀리지 말게……."

료마는 뾰루퉁해진다.

"그러나 규슈의 여러 번들은 숙명적으로 사이가 좋지 않아요. 사카모토님 같은 도사 사람은 그걸 잘 모릅니다."

도쿠가와 막부는 그 창설 당시, '규슈를 어떻게 다스리는가' 하는 것에 머리를 쥐어짰다. 아무튼 규슈는 일본 역사상 화약고 같은 곳이다. 다이라(平) 가문도 도성에서 쫓겨난 다음, 규슈의 응원으로 단노우라(壇浦)의 최후 결전을 할 수 있었던 것이며, 아시카가 다카우지도 일단 중앙에서 몰락했지만 규슈로 달아나, 규슈의 여러 군사를 모아 다시 세력을 회복하여 효고 미나토가와(湊川)의 결전에서 구스노키 마사시게(楠正成)를 격파하고 중앙에 정권을 세울 수가 있었다.

이에야스로서도 두통거리였다. 특히 세키가하라의 패자인 사쓰마 시마쓰 집안이 무슨 짓을 할지 몰랐다. 이 때문에 영주 배치에도 세심한 주의를 기울여 서로 견제하고 증오하도록 만들었다. 그것이 전통이 되어 여러 번은 하나같이 서로 반목하고 있었다.

"규슈에는 몇 개 번이 있나?"

"34개 번이 있습니다."

그 중 큰 것은 사쓰마 시마쓰 집안의 77만 석을 비롯해서, 히고 호소카와(細川) 집안 54만 석, 지쿠젠 구로다 집안 52만 석, 히젠 나베시마 집안 35만 7천 석, 지쿠고 아리마(有馬) 집안 21만 석 등이 있다.

"한번 해보는 거야. 와타나베 군, 히젠 오무라 번이 자네를 도와줄 것 같은가."

"물론이죠. 그런데 과연 해낼 수 있을까요?"

"있지."

충분히 가능하다고 료마는 말한다. 오무라 번사와 와타나베로서는 믿어지지 않았다.

"규슈 여러 번을 설득하고 다니는 데만도 반년은 걸릴 텐데요?"

"이론 같은 건 내세우지 않겠어."

료마는 구변의 효력을 그리 믿지 않았다. 말재주 같은 걸로 남을 굴복시켜 봤자, 그것은 그때뿐인 경우가 대부분이다.

"이익을 내세우는 거다."

"이익?"

"그렇지. 그것이 세상을 움직이고 있다. 나는 먼저 규슈 여러 번 연맹으로 된 상사(商事)를 시모노세키에 만들 생각이다."

료마는 그 구상을 설명했다.

그가 늘 내세우는 주식회사론이었다.

먼저 사쓰마 조슈를 발기인으로 하여 대번(大藩) 두세 군데만 붙든다. 모든 번이 각기 재정 문제로 골치를 앓고 있는 중이니까 기꺼이 가입하게 되리라.

대번이 가입하면 다른 중소 번도 다투어 가맹을 요청해올 것이다.

"떠들고 다닐 필요는 조금도 없는 걸세. 저쪽에서 법석을 떨며 덤벼들 테니까."

"흐음……."

"정세란 '이득'에 의해 좌우되는 거다. 이론 따위로는 움직이지 않아."

이상한 지사(志士)다. 료마는 계속했다.

"조슈 여러·번의 주식회사가 만들어지면 자연히 그 34개 번은 모두 사이가 좋아진다. 그 상업 결사(商業結社)를 바탕으로 해서 정치 결사의 성격을 띠게 하고 차차 전국적인 규모로 제후 연맹을 형성해 가는 거다. 그리고 그 연맹이 국정을 장악하는 거야."

연방 정부의 구상이었다.

"막부는 제물에 쓰러질 것이 아닌가."

"싸움을 벌이지 않아도 말이죠?"

"그렇지. 싸움을 안하고도 된다면 더 이상 바람직한 일은 없지 않나? 나와 동향인 나카오카 신타로(中岡愼太郎) 같은 사람은 전쟁을 통해서만 유신이 가능하다고 한다지만, 기개와 도량을 전 지구상으로 펼쳐 간다면 막부고 각 번이고 다 보잘것없는 거야."

와타나베는 이 여러 번 연합 상사의 구상에 크게 찬성하고 돌아갔는데, 이 료마의 '허풍'은 당장 그날 저녁으로 싹이 트게 됐다.

"사쓰마 번사이신 고다이 사이스케(五代才助)님이 찾아오셨습니다."

하녀의 말에 료마는 속으로 우스워졌다.

'어렵쇼, 벌써 나타났나?'

사쓰마 번사 고다이 사이스케는, 보나마나 막부 조슈 싸움이 끝난 뒤의 조슈 번의 정세를 살피기 위해 이 시모노세키까지 출장해 왔으리라. 그러다가 어디선가 와타나베 노보루와 만나서 료마의 주식회사 설립 계획을 듣고, 곧 그 길로 헐레벌떡 달려오는 길임에 틀림없었다.

"이익이란 그토록 매력이 있는 것이거든."

이 경우 이익이란 경제를 뜻한다. 경제가 시대의 밑바닥을 뒤흔들고, 정치가 그에 따라간다.

료마는 기묘한 직감으로 그런 역사의 원리를 터득하고 있었다.

'고다이 사이스케와 만나는 건 정말 재미있겠는걸.'

료마는 사쓰마의 가신 중에서도 가장 괴짜라고 하는 이 지사하고는 이상하게 서로 엇갈리어 다니기만 했기 때문에 아직 만나본 일이 없었다.

고다이 사이스케는 료마 앞에 앉았다.

키는 자그마한 사나이였지만, 시원스런 이마와 날카롭게 치켜 올라간 눈썹에 눈꼬리가 길쭉한 것이, 첫눈에도 예지가 엿보였다.

'쓸 만한 인물인걸. 고지식하기만 한 사쓰마 번에도 이런 사람이 있었던가?'

료마는 탄복하며 바라보았다. 나이는 료마와 비슷할 것 같았다.

"주식회사를 구상하고 계시다면서요?"

고다이 사이스케는 조용히 말했다.

원래 그는 사쓰마 번에서 외국 담당과 통상관(通商官) 비슷한 일을 겸하고 있는 사나이였다. 그래서 이런 정보에 유난히 민감했다.

재미있는 경력을 가지고 있기도 했다.

사쓰마 번에서도 상급 무사의 아들이며 부친이 명군(名君)으로 알려진 전 영주(領主) 시마쓰 나리아키라(島津齊彬)의 측근이었던 것이 이 고다이 사이스케에게는 여러모로 다행이었던 셈이었다.

14살 때, 나리아키라의 명령으로 그는 세계 지도를 옮겨 그렸다. 고다이는 두 장을 그려서 한 장은 영주에게 바치고, 나머지 한 장은 자기 방에 걸어 두고는 매일같이 그것을 바라보았다. 이것이 바로 그를 기민한 국제 감각의 소유자로 만든 바탕이 되었다고 해도 좋았다.

20살에 출사한 후, 막부가 창설한 나가사키 해군전습소(海軍傳習所)에 선발되어 유학했다. 해군에 관해서는 료마와 같은 '사학(私學)' 출신은 아닌 것이다.

분큐(文久) 2년이라고 하면, 료마가 도사 번(土佐藩)을 떠난 해였지만, 고다이 사이스케는 막부의 관선을 타고 상해(上海)로 밀항하여 여기서 비로소 국제 환경에 접했다. 료마가 도사 번을 떠난 뒤 도사 이요(伊豫)의 산중을 헤매고 있었던 것을 생각하면, 진취적인 대번의 지체 높은 집에 태어난 고다이는 야망에 날개가 돋쳤을 만큼, 그 행동반경은 컸다.

사쓰마와 영국 사이에 싸움이 벌어졌을 때 고다이는 가고시마 만(鹿兒島灣)에 있는 기선을 타고 있었기 때문에 그 기선째 붙들렸고, 포로 생활을 통해서 영국인과의 접촉이 더욱 넓어져 자신의 번에 돌아온 뒤에는 번의 외국 담당이 되었다.

그는 외국 무역의 이로움을 주장하여 그것이 받아들여지자, 막부의 눈을 속여 가면서 나가사키를 무대로 재치 있는 무역 활동을 했다. 또한 게이오(慶應) 원년, 번에서 막부측에는 비밀로 하고 영국에 유학생을 보낼 때, 그 유학생 열네 명의 감독을 맡고 런던으로 건너갔다. 이 유학생 중에는 유신 후 외무대신이 된 데라지마 무네노리(寺島宗則)와, 문부대신(文部大臣) 모리 아리노리(森有禮), 초대 일본은행 총재인 요시하라 시게토시(吉原重俊) 등이 있다.

고다이는 유학생들을 런던 대학에 입학시킨 뒤, 1만 파운드를 주고 방적 기계와 2천8백 정의 소총을 구입했다. 계속해서 벨기에, 프러시아, 네덜란드, 프랑스 등을 시찰하여, 이미 '수공업'에서 '공장공업'으로 옮아가고 있는 근대산업의 정황을 눈으로 직접 보고 나서, 지난 2월에 사쓰마로 돌아온 것이다.

그러니 아직 귀국한 지 얼마 되지도 않은 셈이다.

―지구야말로 나의 집.

이라고 료마가 말하면서도 상해 구경조차 한번 한 일이 없는 것과 비하면, 고다이 사이스케는 천사의 날개를 달고 있는 거나 다름없었다.

"당신을 만나면 물어보고 싶었던 참이오. 서양의 회사에 대해서 잠깐 좀 설명해 줄 수 없겠소?"

고다이는 기꺼이 료마에게 지혜와 지식을 제공해 주었다. 료마는 그런 일에 아주 열을 올리는 성격이었다. 손뼉을 치고, 끄덕이고, 너털웃음을 웃고 하면서 열심히 들었다.

료마가 묵고 있는 시모노세키 아미다지 거리(阿彌陀寺町)는 거리 전체가 바다에 면해 있었다. 운송점도 있지만 조슈 최대의 어시장도 있었다. 바다에서 갓잡은 생선이 풀리기 때문에 "아미다지의 생선은 맛이 좋다"는 정평이 있었다. 자연히 어시장 근처에는 요릿집이 즐비했고, 저물녘이 되면 집집마다 초롱불이 내걸리며 술꾼들이 모여들었다.

"실례지만……."

고다이 사이스케가 말했다.

"그 규슈 여러 번 연합 회사에 대하여 내일 요정 우오마쓰(魚松)에서 의논을 했으면 하는데, 어떻습니까?"

"돈이……."

료마는 따분한 얼굴을 했다.

"없습니다."

"아닙니다. 그 점은 저한테 맡겨 주십시오. 조슈의 가쓰라(桂)군도 제가 연락하겠습니다."

고다이는 돌아갔다.

그 후 료마는 무쓰 요노스케를 불러 이 문제에 대한 가메야마 동문의 구상을 설명했다. 각 번에서 돈과 배를 대고, 운영은 료마의 가메야마 동문이 맡아 한다는…….

"기막힌 묘안입니다."

모두 한결같이 말했다.

"유감인 것은 이쪽에는 돈이 없다는 거다. 남의 덕만 봐야 할 형편이니……."

료마는 정말 따분했다. 안(案)만 있을 뿐, 실력이 없는 것이다. 각 번 대표를 모아놓고 간담회를 열 비용마저 사쓰마 번에 의지해야 할 판이니 말이 아니었다.

"돈, 돈, 돈……나만큼 돈의 고마움을 알고 있는 사람도 없을 텐데, 나한테는 통 돈이 없으니 말이야."

"하늘은 한꺼번에 두 가지를 주시는 일이 없다더니, 정말 그런 모양이죠?"

"아니야, 아직 초조하게 굴 것 없다. 머지않아 두 가지 다 차지해 보일 테니까. 나한테 돈을 내려주지 않는다면 일본은 꼼짝도 못하게 되는 거야."

"사카모토님!"

스가노 가쿠베에가 씁쓰레한 얼굴로 말했다.

"너무 돈, 돈 하지 마십시오. 우리는 당신의 진의를 알고 있지만 고향(도사 번)에서는 적지않이 오해하고 있는 모양이니까요."

"그럴 테지."

료마는 웃음을 터뜨렸다.

"천하를 위해 죽는다고 큰소리를 치고 번을 떠난 주제에 이리저리 뛰어다니면서 장사치 흉내나 내고 있으니까 말이야. 우리 누님(오토메)만 해도 잔뜩 골을 낸 편지를 보내온 적이 있어. 너는 돈벌이를 하기 위해 떠났느냐고 말이지."

그 오토메의 편지를 료마는 코를 풀어 내버렸지만, 그래도 회답만은 보내 주었다. 누님한테까지 오해를 받아서는 안 되겠다고 생각했기 때문이었다.

료마의 회답은 대체로 다음과 같은 내용이었다.

"……누님의 말씀은 내가 이익만 추구하고, 천하니 국가니 하는 것은 잊어 버렸다는 뜻인 것 같습니다. 그러나 다른 번사들처럼 번비(藩費)를 쓸 수 있는 몸도 아니면서, 50명이란 인원을 밑에 두고 있습니다. 1인당 연간 경비는 적어도 60냥은 필요합니다……."

료마는 해가 떨어지자 여느 때처럼 거친 더벅머리에 때 낀 얼굴, 떨어진 옷차림에 허리에 칼 하나를 차고, 무쓰 요노스케, 스가노 가쿠베에, 나카지마 사쿠타로, 나카오카 겐키치 등과 함께 요정 '우오마쓰'를 향해 떠났다.

비좁은 길을 걸어가면서 무쓰를 돌아다 보며 말했다.

"이 시모노세키 아미다지 거리가 얼마나 번화한가 보아라. 화류객에다 주객, 상객, 정객(政客)도 있고, 또 우리 같은 천하의 낭객(浪客)이 있으니 머지않아 시모노세키는 제2의 오사카가 될 때가 올 거다."

료마는 그렇게 예언했다.

그러나 그것은 반드시 적중했다고는 볼 수 없다. 전쟁 전, 규슈와 조선에의 도항 발판으로서 시모노세키는 한때 번창했지만, 그 후 교통기관이 료마로서는 감히 상상도 못했을 만큼 진보하여, 이 상업항구 도시의 중요성은 과거의 것이 되어 버리고 만 것이다.

다만 유신 후의 시모노세키는 료마가 예언한 대로였다. 료마가 지금 걷고 있는 아미다지 거리에도 요정이 부쩍 늘었고, 유신 전부터 있었던 다이키치(大吉), 쓰네로쿠(常六), 가사후쿠(傘福) 같은 생선 가게가 요정으로 바뀌었으며, 우오시치(魚七), 스즈노이에(鈴之家) 등이 새로 등장했다. 그 중에서도 특히 이토 히로부미(伊藤博文)와 이홍장(李鴻章)이 청일전쟁 후에 강화회담을 벌인 슌반 루(春帆樓)가 유명하다.

료마가 들어간 '우오마쓰'란 요정은 바깥은 생선가게였다. 뒤쪽에

방이 붙어 있는데 정원을 가꾸어 좁은 뜰에 촌스러운 석등을 놓고, 대나무, 단풍나무 같은 것이 겨우 풍치를 돋우고 있었다.
"허어, 늦은 것 같은걸."
료마 일행은 들어갔으나 아직 전원이 모인 것은 아니었고, 회의도 시작되지 않고 있었다.
료마가 자리를 정하자, 저만치 떨어져 앉은 조슈 번의 가쓰라 고고로가 미소 띤 시선을 보내왔다.
그 가쓰라 곁에 앉아 있던 뚱뚱하고 살결이 흰 조슈 번사가 버석거리는 하카마 소리와 함께 료마 곁으로 오더니 말을 걸어왔다.
"전일 아키의 미야지마에서 가쓰 선생을 뵈었습니다."
히로사와 헤이스케였다. 정전 담판 때 조슈 번 전권 사절로서 미야지마에 가서, 회장인 다이간 사에서 막부 대표 가쓰 가이슈와 만난 사람이다.
"가쓰 선생은 정말 놀라운 인물이더군요. 대막부의 대표이며, 군함 감독관에 종5품 하(從五品下)인 조산다유(朝散大夫)란 신분이면서, 검은 무명옷에 서생 같은 하카마를 입은 데다 하인 하나 거느리지 않고 있었습니다."
'그게 바로 가쓰 선생의 술책이란 말이야.'
료마는 속으로 우스웠다. 가쓰는 항상 상대방의 의표를 찌르는 연출을 한다. 그때는 1개 서생 같은 차림으로 조슈 번 사절들의 의표를 찔러 그로써 조슈인들을 손아귀에 넣고 쉽게 담판을 지을 수 있도록 했던 것임에 틀림없다.
"사카모토님 앞에서 겉치레하는 것 같습니다만 그만한 인물은 요즘 세상엔 또 없을 겁니다."
"요즈음뿐만 아니라 자고로 없었을 겁니다. 이 난세에 가쓰 선생 같은 분이 계시기 때문에 일본은 안심할 수 있다는 말을 할 수 있을 정도입니다."

"하지만 면직이 된 모양이더군요."

"허어!"

료마도 그랬지만 스승 가쓰의 운명도 변화무쌍한 것이었다.

이윽고 모두 모였다.

사쓰마 번에서는 고다이 사이스케와 대조슈(對長州) 연락관 구로다 료스케(黑田了介 : 후일의 淸隆, 후작), 히젠 오무라 번에서는 와타나베 노보루, 분고(豊後), 오카(岡) 번에서는 누구, 쓰시마(對馬) 번에서는 누구, 쓰시마의 지번 사도와라(佐土原)에서는 누구, 하는 식으로 모두 열두세 명쯤은 되는 것 같았다.

'조슈와 오무라 번 이외에는 마음을 놓을 수 없다.'

료마는 생각했다. 규슈 여러 번 중에서는 중립을 지킨 번에서도 대막부(對幕府) 전쟁을 승리로 끝낸 후의 조슈의 정세를 시찰한다는 이유로 번사 중에서 눈치가 빠른 자들을 시모노세키에 파견하고 있었다. 그렇다고 해서 그들을 곧 지사라고는 할 수 없는 것이다.

"게다가 후쿠오카, 구마모토, 구루메, 사가 등 큰 번에서는 하나도 오지 않았군……."

당연한 일이었다. 그들 대번은 모두 막부를 두려워하고 있는 측들이었고, 더구나 후쿠오카, 구마모토 양 번에는 막부 조슈 전쟁이 일어나기 직전, 막부의 비위를 거스를까 두려워 번내의 근왕주의자에게 일대 탄압을 가했었다. 특히 후쿠오카 번에서는 닥치는 대로 그들을 처형해 버려, 지금은 한 사람도 살아남은 자가 없었다. 그런 번에서 시찰단을 조슈에 파견할 까닭이 없었다.

'그렇지만 조슈가 이긴 지금은 많이 동요하고 있지 않을까?'

료마는 그렇게 생각하고, 이 계획이 표면화 되면 틀림없이 크게

사나이들 355

구미가 당기리라 내다보았다. 약에다 비한다면 막부 지지파나 중립파에게도 먹기 쉬운 약인 데다 '정치 결사가 아니고 경제 결사'라는 단 맛이 가미되어 있는 것이다.

마침내 회의가 시작되었다. 료마는 인사말하는 것이 질색이라 젊은 무쓰 요노스케가 대신 인사를 하고 나카오카 겐키치가 안건 설명을 했다.

설명이 끝나자 질문이 나오고 논의가 오가고 한 후에, 어지간히 화제가 다했다고 생각 될 무렵 사쓰마의 고다이 사이스케가 말했다.

"우리 번에서는 찬성합니다."

조슈의 가쓰라, 히로사와도 찬성했다.

"훌륭한 안(案)입니다. 그러나 저희 마음대로는 찬부를 말씀드리기 어려운 일이라, 일단 번과 상의한 후에 대답하도록 하겠습니다."

나머지도 이렇게 말했다.

"당연한 말씀입니다."

료마는 비로소 발언하고, 붓과 벼루를 가져오게 하여 규약을 만들었다.

"의정서(議定書)"

료마는 먼저 그렇게 썼다.

여섯 개 조항으로 된 것이었다. 의역해 보면,

1, 상사를 결성함에 있어서 피차 번명은 밝히지 않는다. 막부에 대한 여러 가지 배려가 필요하기 때문이다. 주로 상사의 상호를 이용하도록 하며, 그 상호를 무엇으로 정하는가는 추후에 결정한다.

2, 장부를 명확히 기재하며 손익은 똑같이 분배, 부담한다.

3, 시모노세키를 통과하는 화물선은 상행, 하행을 막론하고 모두

상사측에서 임검하여 화물의 종류와 값을 조사함으로써 물자의 유통 상황을 파악하고, 물자가 부족한 지방에 물자를 보내도록 한다.

대체로 이상과 같은 것이었고, 그것을 모든 이에게 회람하여 찬성을 얻었다.

그러나 물론, 아직 상사가 설립되기까지는 상당한 시일이 걸릴 것이었다.

'우오마쓰'에 대한 지불은 사쓰마 번에서 부담했다.

그런데 이런 점에 대한 당시의 번의식이란 철저한 것이어서 조슈측에서는,

"사쓰마의 술을 그냥 얻어먹기만 해서는 말이 안 된다."

반드시 갚게 마련이었다. 특히 가쓰라 고고로는 에도나 교토에서 수 없이 번비로 각 번 지사들과 모인 경험이 있었기 때문에 지나칠 만큼 신경을 썼다.

이리하여 다음 날에는 조슈측의 주관으로 오키나 정(翁亭)이라는 요정에서 답례 연회가 마련되었다. 사쓰마 번과 료마, 그리고 가메야마 동문 모두, 오무라 번사 와타나베 노보루 등이 그 손님이었다.

주연을 벌이기 전에 조슈의 히로사와 헤이스케는

"오늘밤은 무슨 논의가 있어서 마련한 자리가 아닙니다. 여러분 그저 마음껏 즐겨 주시기만 하면 본인으로서는 다행으로 생각하겠습니다."

그런 인사를 했다. 그와 동시에 우르르 기생들이 몰려들어 일제히 술을 따르기 시작한다.

'허어……'

료마는 지난 몇 달 동안, 해전(海戰)과 사업 만회책으로 하여 거의 마음을 놓은 날이 없었기 때문에 어지간히 신경이 피로해 있었다.

"그렇다면 오늘밤은 실컷 마셔 볼까?"

료마는 기생들이 따라 주는 대로, 닥치는 대로 받아 마셨다.

'남의 술에 취한다는 것은 우습지만 지금은 어쩔 수 없는 일. 때가 오면 우리 가메야마 동문의 부담으로 사쓰마고 조슈고 피를 토할 때까지 마시게 해 줄 테다.'

기생은 12명이 들어와 있었다.

모두 시모노세키에서도 고르고 고른 미인들이어서, 방 안에는 꽃이 만발한 듯했다.

기생들은 좌석이 들뜨기 시작하자, 모두 료마 둘레로 모여들어 법석을 떨기 시작한다.

료마도 샤미센(三味線)을 타기도 하고 즉흥적인 노래를 부르기도 하면서 같이 떠들었다.

'암만해도 인기는 저 녀석이 독차지로군.'

가쓰라는 말석에 앉은 채 쓴웃음을 짓고 있었다.

가쓰라는 교토 산본기(三本木)에서도 이름을 떨쳤을 만큼 미남형인 사나이였고, 사쓰마의 고다이 사이스케 역시 갸름한 눈매가 같은 남자라도 끌릴 만큼 매력을 지니고 있었다. 그러나 둘 다 어딘가 싸늘한 데가 있어서 기생들의 인기는 도저히 료마에게 미치지 못했다.

히로사와 헤이스케는 '흰 복어님'이라는 별명이 기생들 사이에 오고가는 판이라 아예 거들떠보려고도 하지 않는다.

사쓰마의 구로다 료스케는 술버릇이 나빴다. 술은 세지만 취하기 시작하면 눈을 부릅뜨고 닥치는 대로 욕설을 퍼부으니 기생들에게 인기가 있을 턱이 없었다. 객담이지만 그의 나쁜 술버릇은 나이를 먹을수록 더욱 심해져서, 총리대신까지 한 일이 있으면서도 술 때문에 실수를 거듭하여, 항상 공격을 받고 지냈다.

우연히도 미남들만이 모인 이 좌석에서 료마는 가장 추남(醜男)

이었을 것이다. 게다가 때에 찌든 옷을 입고, 세수조차 제대로 하지 않은 몰골이었다.

그런데도 이상할 만큼 인기가 있었다.

료마에게는 일종의 귀염성이 있었던 모양이다. 게다가 재주라고는 통 없는 그들에 비하면 료마는 기생 뺨칠 정도로 여러 가지 재주를 가지고 있기도 했다.

료마가 닥치는 대로 마시고 떠들고 하고 있는데, 가쓰라가 곁으로 다가오더니 귀엣말을 했다.

"나카오카(中岡愼太郎)군이 와 있는 모양인데."

"그래, 언제?"

"어저께, 교토에서 이리 와서 시라이시(白石) 별저(別邸)에 묵고 있는 모양이야."

"부르자."

료마는 나카오카를 벌써 몇 달 동안 만난 일이 없었다.

지난 몇 해 동안, 천하의 지사 중에서도 나카오카 신타로만큼 동분서주한 사람은 없으리라.

'멋진 사나이다.'

료마는 같은 번 출신이면서도 새삼 눈이 둥그레지는 느낌으로 나카오카의 존재를 바라보게 되었다. 머리가 치밀하며 시국에 대한 통찰력이 날카롭고 행동이 기민해서, 그의 예상은 단 한 번도 빗나간 적이 없었다. 인물 면에서는 어쩌면 조슈의 가쓰라 이상일지도 모르며, 조슈 번에서도 그 점은 충분히 인정하고 있었다.

조슈로서는 나카오카만한 은인도 없었다.

나카오카는 도사를 떠난 후 그런 생각 아래 조슈 번 내외에서 눈부신 활약을 했다.

"조슈야말로 새 시대에의 희망이다."

하마구리 궁문(蛤宮門) 싸움에 참가했고 전후에는 조슈 번 내에서 속론당 정부 전복에 힘을 썼으며, 교토에 잠입하여 조슈의 인기 회복을 위해 노력했다. 또한 료마와 함께 사쓰마 조슈 연합을 위해 애써서 이를 성립시켰으며, 지난번 막부와의 전쟁 때는 료마가 해전을 담당했듯이 육전에 종군하여 고쿠라 성 공격에 참가하였다. 그 후에는 규슈 여러 번을 뛰어다니며 친조슈(親長州) 여론을 조성하는 데 노력했고, 진수부(鎭守府)에 있는 오경(五卿)과 연락을 취하면서 그 교토 복귀를 위해 동분서주했다. 또한 교토로 가서는 공경 중의 유일한 인물이라고도 할 수 있는 이와무라 도모미(岩倉具視)가 과연 위인임을 발견하자, 그를 은밀히 사쓰마 번과 결부시키는 역할을 했다. 그리고 나서 어제 시모노세키로 돌아왔다는 것이다.

'그야말로 초인이군.'

료마는 그렇게 생각하고 있었다.

나카오카는 불행히 완고한 막부파가 상층부를 차지하고 있는 도사 번에 태어나, 그 때문에 한낱 낭인이 되어 아무 배경 없이 천하를 뛰어 다녀야 하는 몸이 됐지만, 그릇으로 보면 대번에 몸을 두고 대번을 쥐고 흔들 수 있는 입장에 있는 조슈의 가쓰라나 사쓰마의 오쿠보 도시미치보다도 인물, 재능, 어느 면으로나 뛰어나다고도 할 수 있었다.

'녀석도 잘못 태어난 거야……'

사업이란 기수와 말 같은 관계라고, 료마는 때로 서글프게 생각하는 적이 있었다. 아무리 승마의 명인이라고 해도 늙어빠진 말을 타고는 어쩔 도리가 없는 것이다. 대신 다소 서툰 기수라도 준마를 탔을 때는 천 리라도 달릴 수 있는 것이다.

가쓰라나 히로사와에 있어서의 조슈 번, 사이고나 오쿠보, 고다이, 구로다 등에 있어서의 사쓰마 번은 바로 그 천리마(千里馬)인 것이다. 도사 번의 낭인 나카오카 신타로에게는 말조차 없는 형편이었다. 그저 두 발로 뛰어다니는 거나 다름없다.

'사나이의 행, 불행은 좋은 말을 얻느냐 얻지 못하느냐에 달려 있다.'

료마에게도 말은 없었다. 그러나 그는 나카오카와 달리 "가메야마 동문"이라는, 사번(私藩)이라고도 할 수 있는 말을 독력으로 만들어 내려는 노력을 하고 있다. 그 점이 두 사람의 차이점이라고 해도 좋았다.

"나카오카를 부르자."

그렇게 말한 료마는 즉석에서 지필을 준비하여 심부름꾼에게 들려 보낼 편지를 썼다.

취중이었다. 그러지 않아도 자유분방한 그의 문장이 아주 재미있는 것이 되었다.

    오키나 정에서
    전단(戰端)을 열었던 바
    의외로 많은 여군(女軍)이 집결하여

다짜고짜 그런 허두로부터 시작했다. 주연이 시작되자 기생들이 잔뜩 모여들었다는 것을 전쟁에 비유한 것이었다. 료마는 의외로 많은 '여군이 집결'한 것이 어지간히 기뻤던 모양이다.

    공격 대상은 헤아릴 수 없으며
    군의 다단(軍議多端)이라

기생은 많고 그 중에는 용색(容色)이 뛰어난 자도 얼마든지 있으나—

군의 다단—다시 말해서 가쓰라 히로사와, 고다이 등 일기당천의 용사들이 많아 아군의 작전도 각양각색이어서 일치를 보지 못하고 있다는 뜻이리라.

부디 출진, 참군(參軍)하시어—

즉, 군도 이 주전(酒戰)에 활약, 참가토록 하라는 뜻일 게다.

귀의(貴意)를 펼치지 않을 때는 이 중대 국면, 어찌될지 모르는바

군의 뛰어난 작전 능력을 빌지 않으면 이 중대 국면은 어찌할 수도 없을 것 같으니,

천리 양마(良馬)에 채찍을 가하여
왕림하시기를
복망하나이다.

즉각 말이라도 타고 달려오기를 엎드려 바랍니다.
탄주 백배(呑酒百杯) 돈수 재배(頓首再拜)

료마

나카오카 신타로 귀하

"글씨까지 취해 있군요?"

무쓰 요노스케는 그것을 가지고 현관으로 나가, 현관 앞 작은 방에서 따로 술상을 받고 있는 도베에게 주었다.

도베는 곧 어둠 속으로 달려 나갔다.

하녀가 급히 초롱불을 들고 뒤쫓아 나가려는 것을 무쓰는 말렸다.

"그렇지만 이렇게 캄캄한데요?"

"걱정 마, 저 녀석은 환히 보이니까."

차마 도둑 출신이라고는 말할 수 없었다.

얼마 안 되어서 도베는 나카오카 신타로를 데리고 오키나 정으로 돌아왔다.

나카오카가 미닫이를 열고 들어서자 좌중은 일제히 손뼉을 치며 그를 맞았다.

"교토의 정세는 어떻던가?"

누군가 물었다. 나카오카는 빙그레 웃고 말했다.

"조슈가 뜻밖에 이기는 바람에 지금까지 막부파 일색이었던 조정은 야단법석이다. 이런 때를 놓치지 말고 일제히 근왕 세력을 밀고 들어가야 할 걸세. 반대로 교토 수호직 아이즈 번(會津藩)은 이번 패전으로 더욱 완강한 막부파가 되어버렸네. 이미 강한 적이라고 해도 좋을 정도야. 휘하 신센조를 확충하여, 그들을 부추겨서는 밤낮으로 길거리를 지키고 있네. 이번만은 정말 용케 목숨이 붙어 있었구나 싶더군."

나카오카는 료마 곁에 앉았다.

"오래간만이군."

나카오카는 료마의 잔을 받으면서 볕에 그을린 검은 얼굴로 웃었다.

"료마!"

"왜 그러나?"

"안도 겐지(安藤鎌次)가 죽었어."

"그래?"

남의 죽음에 일일이 놀라고 있을 수 없을 정도의 난세였다.

"아직 모르는 모양이군. 교토 산조 다릿목에서 도사 번사 8명과 신센조 12명이 격전을 벌였던 사건을 말일세."

나카오카는 교토에 잠입했을 때 그 소문을 들은 모양이었다.

그것은 달 밝은 밤이었다고 한다.

산조대교 서쪽 끝에는 막부 교토 행정관의 포고문 게시장이 있었다. 그 포고문에는 "조슈인은 조정의 적이다. 만약 시중에 잠입했을 때는 결코 이를 숨겨 주어서는 안 된다."

그런 내용이 적혀 있었다.

그 조슈가 막부 군을 꺾었기 때문에 재경(在京) 각 번(藩)의 지사들은 크게 기세가 올라 소리가 높아졌다.

"저 포고문을 없애 버려라!"

그 때문에 어둠을 틈타, 게시장으로 가서는 감쪽같이 포고문을 뽑아 가모 강(鴨川)에 집어던지는 자가 많았다.

막부는 그때마다 그것을 새로 세워야 했다.

마침내 교토 수호직 아이즈 번에서는 분통이 터져 '막부의 위신에 관한 일'이라 하여, 신센조를 동원해서 범인 토멸(討滅)을 명령했다.

신센조에서는 즉각 계책을 세워, 대원 하시모토 가이스케(橋本皆助)와 아사노 가오루(淺野薰) 두 사람을 거지로 변장시켜 포고문 근방을 밤낮으로 감시하게 하는 한편, 국장(局長) 곤도 이사미(近藤勇) 이하 서른네 명이 가까운 술집, 상가 등에 잠복하여 연락이

오기를 기다렸다.

이틀을 기다렸다.

사흘째가 되는 날 밤, 도사 번의 상급 무사이며 유일한 근왕파이던 미야가와 스케고로(宮川助五郎)가 동번 향사들과 더불어 기온(祇園) 마루야마의 술집에서 술을 마시고 있다가 거나해지기 시작하자 불쑥 말했다.

"그 놈의 포고문, 생각할수록 괘씸하다!"

일동은 포고문을 뽑아 치우러 우르르 나섰다. 안도 겐지도 그 중 한 사람이었다. 도사번 구마(久萬)의 향사로서, 어렸을 때부터 성밑 거리에 있는 사카모토 집안에 드나들었기 때문에 료마도 면식이 있었다. 그밖에 후지사키 요시고로(藤崎吉五郎), 마쓰시마 와스케(松島和助), 사와다 돈베에(澤田屯兵衞), 오카야마 사다로쿠(岡山禎六), 모도가와 야스타로(本川安太郎), 나카야마 가마타로(中山鎌太郎) 등 모두 8명이었다.

모두 굽 높은 게다를 신고, 요란스런 발소리를 내며 산조 다리를 건넌 것은 밤 12시가 다됐을 무렵이었다. 달이 휘영청 밝아, 주위는 마치 한낮 같았다.

돌연 한쪽에 앉아 있던 거지가 일어나 사라졌으나, 그들은 개의치 않고 미야가와와 후지사키가 목책을 넘어 들어갔다. 포고문 게시판을 뽑아 들자 다리 난간 위로 강물에다 집어던졌다.

"병신 같은 막부 놈들!"

미야가와가 크게 웃고, 일동은 그대로 돌아서려고 했다.

그러나 이미 거지로 변장했던 첩자는 공회소(公會所)에 잠복해 있는 신센조 십번대 조장인 하라다 사노스케(原田左之助)에게 급보했다.

신센조는 고대했던 참이었다.

먼저 본또 거리(先斗町) 북부 공회소에서 대기하고 있던 하라다 사노스케 휘하의 12명이 다카세 강변을 따라 곧장 현장으로 달려갔다.

"한 놈도 놓치지 말아라!"

외치며 8명의 도사 번사를 포위했다.

도사측도 미야가와, 안도, 후지사키, 마쓰시마, 사와다, 오카야마, 모도가와, 나카야마 등이 일제히 칼을 빼들어 처절한 난투극이 벌어졌다.

신센조는 칼싸움에 익숙했다. 게다가 전법도 교묘해서, 두 사람 이상이 한 조가 되어 한 명의 적을 전후좌우에서 공격했다.

미야가와 일행도 도사 번의 50명 조(組)라고 일컬어지는 용사들이며, 영주 야마노우치 요도(山內容堂)를 호위하고 도카이 가도(東海街道)를 오르내린 패들이라, 목숨 아까운 줄을 모르는 자들이었다.

피차의 칼날이 맞부딪칠 때마다 불이 튀고 기합이 밤공기를 찢었다. 피가 솟구치고 사람이 쓰러진다.

"이케다야(池田屋) 때의 복수다!"

외치면서 귀신도 물러날 형상이 되어 신센조를 향해 달려드는 도사인들의 모습은 몸서리가 쳐질 정도였다고 한다.

이케다야 때—즉 겐지(元治) 원년의 변란 때 쓰러진 동지들의 시체가 이 다리 동쪽에 있는 산엔 사(三緣寺)의 무연 묘지(無緣墓地)에 묻혀 있는 것이다.

처음에는 적은 인원이면서도 도사측이 우세했으나, 차차 피로가 눈에 띄기 시작했다. 도사인의 특징으로서, 칼이 너무 길었기 때문이다. 기운차게 휘둘러 댈 때는 유리하지만, 곧 지치게 되는 것이다. 이 싸움이 있은 뒤부터 장도(長刀)를 패용하는 습관이 없어졌다고 한다.

잠시 뒤 신센조측은 감찰 아라이 다다오(新井忠雄)가 지휘하는 12명이 새로이 다카세 강 동쪽 술집에서 달려와 일제히 칼을 빼들고 도사측을 동서에서 협공했다.

뿐만 아니라 곤도 이사미가 직접 지휘하는 다른 10명도 다리 동쪽으로부터 요란한 발소리와 함께 달려왔다.

"이래선 안 되겠다!"

안도 겐지는 피투성이가 된 채 동지들에게 어서 피해라, 혈로를 뚫어야 한다고 외치며 석 자의 장검을 휘둘러 신센조 한 명을 쓰러뜨리고는 큰길 쪽으로 달려갔다.

그 뒤를 신센조의 오오이시 구와지로(大石鍬次郞) 등 10여 명이 쫓아왔으나 겐지는 칼을 휘두르며 동지들에게 두 차례나 외쳤다.

"내가 맡는다! 내가 맡는다!"

겐지가 한 말은 이 자리는 내가 끝까지 남아서 적을 막을 테니, 어서 갯벌로 뛰어내려 피하라는 뜻이었다.

겐지는 버드나무를 방패삼아 삼면에서 공격해 오는 적을 기다렸으나 웬일인지 신센조는 더 이상 쫓아오지 않았다.

겐지는 곧장 가와라 거리(河原町)의 도사 번저(藩邸)로 돌아왔으나, 워낙 중상이어서 살아날 가망이 없었다.

후지사키 요시고로도 마찬가지였다.

두 사람은 다음 날, 번저의 한 방에서 할복하고 말았다.

다른 자들도 모두 세 군데 이상의 상처를 입고 있었으나 생명에는 별 이상이 없을 것 같았다.

미야가와 스케고로만은 머리를 세 군데나 다쳐 다리 위에서 기절해 쓰러졌기 때문에 포로가 되고 말았다.

그대로 신센조 숙소로 운반되었으나 정신이 들자, 어서 목을 자르라고 소리 지를 뿐 심문에도 응하지 않았다. 그 태도가 감탄할 만큼 굳세어 곤도는 그를 죽이지 않고 하옥시켰으나, 메이지(明治) 3년 도쿄에서 병사했다.

'그래, 안도도, 후지사키도 죽었는가.'
료마는 잠시 술잔을 허공에 멈춘 채, 침울한 표정을 지었다. 안도는 25살, 후지사키는 22살의 젊은 나이였다.
"모두 죽는군."
나카오카의 목소리도 기운이 없었다.
"생각하면 분큐(文久) 3년, 다케치(武市)의 집에서 결성한 도사 근왕당(勤王黨)도 이제 얼마 남지 않았네. 제대로 살아남아 있는 것은 료마, 자네와 가메야마 동문뿐이야."
"아니야, 그것도 적지 않게 죽었네. 모치즈키 가메야타(望月龜彌太)와 기타조에 기쓰마(北添佶摩) 등은 이케다야에서 싸우다 죽었고, 이케 구라타(池內藏太) 등은 익사한 데다, 곤도 조지로(近藤長次郎)까지 할복하고 말았어. 따져 보면 도대체 몇 사람이 되는 건지!"
"어서 막부를 쓰러뜨려야 하네."
나카오카가 말했다.
"이러다간 도사의 유지들은 모두 길가에 시체가 되어 쓰러지겠네. 료마, 더 이상 한가하게 앉아 있을 수가 없지 않나?"
"그렇긴 하지만……."
료마는 단숨에 잔을 들이켰다.
"하지만 나카오카, 서두른다고 일이 되는 게 아니다. 막부를 쓰러뜨리자면 시기라는 게 있어."

"그 시기가 올 때까지 자넨 장사나 해서 돈을 벌겠다는 건가?"

급진적인 군사 혁명론자인 나카오카 신타로는 적이 빈정거리듯 말했다.

"그렇지, 돈."

료마는 손가락으로 동그라미를 만들어 보였다.

"돈이야. 공짜로 막부를 쓰러뜨릴 생각을 한다면 나카오카, 그건 너무 욕심이 많다. 막부도 공짜로 쓰러진대서야 너무 억울할 게 아닌가?"

"사쓰마, 조슈에 돈이 있을 텐데?"

"과연 사쓰마 조슈에는 돈이 있지. 하지만 우리는 도사 출신, 언제까지나 남의 덕만 입을 수는 없지 않나? 그 때문에 나는 '도사 낭인 번(浪人藩)' 같은 것을 하나 만들고 싶은 거다. 그 모체가 바로 우리 가메야마 동문."

"알고 있다."

나카오카는 료마의 구상이나 포부를 몇 번이고 들었기 때문에 허둥지둥 그렇게 잘라 말했다. 또 한바탕 늘어놓기 시작하면 끔찍한 일이라고 생각한 모양이다.

"하지만 나는……."

나카오카는 말했다.

"다른 방법을 택하겠어. 모번(母藩)인 도사 24만 석을 움직여서 분큐 3년 당시처럼 사쓰마, 조슈, 도사의 연합 세력을 만드는 걸세."

"가능한가?"

요도라는 지나칠 만큼 명군(明君)인 총수(總帥)를 받들고 있는 한, 도사 번은 혁명이란 모험에는 결코 참가하지 않을 것이었다.

"그런데 그것이 조금 상황이 달라진 모양이야. 원인은 지난번 싸움에서 뜻밖에도 조슈가 이겼기 때문이다. 도사 번의 완고한 중신들도 크게 당황하고 있는 모양이야."

그 때문에 도사 번에서는 사쓰마의 내정을 알기 위해 가고시마에 사자를 보내기도 하고 나카오카를 만나고 싶어 하기도 하는 눈치다.

"어쨌든 이누이 다이스케(乾退助), 다니 모리베(谷守部) 등은 적극적으로 나나 자네에게 접근하려고 애쓰고 있네."

기회를 보는 데 민첩한 나카오카 신타로는, 정말 도사 번에 대한 공작을 시작하고 있는 듯했다. 그러나 료마는 그런 공작에 전혀 흥미가 없었다.

지은이
시바 료타로(司馬遼太郎)

그린이
전성보(全聖輔)

옮긴이
박재희 창춘사도대학일문학전공 김문운 니혼대학일문학전공
김영수 와세다대학일문학전공 문호 게이오대학일문학전공
유정 조지대학일문학전공 추영현 서울대학교사회학전공
허문순 경남대학불교학전공 김인영 숙명여대미술학전공

료마가 간다 6
지은이 시바 료타로/책임편집 박재희 추영현 김인영
1판 1쇄/1979. 12. 1
2판 1쇄/2005. 8. 8
3판 1쇄/2011. 12. 1
3판 6쇄/2023. 3. 1
발행인 고윤주/발행처 동서문화사
창업 1956. 12. 12. 등록 16-3799
서울 중구 마른내로 144(쌍림동)
☎ 546-0331ⓒ (FAX) 545-0331
www.dongsuhbook.com

*

이 책은 저작권법(5015호) 부칙 제4조 회복저작물 이용권에 의해 중판발행합니다.
이 책의 한국어 大멸상표등록권 문장권 의장권 편집권은 저작권법에 의해 보호받으므로
무단전재 무단복제 무단표절 할 수 없습니다.
이 책의 법적문제는 「하재홍법률사무소 jhha@naralaw.net」에서 전담합니다.

*

사업자등록번호 211-87-75330
ISBN 978-89-497-0720-4 04830
ISBN 978-89-497-0714-3 (전8권)